Le Noël d'un médecin écossais

*

Un fils pour secret

*

Le courage d'aimer

ANNIE O'NEIL

Le Noël d'un médecin écossais

Traduction française de
SOPHIE BRUN

BLANCHE

HARLEQUIN

Collection : Blanche

Titre original :
CHRISTMAS UNDER THE NORTHERN LIGHTS

HARPERCOLLINS FRANCE
83-85, boulevard Vincent-Auriol, 75646 PARIS CEDEX 13
Service Lectrices – Tél. : 01 45 82 47 47 - www.harlequin.fr
ISBN 978-2-2804-6163-4 – ISSN 0223-5056

Composé et édité par HarperCollins France.
Imprimé en novembre 2021 par CPI Black Print (Barcelone)
en utilisant 100% d'électricité renouvelable.
Dépôt légal : décembre 2021.

FSC
www.fsc.org
MIXTE
Papier issu de sources responsables
FSC® C159065

Pour limiter l'empreinte environnementale de ses livres, HarperCollins France s'engage à n'utiliser que du papier fabriqué à partir de bois provenant de forêts gérées durablement et de manière responsable.

1.

Appuyée contre le bastingage, Audrey scrutait la brume épaisse dans l'espoir de voir la côte apparaître. Il aurait suffi qu'elle tende les bras en avant pour ressembler à l'héroïne du *Titanic.*

Enfin, à quelques petites différences près !

Primo, avec ses courts cheveux bruns, elle n'avait pas le physique de Kate Winslet, ni la tenue adéquate, car elle s'était emmitouflée pour le voyage dans plusieurs couches de vêtements. Secundo, elle n'avait pas les moyens de s'offrir une traversée en première classe, même sur ce ferry vieillot. Tertio, comme en témoignait son annulaire gauche, elle n'avait pas de chevalier servant… du moins, plus depuis quelques jours. Elle avait jeté sa bague de fiançailles ornée d'un gros diamant au visage de celui qui la lui avait offerte et qu'elle avait surpris nu comme un ver en compagnie d'une créature également dans le plus simple appareil.

Malgré la rapidité avec laquelle les événements s'étaient enchaînés, Audrey avait remarqué les formes pulpeuses de la blonde lovée dans les bras de l'homme qu'elle aurait dû épouser juste après Noël. Elle n'était pas près d'oublier l'expression contrariée de Rafael, qui n'avait même pas pris un air coupable, ni contrit.

Plus que la trahison elle-même, c'était l'absence manifeste de remords qui avait brisé le cœur d'Audrey, ravivant des peurs enfouies au plus profond d'elle. Rafael ne l'avait pas réellement aimée. Il ne pensait pas les mots doux qu'il lui avait si souvent susurrés à l'oreille, jamais il n'avait eu l'intention de tenir ses promesses. Elle avait vu en lui la réponse à toutes ses attentes, mais cela n'avait été qu'un mirage. Il l'avait trompée sans l'ombre d'un scrupule, et elle s'était sentie pitoyable, insignifiante.

L'unique conséquence positive de ce fiasco, c'était le serment qu'elle s'était fait. Plus jamais elle ne se laisserait traiter comme quantité négligeable. Plus jamais elle ne prendrait ses désirs pour des réalités. Dorénavant, elle serait maîtresse de son destin. Un nouveau poste, une nouvelle maison, une nouvelle vie. Tout au moins pour les cinq semaines à venir. Cette perspective lui redonnait du courage… et l'angoissait au plus haut point !

Luttant contre la furieuse envie de pleurer qui ne la quittait pas, elle lâcha le bastingage, tendit les bras et ferma les yeux, les joues rosies par le vent hivernal.

— Hé, mademoiselle, tenez-vous, ou vous allez piquer une tête !

Elle sursauta sous l'effet de la surprise, et faillit précisément passer par-dessus bord.

Son interlocuteur, qui à en juger par son uniforme était membre de l'équipage, la rattrapa de justesse.

De quoi se mêlait-il, celui-là ? Ne voyait-il pas qu'elle avait besoin d'être seule ?

Réprimant son agacement, elle lui offrit un semblant de sourire. Sourire qui se figea devant la paire de bois de renne multicolores qui surmontait son bonnet de marin. Même ici, à des centaines de kilomètres de Londres, de ses guirlandes clignotantes, de ses vitrines décorées et de son atmosphère festive, Noël imposait sa loi. Quitte à sombrer dans le ridicule.

— C'est noté, répondit-elle un peu sèchement.

Le matelot lui lança un regard circonspect et recula d'un pas.

— Vous avez intérêt à vous éloigner du bord, ça va secouer dur à l'accostage. Vous risquez d'être trempée comme une soupe. À cette période, la mer est plutôt frisquette.

— Merci du conseil. Dans combien de temps sommes-nous censés arriver ?

Le jeune homme fixa droit devant lui un point invisible dissimulé derrière le brouillard comme pour évaluer la distance qui les séparait du port.

— Une dizaine de minutes. Douze, au maximum.

— Parfait.

De nouveau seule, puisque aucun autre passager ne s'était aventuré sur le pont, elle se replongea dans ses pensées.

N'avait-elle pas agi sur un coup de tête en acceptant cet emploi sur une île perdue d'Écosse ?

Il était à peine 14 heures, et le jour déclinait déjà. À cette latitude et en cette saison, les journées étaient courtes. Si elle n'avait pas, avant et après l'embarquement, vérifié à plusieurs reprises la destination du ferry, elle aurait facilement pu s'imaginer que le vieux rafiot avait mis le cap sur le Groenland plutôt que sur l'île de Bourtree tant la température était glaciale et l'atmosphère sinistre.

Le nom de l'unique bourgade de l'île, Bourtree Castle, lui avait paru prometteur, mais une recherche sur Internet lui avait appris que ledit château se résumait en fait à un tas de ruines. Rien à voir avec Windsor Castle… Cet endroit, oublié des touristes et assez peu peuplé, n'était desservi que trois fois par semaine par un ferry vétuste.

Il n'y avait qu'elle pour dégoter le seul poste d'infirmière du triangle des Bermudes version écossaise ! Ceci dit, c'était le cours qu'avait pris son existence depuis quelque temps, à savoir : de mal en pis !

— Vous ne seriez pas l'infirmière remplaçante, des fois ?

Interrompant ces pensées amères, le matelot revenait à la charge.

— Comment avez-vous deviné ?

Le jeune homme, un roux d'une vingtaine d'années, haussa les épaules avec désinvolture.

— Je connais tous les autres passagers, et Coop m'a demandé de vous repérer. Mission accomplie. Bienvenue à Bourtree.

D'un mouvement de la tête, il indiqua l'horizon complètement bouché où Audrey aperçut néanmoins une faible lumière clignotante.

— Et joyeux Noël.

Tu parles d'un Noël ! Celui-ci serait sans doute le pire de toute sa vie !

— Qui est Coop ? demanda-t-elle.

L'annonce ne mentionnait rien au sujet de cet individu.

— Le Dr MacAskill.

Elle n'était pas plus avancée…

— Et de qui s'agit-il ?

— Du médecin qui effectue les visites à domicile. Normalement il est urgentiste dans un hôpital de Glasgow, mais il est rentré à Bourtree pour aider jusqu'à ce que Finlay Anstruther se trouve un successeur. Le bon vieux Doc aura bien mérité de prendre sa retraite.

Si sa mémoire était bonne, le Dr Anstruther était la personne à contacter pour son hébergement sur place. Avec la poisse qu'elle avait en ce moment, elle aurait peut-être droit à un igloo !

— Les gens d'ici aimeraient qu'il reste, mais ils n'y croient pas trop.

— Qui ?

— Ben, Coop !

— Ah oui, bien sûr.

— Il est né sur l'île et il y a grandi, mais…

Le jeune homme s'interrompit avec l'air coupable de qui s'apprête à divulguer un secret d'État.

— Au Puffin, les parieurs s'en donnent à cœur joie. Si vous voulez, vous pourrez miser une livre ou deux.

— Le Puffin ?

— Le pub. C'est là que tout le monde se retrouve pour échanger les derniers potins. Une vraie gazette locale ! Allez-y et, au bout d'une demi-heure, vous saurez tout sur Cooper et d'autres. Mais un conseil d'ami : tenez-vous à carreau. Au début, les habitants vont vous regarder comme une bête curieuse ; si vous sortez des clous, toute la population sera au courant avant que vous ayez eu le temps de dire « ouf ».

Charmante perspective !

Si le Dr MacAskill assurait les visites à domicile, elle devrait certainement faire équipe avec lui à l'occasion. Elle s'en serait volontiers passée. Toutefois, ce « Coop » l'intriguait, et s'intéresser au dilemme de quelqu'un d'autre valait mieux que de ressasser ses propres problèmes.

— Pourquoi « Cooper » ne déciderait-il pas de s'installer sur l'île ? C'est un endroit agréable à vivre, non ?

Pourvu qu'il réponde par l'affirmative !

— Pour sûr. Mais ça fait un bail que Coop est parti. Moi, je vous fiche mon billet qu'il va rester, parce que ce n'est plus comme à l'époque où…

De nouveau, il laissa sa phrase en suspens.

Mieux valait ne pas le questionner davantage. Après tout, elle ne séjournerait que cinq semaines à Bourtree. Peu lui importait que ce mystérieux personnage boucle ses valises dans quelques jours ou les pose définitivement.

Malgré la morsure du froid qui tétanisait les muscles de son visage, elle réussit à sourire.

— Joyeux Noël à vous aussi, euh…

— Scottie. Je m'appelle Scottie.

Sur ce, il tourna les talons en sifflotant *Douce Nuit, sainte nuit.* Encore un adepte de la magie de Noël !

Finalement, cette brève conversation l'avait un peu réconfortée. Ce n'était pas parce que son projet de mariage avait lamentablement échoué qu'elle devait tout voir en noir. Grâce à cette mission, elle allait renouer avec sa vocation initiale d'infirmière libérale et elle serait logée gratuitement, ce qui, compte tenu de l'état de sa trésorerie, représentait un avantage non négligeable.

Comment avait-elle pu être assez stupide pour proposer de financer l'intégralité du mariage et du voyage de noces sur ses deniers personnels ? À l'époque, son objectif était de prouver à Rafael qu'elle ne l'épousait pas pour son argent. Elle avait découvert avec horreur – trop tard, hélas – que les assurances annulation ne fonctionnaient pas en cas d'infidélité du fiancé.

À peine avait-elle eu de quoi investir dans cette longue doudoune blanche au col bordé de fausse fourrure, un vêtement parfaitement adapté à la région et à la saison. À la fois chaud et étonnamment léger, il la protégeait du froid polaire sans gêner ses mouvements, et les deux poches profondes lui éviteraient des engelures aux doigts.

En revanche, son compte en banque avait marqué le coup. À présent, elle redémarrait à zéro. Tout ça à cause de sa naïveté et du don Juan de pacotille qui l'avait séduite ! C'était pathétique !

Son téléphone portable vibra au fond de sa poche. Elle avait reçu un message plutôt bref d'un numéro inconnu :

Bonjour,

J'espère que vous êtes prête à commencer dès votre arrivée, nous devons faire des visites à domicile cet après-midi même.

Cooper MacAskill

Suivait une brochette d'émoticônes de Noël.

Décidément, tout le monde avait décidé de lui rappeler l'imminence de cette fête qu'elle aurait préféré oublier !

Malgré le style quelque peu expéditif du SMS, Audrey se réjouit à l'idée de rencontrer ses patients sans tarder. Prendre soin de la santé des autres, c'était sa vocation, et le contact des malades l'empêchait d'oublier combien la vie était fragile et pouvait s'interrompre du jour au lendemain. Elle en avait fait la dure expérience à deux reprises : d'abord avec la disparition prématurée de sa mère quand elle n'était encore qu'une enfant ; puis avec le décès de son père, qui avait consacré son existence à l'élever et à la choyer avant, cela faisait deux ans, d'être terrassé par une crise cardiaque.

Elle s'efforça de chasser ces pensées aussi moroses que la météo. Impossible de voir à plus de cinq mètres dans cette purée de pois. Pourtant, elle avait aperçu une lumière tout à l'heure ; la côte n'était certainement plus très loin. S'agissait-il d'un phare ou… d'un sapin de Noël ?

Depuis ce qu'elle avait découvert au pied de son sapin – ou plutôt de son ex-sapin –, elle éprouvait une sorte d'aversion pour ces arbres censés symboliser l'amour et la paix. Elle s'était conformée pour la décoration du sien aux goûts de Rafael. Des goûts qu'elle avait décidé d'adopter jusqu'à ce qu'elle se rende compte, de la façon la plus brutale, que le mode de vie luxueux de son chirurgien de fiancé cachait en réalité une absence de sentiments profonds et sincères. Comment avait-elle pu se laisser aveugler à ce point ? Elle n'avait pas résisté longtemps à sa cour assidue ! En avait-il été de même pour sa maîtresse ? En tout cas, la jolie blonde, offerte comme un cadeau sous le sapin, lui avait paru très amoureuse.

Audrey refoula des larmes de dépit. Il était temps de tourner la page, de se réinventer et de s'endurcir. C'en serait bientôt fini de la jeune femme vulnérable et crédule qui constituait la proie idéale pour des prédateurs tels que Rafael ! Elle se l'était juré, et elle avait la ferme intention de tenir sa promesse.

— Pas mal, ta tenue, Coop !

— Spéciale Black Friday ! fit Cooper à l'intention du docker, qui éclata de rire.

Puis il se dirigea après un salut jovial vers le bout du quai où le ferry était attendu d'une minute à l'autre.

Cooper savait gré aux habitants de l'île de leur discrétion. Au cours de la semaine qui venait de s'écouler depuis les obsèques de sa grand-mère, tous avaient respecté son deuil. Quelques-uns s'étaient hasardés à demander s'il comptait organiser une veillée commémorative, mais personne n'avait osé s'enquérir de ce qu'il ressentait. Sans doute parce que la culpabilité qui le rongeait se voyait comme le nez au milieu de la figure…

Peut-être était-ce leur façon de le convaincre de se racheter en assurant la succession du Dr Anstruther lorsque celui-ci prendrait sa retraite, dans peu de temps ? Ou peut-être, hypothèse plus plausible, estimaient-ils ne pas devoir se mêler de ses états d'âme car il n'avait que ce qu'il méritait ?

Quoi qu'il en fût, l'heure n'était pas à ce genre de considérations. La nouvelle infirmière allait arriver, et ils avaient un programme de visites à domicile assez chargé. Il tapa des pieds et frotta ses mains gantées de cuir dans le vain espoir de se réchauffer. Ici, le froid n'avait décidément rien de commun avec celui de Glasgow. Il vous transperçait jusqu'aux os ! Il aurait dû être immunisé par une enfance et une adolescence passées à Bourtree, mais les années d'absence avaient eu raison de sa résistance aux températures glaciales.

La remarque rituelle de sa grand-mère lui revint alors en mémoire : « Le problème, vois-tu, Coop, ce n'est pas le mauvais temps, mais une tenue vestimentaire inadaptée. On peut supporter la pluie, le vent et le gel du moment qu'on est habillé en conséquence. » Un souvenir en entraînant un autre, il se rappela aussi qu'elle lui reprochait de se focaliser sur l'avenir au détriment du présent. « Cesse de courir et goûte aux plaisirs simples de l'existence, mon garçon, lui répétait-elle. Admire le paysage, hume le parfum des fleurs. Sinon, tu finiras sans personne à chérir et sans anecdotes à te remémorer. »

Si seulement il l'avait écoutée, il n'en serait pas là, à ressasser des remords qui ne servaient plus à rien !

Il contempla les ruines du château, perchées à une vingtaine de mètres au-dessus du port et vers lesquelles grimpait la rue pavée, principale artère du bourg. Un énorme sapin tout illuminé s'y dressait. Cet arbre majestueux lui rappelait qu'entretenir l'esprit de Noël était l'affaire de chaque foyer. Or, qu'il le veuille ou non, son foyer, c'était ici, à Bourtree… pour ce qui était de son avenir proche, en tout cas.

Un solide gaillard tout en muscles vint se joindre aux quelques personnes attendant le ferry en provenance de Glasgow. Cooper constata avec stupéfaction que l'homme était en short et polo de rugby à manches courtes. Il fallait être complètement givré pour se promener ainsi vêtu par un froid pareil ! Il avait des cheveux roux, un visage constellé de taches de rousseur et des yeux bleu clair. En bref, un pur produit de l'île.

— Salut, mon vieux ! fit celui-ci en s'approchant.

— Salut, répondit Cooper, incapable de retrouver le nom de son interlocuteur.

Pourtant, sa physionomie lui disait quelque chose. Avaient-ils fréquenté la même classe à l'école du village ou avait-il vu sa photo dans l'un des exemplaires du journal local que sa grand-mère avait la manie de collectionner ?

Ce géant était en tout cas impressionnant, avec son oreille en chou-fleur, son nez cabossé probablement cassé à plusieurs reprises, et la cicatrice qui lui barrait un sourcil. Sans doute le souvenir d'une mêlée particulièrement énergique.

Contrairement à la plupart de ses camarades, Cooper ne s'était jamais senti attiré par le rugby. Il pratiquait une activité sportive régulière et veillait à entretenir sa forme, mais de là à se retrouver enseveli sous une masse de corps capables de lancer un tronc d'arbre comme s'il s'agissait d'un cure-dent, très peu pour lui ! Son implication en la matière se limitait à réduire les fractures ouvertes et à recoudre les arcades sourcilières.

Le colosse examina sa tenue d'un œil amusé.

— Tu es devenu un peu frileux, à force de vivre en ville, pas vrai ?

— Là-bas aussi, les hivers sont rudes, fit prudemment Cooper.

Bon sang, qui était ce type ? À en juger par sa manière de lui parler, il devait le connaître. Il essaya de se le représenter avec quelques années de moins et, tout à coup, il eut un déclic.

— Robbie ? Robbie Stuart ?

— Bravo, mon pote ! s'exclama celui-ci en lui assénant une grande claque dans le dos. Tu as mis un peu de temps, mais tu as fini par me reconnaître. Faut dire que j'ai pas mal changé, ajouta-t-il avec une grimace cocasse. Ça fait plaisir de te revoir parmi nous, même si les circonstances… Ta grand-mère nous manquera. Je n'ai jamais rencontré de femme aussi courageuse et généreuse. Sacrée Gertie ! Une dure à cuire, mais le cœur sur la main. Toujours prête à aider la communauté. Sans elle, la fête de la Nativité ne sera plus jamais pareille.

Cooper sentit sa gorge se nouer. La perte de sa grand-mère avait laissé un vide immense en lui. Son aïeule avait été son unique soutien quand la vie dans l'île s'était chargée de l'endurcir.

Une diversion s'imposait.

— Toi, tu m'as l'air plutôt réchauffé !

— Je n'ai pas eu le temps de me changer. Je terminais la

séance d'éducation physique avec les élèves du collège quand mon frère m'a demandé de venir accueillir notre petite sœur à la descente du bateau. Tu te souviens de Rachel ? Maintenant, elle travaille comme bibliothécaire dans une école primaire à Glasgow. Elle s'arrange pour rentrer à la maison deux fois par mois, qu'il pleuve, qu'il vente ou qu'il neige. Ce n'est pas toujours simple, avec son boulot et son copain, mais elle se débrouille.

Cooper n'avait pas la moindre idée de ce à quoi ressemblait Rachel. Et pour cause ! Il ne risquait pas de l'avoir croisée sur le ferry. La honte le submergea.

Durant son adolescence, il avait cherché par tous les moyens à quitter l'île et, quand il y était enfin parvenu, il n'avait pas eu envie de revenir. Il avait préféré rester loin des histoires scandaleuses au sujet de ses parents, morts dans un accident de voiture pour n'avoir jamais su choisir entre boire ou conduire. Chaque patient atteint d'insuffisance hépatique le faisait penser à eux.

— En parlant de tenue, la tienne n'est pas mal non plus, fit Robbie. Tu vas rendre visite aux malades en passant par leurs cheminées ?

Content de sa plaisanterie, il éclata d'un gros rire bon enfant.

— Sérieusement, qu'est-ce que tu fais au port ? Tu attends quelqu'un ?

— Oui. L'infirmière remplaçante.

— Ah, ah ! Tu ne voudrais pas prendre la place du Dr Anstruther, par hasard ?

— Je lui donne un coup de main, c'est tout.

Faux, ce n'était pas tout ! Il voulait aussi évaluer dans quelle mesure travailler ici soulageait sa culpabilité de ne pas avoir été là pour sa grand-mère quand elle avait eu besoin de lui. Il aurait dû annoncer dès le début au Dr Anstruther qu'il se sentait prêt à prendre la relève, trancher avec l'assurance et la précision d'un chirurgien pratiquant une incision. Il savait que les paris allaient bon train au pub sur le fait qu'il reste ou non.

Rester ou repartir… Un dilemme simple à résoudre en apparence, mais dont les implications s'avéraient nettement plus complexes. Sa décision contribuerait à forger l'opinion de la population de Bourtree. Était-il quelqu'un de bien, comme Gertie, ou de la mauvaise graine, comme son père ? Voilà la question que se posaient tous les habitants de l'île, sans exception, avec plus ou moins d'indulgence. Malgré le respect et l'affection dont avait bénéficié son aïeule, redorer le blason des MacAskill après le comportement indigne de ses parents ne serait pas une mince affaire. Raison pour laquelle sa sœur s'était expatriée en Nouvelle-Zélande.

— En tout cas, Gertie aurait adoré ton style vestimentaire ! s'exclama Robbie, interrompant le cours de ses pensées. Avec ces bottes noires, ce pantalon rouge et cette énorme veste, tu as tout du Père Noël. Pour ma part, je me serais passé du bonnet rouge à pompon, mais à chacun son goût !

— L'idée, c'est d'apporter un peu de gaieté et de bonne humeur à mes patients.

Cooper consulta sa montre. Le ferry avait une bonne demi-heure de retard. Pas étonnant, avec ce fichu brouillard !

— Je suis certain qu'ils apprécieront cette charmante attention.

— Tant mieux.

Il ne savait pas s'il s'installerait définitivement à Bourtree ou, à défaut, combien de temps il y séjournerait, mais il avait la ferme intention de se consacrer entièrement aux malades, et de soulager autant que possible leurs souffrances et leur détresse.

— Elle est comment physiquement, la nouvelle infirmière ?

— Aucune idée, je n'ai pas vu sa photo.

De toute façon, il s'en moquait. Il n'avait pas la tête à cela. Sa dernière aventure, aussi éphémère que les précédentes, remontait à quelques mois. Le métier d'urgentiste était exigeant et, travaillant d'arrache-pied, il n'avait guère de temps à consacrer aux histoires sentimentales. Pas plus qu'il n'en avait eu pour sa grand-mère… De nouveau, l'aiguillon de la culpabilité lui transperça le cœur. La promesse qu'il lui avait faite des années auparavant – qu'un jour, elle serait fière de l'homme qu'il allait devenir –, il ne l'avait pas tenue. Du moins pas encore complètement. Certes, il avait brillamment réussi ses études de médecine, mais sur le plan humain il avait encore du chemin à parcourir !

— J'espère que le ferry ne va plus tarder. Nous avons pas mal de visites à domicile cet après-midi.

Robbie lui jeta un regard en coin.

— Je suis surpris qu'un grand ponte comme toi se contente de faire la tournée des bobos de gens comme nous.

Cooper haussa les épaules.

— Et pourquoi pas ? Il faut bien que quelqu'un s'en charge pendant que le Dr Anstruther reçoit au cabinet. À cette période de l'année, crois-moi, ce ne sont pas les rendez-vous qui manquent. Dans un premier temps, j'accompagnerai l'infirmière pour qu'elle se familiarise avec les patients. Ensuite, elle volera de ses propres ailes.

— Quand j'ai appris au Puffin que tu allais prêter quelques jours main-forte à notre bon vieux Doc, je t'avoue que je n'en ai pas cru mes oreilles. Cooper MacAskill, le retour !

Robbie éclata de rire comme si l'idée était totalement loufoque.

Cooper s'efforça de garder une expression impassible, malgré son envie de flanquer le poing dans le nez de ce balourd. Heureusement qu'il avait appris à maîtriser ses pulsions ! Il imaginait mal le médecin local en train de réparer les nez cassés par ses « soins » ! À supposer qu'il devienne effectivement le médecin local…

Le cas échéant, il allait devoir s'habituer à ce genre de commentaires qui n'avaient, en soi, rien de malveillant. La perspective de prescrire de l'aspirine et de bander des chevilles foulées ne l'enthousiasmait guère, lui qui se passionnait pour la médecine d'urgence. Mais peut-être éviterait-il ainsi qu'une autre personne âgée de l'île ne meurt d'une pneumonie, comme sa grand-mère.

« Un petit rhume, mon garçon, ne t'inquiète pas », lui avait-elle assuré au téléphone.

Si seulement, il avait été plus perspicace – moins égoïste surtout –, il aurait deviné que, même dans son état, son aïeule continuerait de se promener à bicyclette malgré le froid hivernal et le brouillard persistant. Le « petit rhume » avait dégénéré en inflammation pulmonaire aiguë. Ensuite, tout était allé très vite, et le Dr Anstruther n'avait rien pu faire.

Le coup de sirène annonçant l'arrivée du ferry fit sursauter Cooper. La manœuvre d'accostage prit un temps fou. Il fallut patienter près d'une demi-heure pour que les passagers débarquent enfin. Ici, la notion du temps était différente ; la nonchalance s'apparentait presque à une philosophie de vie. Pour Cooper, habitué au rythme effréné des urgences, tout semblait se dérouler au ralenti.

La patience : encore une qualité qu'il devrait apprendre pour s'intégrer vraiment à la communauté.

— Coop ! MacAskill !

Cooper tourna la tête en direction de celui qui l'interpellait. Scottie, un membre d'équipage qu'il connaissait, lui désigna d'un geste une personne emmitouflée dans une grande doudoune blanche. Lorsque le regard de Cooper se posa sur le visage d'Audrey Walsh, il en eut le souffle coupé… et pas de froid !

Deux yeux bruns en amande, couleur chocolat, se braquèrent vers lui. La femme avait un air presque juvénile, avec ses cheveux bruns coupés court et ses taches de rousseur. Quel âge avait-elle ? Dans les trente-cinq ans, comme lui ? Non, sans doute plutôt trente.

Elle était plus grande que la moyenne sans pour autant avoir la taille mannequin. Bien que dissimulée par le long manteau, sa silhouette mince semblait bien proportionnée. Miss Walsh avait un charme fou, à la fois naturel et sexy, qui ne devait pas laisser beaucoup d'hommes indifférents : telle fut la conclusion qui s'imposa à lui tandis qu'il l'examinait avec un peu trop d'insistance.

Il s'était attendu à une femme robuste à la chevelure grisonnante, peu soucieuse de son apparence et privilégiant le pragmatisme et l'efficacité à l'élégance. Une sorte de Noreen, l'infirmière dont elle assurerait le remplacement, en fait.

— Bienvenue à Bourtree, dit-il en s'avançant vers elle.

Elle lui offrit un sourire circonspect.

— Merci. J'avais cru comprendre, à la lecture de votre message, que nous irions directement chez les patients, mais j'imagine que vous voulez vous changer d'abord.

Elle ne paraissait pas apprécier sa tenue de Père Noël. Une infirmière devait pourtant savoir que son métier ne consistait pas uniquement à prendre la température et à contrôler le pouls, mais aussi à apporter un réconfort moral aux malades. Et c'était précisément son but en s'habillant ainsi !

— Non, pas du tout. En réalité, j'ai prévu quelques accessoires pour vous dans la voiture, répondit-il en lui montrant le gros 4x4 garé non loin.

Il vit son expression se figer.

— C'est hors de question ! répondit-elle d'un ton sans appel.

2.

Audrey se mordit la lèvre. Dire qu'elle avait accepté ce poste pour échapper aux festivités de Noël et tenter de réparer son cœur brisé !

L'île présentait un certain nombre d'avantages, à commencer par le fait d'être située, sur la carte de la Grande-Bretagne, aux antipodes de Londres. Autres points positifs qu'Audrey avait notés sur sa check-list au moment de trancher : « pas de décorations de Noël ostentatoires » et « un docteur en âge de partir à la retraite ». Deux cases qu'à première vue elle allait devoir décocher !

Car, même dans cet accoutrement ridicule, Cooper MacAskill avait tout pour plaire : des yeux d'un bleu perçant que faisait ressortir le noir de sa chevelure, des lèvres pleines et sensuelles, une carrure d'athlète…

Elle fit la moue. Le sort avait décidé de lui jouer un tour cruel – un de plus – en mettant sur son chemin un médecin jeune, habillé en Père Noël… et absolument craquant.

— Je n'ai pas l'intention de me déguiser, dit-elle de nouveau. Si vous insistez, je remonte immédiatement sur ce vieux ferry et je repars dans l'autre sens.

C'était une menace difficile à mettre à exécution, sachant qu'elle n'avait nulle part où aller et qu'elle avait signé un contrat.

Manifestement peu impressionné, son interlocuteur empoigna sa valise et se dirigea vers un 4x4 qui, à en croire les inscriptions sur les portières, était son véhicule de service. Elle n'eut pas d'autre choix que de le suivre. Après avoir fourré son bagage dans le coffre, il se tourna vers elle et l'examina de la tête aux pieds.

— Dommage, cette tenue de lutin vous irait à merveille.

Il lui souriait gentiment, mais elle surprit dans son regard une lueur de détermination qui la mit aussitôt sur ses gardes. De déception aussi. Il semblait tenir à son idée de déguisement. Curieux, pour quelqu'un qui n'était a priori même pas sûr de vouloir rester à Bourtree Castle. S'agissait-il d'une coutume locale ? Le cas échéant, elle aurait peut-être intérêt à entrer dans le jeu afin de s'intégrer rapidement à son nouvel environnement.

Non, c'était au-dessus de ses forces. Même avec la meilleure volonté du monde, elle ne parviendrait pas à se joindre à la liesse générale alors que sa vie avait du jour au lendemain été transformée en un champ de ruines. Non qu'elle voulût jouer les rabat-joie, en temps normal elle adorait l'ambiance festive de Noël… mais pas cette année.

Soudain, elle songea aux patients auxquels ils s'apprêtaient à rendre visite, à ces personnes vulnérables cloîtrées chez elles et, pour certaines, clouées au lit par la maladie. Ne méritaient-elles pas un petit effort pour égayer leur quotidien ? N'était-ce pas le rôle de leur infirmière, de soulager leurs souffrances physiques comme morales en leur redonnant le sourire ?

— Je porterai le chapeau, mais c'est tout, dit-elle à contrecœur.

Cooper MacAskill ne commenta pas, se contentant de la remercier d'un sourire. Toutefois, quand leurs regards se croisèrent, elle eut l'étrange sensation qu'une sorte de complicité commençait déjà à s'instaurer entre eux.

— Maintenant, passons aux choses sérieuses, dit-il comme si cet instant n'avait existé que dans son imagination à elle. Nous travaillerons en binôme, au moins durant la première semaine. Cela vous permettra de faire plus ample connaissance avec les patients et de vous familiariser avec les pratiques de l'île.

— Elles ne doivent pas être si différentes de celles d'ailleurs.

Elle aurait préféré voler plus rapidement de ses propres ailes. Dans l'état de nervosité et de vulnérabilité où elle se trouvait, la proximité permanente de ce médecin un peu trop séduisant risquait de la perturber. Heureusement qu'elle disposerait de ses soirées pour faire le deuil définitif de sa relation avec Rafael et réfléchir à son avenir.

— Les gens d'ici n'aiment pas tellement le changement, répondit Cooper en guise d'explication.

— C'est partout pareil, non ? Pourtant, quand les circonstances l'exigent, il faut s'y résoudre.

Pour s'en convaincre, elle caressa du pouce son annulaire gauche où son ex-bague de fiançailles n'avait pas eu le temps de laisser de marque. Son geste, pourtant discret, n'échappa pas au Dr MacAskill, aussi s'empressa-t-elle de faire diversion.

— Alors c'est l'uniforme réglementaire local du corps médical en cette période de l'année ? demanda-t-elle en détaillant d'un œil moqueur l'accoutrement de son interlocuteur.

Sa question lui valut un rire amusé.

— C'est la première fois que je le porte. Par ailleurs, je ne suis pas ici à Noël, d'habitude.

— Dans ce cas, pourquoi vous donner toute cette peine ?

Le beau visage s'assombrit brusquement. Elle avait dû involontairement toucher une corde sensible. Le Dr MacAskill semblait, lui aussi, avoir quelques vieux démons à combattre.

Ce fut à son tour de changer de sujet.

— À en juger par la taille de votre valise, on pourrait croire que vous vous êtes enfuie de chez vous, dit-il sur le ton de la plaisanterie en contemplant l'énorme bagage dans lequel elle avait entassé tout ce qu'elle possédait, ou presque.

Elle sentit son cœur se serrer douloureusement dans sa poitrine. Cet homme avait un sixième sens ! Quand il posa de nouveau les yeux sur elle, elle eut l'impression qu'il percevait sa peine. Ils venaient tout juste de se rencontrer, et il aurait déjà pu deviner ses pensées les plus secrètes ? Non, impossible ! Elle se faisait des idées.

Elle avait néanmoins acquis une certitude : Cooper MacAskill avait une personnalité autrement plus complexe que son costume de Père Noël ne le laissait supposer. Intriguée, elle profita de ce qu'il passait rapidement ses textos en revue pour l'étudier à la dérobée. Il était indéniablement beau. Un genre de beauté virile auquel elle n'était pas insensible. Le proverbe « Chat échaudé craint l'eau froide » lui revint en mémoire, et elle se promit de maintenir une distance prudente avec cet apollon. Elle avait appris à ses dépens à ne pas se fier aux apparences.

À présent, elle avait hâte de commencer les visites. Cela lui rappellerait ses débuts. Son chemin avait ensuite croisé celui du talentueux chirurgien Rafael de Leon, lequel l'avait convaincue d'accepter un poste dans un hôpital pédiatrique renommé, ce qui « siérait mieux à l'image de notre couple ». Le métier d'infirmière à domicile ne devait pas être assez bien pour lui. Comment avait-elle pu être assez aveugle pour ne pas comprendre, à ce moment-là, qu'elle faisait fausse route avec son Argentin ?

L'arrivée d'un colosse, un gros sac en toile rose fluo sur l'épaule, interrompit le cours de ses pensées. Le mode vestimentaire des îliens était pour le moins excentrique ; en plein hiver, l'homme portait pour tous vêtements un short et un maillot de rugby à manches courtes ! Il asséna une grande claque entre les omoplates de Cooper qui encaissa le choc sans broncher malgré la différence de gabarit. S'il s'était agi d'elle, le coup l'aurait certainement envoyée valdinguer à une bonne dizaine de mètres !

— Alors, Coop, t'as finalement trouvé l'infirmière ?

— Oui, répondit celui-ci, imperturbable. Je te présente Audrey Walsh. Audrey, voici Robbie Stuart, le professeur d'éducation physique du collège.

Voilà qui expliquait la tenue.

Elle salua le géant débonnaire.

— Excuse-nous, Robbie, on doit y aller. Les patients nous attendent.

— Tu devrais l'emmener au Puffin, ce soir. Un pot est organisé après la répétition pour la fête de la Nativité.

Elle jeta un regard interrogatif en direction de Cooper, qui attendit que Robbie se soit éloigné pour lui fournir quelques précisions.

— La fête de la Nativité est une tradition locale. Si Noël

vous tape sur les nerfs, un conseil : n'y assistez pas. Quant au « pot », soyez sûre que la population de Bourtree Castle au grand complet y sera lorsqu'elle saura que la remplaçante de l'infirmière vient de débarquer. Ici, les nouvelles vont vite, et l'arrivée de visiteurs crée toujours l'événement.

— C'est aussi pour cette raison que les gens parient sur le fait que vous restiez ou non sur l'île.

À peine eut-elle prononcé ces mots qu'elle les regretta en voyant le sourire de Cooper s'effacer. Elle venait de toute évidence de commettre un impair.

— Pardon, fit-elle à la hâte. Cela ne me regarde pas.

— Pas de problème, répondit-il en s'engouffrant dans la voiture. De toute façon, vous allez vite vous rendre compte qu'à Bourtree les habitants ont une fâcheuse tendance à se mêler des affaires des autres. Un sport local, en quelque sorte.

— Je sens que ça va me plaire !

Et, bien décidée à tourner dorénavant sept fois sa langue dans sa bouche avant de s'exprimer, elle grimpa à son tour dans le 4x4. Le Dr MacAskill était un être beaucoup plus complexe que son attitude décontractée ne le laissait supposer, et si elle voulait établir une relation de confiance, elle avait intérêt à faire preuve de discrétion.

— Désolée de partir aussi vite. Je dois aller chercher les enfants à l'école et leur préparer le goûter à la maison. Je repasserai dès que Deacon sera rentré du travail et pourra garder les petits. Malheureusement, je ne resterai pas longtemps, car il y a la répétition de la fête de la Nativité.

— Vous avez un bon rôle ? demanda Audrey.

Mhairi leur sourit, pour la première fois depuis leur arrivée.

— Superbe ! Celui de Frigg.

À en juger par son air perplexe, Audrey n'avait jamais entendu parler de ce personnage. Cooper se promit de lui expliquer plus tard. Pour le moment, il s'agissait de réconforter Mhairi.

— Nous allons ausculter ton père, et je te tiendrai informée par téléphone.

La jeune femme parut néanmoins hésiter. Elle jeta un coup d'œil anxieux en direction de la chambre de son père.

— C'est difficile de te prendre au sérieux, Coop.

— Pourquoi ? À cause de ma tenue ? L'habit ne fait pas le moine.

Il souleva son chapeau, libérant une chevelure brune et ondulée qui lui descendait jusqu'en bas de la nuque.

— Oui, bien sûr… C'est juste que… nous sommes habitués au Dr Anstruther et à Noreen. Ils connaissent bien papa et la maison, alors je ne m'inquiète pas quand je ne peux pas rester.

Cooper hocha la tête, s'efforçant de conserver une expression neutre. Il avait plus d'une fois été confronté à ce genre de réaction, au cours de la semaine précédente. Si chacun, dans l'île, savait qu'il exerçait en tant qu'urgentiste au sein d'un hôpital renommé de Glasgow, personne n'avait eu l'occasion de le voir à l'œuvre pendant une trachéotomie ou alors qu'il s'activait autour d'un chariot d'urgence face à un cas d'encéphalogramme plat. Personne ne l'avait vu ramener à la vie des patients voués à une mort imminente.

Tous se remémoraient l'enfant bagarreur dans la cour de l'école, l'adolescent chevauchant une moto avant l'âge légal, le petit dur qui faisait constamment usage de ses poings et n'obéissait qu'à ses propres règles. Il faudrait du temps avant qu'ils ne lui accordent leur confiance. Des années, peut-être. Aurait-il cette patience ?

— Je comprends, Mhairi. Mais même dans ce déguisement, je suis avant tout médecin. Ma priorité, c'est de soigner, pas d'amuser la galerie. Par ailleurs, Audrey a toutes les qualifications requises. Si, à nous deux, nous ne parvenons pas à établir un diagnostic, nous demanderons au Dr Anstruther de passer ausculter ton père après ses consultations. Ça te va ?

Malgré la gravité de la situation et l'évidente inquiétude de Mhairi – un vieux prénom gaélique, d'après Cooper –, Audrey éprouva une certaine fierté en entendant vanter ses qualités professionnelles. Pour autant, le Dr MacAskill ne l'ayant pas encore vue officier basait son jugement sur son seul CV.

— Papa n'est pas dans son état normal, dit Mhairi en attrapant son manteau et son sac à main. C'est pour ça que j'ai appelé le cabinet médical. Jamais il ne reste toute la journée au lit. Je passe souvent prendre une tasse de thé avec lui avant d'aller chercher les enfants à l'école, et je le trouve toujours en train de jardiner ou de bricoler quelque chose. Quand je suis arrivée aujourd'hui, il n'avait même pas ouvert les volets. Apparemment, il n'a pas mis le nez dehors depuis hier.

En parfait gentleman, Cooper l'aida à enfiler son manteau. Un geste qui, chez lui, semblait tout naturel.

— S'il ne se sent pas bien, mieux vaut qu'il garde le lit. S'il s'avère qu'il faut l'hospitaliser, ne t'inquiète pas, nous nous chargerons de son transfert.

Il mentionna un hôpital de renom où, dit-il, il avait des confrères qui veilleraient à ce que le patient reçoive les meilleurs soins, le cas échéant.

Mhairi fronça les sourcils.

— Mais c'est à Glasgow, dit-elle avec une nette réticence.

Nul doute que, dans son esprit, Glasgow s'apparentait au bout du monde ! Audrey réprima un sourire.

— Là-bas, il bénéficiera d'une surveillance vingt-quatre heures sur vingt-quatre. Cela te permettra de te reposer. Cet établissement jouit d'une excellente réputation.

— C'est là que tu travailles ?

— Je le connais bien et je ne saurais trop le recommander.

Audrey nota avec intérêt qu'il n'avait pas vraiment répondu à la question.

Désemparée, Mhairi secoua la tête.

— Je n'aime pas trop cette idée. Surtout en cette période de Noël. Il sera entouré d'étrangers, loin de nous et de ses petits-enfants. Il n'a plus que nous.

Ces arguments firent resurgir en Audrey la sensation de manque qui la poursuivait depuis sa prime jeunesse. Enfant unique, elle avait perdu sa mère très jeune et avait été élevée par son père qui n'avait jamais réussi à faire son deuil.

— Tu sais ce que c'est, Coop, de devoir se débrouiller seul. Ce n'est pas très agréable.

La mâchoire de Cooper se crispa et Audrey perçut une sorte de tension qui aiguisa sa curiosité.

— Pardon, je n'aurais pas dû…

— Pas de problème.

Un silence embarrassant s'installa entre Cooper et Mhairi.

De quoi s'agissait-il ? Audrey n'en savait rien, mais elle avait mieux à faire qu'assister, passive, à une scène dont elle ne comprenait ni les tenants ni les aboutissants. Elle se décida à intervenir.

— Pour le moment, personne ne va nulle part. Nous ferons tout ce qui est en notre pouvoir pour éviter un séjour à l'hôpital à votre père. Je suggère que vous nous laissiez maintenant l'examiner afin de savoir le plus tôt possible à quoi nous en tenir.

— Vous serez là longtemps ?

— Cinq semaines.

— Je crois que Mhairi nous demandait combien de temps prendrait l'examen, dit Cooper, sortant de son mutisme.

Audrey lui signifia d'un regard que la balle était dans son camp. D'autres malades comptaient sur eux, cet après-midi. À Londres, elle aurait enchaîné les visites dans une véritable course contre la montre, avec la frustration de ne pas pouvoir accorder davantage de temps à chacun de ses patients, mais peut-être les choses fonctionnaient-elles ici selon un rythme différent.

— Nous ne laisserons pas Glenn seul si nous estimons qu'il y a le moindre risque, affirma Cooper.

Empathie, conscience professionnelle, sang-froid, sensibilité, sans oublier un physique largement au-dessus de la moyenne : le Dr MacAskill cochait de nombreuses cases !

Elle se reprocha aussitôt cette pensée subversive.

— Promis ? demanda Mhairi.

— Tu as ma parole, répondit-il sur un ton étrangement solennel.

— Dans ce cas, je pars l'esprit plus tranquille, murmura Mhairi, non sans une ultime hésitation.

— Et maintenant, Audrey, au travail, dit Cooper lorsqu'elle eut refermé la porte derrière elle.

Un quart d'heure plus tard, après avoir pris connaissance du dossier médical de l'octogénaire et procédé à l'examen clinique préliminaire, Cooper partageait les inquiétudes de Mhairi. Et, à en juger par le froncement de sourcils d'Audrey, elle aussi était préoccupée.

Glenn Davidson avait de la fièvre. Il était déshydraté, incapable de se concentrer, et très faible. Cooper et Audrey avaient d'ores et déjà éliminé la grippe, du fait de l'absence de congestion et de maux de gorge. À en croire le vieil homme, la fatigue et la température ne se s'étaient pas manifestées de façon brutale, comme c'était souvent le cas des symptômes grippaux. De plus, Glenn leur avait assuré s'être fait vacciner contre la grippe en septembre.

— Juste avant ta grand-mère, avait-il précisé d'une voix à peine audible, assis au bord de son lit et se balançant d'avant en arrière comme si ce mouvement stimulait sa mémoire. Nous avions pris rendez-vous en même temps pour échanger des magazines.

Cooper avait surpris le regard désarçonné d'Audrey. Elle ne savait rien de lui, ni lui d'elle, et c'était aussi bien ainsi. Cela lui offrait une chance de se racheter et d'essayer de devenir l'homme qu'il avait promis de devenir à son aïeule : respectable, loyal, et altruiste.

Si, par un juste retour des choses, il avait veillé sur sa grand-mère comme Mhairi sur son père, il serait venu la voir dès la première mention de sa toux. Peut-être alors aurait-il diagnostiqué la pneumonie avant qu'il ne soit trop tard. Au lieu de quoi il avait privilégié sa mission au service des urgences. Mais l'heure n'était pas à l'examen de conscience. Sa priorité, c'était de soigner les personnes souffrantes et vulnérables qui dépendaient de lui.

Il compléta le dossier médical de Glenn tandis qu'Audrey prenait sa pression artérielle. Il avait laissé le champ libre à l'infirmière, et pourrait ainsi de se rendre compte de sa façon de travailler. Elle lui semblait un peu nerveuse, comme si elle n'y voyait pas une preuve de confiance mais un moyen détourné de prendre l'ascendant sur elle.

— Ce n'est pas trop serré ? demanda-t-elle à Glenn après avoir ajusté le brassard.

— Non, ça va, répondit Glenn.

Jusqu'à quel point fallait-il le croire ? Depuis qu'ils étaient dans sa chambre, le vieil homme avait manifesté à plusieurs reprises des difficultés à fixer son attention et son regard.

Audrey plaça les embouts du stéthoscope dans ses oreilles et frotta le pavillon contre sa paume pour le réchauffer avant de le positionner. Une attention qui n'échappa pas à Cooper.

Elle commençait à presser la poire de gonflage du tensiomètre quand Glenn bascula vers l'avant. D'un bond, Cooper fut près de lui pour le retenir.

— Ne vous inquiétez pas, monsieur Davidson, je vais vous remettre au lit.

Le pauvre homme n'avait même pas la force de se tenir assis tout seul. Il se mit à marmonner des propos incohérents à propos d'un chien qui pourrait l'aider. S'agissait-il d'un début d'Alzheimer ?

— Adossez-vous aux oreillers, vous serez plus à l'aise. Avez-vous souvent ce genre de vertiges ?

— De plus en plus souvent, répondit-il en gémissant. Je ne sais pas ce qui m'arrive, depuis quelque temps. J'ai des étourdissements et la tête toute chamboulée.

— Est-il coutumier du fait ? demanda discrètement Audrey à Cooper.

Cette simple question raviva son sentiment de culpabilité.

Il avait perdu de vue la plupart des habitants de son île natale. Il se pencha au-dessus de Glenn Davidson pour pouvoir le regarder droit dans les yeux.

— À notre arrivée, nous n'avons pas eu le temps de beaucoup discuter avec Mhairi, elle devait aller chercher vos petits-enfants à l'école et craignait d'être en retard. Pouvez-vous nous expliquer précisément ce qui ne va pas ?

— J'ai mal, répondit le vieil homme en remontant ses genoux contre sa poitrine.

— Est-ce que vous vous alimentez ? demanda Audrey d'une voix douce.

— Pas faim.

— Vous avez eu des nausées.

— Non. J'ai juste envie de dormir… ou de mourir.

Épuisé, Glenn ferma les yeux.

— Buvez-vous de l'eau en quantité suffisante ?

Le malade poussa un gémissement étouffé et marmonna quelque chose à propos d'un petit remontant qu'il avait avalé dans l'espoir d'atténuer la douleur.

Cooper fronça les sourcils. L'alcool n'était jamais une solution, mais une source de problème. Il en avait fait la pénible expérience avec ses parents. De nouveau, il songea à sa grand-mère. Le Dr Anstruther lui avait affirmé qu'elle était partie durant son sommeil. Une maigre consolation, mais à la vue de Glenn à l'agonie, il se réjouissait que Gertie ne soit pas tombée aussi bas.

Il surprit de nouveau le regard d'Audrey posé sur lui. Son expression trahissait de l'inquiétude, mais aussi une intense réflexion.

— Monsieur Davidson, allez-vous souvent aux toilettes ?

— Tout le temps. J'ai arrêté de boire de l'eau hier parce que ce n'était plus possible. Et je refuse de porter ces trucs… Enfin, vous savez… ces couches.

Audrey, un sourire rassurant aux lèvres, lui pressa la main. Un geste que Cooper apprécia à sa juste valeur. Amener un vieil homme à aborder des sujets aussi délicats que l'incontinence et l'hygiène intime était un exercice difficile. D'autant plus lorsqu'il s'agissait d'un insulaire écossais !

— La dernière fois, dit Glenn sur le ton de la confidence, je m'étais même pas recouché qu'il a fallu que j'y retourne.

Cooper et Audrey échangèrent un regard entendu. L'un comme l'autre en étaient arrivés à la même conclusion : infection urinaire. Tous les symptômes corroboraient ce diagnostic : fièvre, sensation d'inconfort, difficultés à concentrer son attention, douleur et fuites urinaires. Il lui fit signe de poursuivre.

— Il semble que vous souffriez d'une forme assez prononcée d'infection urinaire.

— C'est grave ?

— Ça aurait pu le devenir si votre fille ne nous avait pas appelés. Vous allez prendre des antibiotiques, et dans quelques jours ce ne sera plus qu'un mauvais souvenir.

Elle avait une voix douce et rassurante. Une vraie professionnelle.

— Je vais laisser l'ordonnance sur la table de la cuisine et demander à Mhairi de passer sans attendre à la pharmacie. Vous commencerez le traitement dès ce soir. En tout cas, Glenn, vous pouvez être fier d'avoir tenu le coup jusque-là sans avoir d'hallucinations.

Le vieil homme esquissa une grimace cocasse.

— Pourtant, j'ai bien cru en avoir quand tu es entré dans ma chambre avec cet accoutrement, mon garçon ! J'ai pensé que le Père Noël venait me chercher pour me conduire auprès du Bon Dieu. J'aimerais bien vivre encore un peu pour voir mes petits-enfants grandir.

— Ne vous inquiétez pas. Audrey et moi y veillerons.

— Mais tu vas bientôt repartir, et cette jeune demoiselle aussi. Quant au Dr Anstruther, il a l'intention d'aller se la couler douce au soleil, alors…

— Noreen ne tardera pas à rentrer. Vous pouvez compter sur elle pour prendre soin de votre santé.

— Ah ça, pour sûr ! Avec elle, pas question de faire un

petit écart. Un vrai dragon, cette femme ! Mais dans le fond, une bonne âme.

Glenn bâilla. La conversation l'avait fatigué.

— Et maintenant, il faut vous reposer, dit Audrey. Je vais ajouter ce ravissant plaid sur vous pour que vous ayez bien chaud.

Elle prit la couverture pliée dans un fauteuil et l'étendit sur le lit. Le cœur de Cooper fit une embardée. Pas de doute : dans toute l'île une seule personne avait pu confectionner un plaid aussi coloré : Gertie MacAskill, sa grand-mère.

Par chance, la jeune femme ne perçut pas son trouble.

— Je vais aussi vous apporter un verre d'eau que je poserai sur votre table de nuit. Avez-vous un verre de prédilection, monsieur Davidson ?

Elle eut droit à une réponse incompréhensible, et sortit sans insister de la chambre. Cooper la suivit dans la cuisine.

— Félicitations, dit-il en posant sa mallette médicale sur la table, vous avez été plus rapide que moi pour le diagnostic.

— C'est gentil, mais je n'en crois pas un mot. J'avais l'habitude des infections urinaires, avec mes patients âgés, et M. Davidson présente tous les symptômes.

— Avais ?

Elle détourna le regard et entreprit d'ouvrir les portes des placards à la recherche d'un verre.

— J'ai accepté un poste dans un hôpital pédiatrique il y a trois mois. Ce travail m'a beaucoup plu, bien sûr, mais le métier d'infirmière libérale me manquait.

Pourquoi ne pas l'avoir mentionné sur son CV ? Il décela dans cette confidence un soupçon de… De quoi, au juste ? D'amertume ? De culpabilité ? De frustration ? Difficile à dire. Peut-être, lors d'une visite, s'était-il produit un incident qui l'avait incitée à changer de poste.

— Soigner est nettement plus passionnant en milieu hospitalier qu'à domicile, fit-il.

Pour lui, il s'agissait d'une évidence, aussi fut-il pris de court par la sécheresse de la réponse.

— Je n'ai jamais fait de différence de traitement entre mes patients, qu'ils se trouvent à l'hôpital ou chez eux.

Il avait manifestement touché un point sensible.

— Je n'en doute pas une seconde.

Elle remplit un verre d'eau au robinet de l'évier dans lequel se trouvait de la vaisselle sale, puis enfila une paire de gants en caoutchouc.

— Que faites-vous ?

— À votre avis ?

— Laver la vaisselle n'entre pas dans les attributions d'une infirmière à domicile.

Elle le toisa comme s'il avait un cœur de pierre.

— M. Davidson n'a pas assez d'énergie actuellement pour le faire, et sa fille m'a paru plus que débordée. Cela ne me prendra que cinq minutes. Je peux bien leur rendre ce menu service. D'autant que cela confirme ce que je soupçonnais : le pauvre homme n'a pas suivi un régime sain, ces derniers jours. Au vu du nombre de tasses et de verres, il a dû compenser le manque de nourriture solide – une seule assiette avec les restes d'un plat au curry certainement tout préparé – par une consommation excessive de café et de whisky. Connaître l'hygiène de vie des patients entre, à mon sens, dans les attributions d'une infirmière à domicile.

Qu'il se le tienne pour dit !

Force était de reconnaître qu'elle avait raison. Cela ne faisait que quelques jours qu'il prêtait main-forte au Dr Anstruther en effectuant des visites à domicile, et il n'avait pas encore pris ses marques. Finlay était venu le chercher à son arrivée sur l'île pour le conduire chez sa grand-mère. Et lui avait annoncé à cette occasion son intention de prendre sa retraite et le fait qu'il avait de quoi financer le salaire d'un second médecin jusqu'à cette date. Il avait prévu de réserver ce budget à son futur successeur mais, faute de candidat, il avait proposé à Cooper d'assurer l'intérim.

Cooper avait tout d'abord refusé l'offre, mais Finlay lui avait fait valoir que certains cas l'intéresseraient à coup sûr.

Jusqu'à présent, Cooper n'en avait encore identifié aucun et, de toute façon, lorsque l'état du patient nécessitait des soins intensifs, le malade était transporté vers l'hôpital le plus proche par hélicoptère médical. C'était ce qui s'était produit pour ses parents, même si les secours étaient arrivés trop tard. Ce drame était à l'origine de sa vocation : sauver des vies, inspirer instantanément la confiance et le respect.

Confiance et respect… La population de Bourtree les lui accorderait-elle un jour ?

D'un geste las, il se massa la nuque. Ce genre d'introspection ne le mènerait nulle part. Mieux valait se concentrer sur le présent. Il avait la chance de faire équipe avec une infirmière aussi jolie que professionnelle qui avait quitté l'effervescence de Londres pour mettre ses compétences au service d'une poignée d'Écossais isolée du reste du monde. Peut-être lui prouverait-elle qu'exercer ainsi était plus passionnant que le travail en milieu hospitalier ?

Autant lui poser la question sans détour !

— Pourquoi, après avoir officié dans un hôpital pour enfants très renommé, avez-vous décidé de revenir aux soins à domicile ? Ce n'est pas franchement une progression de carrière.

Sa remarque lui valut un regard noir.

— Vous avez décidément une piètre opinion des infirmières libérales.

Bon sang ! Il aurait mieux fait de réfléchir avant de parler !

Il battit aussitôt en retraite.

— Désolé. Loin de moi l'idée de critiquer votre profession. Vous rendez un service inestimable aux malades immobilisés chez eux. En revanche, maintenant que vous y avez goûté, vous devez reconnaître que le travail en hôpital est autrement plus…

Il s'interrompit avant de dire « exaltant », de crainte que ce qualificatif ne choque la jeune femme. Elle ne devait surtout pas s'imaginer qu'il comptait sur le malheur des autres pour lui procurer des poussées d'adrénaline. Dans l'idéal, un service des urgences était désert. Cependant, il était devenu accro à la pression pesant sur les épaules des urgentistes toujours sur la brèche pour s'occuper de patients, certes anonymes, mais en grande détresse. En général, les heures s'enchaînaient à un rythme effréné, et il aimait cela !

— Ce qui m'intrigue, c'est la raison pour laquelle vous vous êtes exilée ici pour un remplacement plutôt que de rester exercer dans un hôpital londonien. Ce ne sont pas les opportunités qui manquent en cette période de Noël, et vous auriez un meilleur salaire.

À en juger par l'expression d'Audrey, il venait de commettre un second impair, pire encore sans doute que le premier. Quel balourd !

— Il n'y a pas que le statut et l'argent dans la vie.

Son intonation trahissait une curieuse émotion. Il avait affaire à une femme blessée, il l'aurait parié. Elle se reprit et lui offrit un sourire timide.

— Pardon. Je réagis trop vivement. Le sujet est sensible.

— Celui de l'argent ou celui du statut.

— Ni l'un ni l'autre.

— Un petit ami obsédé par l'un ou par l'autre, peut-être ?

Elle se mordilla la lèvre. Luttait-elle contre les larmes ou tentait-elle de réprimer une repartie bien sentie pour le dissuader de se mêler de ce qui ne le regardait pas ? Comment savoir. En revanche, il avait acquis une certitude : Mlle Walsh avait une bouche extrêmement sensuelle qui appelait le baiser.

— Quelque chose d'approchant, dit-elle. Et si nous finissions de nous occuper de M. Davidson pour partir chez le prochain patient ?

Une manière détournée de mettre fin à l'interrogatoire. C'était de bonne guerre ! Lui-même n'aurait guère apprécié des questions indiscrètes sur sa vie amoureuse, qui avait connu des hauts et des bas.

Pourquoi était-il encore célibataire à son âge alors que bon nombre de ses confrères avaient déjà fondé une famille et, pour certains, attendaient leur deuxième ou leur troisième enfant ? Personne à Bourtree ne s'était donné la peine de l'interroger à ce sujet, car tous connaissaient la réponse.

Il prit le verre d'eau qu'Audrey lui tendait pour le porter à Glenn, et s'efforça d'ignorer son trouble quand leurs doigts se frôlèrent. Lorsqu'il revint après s'être assuré que le vieil homme était confortablement installé, Audrey se dirigeait déjà vers le 4x4.

3.

Quatre heures, un énorme *fish and chips* à emporter et sept patients plus tard, Audrey et Cooper avaient bouclé leur demi-journée de travail. Il était presque 20 heures et, malgré sa doudoune qui s'ornait à présent de diverses taches de boue, de thé et de ketchup – souvenir d'un bambin très affectueux –, Audrey frissonnait de froid. D'autant que le système de chauffage de la voiture avait rendu l'âme après leur deuxième visite.

Elle ne rêvait plus que d'une chose : se glisser dans un bon bain chaud et siroter une tasse de thé en repensant à cette journée bien remplie. Le bonheur ! À condition, toutefois, que ne s'y immiscent pas des pensées plus sombres, telles qu'un cœur brisé par un fiancé infidèle, un compte en banque à sec et un horizon limité à cinq semaines. Au-delà, elle n'aurait plus ni logement ni emploi.

Cooper engagea le 4x4 sur la route de la côte, en direction du cabinet médical où les attendait le Dr Anstruther. En réalité, le réseau routier local se résumait à l'axe principal qui faisait le tour de l'île, à partir duquel des routes étroites et sinueuses desservaient l'intérieur des terres.

Après M. Davidson, ils avaient rendu visite à deux adorables nourrissons dont l'un souffrait d'une infection des voies respiratoires, à un vieillard atteint de la maladie de Parkinson, à un jeune homme d'une vingtaine d'années qui présentait des fractures ouvertes aux deux fémurs à la suite d'un accident de ski, à un consultant en informatique têtu comme une mule qui refusait d'attribuer la mauvaise irrigation sanguine de ses pieds à son diabète, puis, pour finir, à une jeune mère de famille qui, malgré un courage exemplaire, était en train de perdre la bataille contre un cancer métastatique des os. Son unique vœu était de tenir le plus longtemps possible pour profiter de son dernier Noël avec ses enfants.

En l'entendant avouer cela, Audrey avait eu toutes les peines du monde à retenir des larmes de compassion, et Cooper était sorti précipitamment de la chambre sous prétexte d'aller rédiger son ordonnance. En plus d'avoir du cœur, cet homme était un excellent médecin, à l'écoute des malades, adaptant son discours et son attitude à chacun d'eux. Maintenant qu'elle l'avait vu à l'œuvre, elle ne doutait pas qu'il excellât dans un service d'urgences. Il était calme et efficace, et avait un diagnostic sûr. Il semblait n'avoir aucune idée de l'effet que son physique pour le moins viril produisait sur la gent féminine, à commencer par elle. Elle n'avait décelé aucune arrogance en lui.

L'inverse de Rafael, en somme…

Et dire qu'elle était allée jusqu'à vendre la petite maison où elle avait vécu avec son père, et qu'une partie du montant de la vente – une somme dérisoire, selon Rafael – avait servi à financer son mariage avorté, l'autre étant placée dans une assurance vie à laquelle elle ne pourrait pas toucher avant plusieurs années ! À partir de ce moment-là, précisément, quand elle avait bradé son passé, elle avait commencé à perdre de vue qui elle était et la femme qu'elle aspirait à devenir.

Tout cela pour quoi ? Pour offrir à ce chirurgien prétentieux, à ce coureur de jupons, un cadeau digne de son statut, ce que son modeste salaire d'infirmière ne lui avait pas permis jusqu'alors. Une folie ! Comment avait-elle pu être assez stupide pour croire que cet homme l'aimait sincèrement ?

Cet argent lui faisait désormais cruellement défaut, et le manque de liquidités compromettait sérieusement le succès de tout éventuel projet d'avenir. En clair, elle était coincée !

Quoi qu'il advienne, elle n'en parlerait à personne, pas plus que de l'immense honte d'avoir agi ainsi. Une infirmière se devait de préserver sa dignité, surtout dans une petite île comme Bourtree où, semblait-il, les rumeurs se propageaient comme une traînée de poudre !

Raison de plus pour ne pas réagir si vivement aux commentaires de Cooper sur l'argent et le statut social. Le Dr MacAskill ne pouvait pas savoir qu'elle avait quitté son métier d'infirmière libérale parce que Rafael l'y avait incitée. Avec le recul, elle prenait conscience qu'elle avait dit amen à toutes ses suggestions : changement de poste, vie commune, mariage précipité dans la plus stricte intimité et voyage de noces mémorable sur une île tropicale, dans un bungalow hyper luxueux, perché sur pilotis au-dessus d'une mer turquoise, avec champagne à l'arrivée et spa. Sans oublier les billets d'avion en première classe. Le grand jeu !

Cela la rendait malade, de s'être laissé manipuler comme une débutante ! Elle, discrète, terne et effacée ; lui, supérieur, élégant, beau parleur et séducteur. Elle, la Cendrillon ; lui, le prince charmant à qui le monde appartenait. Il estimait sans doute qu'elle n'était pas assez brillante pour lui, ce qui expliquait sa trahison, à défaut de la justifier.

— Vous vous êtes vraiment bien débrouillée, aujourd'hui, dit Cooper, rompant le silence.

Le compliment lui fit chaud au cœur.

— À mon sens, les médecins et les infirmières à domicile sont autant en première ligne que ceux du SAMU et des urgences. J'aime rencontrer les patients dans leur environnement. Cela permet de déceler certaines pathologies plus facilement.

Elle avait tendance à s'enflammer lorsqu'elle parlait de son métier, au risque de déplaire à ceux qui ne partageaient pas son avis. Mais, après tout, pourquoi prendre des gants avec le Dr MacAskill ? Leur collaboration s'interromprait dans cinq semaines, voire plus tôt s'il décidait de partir avant. Et elle n'avait pas l'intention de le séduire.

— C'est un point de vue intéressant. Toutefois, en ce qui me concerne, moins je connais la personne, plus je suis capable du recul nécessaire à l'établissement de mon diagnostic.

— Prenons Jimmy, par exemple.

— Jimmy Talbot ?

Il s'agissait du diabétique auquel ils avaient rendu visite dans l'après-midi. Il avait à peu près son âge et, malgré le risque d'amputation des orteils, s'obstinait à nier que son régime alimentaire puisse vraiment influer sur sa maladie, qu'il mettait sur le compte d'une injustice génétique.

— Oui. Il est dans le déni complet au sujet de son diabète.

— Il se plie néanmoins à sa piqûre quotidienne d'insuline.

— C'est vrai, mais c'est ce qui lui permet un contact quotidien avec le monde extérieur.

— Poursuivez.

— Il prétend nous laisser le soin de pratiquer l'injection parce que la vue d'une seringue lui inspire une peur panique. Vous a-t-il paru si effrayé ?

— Non, pas vraiment.

— En réalité, il a surtout envie de compagnie. Il ne fait aucun effort pour améliorer sa santé et ne plus avoir besoin de piqûres. Un peu étrange, pour quelqu'un qui redoute autant les aiguilles, non ?

— Mais il m'a expliqué qu'il mangeait de la viande maigre, des légumes et des fruits.

— Avez-vous jeté un œil dans la poubelle de la cuisine ?

Il lui adressa un regard étonné.

— Non.

— Moi si. Et j'y ai découvert plusieurs sachets de boulangerie ainsi qu'une boîte en carton rose qui, j'en suis sûre, contenait des pâtisseries.

— Je ne comprends pas comment il se les procure. À l'en croire, il se fait livrer ses courses et est incapable de mettre le nez dehors. C'est pour cela qu'il ne vient jamais au cabinet médical, pour ses injections.

— Je ne doute pas qu'il reste cloîtré chez lui, mais pas forcément parce qu'il est dans l'incapacité de sortir. Aucune trace autour de son véhicule n'indique qu'il l'aurait utilisé récemment. Le réfrigérateur renferme en tout et pour tout un litre de lait et un sachet entamé de pain de mie. Il dit avoir passé un accord avec un employé du supermarché pour qu'il lui apporte ses courses à domicile. À mon avis, son livreur improvisé s'arrête en chemin à la boulangerie. Enfin, il a fini par m'avouer qu'il simulait. En réalité, il n'a pas la phobie des aiguilles.

Cooper lui adressa un grand sourire, d'une telle chaleur et d'une telle sincérité que son cœur se mit à battre plus fort.

— C'est un chapeau de détective que j'aurais dû vous prêter, pas celui d'un lutin de Noël ! À vrai dire, Audrey – et mes propos n'ont rien d'offensant pour Noreen –, je comprends qu'il joue la comédie si cela lui vaut la visite quotidienne d'une aussi jolie femme que vous. Qui sait ce qu'il raconte à Noreen !

Audrey se sentit rougir jusqu'à la racine des cheveux. Depuis ses déboires sentimentaux, elle se trouvait plutôt quelconque et peu désirable. Ce commentaire, surtout venant d'un homme aussi beau et manifestement avare de compliments que Cooper MacAskill, la flattait.

— Je ne suis que de passage ici. Il est parfois plus facile de confier ses fragilités à un parfait étranger. D'autant plus lorsque vous habitez une petite île où, a priori, tout finit par se savoir. Pensez-vous qu'une autre raison expliquerait pourquoi Jimmy vit comme un ermite ?

Cooper prit le temps de réfléchir avant de répondre.

— Je me le rappelle à l'école. Il était d'une timidité maladive. Il ne croisait jamais votre regard, même quand vous lui parliez. Les enfants ne sont pas tendres entre eux. Ils l'avaient surnommé « Jimmy le Gros ». Il ne semblait pas en souffrir, mais peut-être que…

— Que quoi ?

— Peut-être qu'il donnait le change. Il a toujours eu des difficultés à s'intégrer. Il n'appartenait à aucun groupe, ne pratiquait aucun sport d'équipe, il préférait s'isoler pour jouer à des jeux vidéo et, plus tard, développer des programmes informatiques. Il a néanmoins fait partie de la troupe de théâtre, il s'occupait des éclairages et du son. En coulisse bien sûr, jamais sur le devant de la scène.

— À mon avis, il se terre chez lui parce qu'il craint le regard des autres. Imaginez le courage qu'il faut pour s'aventurer à l'extérieur quand tout le monde vous juge de façon négative à cause de votre excès pondéral.

— Personne n'aime être jugé.

Il avait prononcé ces mots d'un ton si abrupt qu'elle se demanda s'il ne parlait pas d'expérience.

— Je ne vois toujours pas ce que cela a à voir avec un diagnostic plus précis.

— C'est pourtant évident. Maintenant que nous savons que la peur de la piqûre n'est qu'un prétexte, nous devons trouver un moyen de le faire sortir de chez lui et de pratiquer un peu d'exercice physique.

— On peut dire que vous aimez les défis ! fit Cooper en riant.

— Comment cela ?

— Vous voulez vous attaquer aux habitudes d'un homme, l'inciter à affronter le monde extérieur alors qu'il n'a pas quitté son cocon depuis des années ? Je vous souhaite bon courage ! Je suis prêt à parier que vous n'y arriverez pas.

Elle le fusilla du regard.

— Vous avez l'art de manier le chaud et le froid ! Vous dispensez des compliments et, l'instant d'après, vous rabaissez votre interlocuteur. Curieuse façon de fonctionner !

Il fallait dissiper le malentendu sans attendre. Cooper se gara sur le bas-côté et se tourna vers Audrey.

— Ne vous fâchez pas ! Je ne remets pas vos compétences en question. Je vous teste juste pour comprendre votre mode de raisonnement.

— Et de quel droit ?

Sa réaction n'était pas totalement injustifiée, il y était allé un peu fort. Il avait toujours eu tendance à se montrer direct, voire incisif - insolent et provocateur, disaient les adultes, à l'époque. Ce réflexe de défense était sans doute lié à la cruelle franchise avec laquelle ses parents lui avaient répété qu'ils ne l'avaient pas désiré et qu'il leur gâchait la vie.

Ce n'était cependant pas une raison pour se montrer désagréable et se mettre Audrey à dos. Elle était charmante et prenait son métier très à cœur. Quoi de plus normal qu'elle voie les choses sous un angle différent ? Il décelait en elle une vulnérabilité qu'elle cachait avec grand soin à ses patients. Derrière son calme et son professionnalisme se dissimulait un secret lourd à porter. Finalement, ils n'étaient pas si différents que cela.

— Je vous présente mes excuses, Audrey. Considérez mon franc-parler comme une déformation professionnelle. Rien de personnel contre vous. Aux urgences, on ne prend pas de précautions oratoires. Il faut agir vite et se concentrer sur l'essentiel : sauver des vies. Et si nous rembobinions le film pour repartir sur de bonnes bases ? Bonjour, Audrey, comment allez-vous ? Je suis le Dr MacAskill, mais appelez-moi Cooper.

S'il espérait détendre l'atmosphère, il en fut pour ses frais.

— J'ai une meilleure idée, répondit-elle. Pourquoi ne pas nous en tenir à ce que notre relation est censée être, à savoir : professionnelle ?

— Comme vous voudrez, fit-il avec une moue dépitée.

Contre toute attente, sa grimace lui valut un vrai sourire.

Quand ils atteignirent le cabinet médical, la tension avait disparu.

— Je vais vous montrer votre nouveau chez-vous.

— Volontiers. Je rêve d'un bon bain chaud et d'un lit douillet.

— Je crains, hélas, que ce ne soit pas possible.

Ils se retournèrent d'un bloc.

— Doc ?

Aveuglé par le faisceau de lumière d'une lampe torche, Cooper cligna des yeux.

— Bonsoir, Coop, bonsoir, Audrey.

Finlay Anstruther avait l'air exténué. Il y avait de quoi ! À soixante-dix ans passés, le dénommé Doc travaillait encore dix à douze heures par jour, six jours sur sept.

— Je suis désolé de vous réserver un si piètre accueil, ma chère.

Son ton trahissait une forte contrariété.

— Que se passe-t-il ? demanda Cooper. Il y a un problème ?

Finlay hocha la tête.

— Rien de grave, au moins ?

— Le chauffe-eau a rendu l'âme. Il n'a pas résisté au gel d'avant-hier. Il y a un bon moment que je n'étais pas monté à l'appartement et, quand Emily y est allée pour faire un brin de ménage, cet après-midi, elle a découvert le désastre. J'ai bien tenté de réparer les dégâts, mais on ne s'improvise pas plombier. Et maintenant, vous verriez le plafond de mon bureau…

Il poussa un soupir de lassitude.

— Vous n'avez pas appelé les gars à la rescousse ?

Par « gars », Cooper entendait ceux avec qui il avait grandi sur l'île, fils et petits-fils d'artisans formés par les générations précédentes. Pas comme lui qui, s'il avait suivi les traces de son père, aurait fini alcoolique, laissant deux orphelins derrière lui…

— Impossible de joindre qui que ce soit. Ils sont tous à la répétition pour la fête de la Nativité.

— Voulez-vous que je jette un coup d'œil ?

— Sans vouloir présumer de tes compétences en matière de bricolage, mon garçon, je doute que tu puisses faire grand-chose. Audrey, je suis vraiment désolé de ce contretemps.

— Il semble que l'enfant Jésus et moi ayons tous deux un problème de logement ! répondit-elle en riant. Mais ne vous inquiétez pas pour moi. Il y a bien un B & B dans le coin où je pourrai m'installer en attendant.

Cooper et Finlay échangèrent un regard embarrassé.

— Pas à cette période de l'année, ma chère.

Le Dr Anstruther promit de contacter les artisans à la première heure, le lendemain. Il aurait volontiers offert l'hospitalité à Audrey mais, ayant mis sa maison en vente en prévision de son départ à la retraite, désormais imminent, Emily et lui avaient converti la chambre d'amis en espace de stockage, encombré de cartons…

Cooper avait perdu le fil de la conversation, son esprit empruntait désormais un chemin étroit, semé d'embûches. Il savait que Finlay allait bientôt partir, mais l'entendre évoquer de façon concrète les préparatifs du déménagement lui faisait l'effet d'une douche froide.

Un emploi à vie s'offrait à lui ici, à Bourtree Castle. Il lui suffisait de déclarer son intérêt pour l'obtenir. Souhaitait-il vraiment rester dans son île natale pour le restant de ses jours ? Aspirait-il à devenir le médecin en qui la population locale placerait sa confiance ? Difficile d'y voir clair !

Quand il revint au présent, Finlay expliquait à Audrey que tous ceux qui travaillaient ou étudiaient en dehors de l'île allaient rentrer pour célébrer les fêtes de fin d'année en famille, d'où l'absence d'hébergement disponible. Réfléchissant à voix haute, il passait chaque foyer en revue. Une énumération interminable que Cooper, fidèle à ses manières directes, jugea bon d'interrompre.

— Elle va s'installer chez moi, Doc.

Il avait parlé un peu vite, mais il ne pouvait tout de même pas laisser Audrey à la rue.

— « Elle » a peut-être son mot à dire, non ? répondit la jeune femme dont la voix avait grimpé d'une octave. Et « elle » ne s'installera pas chez vous, Cooper. Dr Anstruther, êtes-vous sûr qu'il n'y a pas un seul endroit sur cette île susceptible de m'accueillir temporairement ?

— Certain, malheureusement. Même en temps normal, les possibilités d'hébergement sont plutôt restreintes. À votre place, j'accepterais l'invitation de Coop. Et maintenant, je dois vous abandonner. Emily va me passer un savon si elle ne me voit pas à la salle paroissiale. On se retrouve demain matin à l'heure habituelle pour discuter des travaux ?

— D'accord, Doc. Bonne soirée.

Cooper attendit que Finlay se soit éloigné en direction de l'église pour se tourner vers Audrey qui, pétrifiée, ne pipait mot.

— Rassurez-vous, je n'habite pas une tanière de célibataire, en désordre et sentant le phoque ! dit-il sur le ton de la plaisanterie. Même si l'endroit ne manque pas d'originalité, je l'admets volontiers.

Elle paraissait sur ses gardes.

— Qu'entendez-vous par là ? demanda-t-elle d'un ton suspicieux.

— Vous verrez, répondit-il simplement faute de trouver un qualificatif plus adapté pour décrire la maison de sa grand-mère.

— Waouh ! Votre grand-mère a un goût pour la décoration plutôt… Je n'ai jamais rien vu de tel.

La réaction d'Audrey amusa Cooper et le réconforta. Il aurait sans doute dû la prévenir, ou lui donner une paire de lunettes de soleil avant d'allumer la lumière !

Chaque soir, il franchissait le seuil avec un sentiment doux-amer et, étonnamment, la présence d'Audrey atténuait cette épreuve quotidienne. La plupart de ses conquêtes auraient fait la grimace et laissé échapper des commentaires désobligeants devant la multitude de napperons et autres ouvrages au crochet tous plus bariolés les uns que les autres. C'était en partie pour cette raison qu'il n'en avait convié aucune à Bourtree. Pas question d'infliger des remarques sarcastiques à sa grand-mère.

Audrey était différente. L'effet initial de surprise passé, elle semblait apprécier cet intérieur au charme décalé, comme si elle estimait à sa juste valeur le privilège d'être admise dans un sanctuaire rempli de souvenirs.

Il ôta son manteau, observant du coin de l'œil son invitée qui découvrait avec curiosité la passion de Gertie pour les couleurs flashy et les associations audacieuses de coloris. La vieille dame avait une prédilection pour les teintes vives qui apportaient une touche de gaieté dans ce vénérable cottage aux plafonds bas et compensaient la morosité de la météo écossaise, neuf mois sur douze.

Audrey s'avança dans le salon et caressa de la main le plaid plié sur le dossier du sofa.

— Quel boulot ! dit-elle, manifestement impressionnée. Elle a tout fait elle-même ?

— Absolument !

Il éprouva soudain une bouffée de tendresse et de fierté pour celle qui les avait élevés, sa sœur et lui. Mais il ne précisa pas que cette collection de travaux d'aiguilles ne représentait que le tiers des œuvres de son aïeule. Pour chaque naissance, mariage ou autre événement, celle-ci confectionnait une couverture en tricot pour le nourrisson, une série de napperons brodés pour le jeune couple, etc. Il n'y avait pas un foyer de Bourtree qui n'eût une création de Gertie MacAskill.

— Pas de sapin de Noël ?

— Non.

Il eut conscience d'avoir répondu un peu sèchement et se reprit :

— Croyez-le ou non, malgré ma tenue, je ne suis pas très porté sur les décorations de Noël.

— Votre grand-mère non plus ?

— Elle en raffolait.

Comme c'était douloureux d'évoquer au passé une personne aussi pleine de vie !

L'expression d'Audrey s'assombrit.

— Oh ! pardonnez-moi. Je vous présente mes condoléances. C'est arrivé quand ?

— Il y a un peu plus d'une semaine.

Il avait la gorge nouée. De nouveau, il sentit une culpabilité oppressante peser sur lui. Il aurait dû et *pu* être là. Il avait assuré dix jours d'affilée la permanence aux urgences, ce qui lui donnait droit à plusieurs jours de congé. Congé que, bien entendu, il n'avait pas jugé bon de prendre, travaillant sans relâche comme s'il était indispensable et que le sort de son service hospitalier dépendait entièrement de lui ! Il s'était simplement informé de la santé de sa grand-mère par téléphone, lui conseillant de mettre plus de citron et de miel que de whisky dans son grog. Comme si elle avait besoin qu'il le lui rappelle ! Elle connaissait autant que lui les ravages de l'alcool…

— Ce doit être dur de vivre ici, au milieu de tous ces souvenirs.

— Moins difficile, en tout cas, que d'essayer de les effacer.

La repartie avait fusé avant qu'il ne puisse la retenir. Il

fallait dire qu'Audrey avait, à son insu, retourné le couteau dans la plaie.

Elle se figea.

— En ce qui me concerne, je préfère m'en créer de nouveaux, répondit-elle froidement.

Ainsi, elle aussi portait quelques stigmates du passé.

— Si vous n'y voyez pas d'inconvénients, Cooper, je souhaiterais aller me reposer. La journée a été longue.

— Bien sûr, excusez-moi.

Il lui fit visiter le rez-de-chaussée, à l'exception de la chambre de sa grand-mère qui, au fond du couloir, donnait sur le jardin de derrière.

— On dirait un atelier de tricot, dit Audrey en découvrant la salle à manger.

Son commentaire ne se voulait probablement pas blessant, aussi Cooper s'efforça-t-il de ne pas y voir de reproche. Il y avait une bonne dizaine d'années que sa grand-mère et lui n'avaient pas partagé de repas digne de ce nom autour de la grande table. Lors de ses rares et brefs passages à Bourtree, il avait systématiquement insisté pour l'inviter au Puffin. Un bien modeste remerciement pour les sacrifices consentis par son aïeule.

Maintenant qu'il était trop tard, il aurait payé cher pour déjeuner ici en tête à tête avec Gertie. Lorsqu'il vivait encore là, la vieille dame dressait parfois la table avec un soin particulier, comme pour recevoir la reine en personne.

« Et pourquoi pas ? rétorquait-elle lorsqu'il se moquait gentiment d'elle. On ne sait jamais quel instant sera le dernier, alors autant les rendre tous spéciaux. »

Sans doute fallait-il voir dans cette philosophie une allusion au décès prématuré de ses parents. Cet accident fatal était pourtant inévitable, compte tenu de la quantité d'alcool qu'ils consommaient. En revanche, il aurait pu éviter que sa grand-mère meure d'une pneumonie, si seulement il était intervenu à temps…

Chassant l'affreuse pensée qui le torturait depuis des jours, il conduisit Audrey à l'ancienne chambre de sa sœur. La décoration, beaucoup plus sobre, y privilégiait les tons jaune pâle et crème. Elle ne comportait, hormis une photographie de sa sœur et lui enfants, aucun objet personnel, contrairement à la chambre de sa grand-mère qu'il avait laissée en l'état. Une sorte de mausolée dans lequel il venait méditer dans l'espoir de devenir un homme meilleur.

— C'est beaucoup plus… neutre ici.

— Ma sœur a toujours préféré se fondre dans le décor. Pour elle, le salut était dans la discrétion.

Il surprit une lueur d'intérêt dans le beau regard brun et chaud.

— J'ignorais que vous aviez une sœur.

Il haussa les épaules.

— Une sœur aînée. Il y a longtemps maintenant qu'elle vit en Nouvelle-Zélande.

Leurs naissances avaient été des « surprises » pour leurs parents. De toute évidence, de *mauvaises* surprises.

— Est-elle rentrée pour les obsèques ?

Non, elle n'avait pas effectué le déplacement. Comme lui, elle avait souffert d'être « la progéniture des pochetrons de Bourtree », une étiquette qui leur avait collé à la peau dès leur plus jeune âge. Désormais, elle avait fondé une famille et menait une vie heureuse, du moins pour le peu qu'il en savait, car ils n'entretenaient guère de relations.

Se battre ou disparaître : tous deux avaient choisi la seconde option.

— Le voyage est trop long.

— Oui, j'imagine, répondit Audrey avec douceur.

Sa compassion, sincère, le prit de court. Les gens de l'île s'étaient montrés moins magnanimes. Alors qu'il serrait les mains à l'issue des funérailles, il avait eu droit à plusieurs commentaires acerbes au sujet de Shona, dont un virulent : « On n'est pas assez bien pour elle, c'est ça ? Gertie, paix à son âme, vous a donné tout ce qu'elle avait. La moindre des choses aurait été que sa petite-fille vienne lui rendre hommage. »

Il avait fait observer que Shona avait offert une énorme gerbe des fleurs préférées de leur grand-mère, mais ce cadeau n'avait pas trouvé grâce auprès de la population locale. Un cadeau, aussi somptueux fût-il, ne compensait pas l'absence.

— Le système de chauffage central fonctionne quand il en a envie. Si vous voulez, vous pouvez allumer un feu dans la cheminée.

La proposition parut enchanter la jeune femme.

— Génial ! Je n'ai jamais eu de cheminée dans ma chambre.

— Les prévisions météorologiques indiquent une chute probable des températures, il nous faudra une flambée dans toutes les pièces. Mais n'ayez crainte : vous n'aurez pas à fendre les bûches.

Il s'agissait d'une plaisanterie, mais elle y fut insensible.

— Pourquoi ?

— Parce que c'est ma responsabilité.

En fait, il s'acharnait à grands coups de hache et depuis son arrivée sur les billes de bois stockées dans le bûcher ! Cet exercice n'avait pas apaisé ses tourments, mais avait eu le mérite de l'épuiser physiquement.

Chez Audrey, le plaisir à la perspective d'un bon feu de bois avait cédé la place à une sourde irritation.

— Si je comprends bien, vous me croyez incapable de fendre des bûches parce que je suis une femme.

— Loin de moi cette idée !

Elle surprit néanmoins une lueur amusée dans le regard de Cooper.

Il se moquait d'elle, par-dessus le marché ! Tout compte fait, il ne valait pas mieux que les autres. Dire qu'elle avait encore failli se laisser berner ! Décidément, les hommes ne rataient jamais une occasion de rabaisser les femmes en affirmant leur prétendue supériorité ! Pas question, cette fois, de céder.

— Vous estimez certainement que, si je devais me débrouiller seule, je mourrais de froid avant la fin de la semaine !

Campée au milieu de la pièce, elle le défiait du regard, dans l'attente d'une confirmation.

Rafael aurait à coup sûr abondé dans ce sens.

Elle avait appris à ses dépens que ce qu'elle prenait, faute d'expérience, pour de la galanterie n'était rien d'autre que du sexisme, un machisme enraciné dans les mentalités et qualifié à tort de courtoisie. Sous ce prétexte fallacieux, Rafael l'avait privée de toute responsabilité dans leur couple, lui abandonnant les tâches subalternes, comme les courses, la cuisine ou encore le ménage.

Une dérive progressive que, dans son aveuglement, elle n'avait pas vu venir. Et sans s'en rendre compte, elle s'était retrouvée dans le rôle de la femme des années 1950, à la différence près qu'elle travaillait. C'en était fini de ce carcan.

Si Cooper voulait jouer à ce petit jeu, il trouverait à qui parler. Même si elle n'avait pas la moindre idée de la façon dont on fendait des bûches… Après tout, cela ne devait pas être sorcier ; il suffisait d'apprendre la technique et de s'entraîner un peu. Pour autant, elle avait conscience de s'être aventurée en terrain miné.

— Il ne me viendrait jamais à l'esprit de considérer que, parce que vous êtes une femme, vous ne savez pas faire un certain nombre de choses. Et pas seulement de crainte que le fantôme de ma grand-mère ne revienne me punir.

Se trompait-elle sur son compte ? Il semblait parfaitement sincère.

Plus détendue, elle sourit en imaginant le fantôme de la vieille dame poursuivant son petit-fils à travers la maison.

— En vérité, je n'ai jamais fendu de bois de ma vie, dit-elle finalement.

Dans l'attente de l'inévitable remarque cynique, elle se rendit compte qu'elle retenait sa respiration. Une manie qu'elle avait prise avec Rafael, chaque fois qu'elle devait lui avouer quelque chose. Avait-elle réellement souhaité une vie conjugale où elle aurait dû gommer sa personnalité pour plaire à son partenaire ?

Non seulement Cooper ne lui témoigna aucun mépris, mais il eut le bon goût de ne pas afficher un air victorieux.

— Vous voudrez que je vous apprenne ?

— Volontiers, répondit-elle, déstabilisée par le tour que prenait la conversation.

Ils échangèrent un sourire qui lui fit chaud au cœur et elle eut un regain d'optimisme concernant les cinq semaines à venir. Malgré l'humeur changeante du Dr MacAskill, elle ne doutait plus qu'ils établiraient une relation professionnelle saine et constructive.

— Marché conclu, dit-il en lui serrant la main pour sceller leur accord.

Elle frémit, ce simple contact provoqua une étrange sensation au creux de son ventre, dont elle préférait ignorer la nature. Il dut percevoir son trouble, car il lui lâcha aussitôt la main.

— Avant que j'aille me coucher, souhaitez-vous que je vous prépare un en-cas ? Vous avez peut-être faim ?

— Oh ! non. Pas après cet énorme *fish and chips* !

— Dans ce cas, bonne nuit.

Une fois seule, elle s'assit sur le lit pour tester le confort du matelas et caressa avec un plaisir presque enfantin la courtepointe brodée et cousue à la main. Il en avait fallu, de la patience et de la dextérité, pour confectionner un si bel ouvrage ! Elle aurait beaucoup aimé rencontrer cette vieille dame.

Cette pensée la ramena des années en arrière. Elle n'avait pas connu ses grands-parents et avait vécu une enfance, certes heureuse – son père se pliait en quatre pour qu'elle ne manque de rien –, mais solitaire. Elle enviait les familles nombreuses et aspirait à en fonder une.

Était-ce pour cette raison qu'elle avait pris ses désirs pour la réalité, qu'elle avait fermé les yeux sur les travers de Rafael, son côté autoritaire, et foncé tête baissée quand il l'avait demandée en mariage après six mois seulement ?

Trêve de lamentations. Il y avait pire malheur dans la vie que de se séparer d'un fiancé dépourvu de valeurs morales. Perdre un être cher en faisait partie. À en juger par la sensibilité à fleur de peau de Cooper, il devait particulièrement tenir à sa grand-mère. Et si cet homme ressemblait un tant soit peu à son aïeule, il y avait fort à parier qu'un cœur en or se cachait sous cet accoutrement de Père Noël…

4.

— Ce n'est effectivement pas un petit dégât des eaux !

Audrey, Finlay et Cooper examinaient la tache d'humidité qui maculait le plafond de la salle d'examen du cabinet médical. Des cloques commençaient déjà à apparaître.

— La cuisine de l'appartement se trouve au-dessus ? demanda Audrey.

— Oui, juste au-dessus, répondit Finlay. Quel désastre !

Il paraissait sincèrement navré.

— Je vous propose de récupérer tout le matériel dont vous avez besoin, Doc. Vous ne pouvez pas continuer à recevoir les malades ici.

Vu l'ampleur du problème, Audrey allait devoir rester chez Cooper plus longtemps que prévu, à condition qu'il soit d'accord, bien entendu. Si cette perspective ne lui déplaisait pas franchement, à elle, il n'en allait peut-être pas de même pour lui. Elle avait le sentiment qu'il préférait la solitude à la cohabitation.

Quant à elle, elle aurait eu intérêt à se méfier de la manière dont elle réagissait. La veille au soir, elle n'avait pu s'empêcher d'imaginer Cooper ôtant son costume de Père Noël et de spéculer sur le corps qui s'y cachait. Ce qui ne s'inscrivait pas au programme !

Cooper, qui n'avait vraisemblablement pas eu les mêmes pensées à son égard, se montrait pragmatique.

— Il faut déménager le cabinet ailleurs que dans ce bâtiment. J'ai aperçu des cartons vides dans la réserve, l'autre jour. Nous allons nous en servir.

Joignant le geste à la parole, il disparut pour revenir quelques minutes plus tard les bras chargés de boîtes.

— Je suggère que nous aménagions temporairement le cabinet dans la salle paroissiale. Je me charge d'appeler le pasteur pour lui demander l'autorisation. Doc, pourriez-vous prévenir la secrétaire médicale pour qu'elle nous retrouve sur place dans une petite heure ? Nous serons très bien là-bas. Je me rappelle que vous y aviez organisé la collecte de sang.

— Tu te souviens de ça ? demanda le Dr Anstruther, manifestement étonné.

— Bien sûr !

Cooper était de nouveau sur la défensive. On aurait dit que, pour une raison qu'elle ignorait, il cherchait à se justifier.

— Tu as une bonne mémoire, mon garçon, et je trouve ton idée excellente.

Les traits de Cooper se détendirent, comme si le compliment de Finlay le rassurait sur sa légitimité au sein de la communauté de l'île. Elle ne s'était pas encore hasardée à l'interroger à ce sujet, mais quelque chose semblait peser sur sa conscience. Des histoires de famille, peut-être…

— Cela ne vous dérange pas de nous aider à empaqueter, Audrey ?

Elle prit alors conscience qu'elle l'observait avec un peu trop d'insistance.

— Non, pas le moins du monde, dit-elle aussitôt, espérant qu'il ne remarque pas le rouge qui lui montait aux joues.

Qu'elle le veuille ou non, le physique de Cooper, avec son regard d'un bleu intense, sa crinière noire qui refusait de se laisser dompter, et son menton volontaire ombré d'une barbe naissante, éveillait en elle un trouble qu'elle s'était juré de ne plus ressentir avant longtemps. Du moins, le temps de se remettre de sa dernière expérience.

Elle avait gâché six mois de son existence et perdu sa dignité. Hors de question de s'exposer de nouveau à une telle humiliation !

Tandis qu'ils s'activaient tous les trois pour ranger le

matériel médical dans les cartons, elle se sentait d'humeur optimiste. Sa situation n'avait cependant rien d'enviable : elle avait un compte bancaire vide, avait rompu avec son fiancé, démissionné d'un emploi bien rémunéré, signé un contrat de travail de cinq semaines seulement qui l'avait exilée sur une île perdue au milieu de nulle part et, comme si le sort s'acharnait contre elle, elle se retrouvait dans l'obligation de loger chez un homme qu'elle connaissait à peine !

Ces épreuves lui dévoilaient pourtant une facette essentielle de sa personnalité : elle aurait la force de caractère nécessaire pour les affronter. Elle surmonterait sa déception sentimentale et le chaos que celle-ci avait semé dans sa vie ; elle en avait désormais la conviction.

Certes, elle n'avait sans doute pas versé sa dernière larme et n'apprécierait plus jamais autant les fêtes de Noël, mais elle était prête à l'accepter. Elle était déterminée à aller de l'avant, avec un nouvel état d'esprit qui lui permettrait de goûter pleinement aux petits plaisirs de la vie.

Comme une tasse de chocolat chaud !

Elle sourit en songeant à celle que Cooper avait déposée sur sa table de nuit la veille au soir, pendant qu'elle prenait sa douche. Cette délicate attention l'avait touchée plus qu'elle ne l'aurait imaginé. Elle s'était sentie choyée, et s'était glissée entre les draps brodés par Gertie avec une sensation de bien-être qu'elle n'avait pas éprouvée depuis le décès de son père. Elle avait dormi d'une seule traite jusqu'au lendemain matin, sans que d'horribles cauchemars ne viennent perturber son sommeil.

La voix de Cooper la tira de ses pensées.

— Ça va, Audrey ?

Elle leva les yeux et surprit son regard perplexe posé sur elle. Il s'était enroulé une guirlande de Noël argentée autour du cou à la manière d'une écharpe. La veille encore, elle aurait jugé cela ridicule. Aujourd'hui, elle trouvait presque attendrissante cette initiative qui ne portait en rien atteinte à la virilité de ce médecin décidément pas comme les autres. Leurs regards se rencontrèrent, s'attardant un peu trop longtemps, ce qui la troubla encore davantage.

Elle lui répondit d'un simple sourire. Elle n'allait tout de même pas lui avouer à quel point une simple tasse de chocolat chaud l'avait émue !

Deux heures plus tard, ils avaient terminé l'emménagement du cabinet médical improvisé. La vaste salle paroissiale, aux murs en pierres apparentes et au parquet encaustiqué, avait été divisée en quatre grâce à des cloisons amovibles prêtées par l'église. Dans un angle s'empilaient des malles remplies de déguisements d'animaux sur lesquelles on pouvait lire : « Fête de la Nativité – NE PAS TOUCHER ! »

Après avoir passé en revue avec le Dr Anstruther la liste des patients qui attendaient leur visite, ils sortirent pour commencer leur tournée ; le soleil n'avait toujours pas pointé le bout de son nez. Heureusement, les illuminations de la rue principale et les guirlandes clignotantes de l'immense sapin près des ruines du château égayaient le paysage.

Comme ils grimpaient dans le 4x4, le téléphone de Cooper sonna. D'après les bribes de conversation qu'Audrey glana, une mère, au bord de l'hystérie, ne savait plus comment s'y prendre avec sa fille qui, une fois de plus, refusait d'aller à l'école.

Cooper s'efforça de la calmer de sa voix rassurante.

— Ne t'inquiète pas, Helen. Nous passerons après notre première visite de la matinée… Non, non, nous n'en avons pas pour longtemps. Tu ne seras pas en retard à ton travail. Audrey et moi… Audrey Walsh est l'infirmière qui remplace Noreen pendant ses vacances. Tu te rappelles ? Noreen est partie en Australie voir sa fille qui vient d'avoir un bébé.

Il marqua une pause plus longue que les précédentes pour écouter patiemment sa correspondante.

— Oui, elle est beaucoup plus jeune mais très expérimentée. C'est exactement le genre d'interlocutrice qu'il faut à Cayley. En nous attendant, prépare-toi un thé. Nous allons bientôt arriver, et nous nous occuperons du problème, je te le promets.

Audrey éprouva un élan de gratitude envers Cooper. Rafael

l'avait fait douter de sa passion pour son travail d'infirmière à domicile. Au point qu'elle l'avait abandonné pour rejoindre le milieu hospitalier. Ce type était un maître dans l'art de la manipulation. Quel bonheur d'entendre Cooper mettre ainsi en valeur le métier qui, elle le savait désormais, était sa véritable vocation !

— Je vous remercie, dit-elle dans un accès de spontanéité dès qu'il eut raccroché.

— De quoi donc ?

— De parler de moi en des termes élogieux.

Perplexe, il fronça les sourcils.

— C'est mérité. Vous êtes une excellente professionnelle.

Elle se retint in extremis de lui avouer le peu de considération de son ex-fiancé pour elle. Ils n'étaient pas assez intimes pour des confidences aussi personnelles.

— Je n'ai pas été très aimable avec vous hier, et c'est gentil de votre part d'exprimer du positif à mon sujet… Enfin, sur mes qualités d'infirmière, bien sûr… Cela me touche d'autant plus venant d'une personne aussi… compétente que vous.

Sentant ses joues s'empourprer, elle s'interrompit brusquement, de crainte de s'enliser davantage. Elle allait devoir travailler sur son émotivité ; cela lui épargnerait l'embarras de ce genre de grande déclaration !

Il la fixa d'un air songeur puis, comme s'il était parvenu à une conclusion, il détourna le regard et démarra le moteur.

— Pas de costume de Noël, aujourd'hui ? demanda-t-elle au bout d'un moment pour rompre un silence gênant.

— Seulement quelques accessoires, répondit-il avec un sourire en touchant la guirlande argentée toujours enroulée autour de son cou et en extrayant un chapeau de Père Noël de la poche de sa veste.

— J'espère ne pas vous avoir vexé, hier, avec mes commentaires sur le déguisement de lutin. Vous avez dû me prendre pour une sacrée rabat-joie.

— Un peu, je l'avoue. Mais comme vous aviez l'air plutôt mal lunée, je n'ai pas insisté.

— Désolée. J'étais fatiguée… et un peu déboussolée.

— Je comprends.

Il quitta l'axe principal pour une route secondaire. Quelques minutes plus tard, il se gara devant la maison de Jimmy Talbot.

Le taux d'insuline contrôlé et l'injection effectuée, Audrey se rendit dans la cuisine sous prétexte de préparer un thé à Jimmy. Cooper l'y rejoignit peu après et jeta un rapide coup d'œil dans la poubelle.

— Il a encore essayé de me rouler dans la farine, fit-il en grommelant.

— Comment ça ?

— Il prétend avoir mangé un potage à la tomate et une salade hier pour le dîner. Or ce que je vois là-dedans, c'est une barquette vide de lasagnes pour six personnes et un pot, tout aussi vide, de glace chocolat et caramel ! À ce régime-là, il ne s'en sortira jamais. Et comme si ces mensonges ne suffisaient pas, il a le culot de réclamer des biscuits de ma grand-mère !

— Votre grand-mère Gertie ?

Cooper eut un sourire attendri.

— Oui. À l'occasion de Noël, elle en confectionnait des tonnes qu'elle distribuait à tous ceux que la maladie ou une infirmité clouait chez eux. Inutile de préciser qu'au fil des années Jimmy en a bien profité ! Il avait néanmoins droit à une recette spéciale, moins riche en sucre.

L'air soucieux, il se frotta le menton.

— Je suis sûr que Granny aurait su s'y prendre pour stimuler Jimmy et le faire sortir de sa tanière de temps en temps. Ce n'est pas en fouinant dans ses ordures et en lui faisant la morale que nous le tirerons d'affaire.

Audrey fut touchée de la manière dont Cooper s'investissait pour ses patients. Non seulement, il soignait leurs maux, soulageait leurs souffrances, mais il se préoccupait de leur bien-être psychologique, de leur confort de vie.

Soudain, son visage s'éclaira.

— J'ai peut-être une idée, dit-il en lui adressant un clin d'œil de connivence.

Sur ces mots, il regagna le salon où Jimmy n'avait pas bougé du sofa. À en juger par la couette pliée à l'une des extrémités, il devait y passer ses journées, mais aussi ses nuits.

Audrey entendit distinctement Cooper lui proposer de faire la prochaine injection à la salle paroissiale et d'envoyer, si nécessaire, quelqu'un le chercher. Ayant ouvert le robinet d'eau pour se laver les mains, elle ne saisit pas la réponse de l'intéressé.

Cooper revint, sa mallette médicale en bandoulière.

— Prête ?

Elle acquiesça et le suivit à l'extérieur.

— Alors, demanda-t-elle une fois dans la voiture, Jimmy a-t-il accepté ?

— Oui, avec beaucoup de réticence et à condition que nous l'y emmenions. Il s'isole de plus en plus et se complaît dans cette vie de reclus. Ça m'inquiète.

— Et vous pensez qu'un saut à la salle paroissiale va y remédier.

— Du moins, elle y contribuera peut-être. S'il comprend que les gens d'ici ont beau l'avoir surnommé Jimmy le Gros, ils ne lui veulent aucun mal, il sera plus enclin à renouer le contact. Par ailleurs, j'ai un plan.

— Lequel ?

— Il est encore trop tôt pour en parler, répondit-il avec une mine de conspirateur.

— Que de mystère ! dit-elle en riant.

Un quart d'heure plus tard, ils étaient chez Helen, et leur bonne humeur avait disparu. C'était le troisième jour consécutif que Cayley manquait l'école et, cette fois, l'adolescente de treize ans n'avait même pas pris la peine de s'inventer une quelconque indisposition, ce qui préoccupait d'autant plus sa mère.

D'ordinaire, ce genre de cas ne faisait pas l'objet d'une visite à domicile, aussi Audrey s'étonnait-elle que Cooper ait accepté sans hésitation d'intervenir en urgence. Peut-être Helen lui avait-elle confié quelque chose qui l'avait alerté ?

— Je suis complètement démunie, avoua celle-ci d'une voix

étranglée par l'émotion et le stress. Elle refuse de se lever, et pleure sans arrêt. Le pire, c'est qu'elle ne me donne aucune explication. Elle répète juste en boucle qu'elle ne remettra plus jamais les pieds au collège. C'est encore une enfant !

— Je veux bien lui parler, répondit Cooper, mais s'il s'agit d'une question… comment dire… intime…

Peinant à trouver les mots adéquats, il s'interrompit et lança un regard lourd de sens à Audrey, qui se sentit fondre. Qu'un médecin urgentiste aussi aguerri que le Dr MacAskill fasse preuve d'une telle pudeur témoignait d'une certaine noblesse de cœur.

Elle vola à son secours.

— Peut-être votre fille est-elle confrontée à des soucis typiquement féminins ? suggéra-t-elle.

— Le cas échéant, il vaudrait mieux qu'Audrey s'en occupe, dit-il aussitôt. Elle saura mieux que moi établir la communication avec Cayley, l'écouter et la conseiller. Pour ma part, je n'interviendrai que si une prescription médicale se révèle nécessaire.

De nouveau, il la mettait en avant. Elle lui en fut reconnaissante. Une semaine de ce traitement, et elle retrouverait la confiance en elle que Rafael avait si bien sapée !

— Puis-je vous accompagner ? demanda Helen.

— Bien sûr… À moins qu'elle ne redoute d'avouer devant vous ce qui la bouleverse à ce point.

— Je ne pense pas. Ma fille et moi avons toujours été très proches. Nous avons confiance l'une en l'autre. Voilà pourquoi je ne comprends vraiment pas son brusque changement de comportement.

Audrey lui adressa un sourire réconfortant.

— Montons la voir et tâchons d'en savoir plus.

Alors qu'elles se dirigeaient vers l'escalier, Helen la retint par le bras.

— Il faut que je vous dise que… Eh bien… son père et moi nous sommes séparés il y a quelques mois.

— D'accord.

Helen resserra son étreinte.

— Brian, mon ex, travaille sur des plates-formes pétrolières, et la moitié de son salaire passe dans le jeu… et les femmes. J'ai essayé de protéger Cayley. Mais nous vivons sur une petite île où les rumeurs se répandent vite, vous comprenez ?

Audrey comprenait cinq sur cinq. Elle-même, par crainte des commérages, avait quitté l'unité de soins pédiatriques de pointe avant que la nouvelle de ses déboires sentimentaux ne se propage, pour fuir la compassion ou l'ironie dans le regard de ses collègues.

Plongé dans ses pensées, Cooper contemplait la vue depuis la fenêtre de la cuisine. Helen habitait un peu à l'écart de la rue principale de Bourtree Castle. Elle était propriétaire d'une maison mitoyenne, de taille modeste mais confortable, à la porte d'entrée peinte en rouge. Deux pièces au rez-de-chaussée, deux chambres à l'étage, un jardinet où étendre le linge en été et stocker quelques stères de bois pour l'hiver.

Les gens d'ici avaient coutume de dire que, pour vivre heureux, il leur suffisait de posséder un foyer comme celui-ci. Une ambition hors de portée de ses parents pour qui les virées au pub étaient le principal poste budgétaire. Au lieu d'économiser pour un bien immobilier, ils avaient gaspillé le peu qu'ils gagnaient dans la boisson, quitte à s'entasser chez Gertie. Jusqu'à ce qu'ils ratent un virage en épingle à cheveux et que leur véhicule…

Il refoula ces mauvais souvenirs et se concentra sur la voix de Cayley. Il ne distinguait pas les paroles, mais la rapidité du débit entrecoupé de sanglots et les intonations qui montaient dans les aigus indiquaient que l'adolescente en avait gros sur le cœur.

Une vingtaine de minutes plus tard, les deux femmes le rejoignirent dans la cuisine. En signe de soutien, Audrey avait glissé un bras sous celui de Helen.

— Alors ? demanda-t-il simplement.

— Cayley est devenue la tête de turc d'un groupe de collégiens, annonça Audrey.

Il sentit une remontée de bile lui brûler la gorge. Il ne connaissait que trop bien la cruauté des jeunes entre eux.

— Pour quelle raison ?

— Elle s'est amourachée d'un garçon de la classe supérieure à la sienne. Or le jeune homme en question a déjà une petite copine.

— Rien de grave, en somme. Ça arrive souvent. Pourquoi enquiquinent-ils Cayley pour si peu ?

— Les histoires d'amour tiennent une place aussi importante dans la vie des adolescents que dans celle des adultes. Douze ou treize ans, c'est l'âge où l'on commence à expérimenter les émois du cœur et du corps.

— Si tôt ?

À cet âge-là, il était principalement occupé à se battre derrière l'abri à vélos pour faire ravaler leurs insultes aux brutes qui se moquaient de lui à cause de ses parents ; tomber amoureux était le dernier de ses soucis.

En vérité, il ne s'en était jamais tant soucié que cela. Bien sûr, il avait eu des petites amies, ici et à Glasgow, mais toutes s'accorderaient probablement à dire qu'il ne leur avait pas consacré beaucoup de temps. Et elles n'auraient pas forcément tort. Défendre à coups de poing le nom des MacAskill, réussir brillamment ses études, exceller dans son métier d'urgentiste : ses priorités étaient ailleurs. De plus, l'exemple parental l'avait échaudé. Aimer, c'était s'exposer à de graves déceptions. Surtout si ce sentiment n'était pas payé de retour…

— Le problème n'est pas là, répondit Audrey sur un ton étonnamment sec. L'amour ne se commande pas.

— OK. Où est le problème, dans ce cas ?

— Certains accusent Cayley de harceler ce garçon, ce qui est faux.

Audrey s'interrompit et coula un regard embarrassé en direction de Helen.

— Ils la traitent de « pétasse » – je cite –, et crient sur tous les toits qu'elle ne vaut pas mieux que son père.

— Le scénario classique, fit-il d'une voix sourde.

Audrey le dévisagea avec insistance, comme si elle cherchait une réponse. Il eut alors l'impression qu'elle lisait son âme comme à livre ouvert, qu'elle devinait en lui le jeune garçon blessé et révolté faisant disparaître les traces de sang de son visage pour ne pas peiner davantage sa grand-mère, s'efforçant de garder la tête haute envers et contre tout.

— Que suggérez-vous ?

— De la dispenser de collège pendant une semaine. Cette histoire dure depuis un bon moment et l'a plongée dans un profond état d'anxiété. Elle a perdu du poids, elle dort mal… Je crois qu'il est grand temps d'intervenir.

— J'aurais dû être plus vigilante. Malheureusement, je n'ai pas assez de temps à lui consacrer. Je dois travailler double pour que nous nous en sortions financièrement, faute de recevoir de l'argent de son père.

— Comment ? s'exclama Cooper, furieux. Brian ne te verse pas de pension alimentaire ?

Helen esquissa un signe de dénégation.

— Nous n'avons même pas encore entamé les procédures de divorce. Je ne sais plus où donner de la tête. Je suis en retard sur tout…

Sa voix se fissura et les larmes se mirent à couler.

— Je fais tout mon possible pour préserver Cayley, mais avec l'emprunt pour la maison, les factures et bientôt Noël, j'ai parfois l'impression de m'enfoncer dans un puits sans fond.

— Que vous soyez divorcés ou non n'est pas la question ! tonna Cooper, indigné. Cette enfant, vous l'avez eue ensemble, Brian n'a pas le droit de se défiler. Il a le devoir d'assumer sa responsabilité de père.

Devant une telle virulence, Audrey s'était figée. Un silence pesant s'installa.

Il avait laissé parler son cœur et, à présent, il se sentait à nu devant elles. D'un geste nerveux, il ôta la guirlande de son cou et la fourra dans sa poche.

— Excusez-moi, je m'emporte. Le sujet est un peu… sensible.

— Je sais, Coop, murmura Helen d'une voix compatissante. Nous sommes tous très fiers de toi, de l'homme que tu es devenu malgré les… circonstances.

Il surprit le regard insistant d'Audrey posé sur lui.

Super ! Une nouvelle personne venait de s'ajouter à la liste de ceux qui le jugeaient en fonction de son passé. La réputation de poivrots de ses parents allait-elle le poursuivre jusqu'à la fin de ses jours, lui coller à la peau telle une étiquette ? C'est en grande partie pour cette raison qu'il avait quitté l'île et qu'il avait eu tant de mal à y revenir, malgré son amour sincère pour sa grand-mère.

— Y a-t-il un psychothérapeute à Bourtree ? demanda Audrey.

Cooper lui sut gré de recentrer la discussion sur Cayley. À l'époque, il aurait aimé pouvoir compter sur une personne comme elle, à l'écoute, capable de prendre du recul et dépourvue de préjugés. Ou bien sur un psychothérapeute.

Sa grand-mère avait tenté de le remettre dans le droit chemin, de le libérer de la rage qui bouillonnait en lui, en employant des méthodes, certes efficaces, mais moins orthodoxes au regard de la psychologie moderne : fendre des bûches, faire la plonge au Puffin ou encore porter des caisses à la filature. En revanche, ils n'avaient jamais parlé, ensemble, de la racine du problème.

— Il y a effectivement une psychologue scolaire. Je lui demanderai de passer voir Cayley, si tu es d'accord, Helen.

— Bien sûr. Son bonheur m'importe plus que tout. Je me sens fautive. J'ai forcément fait quelque chose qui a détourné Brian de moi et l'a éloigné de sa fille.

Helen prit le mouchoir en papier que lui tendait discrètement Audrey et sécha ses larmes.

Cooper eut soudain une révélation. Et si, pendant toutes ces années, sa grand-mère avait, elle aussi, porté le fardeau de la culpabilité sur ses épaules ? Elle devait se reprocher d'avoir raté l'éducation de son fils et s'en vouloir des conséquences de cet échec pour ses petits-enfants.

— Ne dites pas ça, Helen, fit Audrey avec une grande douceur. Vous n'y êtes pour rien. Vous agissez de votre mieux, et Cayley a de la chance d'avoir une mère telle que vous.

Helen lui adressa un sourire de gratitude.

— Merci. Vous pensez vraiment que ce soutien psychologique suffira ?

— À mon avis, oui. Et cela permettra certainement de ne pas avoir recours à un traitement médicamenteux.

Helen, horrifiée, écarquilla les yeux.

— Vous croyez qu'elle pourrait avoir besoin d'antidépresseurs ?

Cooper prit le relais.

— Pas à ce stade, semble-t-il. J'ai confiance dans le jugement d'Audrey. Maintenant, si Cayley accepte de me recevoir, je vais l'ausculter avant de la dispenser d'école pour une semaine.

— Je n'aime pas trop l'idée qu'elle manque les cours. Surtout qu'en ce moment, elle a des difficultés en maths.

— Je peux l'aider, si tu veux, dit-il.

Helen eut l'air embarrassé.

— C'est gentil, mais... je préférerais quelqu'un qui... enfin, qui ne risque pas de partir d'ici du jour au lendemain. Tu comprends ? Elle a déjà dû surmonter un tel changement dans sa vie !

Il aurait voulu protester, affirmer qu'il envisageait de rester une bonne fois pour toutes. Cependant, quelque chose le retint. Quelque chose qui ressemblait à un doute profond.

Que cherchait-il à se prouver ? Qu'il avait le pouvoir de réparer ses torts ? C'était trop tard. Il n'avait pas répondu présent quand sa grand-mère avait besoin de lui. Maintenant, elle n'était plus là. Elle venait de prendre sa retraite quand le drame s'était produit, laissant deux orphelins alors adolescents. Elle qui rêvait de découvrir enfin le monde avait dû renoncer à ses projets de voyage pour élever ses petits-enfants, lesquels n'avaient pas hésité, par la suite, à déserter sa maison.

— J'aiderai Cayley, dit-il d'un ton ferme. Tu as ma parole.

Légèrement en retrait, Audrey assistait à leur échange. À en juger par sa moue perplexe, certains éléments de la discussion lui échappaient.

Cooper s'apprêtait à insister quand son portable vibra dans sa poche. Un message du Dr Anstruther lui transmettait les coordonnées d'un patient à ajouter à la liste des visites.

— Voilà une affaire entendue. Maintenant, je monte m'entretenir avec Cayley.

Quelques minutes plus tard, il s'était forgé une idée précise de l'état de l'adolescente et partageait les conclusions d'Audrey : les crises d'angoisse étaient réelles, mais ils intervenaient suffisamment tôt pour éviter le recours à la médication. Il avait vu trop de ses confrères régler de façon systématique les problèmes à coups d'ordonnances.

— Donc, tu te sens prête à parler de tes soucis à quelqu'un ?

Gardant obstinément les yeux baissés, Cayley acquiesça.

— Ça ne pourrait pas être Audrey ? Je préférerais lui parler à elle, plutôt qu'à Mlle MacIntyre ou…

Cooper éclata de rire.

— Ou à moi ? C'est bien ce que tu veux dire ?

Elle hocha la tête.

Il ne l'en blâmait pas. À sa place, il aurait réagi de la même manière, et il imaginait sans difficulté se confier à Audrey. Une certitude étrange, pour lui qui n'était pas du genre à s'épancher, encore moins auprès d'une jeune femme qu'il connaissait à peine.

— Mlle Walsh va rester plusieurs semaines à Bourtree. Cependant, je crains que son emploi du temps ne lui laisse pas cette liberté.

— Et vous ? Vous allez rester ?

Elle se montrait étonnamment directe pour une jeune fille timide.

— Oui, il y a des chances, répondit-il, prudent.

Pour le moment, il lui était impossible de s'engager davantage.

— Sache néanmoins que Mlle MacIntyre est disponible. Quant à moi, je viendrai t'aider en maths deux fois par semaine tant que tu n'auras pas repris les cours. Ce que j'essaie de t'expliquer, c'est que, désormais, tu as des gens sur qui compter pour te soutenir jusqu'à ce que tu aies surmonté cette épreuve.

La lèvre inférieure de Cayley se mit à trembler et, tout à coup, de grosses larmes déferlèrent sur ses joues.

— Allons, ne pleure pas, je vais essayer d'arranger ça avec Audrey. Simplement, elle est infirmière, pas psychothérapeute, et je pense qu'en l'occurrence une professionnelle aurait une meilleure qualité d'écoute.

— Peut-être mais elle, au moins, elle sait ce qu'on ressent quand on a le cœur brisé ! Son fiancé l'a trompée comme papa a trompé maman.

Cooper tomba littéralement des nues. Comment un type pouvait-il être assez stupide pour gâcher une telle chance ? De nombreux hommes auraient rêvé de partager leur vie avec une femme aussi adorable ! En tout cas, voilà qui expliquait qu'une Londonienne s'exile en plein hiver sur une île perdue, et sans doute aussi que la perspective des fêtes de Noël ne la transporte pas d'enthousiasme.

— J'espérais qu'elle m'apprendrait à reprendre mon destin en main, comme elle a commencé à le faire depuis la rupture de ses fiançailles.

— D'accord. Mon petit doigt me dit qu'elle trouvera du temps pour toi. Toutefois, c'est à elle de décider.

— Vous croyez ?

— Oui. En attendant, jeune fille, rallonge-toi et tâche de dormir un peu. Si j'ai bien compris, tu as pas mal de sommeil à rattraper. Si tu veux réussir ta mission, il faut d'abord te requinquer.

— Merci, murmura Cayley, des étoiles dans les yeux.

Quand Cooper redescendit à la cuisine, une foule de questions se bousculaient dans son esprit. Toutes tournaient autour d'Audrey Walsh.

5.

Audrey sortit de la jeep, s'étira et frissonna. Le système de chauffage du véhicule ne fonctionnait toujours pas, et la journée avait été passionnante, mais longue. Elle avait achevé de la convaincre que, quoi qu'en dise son ex, les visites à domicile ne concernaient pas « majoritairement des vieillards incontinents ayant besoin qu'on leur change leurs draps ». Il existait toutes sortes de raisons pour lesquelles une personne ne pouvait pas se rendre chez son médecin traitant.

Ce qui l'avait frappée aujourd'hui, c'était la déception de bon nombre de malades qu'ils avaient également vus la veille que Cooper ait délaissé son costume de Père Noël. Elle comprenait à présent qu'elle avait réagi un peu trop vite en jugeant ce déguisement ridicule. Ce n'était pas parce qu'elle était malheureuse que tout le monde devait l'être. Malheureuse… plus tant que ça, d'ailleurs. Depuis qu'elle avait coupé les ponts avec son existence d'avant, elle avait l'impression de commencer à se retrouver.

Foncer tête baissée dans ce projet de mariage, abandonner son métier d'infirmière à domicile et intégrer une unité pédiatrique de pointe afin d'impressionner Rafael, veiller à ne pas lui faire honte lors des soirées entre grands pontes… Elle avait dépensé une énergie considérable pour plaire à son fiancé, quitte à oublier qui elle était vraiment. Pourtant, son père lui avait dit un jour qu'aimer ne consistait pas à modifier sa personnalité pour qu'elle corresponde à l'idéal de l'autre. Elle aurait dû s'en souvenir ; cela lui aurait évité bien des peines et des désillusions.

Cooper ne s'était pas montré très loquace non plus, dans la

voiture. Il s'était retranché dans ce silence qui lui tenait lieu d'armure. Elle aurait parié que son mutisme avait quelque chose à voir avec la phrase que Helen avait prononcée sur un ton étrange : « Nous sommes tous très fiers de toi, de l'homme que tu es devenu malgré les… circonstances. » Qu'entendait Helen par « malgré les circonstances » ?

Elle avait deviné que Cooper n'entretenait pas d'excellents rapports avec son père, compris qu'il détestait les brutes – un bon point pour lui – et attachait une importance particulière à la responsabilité parentale – un autre bon point. En revanche, si, de toute évidence, il adorait sa grand-mère, pas une seule fois il n'avait mentionné sa mère.

Il aurait mieux valu qu'elle tombe amoureuse d'un homme comme lui plutôt que de Rafael…

Sauf que, pour l'instant, les histoires de cœur ne faisaient pas partie du programme, encore moins avec le Dr MacAskill ! Elle s'en tiendrait donc à leur relation professionnelle… Fort agréable, au demeurant.

Plus tôt dans l'après-midi, ils étaient allés chercher Jimmy Talbot, puisque Cooper avait réussi l'exploit de le convaincre de mettre le nez dehors. Ils l'avaient conduit à la salle paroissiale pour procéder au contrôle du taux d'insuline et à l'injection. Là, un monsieur d'apparence débonnaire avait sollicité ses conseils sur les éclairages pour la fête de la Nativité. Audrey avait surpris un regard de connivence entre cet homme et Cooper quand Jimmy s'était lancé dans des explications détaillées. Cette rencontre ne devait a priori rien au hasard.

— J'ai réfléchi au sujet de Cayley, dit Cooper tandis qu'ils se dirigeaient vers le Puffin où ils avaient prévu de dîner.

— Oui ? demanda Audrey en pressant le pas.

Elle avait hâte d'être au chaud. Elle était tellement frigorifiée qu'elle avait du mal à raisonner de façon cohérente.

— Pour elle aussi, ce serait certainement profitable de sortir de chez elle pendant son congé maladie.

— Elle n'a pas de devoirs à faire ?

— Si, mais vous connaissez beaucoup de jeunes capables de se concentrer sur leurs devoirs pendant une journée complète ?

— Non, aucun, fit-elle avec un sourire.

Il la précéda à l'intérieur du pub.

— Je me disais qu'on pourrait la faire venir.

— Au Puffin ?

— Non, à la salle paroissiale. Encore qu'un petit boulot ici l'aiderait à prendre conscience de sa valeur.

Encore un bon point à mettre au crédit du Dr MacAskill !

— C'est quoi, l'idée ? Que le Dr Anstruther garde un œil sur elle pendant que sa mère travaille ?

Il salua d'un geste l'homme et la femme qui s'activaient derrière le bar à servir des pintes de bière à un groupe – l'équipage du ferry à en juger par les uniformes.

— J'envisageais plutôt qu'elle apporte sa contribution aux préparatifs de la fête de la Nativité. Ceci dit, la présence de Finlay constituerait un atout non négligeable. Il connaît bien Cayley ; il l'a vu naître. Elle pourrait participer à la confection des costumes, par exemple.

Elle éclata de rire.

— Décidément, ces festivités vous tiennent particulièrement à cœur ! Pour un peu, je croirais que vous y avez un intérêt personnel !

Le visage de Cooper s'assombrit.

Oups ! Elle s'était de nouveau aventurée en terrain miné. Elle ferait mieux de tenir sa langue, dorénavant.

Ils se dirigèrent en silence vers une table située près de la cheminée où crépitait un bon feu. Audrey nota que les clients chuchotaient sur leur passage. Sans doute leur présence relançait-elle les paris au sujet du départ ou non de Cooper ? Il parut ne rien remarquer.

Dans ce vénérable lieu de rencontres, vieux de deux à trois siècles, régnait par ailleurs une ambiance chaleureuse et bon enfant. Parquet usé et encaustiqué, sièges dépareillés aux dossiers recouverts d'une peau de mouton ou d'un plaid de laine : la déco affichait fièrement son âge canonique.

Avec un naturel désarmant, Cooper lui tira la chaise pour l'inviter à s'asseoir et sa galanterie la troubla malgré elle. Quand, au début de leur relation, Rafael se comportait ainsi, son geste n'avait rien d'élégant ni de discret, puisqu'il était destiné à capter l'attention des autres convives plus qu'à choyer celle qui l'accompagnait.

Chez Cooper, la prévenance semblait être une seconde nature. Une fois de plus, elle songea que, sous ses airs parfois sombres, cet homme cachait une âme d'une extrême sensibilité.

— Nous devrions en toucher un mot à la responsable de l'atelier couture, dit-il en lui indiquant l'ardoise qui présentait les plats du jour.

— Qui vous dit qu'il s'agit d'une femme ? demanda-t-elle, moqueuse.

Ce commentaire censé détendre l'atmosphère ne dérida pas Cooper.

— C'est *toujours* une femme, répondit-il en étudiant la carte des boissons.

Son ton d'évidence la piqua au vif.

Mais bien sûr ! Où avait-elle la tête ? Quoi de plus normal que les hommes s'occupent des éclairages et les femmes des costumes ?

— Remarque typiquement masculine, ne put-elle s'empêcher de répliquer.

Il leva les yeux vers elle et lui adressa un sourire amusé.

— Qu'entendez-vous par là ?

Sur le moment, elle ne sut que répondre. Échaudée par ses déboires sentimentaux, elle avait décidé de considérer tous les membres de la gent masculine comme des machos, à commencer par son ex. Une décision simpliste, certes, mais très efficace pour s'épargner de nouvelles désillusions. Toutefois, Cooper MacAskill ne correspondait pas franchement à ce profil. Il avait beau être d'humeur changeante, elle percevait en lui plus de lumière que de zones d'ombre.

— Je reconnais que j'ai tendance depuis peu à vous mettre tous dans le même panier.

— Le sexisme n'est pas l'apanage des hommes, à ce que je vois.

Il n'avait pas tort. Elle s'apprêtait à en convenir quand la femme qui officiait derrière le comptoir à leur arrivée vint vers eux.

— Puis-je vous apporter quelque chose à boire ? Une bouteille de vin rouge, peut-être ?

Elle se tourna vers Cooper :

— Je suis désolée, Coop, pour ta grand-mère. J'ai assisté aux obsèques, mais j'ai dû revenir ici aussitôt après la messe ; et comme il n'y a pas eu de veillée commémorative…

— Pas de problème, fit-il comme pour lui-même. Audrey, que préférez-vous ? Du vin ou autre chose ?

— Je boirai volontiers un chocolat chaud.

— Quoi ? fit la serveuse en riant. Coop, je parie que le chauffage du 4x4 ne fonctionne toujours pas ! Le Dr Anstruther m'a appris qu'il était tombé en panne.

— Exact, répondit-il comme à regret.

— Mon Billy pourrait te réparer ça en moins de deux !

Il esquissa une moue dubitative.

— Il a bien changé, tu sais. C'est un mari adorable et un père de famille exemplaire.

— Je prendrai un Coca-Cola, répondit Cooper, coupant court à ces éloges qui ne le convainquaient manifestement pas. Audrey ? Que voulez-vous manger ?

— Je vous recommande la tourte au poulet et aux champignons. C'est la recette de Gertie. Tu te souviens, Coop ? Ta grand-mère n'avait pas son pareil pour la préparer.

Le regard rivé sur l'ardoise du menu, il ne se donna pas la peine de lui répondre.

— Dans ce cas, va pour la tourte ! dit Audrey, de plus en plus mal à l'aise.

Cooper commanda un steak avec frites, puis parut se radoucir et ajouta :

— Merci, Fiona. Je passerai un coup de fil à Billy demain, d'accord ?

Peu rancunière, Fiona lui sourit avant de s'éclipser. Après son départ, ils n'échangèrent pas un mot jusqu'à ce qu'un jeune homme dépose leurs boissons devant eux.

— Salut, Coop. Ça fait plaisir de te revoir au Puffin. Maman confirme sa proposition.

Cooper leva son verre en direction de la femme derrière le bar.

— Merci à elle. J'en prends bonne note.

Audrey attendit que le jeune serveur se soit éloigné pour poser la question qui lui brûlait les lèvres.

— Alors ? Avez-vous l'intention de m'expliquer ?

— Vous expliquer quoi ?

— Ce que signifient ces mystérieux échanges.

Il sembla hésiter, but une longue gorgée de soda avant de se décider.

— J'ai un passé… tumultueux.

— À quel niveau ?

— Tous les niveaux imaginables.

— Vous étiez le voyou du coin ? J'ai peine à le croire.

— Non, c'était Billy le gros dur.

— Le gentil Billy qui est marié à la serveuse ?

— Lui-même. À l'époque, il me flanquait régulièrement des raclées.

Elle apprécia la sincérité de cet aveu. En général, les hommes avaient honte de confesser qu'ils avaient été le souffre-douleur.

— Oh ! Mais pour quelle raison ?

— Mes parents étaient les pochetrons de l'île. C'est comme ça que les gens d'ici les appelaient, pas devant ma grand-mère, bien sûr. Quand vous êtes fils d'alcooliques dans une si petite communauté, la vie n'est pas toujours facile. La plupart des gens prédisent que vous suivrez l'exemple parental.

— Vous n'avez pourtant aucun problème d'alcool.

— Aucun. C'est la seule chose dont je leur sais gré : de m'avoir vacciné contre la tentation. J'ai trop vu les méfaits de la dépendance.

Il s'interrompit, le temps de boire une nouvelle gorgée.

— Vous voulez connaître toute l'histoire ?

— Uniquement si vous vous sentez prêt à la raconter.

Sa réponse le prit manifestement au dépourvu, car ses traits jusqu'alors crispés se détendirent. Elle l'avait mis en confiance.

— Mes parents n'étaient pas faits pour avoir des enfants, dit-il en guise d'introduction.

Puis il lui raconta comment ils s'étaient rencontrés sur les bancs du lycée, leur histoire d'amour exclusive qui avait donné lieu à une grossesse accidentelle et à la venue au monde de sa sœur Shona.

— Ils ont pensé que ce serait « sympa » d'avoir un bébé ou deux, jusqu'à ce qu'ils se rendent compte que le rôle de parents comportait un certain nombre de contraintes. Alors ils nous ont tout simplement refourgués à ma grand-mère paternelle qui nous a pris sous son aile.

— Et vos grands-parents maternels ?

— Ils ont fichu leur fille à la porte en apprenant qu'elle était enceinte. De toute façon, ils ne lui avaient jamais accordé beaucoup d'attention.

— Comment ça ?

— Eux aussi buvaient. Ils ont déménagé à Glasgow avant ma naissance. Davantage de pubs à écumer.

— Par la suite, vous avez habité avec Gertie ou avec vos parents ?

— Les deux, en quelque sorte. Étant incapables d'économiser de quoi payer un loyer ou, a fortiori, d'acquérir un logement, ils vivaient chez ma grand-mère. Par intermittence.

— Par intermittence ?

— Ils avaient du mal à décrocher un travail sur l'île. Et pour cause ! Ils rentraient de temps à autre à Bourtree, quand ils avaient gagné un peu d'argent ailleurs, là où leur réputation ne les avait pas précédés.

— Où sont-ils aujourd'hui ?

— Au cimetière.

— Oh ! pardon ! Je suis désolée.

Elle trouva soudain un goût amer à son chocolat chaud.

— Ne le soyez pas. Ils sont revenus à l'occasion de mon

treizième anniversaire. À peine soufflées les bougies du gâteau confectionné par Granny, ils sont repartis. Ils se sont enivrés, ont raté un virage en épingle à cheveu et ont fini au fond de la mer.

— Oh mon Dieu ! dit Audrey, horrifiée.

— C'était écrit, fit-il avec un détachement qui faisait froid dans le dos. J'ai surmonté cette épreuve. Ce que je suis aujourd'hui, je le dois à ma grand-mère, mes qualités, du moins.

— Elle vous manque terriblement, j'imagine.

Il pinça les lèvres, et son visage prit une expression aussi chargée qu'un ciel d'orage.

— Oui. Je m'en veux de ne pas avoir su lui témoigner plus d'affection quand elle était encore de ce monde.

— L'amour se manifeste de bien des façons. Il n'a pas forcément besoin de grandes déclarations pour prouver qu'il existe.

Il en avait été ainsi avec son propre père. Ils n'avaient pas été très démonstratifs, mais n'avaient jamais douté de leurs sentiments réciproques et avaient toujours été là l'un pour l'autre.

Alors que Rafael s'était plutôt montré du genre excessif. En réalité, les énormes bouquets de fleurs et autres présents somptueux qu'il lui faisait livrer à l'hôpital l'avaient plutôt embarrassée vis-à-vis de ses collègues qu'enthousiasmée. C'était étrange qu'elle ne s'en rende compte que maintenant.

— Audrey…

Il emprisonna ses mains dans les siennes et la fixa avec une troublante intensité, comme s'il réclamait d'ores et déjà son absolution pour la confession qu'il s'apprêtait à faire.

— Je n'étais pas là lorsque ma grand-mère est morte. Quand elle m'a informé qu'elle était malade, je n'ai rien trouvé de mieux à lui répondre qu'elle était solide comme un roc. Je lui ai promis de venir le week-end suivant. J'ai assuré une permanence supplémentaire aux urgences, puis une autre, et, comme d'habitude, je lui ai fait faux bond. Sauf que, cette fois, j'ai raté la dernière occasion de la voir de son vivant. Si j'avais été un bon petit-fils, j'aurais sauté dans le premier ferry en partance pour Bourtree, dit-il d'une voix étranglée par l'émotion.

— Vous ne pouviez pas l'anticiper.

— Si. Je savais qu'elle toussait beaucoup. Je savais aussi qu'elle avait dépassé les quatre-vingts ans et qu'à cet âge-là, en plein hiver, un rhume bénin risque de dégénérer en une pneumonie mortelle. Les urgences sont pleines d'octogénaires atteints de troubles respiratoires graves en ce moment.

Cooper lâcha les mains d'Audrey. Il ne méritait ni compassion, ni réconfort.

— Je n'ai aucune excuse. J'ai abandonné la seule personne qui ait pris soin de moi à son triste sort.

Un étau de la culpabilité lui comprima la poitrine. C'était la première fois qu'il exprimait devant un tiers ce qu'il ressentait au plus profond de son être.

— Est-ce réellement ce qui s'est passé ?

— Oui. Le Dr Anstruther lui rendait visite chaque jour, de même que ses voisins.

— Les avait-elle appelés ?

— Non, c'est moi qui leur ai téléphoné pour le leur demander.

— Vous avez donc veillé sur elle autant que possible. Il semble que votre présence était requise aux urgences.

— Vous ne comprenez pas. Ma place était *ici*, pas à l'hôpital. Ma grand-mère est morte sans personne pour lui tenir la main, personne pour la rassurer et la soulager. J'ai manqué l'ultime occasion de la remercier de tous les sacrifices qu'elle a faits pour mon bien-être, de lui dire combien je l'aimais…

Bouleversé, il s'interrompit. À quoi bon se flageller ? Cela ne ramènerait pas sa grand-mère.

— Elle se montrait parfois bourrue, mais elle était d'une grande générosité. Toujours prête à rendre service, à partager ce qu'elle avait. Même disparue, elle reste omniprésente.

Pour preuve, une assiette contenant une grosse part de tourte à la pâte dorée à souhait et une portion non moins copieuse de purée fut déposée devant Audrey.

Son plat favori. Il avait eu beau en manger un nombre incalculable de fois durant sa jeunesse, il ne s'en était jamais lassé. Il aurait mieux fait de le commander au lieu de choisir ce steak, certes appétissant, et ces frites même croustillantes à point.

— Vous voulez goûter ? demanda Audrey comme si elle lisait dans ses pensées.

— Non, merci.

— Allez, ne vous faites pas prier. Vous l'avez amplement mérité.

Son intuition lui souffla qu'elle saluait ainsi son courage. Du courage, il en fallait pour avouer ce qui pesait si lourd sur sa conscience. Cherchait-elle aussi à lui délivrer un message, à lui faire comprendre qu'il n'avait pas fui sa grand-mère, mais les démons du passé ?

Il lui offrit un sourire triste et, le regard rivé au sien, accepta la bouchée. Une onde d'une incroyable intensité les relia alors l'un à l'autre. Celle-ci ne dura que quelques secondes, mais étrangement elle lui insuffla le fol espoir qu'un jour, peut-être, il parviendrait à se pardonner.

— Envisagez-vous une veillée commémorative ? demanda-t-elle.

— Fiona a proposé qu'elle se déroule ici. C'est ce dont me parlait son fils tout à l'heure. D'après elle, de nombreux habitants de l'île y assisteraient. En revanche, je ne voudrais pas que cette réunion vire à la veillée funèbre. Granny détestait les larmoiements.

— Mes deux parents sont morts, et leurs soirées commémoratives ont été l'occasion pour les participants de se remémorer tous les bons moments passés en leur compagnie.

Il se rappelait comme si c'était la veille celle organisée à la mémoire de ses propres parents. Elle n'avait réuni que Gertie, lui et quelques proches venus soutenir sa grand-mère, et les plateaux de canapés étaient restés quasiment intacts. Le fait qu'au lieu de se tuer ses parents auraient pu ôter la vie à ceux qui auraient eu le malheur de croiser leur route ce jour-là avait frappé les esprits. S'il y avait bien une communauté soudée, c'était celle de Bourtree. Et malgré les inévitables différends, tous ou presque se serraient les coudes.

Il en était là de ses souvenirs quand, du coin de l'œil, il

aperçut Billy qui entrait dans le pub. Celui-ci se dirigea droit vers le bar, où il embrassa sa femme avant de saluer les habitués accoudés au comptoir. Il dit quelque chose et tous rirent de bon cœur. Autrefois, ces mêmes types auraient baissé les yeux en priant pour qu'il ne les remarque pas.

Cooper ajouta mentalement l'aptitude au changement à la liste des qualités qu'il souhaitait acquérir. Car l'adaptation devait venir de l'intérieur et non d'un déguisement de Père Noël…

— Une dernière bouchée avant que je finisse d'engloutir cette délicieuse tourte ?

Il lui sourit et résista à l'envie de lui caresser la joue. Cette femme avait le pouvoir de l'émouvoir. Au premier contact, elle lui avait paru psychorigide en refusant tout net le costume de lutin. À sa décharge, elle avait toutes les raisons de se méfier de l'homme mal rasé et bizarrement vêtu qui l'avait accueillie à sa descente du ferry ! D'autant plus qu'elle venait de subir une peine de cœur. Il fut tenté de la questionner à ce sujet, mais se ravisa. Lui comme elle avaient eu leur dose de confidences.

Son téléphone portable vibra. Voyant « Doc » s'afficher à l'écran, il décrocha aussitôt. Le Dr Anstruther l'informait d'une urgence potentielle.

— Pas de problème, nous y serons dans deux minutes. Suspicion de crise cardiaque, dit-il à Audrey après avoir raccroché.

Ils se levèrent d'un bond, enfilèrent leurs manteaux. Alors qu'ils passaient au pas de charge devant le bar, Fiona qui avait deviné de quoi il retournait leur cria de ne pas s'inquiéter pour l'addition ; ils régleraient plus tard.

Une fois dehors, Cooper fonça vers le 4x4. Il ouvrit le coffre et saisit la mallette médicale ainsi que le défibrillateur automatisé externe qu'entre eux les professionnels de santé appelaient plus souvent DAE.

— Prête pour un sprint ? Faites attention, le trottoir est verglacé.

Sans lui laisser le temps de répondre, il attrapa Audrey par la main et l'entraîna à sa suite.

Quelques minutes plus tard, ils atteignaient leur destination, une bâtisse à la façade en pierre grise située à l'extrémité de la rue principale. Une couronne de Noël était suspendue au heurtoir en laiton rutilant de la porte d'entrée. Celle-ci s'ouvrit avant même qu'ils n'aient signalé leur présence.

— Merci d'être venus si vite. James est dans le salon.

Cooper présenta brièvement Audrey à Karen, une femme d'une cinquantaine d'années dont le visage exprimait une angoisse proche de la panique.

— Est-il conscient ?

— Oui, répondit-elle en les précédant dans le couloir. C'est à peine s'il peut bouger, et il se plaint d'une terrible douleur à la poitrine.

— Tu as prévenu le service des urgences ?

— Oui. Malheureusement, l'hélicoptère a été réquisitionné pour une intervention dans une autre île et, dans son état, James est intransportable par bateau.

Ils pénétrèrent dans une vaste pièce au centre de laquelle trônait un sapin qui devait mesurer dans les trois mètres de hauteur. Le teint livide, un homme était étendu sur le tapis, au pied de l'arbre. Son ventre rebondi témoignait d'un goût prononcé pour la bonne chère.

Cooper s'agenouilla à côté de lui tandis qu'Audrey se plaçait en face et préparait le défibrillateur. Le fait que James soit resté conscient indiquait qu'il pouvait s'agir d'une fausse alerte.

— Comment ça va, James ? demanda doucement Cooper.

— J'ai connu mieux. Au fait, Coop, mes condoléances pour ta grand-mère.

— Merci.

Sans qu'il ait eu besoin de le lui demander, Audrey avait déjà sorti de la mallette médicale le spray de trinitrine ainsi que de l'aspirine. Cooper demanda un verre d'eau à Karen, puis reporta son attention sur James.

— Peux-tu nous expliquer comment tu te sens ?

— J'ai un peu moins mal, mais tout à l'heure, la douleur était insupportable. J'ai bien cru que le Seigneur me rappelait à Lui !

— Il semble que ton heure ne soit pas encore arrivée. Nous allons t'installer plus confortablement.

Le comprenant à demi-mot, Audrey se redressa aussitôt. Elle prit un coussin d'assise du canapé qu'elle plaça sous les genoux de James et un autre, moins épais, qu'elle glissa sous sa tête.

— Prends-tu un traitement contre l'angine de poitrine ou pour le cœur ?

— Aucun. J'étais perché là-haut en train d'accrocher l'étoile quand c'est arrivé. Un peu comme si j'avais reçu un uppercut en pleine poitrine. Je suffoquais, et même ma mâchoire me faisait souffrir. Si Karen ne m'avait pas vu devenir blanc comme un linge et ne m'avait pas aidé à descendre, on aurait pu ajouter la commotion cérébrale à la liste de mes bobos.

— Donc, tu décorais le sapin ?

— Oui. Je ne sais pas combien de fois j'ai monté et descendu l'escabeau ! Karen a des idées bien précises sur la façon de disposer les guirlandes, et tu connais le dicton…

— Ce que femme veut, Dieu le veut, répondit Cooper, soulagé de constater que James parlait sans devoir reprendre son souffle. Pratiques-tu régulièrement un exercice physique aussi exigeant ?

— Jamais, répondit-il avec une grimace cocasse. Ça se voit, d'ailleurs, je n'ai pas franchement un corps d'athlète.

— As-tu déjà subi ce genre d'alerte ?

— De temps à autre. La dernière fois que ça m'a pris, nous assistions au bal traditionnel. Pas question de gâcher la fête. De toute façon, ça finit toujours par passer. Et puis tu comprends, ma chérie, dit-il à l'intention de son épouse, pétrifiée sur le seuil, je ne voulais pas t'inquiéter.

— Il n'empêche que tu aurais dû en parler. Ces malaises à répétition risquent d'avoir des conséquences graves.

— S'agit-il d'un infarctus ? demanda Karen d'une voix tremblotante. Il vaudrait peut-être mieux utiliser votre appareil, là.

— Le défibrillateur ne sert que dans deux circonstances : d'une part, une fibrillation ventriculaire – si c'était le cas de ton mari, il aurait perdu connaissance ; d'autre part, une tachycardie ventriculaire, c'est-à-dire une accélération du rythme cardiaque telle que le sang n'est plus éjecté correctement vers les autres organes.

— Dans un cas comme dans l'autre, chérie, je ne jacasserais pas comme ça.

— Exact. Les premières douleurs se sont manifestées il y a une vingtaine de minutes, c'est bien ça ?

James le lui confirma d'un hochement de tête.

— Tout porte à croire que tu as eu une violente crise d'angine de poitrine, causée par un effort excessif.

— C'est ma faute, dit Karen en gémissant. Je suis désolée, mon chéri. Est-ce une maladie ?

Cooper vit qu'Audrey s'apprêtait à intervenir, puis se ravisait. D'un regard, il l'encouragea. Elle était membre à part entière du tandem qu'ils formaient, et elle avait voix au chapitre tout autant que lui.

Le sourire de gratitude qu'elle lui offrit en retour le toucha et acheva de l'intriguer. C'était comme si elle n'avait pas l'habitude que son opinion soit prise en considération. Curieuse réaction venant d'une excellente professionnelle qui, de surcroît, avait exercé dans l'un des établissements de pédiatrie les plus renommés de Londres.

Il avait une chance inouïe de l'avoir à ses côtés. D'autant qu'en dehors du travail elle était d'une compagnie très agréable. Elle l'avait prouvé une nouvelle fois au pub en l'écoutant patiemment raconter ce qu'il avait sur le cœur, sans l'interrompre, sans porter de jugement. Jamais encore il ne s'était épanché ainsi auprès de quiconque, pas même ses petites amies. Cette femme était une perle !

— L'angine de poitrine n'est pas une maladie, dit-elle. Elle provoque des douleurs comparables à celles de la crise cardiaque, mais il s'agit en réalité d'une réaction à un défaut d'irrigation sanguine au niveau du cœur.

— Comment le soigner ? demanda Karen. Faut-il que James garde le lit ?

— Le mieux serait de consulter un cardiologue pour qu'il

effectue des examens complémentaires et établisse un diagnostic. Cooper ? Quelle est la procédure ici ?

— Il faut prendre rendez-vous dans un hôpital de Glasgow.

Le visage de Karen se décomposa.

— Et pourquoi vous ne vous en chargeriez pas sur place, tous les deux ?

Le ton était presque suppliant.

— Nous pouvons procéder aux contrôles préliminaires et évaluer l'hygiène de vie du patient : tension artérielle, taux de cholestérol, IMC… En revanche, nous ne disposons ni des équipements ni des compétences pour réaliser un électrocardiogramme ou une angiographie coronarienne. Or, dans le cas de James, ces examens sont indispensables.

Karen fondit en larmes.

— Pardon, mon chéri ! Si j'avais su ! Plus jamais nous ne décorerons de sapin pour Noël.

Cooper ne s'étonna pas. La population locale n'aimait guère quitter son île, et encore moins pour se rendre dans un hôpital d'une grande ville. Il prescrivit un comprimé d'aspirine par jour afin de faciliter la circulation du sang dans les artères coronaires.

— En attendant le rendez-vous chez le cardiologue, James, il te faut du repos. Et si tu as de nouveau mal, Karen doit nous contacter aussitôt. Promis ?

Le couple s'y étant engagé, Cooper et Audrey prirent congé.

— Vous avez assuré, dit-il tandis qu'ils se dirigeaient vers le 4x4.

— Je n'ai fait que mon travail, répondit-elle sur un ton joyeux prouvant néanmoins que le compliment la touchait. De vous à moi, j'espère que James et Karen ne renonceront pas à décorer un sapin lors des prochains Noëls.

— Et moi qui pensais que vous n'appréciiez pas cette fête !

Elle rougit.

— Cela a-t-il un rapport avec la déception sentimentale que vous avez évoquée avec Cayley ?

— Elle vous a raconté ?

— Contrairement aux médecins, les patients ne sont pas tenus au secret médical. Vous voulez en parler ?

Elle attendit qu'il ait rangé la mallette médicale et le défibrillateur dans le coffre de la jeep avant de répondre.

— Pourquoi pas.

— Dans ce cas, en voiture ! Je connais un endroit qui se prête particulièrement aux confidences.

6.

— Où m'emmenez-vous ?

Audrey se sentait un peu nerveuse.

Cooper quitta la route de la côte pour un petit chemin menant à la pointe nord de l'île. Il gara le véhicule devant un point de vue panoramique, face à la mer.

— Nous y sommes.

— Il fait nuit noire. On ne voit pas grand-chose.

— Les conditions sont parfaites.

— Parfaites pour quoi ? À quoi rime cet air mystérieux ?

— Patience !

Il sourit, détacha sa ceinture de sécurité et se pencha au-dessus du volant pour scruter le ciel.

— Ici, il n'y a pas de pollution lumineuse. J'imagine que Londres brille et scintille de toutes parts en cette période de l'année.

— Oui, c'en est presque aveuglant.

— Votre ancien petit ami habite là-bas ?

Il fixait toujours la voûte céleste qui – elle le remarquait maintenant – était piquetée d'étoiles.

— Ex-fiancé, crut-elle bon de rectifier.

— Ah.

— Je l'ai surpris au pied de notre sapin dans les bras d'une blonde très sexy.

Il lui lança un regard bienveillant avant de reprendre son observation.

— Je comprends mieux pourquoi vous avez une dent contre les sapins de Noël.

Elle sortit de ses poches des gants qu'elle enfila avec une lenteur délibérée afin de se donner une contenance.

— Vous viviez ensemble ?

— Oui. J'ai vendu la maison de mes parents, où j'étais restée après le décès de mon père, pour m'installer chez lui. Il n'y avait pas trois semaines que nous cohabitions quand c'est arrivé.

Pour la première fois depuis sa rupture, elle éprouva une colère sourde. Elle poursuivit sur sa lancée.

— Il ne m'a même pas laissée déballer mes objets personnels, d'après lui le style de mes bibelots aurait juré avec celui de l'appartement. Quel genre d'individu se comporte ainsi ? Et surtout, quel genre d'imbécile n'y voit pas un très mauvais signe ? Peut-être qu'au fond de moi je savais cette relation vouée à l'échec ? Peut-être que c'est pour cette raison que je n'ai pas insisté pour vider mes cartons ? Ou alors, je me fais des idées. Vous-même n'avez pas changé la déco du cottage de Gertie…

Cooper lui sourit avec une certaine douceur.

— Je n'y touche pas parce que je souhaite préserver ce qu'il me reste de mon ancienne vie.

— Vous pensez que c'est ce que Rafael cherchait à faire : préserver ce qu'il lui restait de son ancienne vie ? demanda-t-elle, la gorge nouée.

Il haussa les épaules.

— Je me garderai d'émettre un jugement, mais qu'il vous ait trompée si rapidement incite à penser qu'il n'était pas très « impliqué » dans votre relation.

— Pourtant, l'idée de mariage venait de lui ! Il n'y avait que six mois que nous nous fréquentions !

Elle prit conscience que sa voix montait dans les aigus et s'efforça de refouler la rage qui bouillonnait en elle.

— Il a utilisé les grands moyens pour me convaincre ! Dîners dans des grands restaurants, bouquets de fleurs, cadeaux : il n'a pas lésiné ! Et moi, pauvre idiote, je me suis laissé embobiner. Il a même réussi à me persuader d'abandonner le métier d'infirmière à domicile, ma véritable vocation ! Ce qui m'arrivait me faisait l'effet d'un conte de fées…

Cooper lui adressa un regard qui, contrairement à ce qu'elle redoutait, n'exprimait pas de pitié, mais une sincère empathie.

— Quelque part, au fond de votre cœur, vous saviez sans doute que vous faisiez fausse route.

— Non, je ne crois pas. Il était si différent des hommes avec lesquels je sortais habituellement. Pas qu'il y en ait eu tant que ça.

— Différent dans quel sens ?

— Riche, reconnu, toujours tiré à quatre épingles.

— Médecin ?

— Chirurgien. Le Dr Rafael de Leon.

Il émit un sifflement.

— Vous voyez !

Il parut embarrassé.

— Au risque de paraître désagréable, les épithètes que vous avez utilisées pour le décrire ne correspondent pas vraiment. J'en aurais choisi d'autres.

— Lesquels ? demanda-t-elle, intriguée.

— Arrogant, opportuniste, don Juan.

Il marqua une pause, comme s'il hésitait à poursuivre.

— En quête d'un passeport britannique.

— Quoi ?

Elle tombait littéralement des nues.

Il leva les mains en signe d'excuse.

— Je ne l'ai jamais rencontré, mais je le connais de réputation. D'après ce que j'ai entendu dire, ce type figure parmi les meilleurs en chirurgie cardiaque. Le problème, c'est qu'il brise autant de cœurs qu'il n'en répare.

— J'en suis la preuve vivante, fit-elle avec amertume.

— J'évoquais surtout plusieurs affaires en Argentine.

— Qu'en savez-vous ?

— J'ai assisté là-bas à une conférence sur la médecine d'urgence, et j'ai eu vent de certaines rumeurs au sujet de M. de Leon. Ayant eu moi-même à souffrir du qu'en-dira-t-on, je n'y ai pas trop prêté attention.

— Que disaient ces rumeurs ? demanda-t-elle, la boule au ventre.

— Vous êtes sûre de vouloir les entendre ?

— Si ça peut m'aider à comprendre la façon dont il s'est comporté envers moi, oui.

— OK. Il exerçait dans l'hôpital le plus prestigieux du pays et avait pour patients des hommes politiques de premier plan, des stars de cinéma et le gratin de l'aristocratie locale.

— Il n'a pas commis une faute grave, j'espère.

— Non. En revanche, il profitait de la convalescence de ceux qu'il opérait pour séduire leurs épouses. Or, il s'est trouvé que l'une d'elles était mariée à un membre très influent du gouvernement, un homme ayant le pouvoir de le faire radier de l'ordre des médecins.

Chaque mot lui faisait l'effet d'un coup de poignard.

— Voilà pourquoi il a émigré en Angleterre, dans l'espoir d'obtenir la nationalité britannique au cas où il deviendrait *persona non grata* dans son pays d'origine, dit-elle.

— Je le crains. Il a échappé à des sanctions en Argentine où il peut continuer d'exercer. Sinon, pas un hôpital anglais n'aurait accepté de l'embaucher. Toutefois, son image en tant qu'homme s'avère nettement moins reluisante que sa renommée professionnelle. Je regrette d'enfoncer le couteau dans la plaie, mais la vérité vous permettra peut-être d'y voir plus clair.

— Vous devez me prendre pour une midinette, naïve et sans jugeote.

— Absolument pas. Vous avez eu affaire à un individu manipulateur et très doué pour jouer la comédie.

— Tout cela me paraît si… minable, murmura-t-elle, aucun autre qualificatif ne lui venant à l'esprit.

— Je sais.

— Je me demande bien comment !

— Moi aussi, j'ai fait preuve de déloyauté. À l'égard de ma grand-mère à qui j'ai promis un nombre incalculable de fois de rendre visite sans tenir parole.

— Cependant, personne n'aurait l'idée de douter de l'amour que vous lui portiez.

— Peut-être, mais depuis, quand je me regarde dans une glace…

— Vous découvrez un Père Noël ?

Il la regarda, interloqué, et soudain, tous deux éclatèrent de rire. Un rire libérateur. Jusqu'à ce que, fidèle à son habitude, Cooper change subitement d'humeur et coupe court à leur hilarité en s'écriant :

— Vite ! Sortons !

Il bondit hors de la voiture, et Audrey n'eut d'autre choix que de l'imiter.

— Regardez !

Il vint vers elle et, le plus naturellement du monde, passa un bras autour de ses épaules tandis que, de son index gauche pointé vers le ciel, il lui indiquait l'horizon.

Ce fut alors qu'elle les vit naître au loin, les lueurs célestes, les unes s'étirant en faisceaux, les autres s'enroulant en volutes. Un spectacle magique de halos vert émeraude, bleu roi, violines et dorés.

— L'aurore boréale ! s'exclama-t-elle, émerveillée.

Elle se laissa aller contre lui, résistant à l'envie de l'enlacer à son tour.

— Pour les Vikings, ces lumières représentaient les reflets des armures des Valkyries lorsqu'elles partaient à la guerre, dit-il, les yeux rivés sur la voûte céleste.

— Une croyance qui manque singulièrement de poésie.

— Détrompez-vous. À l'époque, mourir sur le champ de bataille était considéré comme un grand honneur.

— En ce qui me concerne, je préfère que ma vie, plutôt que ma mort, me vaille les honneurs !

— Bravo ! Voici des propos dignes d'une femme déterminée à garder la main sur les événements.

Elle éprouva une bouffée d'allégresse.

— Vous pensez vraiment ce que vous dites ?

— Absolument.

Il tourna la tête vers elle. Son regard avait une telle intensité et ses lèvres étaient si proches qu'elle se prit à espérer un baiser. Un accès de sentimentalité qu'elle mit sur le compte de la féerie du spectacle.

— Pour quelqu'un qui vient de rompre ses fiançailles, vous avez l'air plus indignée qu'abattue. Ne le prenez pas mal, car je me garderais bien de vous juger, mais étiez-vous sincèrement amoureuse de ce type, ou de l'image que vous vous faisiez de lui ?

Bonne question, en vérité.

Tout s'était tellement précipité au cours des six derniers mois qu'elle n'avait pas eu le temps de prendre du recul pour réfléchir. Cette multitude de cadeaux qu'elle interprétait comme un témoignage d'amour et de générosité l'avait privée de tout bon sens, sans oublier l'appartement ultramoderne où aucun gadget à la mode ne manquait. Rien à voir avec le cottage vintage de Gertie où l'on se sentait bien à peine entré.

Pourquoi s'était-elle laissé séduire par cette débauche d'artifices ? Cela ne lui ressemblait pas. Elle était tout sauf superficielle !

La perspective de fonder une famille ? L'envie d'être aimée autant que son père avait chéri sa mère ? Cette mère qu'elle avait à peine connue.

Elle se remémorait les derniers jours passés avec son père. Il avait insisté sur le fait que l'amour devait rendre meilleur, pas faire renoncer à sa véritable personnalité afin de se conformer à un modèle édicté par l'autre.

Elle avait eu faux sur toute la ligne !

Elle leva un regard nouveau vers le ciel où l'aurore boréale continuait son show époustouflant, et songea aux divinités guerrières des croyances nordiques. Il lui sembla tout à coup que ces faisceaux et ces volutes magnifiques symbolisaient l'éternité, la force et la bravoure, plus que la fugacité et l'évanescence.

Ce déclic en entraîna un second. Ne devait-elle pas se voir autrement ? Bannir définitivement de son esprit l'image de la femme meurtrie et humiliée ? Après tout, elle n'avait pas tout perdu. Il lui restait son nom, ses compétences professionnelles et assez d'énergie pour se reconstruire.

Elle sentait confusément que Cooper l'y aiderait. Finalement, cette cohabitation non prévue au départ leur était bénéfique, à lui autant qu'à elle.

Deux guerriers blessés en quête d'une renaissance…

Une bourrasque glaciale la fit frissonner. Cooper la serra plus fort contre lui. Elle se tourna vers lui, et lui vers elle. Lorsque leurs regards se rencontrèrent, une onde électrique la parcourut. Il pencha la tête vers elle, et son cœur s'emballa.

Allait-il l'embrasser ?

Le sang lui martelait les tempes.

En avait-elle envie ? Oui, indéniablement. Les signaux que lui envoyait son corps ne trompaient pas.

Elle fouilla le regard de Cooper, y cherchant la confirmation que ses émotions étaient partagées. Elle n'y lut aucune promesse, mais de la sincérité et du respect. Deux éléments essentiels qui avaient cruellement fait défaut dans sa relation avec Rafael.

Le bras de Cooper glissa de ses épaules à sa taille et il l'attira plus près de lui. Leurs visages étaient si proches que le souffle tiède de Cooper lui caressait la joue.

Comme elle entrouvrait les lèvres en une invite involontaire, il s'écarta et lui prit la main. Sans se concerter, ils s'appuyèrent contre le capot et s'abandonnèrent en silence dans la contemplation du spectacle céleste.

Elle ne lui en voulait pas, bien au contraire. Il avait pris la bonne décision. S'il n'avait tenu qu'à elle, elle aurait cédé à l'appel de ses sens. Et où cela l'aurait-il menée ? Dans un peu plus d'un mois, elle quitterait l'île pour ne plus y revenir. Quant à lui, il n'était même pas sûr de vouloir y rester…

— Et maintenant, ça te dirait, des bonshommes en pain d'épices ? demanda Cooper tandis qu'ils finissaient de ranger la vaisselle du dîner.

Audrey se laissa tomber sur une chaise et lui adressa une moue adorable.

— Volontiers ! Avec un thé bien chaud, s'il te plaît. J'avoue que je suis éreintée.

— Voilà qui n'a rien d'étonnant. Nous n'avons pas chômé depuis quinze jours !

— Le rythme est-il toujours aussi soutenu ?

Il haussa les épaules.

— À vrai dire, je n'en sais rien. Contrairement à la plupart des autres îles, qui sont des déserts médicaux, Bourtree a la chance de pouvoir compter sur le Dr Anstruther et sur Noreen. Ce tandem est le garant de la santé publique locale. Sachant que nous prêtons main-forte en ce moment, il se peut que les gens hésitent moins à solliciter nos services.

— Deux sacrées personnalités qu'il ne sera pas facile de remplacer, fit-elle, songeuse. Enfin, j'imagine que Noreen a l'intention de revenir.

— Oui. À moins que son rôle de grand-mère l'enthousiasme au point de rester en Australie, elle devrait continuer à exercer ici encore de nombreuses années. Elle a toujours dit qu'elle se reposerait quand elle serait morte !

— Avec Doc qui prend sa retraite, elle va avoir du pain sur la planche.

Le futur remplaçant du Dr Anstruther aussi ! Cooper avait pu s'en rendre compte, exercer ce métier sur une île dépassait largement le cadre de la médecine générale de ville. Cela supposait d'être en permanence sur la brèche et de répondre présent dès que quelqu'un avait besoin de vous.

Ce qui n'avait pas toujours été son fort…

Pourtant, tout le monde ici l'avait accueilli à bras ouverts, une fois dissipé le scepticisme initial. Seules subsistaient les spéculations quant à son intention de reprendre ou non le cabinet médical.

— Maintenant, passons aux choses sérieuses : les biscuits ! déclara-t-il avec plus d'entrain qu'il n'en ressentait.

Elle rit de bon cœur.

— Et par où ces bonshommes en pain d'épices vont-ils apparaître ? Par la cheminée ?

— Pas du tout. Nous allons les confectionner ensemble… Enfin, si tu veux bien me donner un coup de main.

Elle lui glissa un regard à la fois amusé et dubitatif. Il y avait quinze jours encore, elle l'aurait observé avec méfiance, mais ces deux semaines de cohabitation et de collaboration les avaient rapprochés. Une certaine complicité s'était instaurée entre eux, et le tutoiement avait tout naturellement succédé au vouvoiement.

Depuis ce fameux soir où ils étaient allés admirer l'aurore boréale, chacun s'appliquait à garder une certaine distance physique vis-à-vis de l'autre. Une façon de se protéger contre l'attirance qu'ils éprouvaient l'un pour l'autre et qu'ils s'efforçaient de dissimuler sans y parvenir vraiment. Cooper était néanmoins convaincu que l'expression de son visage le trahissait lorsque, malgré lui, il l'observait un peu trop longtemps, ou que leurs doigts se frôlaient par inadvertance. Quant à Audrey, il l'avait surprise à plusieurs reprises en train de le dévisager. Ses prunelles sombres brillaient alors d'un éclat particulier.

— Penses-tu que ce soit une bonne idée, Coop ?

Il sourit. Il adorait qu'elle l'appelle par son diminutif et non plus son prénom. Encore un changement qui s'était opéré au cours des deux semaines qui venaient de s'écouler.

Elle s'était adaptée à sa nouvelle vie avec une facilité stupéfiante. Elle avait su gagner la confiance des patients, qui insistaient désormais pour qu'elle les appelle par leurs prénoms et qu'elle goûte à telle ou telle spécialité. À force de grignoter un gâteau par-ci, une confiserie par-là, ils rentraient repus… et exténués. Malgré la fatigue, ils trouvaient toujours un prétexte pour retarder le moment de se séparer pour gagner leurs chambres respectives. Aussi le dîner de ce soir avait-il été une grande première.

Cooper exhuma d'un tiroir l'épais cahier dans lequel sa grand-mère avait recopié avec soin chacune de ses recettes maison, recettes qu'il avait toutes testées et dont le souvenir restait gravé dans sa mémoire. Il le posa sur la table, devant Audrey. La jeune femme effleura la couverture cartonnée sur laquelle le titre s'inscrivait en lettres multicolores : *Les Délices de Gertie.*

— Je peux ?

— Bien sûr, répondit-il en s'asseyant à côté d'elle.

— La tourte au poulet et champignons y figure-t-elle ?

Il acquiesça d'un hochement de tête.

— Et si nous en faisions une, un soir ?

Il ne put réprimer un rictus.

— Oh ! désolée ! Je crois savoir que tu avais un faible pour ce plat en particulier. Ce doit être difficile pour toi de côtoyer tant de souvenirs au quotidien.

— Le plus difficile, c'est de ne pas pouvoir revenir en arrière pour corriger ses erreurs.

— Je comprends, murmura-t-elle, le regard fixé sur le cahier.

Il n'en douta pas une seconde.

Il n'avait pas la faculté de rembobiner le film de sa vie pour modifier le cours des événements passés. En revanche, il pouvait agir sur le futur afin de le rendre meilleur, ce qui supposait que lui-même évolue.

Il observa Audrey tandis qu'elle feuilletait le recueil de recettes. *Pour une femme comme elle, il se sentait prêt à changer.* Il chassa cette pensée aussi erronée que déplacée. Erronée, car on ne changeait pas pour quelqu'un, mais parce qu'on en ressentait le besoin au plus profond de son être. Déplacée, car sa relation avec la jeune infirmière devait rester avant tout professionnelle. Sinon, il risquait de tout gâcher.

Il appréciait leurs joutes verbales, leur solidarité et leur complémentarité dans le travail, le cran qu'elle avait et son engagement vis-à-vis des patients. Une main de fer dans un gant de velours. Comme Gertie…

Et pour couronner le tout, elle était extrêmement belle… mais tout aussi vulnérable. Elle méritait quelqu'un de solide, issu d'une famille au passé sans tache. Pas un homme qui refusait d'affronter ses problèmes personnels. Quelqu'un assez fort pour assumer ses faiblesses et tenter d'y remédier.

Était-ce dans l'espoir de correspondre à ce profil qu'il envisageait de rester à Bourtree ? Un homme qu'une femme de la qualité d'Audrey serait susceptible d'aimer…

Stop ! À quoi bon se torturer avec des questions dont il n'avait pas les réponses, de s'aventurer sur des chemins qui risquaient de le blesser plus qu'il ne l'était déjà ?

— Je propose que nous confectionnions l'une des spécialités de ma grand-mère : les biscuits. Les gens d'ici seront ravis que ses traditions culinaires se perpétuent.

— D'où les bonshommes en pain d'épices.

— Exact, sans oublier les boules de neige, les *crinkles* au chocolat, les étoiles de Noël…

Audrey éclata de rire et leva les mains en signe de reddition.

— Je ne sais pas pour toi, mais, en ce qui me concerne, je ne suis pas experte en pâtisserie. Ne vaudrait-il pas mieux commander ces gâteaux demain à la boulangerie pour les offrir ensuite à nos patients ?

— Hors de question. Chez les MacAskill, tout est fait maison !

— Euh, Coop… Dois-je te rappeler que je ne suis pas une MacAskill ?

Elle avait prononcé ces mots d'un ton léger. Pourtant, quand leurs regards se croisèrent, ils étaient l'un et l'autre chargés d'intensité, et Cooper ressentit un curieux pincement au cœur.

— Puisque tu habites leur maison familiale, considère-toi comme membre honoraire !

Il repoussa sa chaise et se leva.

— Alors ? Parée pour l'aventure ?

— Je parie que Gertie t'a appris à cuisiner dès ton plus jeune âge.

— Ce n'est pas faute d'avoir essayé, la pauvre, mais il paraît que j'étais réfractaire. J'inventais toujours une excuse pour me défiler.

Une bouffée de chagrin monta en lui au souvenir des pyramides de biscuits qu'elle avait préparés à l'occasion des obsèques de son fils et de sa belle-fille. Elle y avait passé des heures, sans doute aussi pour refouler la peine immense d'avoir perdu son unique enfant. Il n'oublierait jamais ce qu'elle lui avait dit lorsque la dernière pelletée de terre avait recouvert les cercueils : « J'ai fait de mon fils un homme faible et dépendant ; je ferai de toi, mon petit-fils, un homme fort et droit. »

Avait-elle réussi ? Il n'en était pas si sûr… Il craignait au contraire d'être tout ce que Gertie redoutait : solitaire, frustré et amer.

Intuitive, Audrey dut percevoir sa tristesse, car elle retroussa ses manches en s'exclamant :

— Je relève le défi ! De toute façon, qui ne tente rien n'a rien !

Deux heures plus tard, Audrey et Cooper durent se rendre à l'évidence : ils n'étaient pas doués pour la pâtisserie. Quoi qu'il en fût, cet « atelier culinaire » avait égayé leur humeur, et dans la cuisine régnait une ambiance décontractée.

— J'admire ton courage ! dit-il en la voyant porter à sa bouche un biscuit à la forme improbable.

S'agissait-il d'un bonhomme de neige… D'un renne, peut-être ? Impossible à dire !

— Il ne faut pas se fier aux apparences.

Elle mâcha avec application, puis un sourire éclaira son visage.

— Ces biscuits ne ressemblent à rien, mais ils sont délicieux.

Il esquissa une grimace.

— Nous aurions peut-être dû laisser la pâte reposer une nuit, comme indiqué.

Ensemble, ils se penchèrent au-dessus du cahier. Dans la marge en face de cette étape était stipulé : « Très important ! »

— Il y a forcément une recette moins longue et moins compliquée à réaliser, dit-elle en feuilletant le recueil.

— Tu veux dire, qui soit à la portée d'un médecin urgentiste et d'une infirmière de choc ?

Son compliment lui valut un sourire radieux. La spontanéité et la sensibilité dont elle faisait preuve le touchaient. Avec elle, pas d'artifices, ni de faux-semblants. Elle était naturelle et sincère.

— J'ai trouvé ! Un toast au fromage. Cela n'a pas l'air sorcier, mais pourquoi « à l'écossaise » ? Qu'a-t-il de particulier par rapport à la version standard galloise ?

— La moutarde.

— Comment ça ?

— Je vais te montrer.

Il sortit un pot d'un placard qui en contenait trois et le lui tendit.

— Confection maison ! annonça-t-il, goguenard. Avec de la moutarde forte de Dijon et une bonne dose de whisky.

— En effet, dit-elle en lisant les ingrédients mentionnés sur l'étiquette. Cette mixture a de quoi vous arracher les papilles !

— Tu veux y goûter pour te rendre compte par toi-même ?

— Non, merci ! Au risque de passer pour une poule mouillée, je déclare forfait.

— Tu es tout sauf une poule mouillée.

— Tu le penses vraiment ?

Leurs regards se rivèrent de nouveau l'un à l'autre. Alors, il lâcha prise.

— J'ai envie de t'embrasser.

Elle se contenta d'acquiescer d'un signe de tête.

— Tu es sûre ?

Nouveau hochement de la tête.

Incapable de résister plus longtemps, il franchit la distance qui les séparait, s'agenouilla et emprisonna le visage d'Audrey entre ses mains. Il jouait avec le feu, mais c'était plus fort que lui.

Il s'empara de sa bouche avec douceur et, comme par magie, oublia tout ce qui n'était pas eux deux. Seuls comptaient l'instant présent et la tempête d'émotions que cette simple caresse déchaînait en lui. Dans sa poitrine, son cœur tambourinait.

Elle entrouvrit les lèvres en une invite silencieuse, et leur baiser devint plus passionné, plus intime. Elle avait un goût de cannelle et d'orange.

— Quelle sera la suite ? murmura-t-elle lorsqu'ils s'écartèrent pour reprendre leur souffle.

Son trouble manifeste trouva un écho profond en lui. *Où cela allait-il les mener ?* Bonne question, mais qui soulevait trop d'interrogations. Il feignit de ne pas en comprendre le sens véritable.

— J'envisage de prendre la suite de Doc.

C'était la première fois qu'il formulait cette éventualité à voix haute. Était-ce vraiment ce qu'il souhaitait pour son avenir ?

Elle parut surprise.

— Tu lui en as parlé ?

— Pas précisément.

— Dois-je comprendre que tu ne lui as encore rien dit de ton projet ?

— Le moment opportun ne s'est pas encore présenté.

— Mais, Coop, il va partir sous peu à la retraite ! Bourtree n'aura plus de médecin.

— Je sais. Le cas s'est produit dans une île plus au nord ; depuis trois ans, aucun successeur ne s'est présenté.

— Raison de plus pour annoncer ta décision au Dr Anstruther sans tarder. Ça le rassurera.

Sauf qu'il n'avait encore pas pris de décision définitive.

Serait-il à la hauteur d'une telle mission, qui nécessitait une disponibilité totale ? Pourrait-il offrir à la communauté de Bourtree la qualité de service qu'elle était en droit d'exiger de son médecin ? Ne regretterait-il pas d'avoir renoncé au métier d'urgentiste ? Même si celui de généraliste dans une si petite île s'en rapprochait beaucoup. Dernière question et non des moindres : réussirait-il à être heureux ici après le départ d'Audrey ?

Il plongea son regard dans les beaux yeux bruns qui le fixaient dans l'attente d'une réponse.

— Il y a encore trop d'incertitudes. La seule chose dont je suis absolument sûr, c'est que je ne veux pas te faire souffrir.

— Moi non plus, dit-elle dans un murmure en se levant.

Je propose donc d'oublier ce qui vient de se passer et de nous comporter comme si cela n'avait jamais existé.

La tristesse de sa voix le bouleversa, mais il saisit l'échappatoire.

— Sage suggestion.

Comme elle s'apprêtait à quitter la cuisine, il l'entendit chuchoter :

— Espérons-le.

7.

— Alors vous seriez d'accord, ma chère ?

Emily, l'épouse du Dr Anstruther, jeta un coup d'œil prudent par-dessus son épaule, comme si elle venait livrer un secret d'État à Audrey. Après tout, à Bourtree, c'en était peut-être un.

Audrey était aux anges que le comité des fêtes ait pensé à elle. Toutefois, entendant dans sa tête une voix désormais familière à l'accent écossais déclarer que les habitants de l'île étaient réfractaires au changement, elle jugea utile d'en avoir le cœur net.

— Vous êtes sûre que cela ne posera de problème à quiconque ?

Par « quiconque », elle entendait notamment Cooper.

— Absolument certaine. Et ce costume vous ira à la perfection.

Audrey examina de nouveau la tenue en question. De toute façon, avec un tel déguisement, qui l'aurait reconnue ?

— Dans ce cas, j'accepte volontiers le rôle.

Le sourire ravi d'Emily acheva de la convaincre. Elle vivait ici depuis peu et, déjà, elle se sentait intégrée à une communauté. Pas comme à Londres où l'anonymat était la règle. Peut-être que son père et elle s'étaient repliés sur eux-mêmes après le décès de sa mère. Le chagrin les avait empêchés de s'ouvrir au monde et, dans le cas de son père, de rencontrer une autre femme et de s'exposer à souffrir davantage. Pourvu que sa décision de venir à Bourtree ne procède pas de la même démarche ! À trop vouloir se protéger, on finissait seul et sans amour.

Elle songea au baiser dans la cuisine. Malgré la plénitude de cet instant, elle n'avait pas pu s'empêcher de s'interroger sur la suite. Elle aurait mieux fait de prendre exemple sur Emily, cette septuagénaire qui s'apprêtait à rompre les amarres et vendre une maison dans laquelle elle avait habité quarante-sept ans pour vivre de nouvelles aventures avec son mari. Tourner la page : voilà la solution. Et profiter de l'instant présent sans se torturer l'esprit au sujet du lendemain.

— Quand on voit le désordre, difficile d'imaginer que, dans moins de vingt-quatre heures, il en sortira un spectacle parfaitement rodé, dit Emily, la tirant de ses pensées.

Audrey sourit. Il régnait effectivement une sacrée pagaille dans la salle paroissiale. Des groupes d'enfants, s'efforçant de couvrir le concert des coups de marteau, répétaient des chants différents aux quatre coins de la pièce ; un homme s'escrimait à éloigner son âne de la table où étaient temporairement stockés les biscuits de Noël confectionnés par la population locale qui, en l'occurrence, n'incluait pas l'équipe médicale.

— Est-ce toujours aussi…

Audrey s'interrompit, cherchant un terme approprié qui ne froisserait pas son interlocutrice.

— Chaotique ? Oui. Chaque année. Sauf que, d'habitude, il n'y a pas autant de volontaires pour mettre la main à la pâte.

— Ah bon ?

— Coop et vous formez une sacrée équipe. Vous semblez vous entendre à merveille.

— Comment cela ? demanda Audrey, aussitôt sur ses gardes.

— Il y a longtemps que Jimmy n'avait pas participé à la vie de notre petite communauté. Regardez-le, il se démène comme un beau diable !

Perché sur un escabeau, Jimmy Talbot fixait un énorme spot au-dessus de la porte menant à l'église tout en jetant des coups d'œil peu discrets en direction d'Angela, une jeune femme au physique avenant, occupée à disposer des fruits dans des corbeilles. La présence de Jimmy n'était a priori pas due qu'au pouvoir de persuasion de Cooper…

— Bon, je file. Je vous laisse travailler.

Dans un accès de générosité – excessive, il fallait bien l'admettre –, Audrey s'était engagée à coudre des paillettes sur un costume. Erreur monumentale ! Vingt minutes plus tard, elle n'avait réussi qu'un seul exploit : se piquer au sang avec l'aiguille. La couture n'était décidément pas sa spécialité !

Après l'épisode du baiser, Cooper et elle avaient tout fait pour limiter les moments en tête à tête dans l'intimité du cottage. Outre les visites aux patients, ils avaient entrepris de vider complètement le cabinet médical en prévision des travaux de rénovation. Il n'y avait pourtant aucune urgence, le conseil municipal ayant décidé, faute d'artisans disponibles en cette période de fêtes, de reporter le chantier après le 1er janvier. Le successeur du Dr Anstruther, qui ne s'était toujours pas fait connaître, aurait ainsi son mot à dire dans l'agencement du local.

Cooper ne s'était toujours pas porté candidat. S'il décidait de rester, elle devrait quitter l'île à la fin de son contrat et leurs chemins ne se recroiseraient probablement plus. Dans le cas inverse, elle envisageait de proposer au Dr Anstruther de prêter main-forte à Noreen jusqu'à l'arrivée du nouveau médecin.

Elle s'efforça de se concentrer sur son ouvrage qui n'avait pas progressé d'un pouce.

— J'ai l'impression que ce costume te donne du fil à retordre ! dit Cooper avec un sourire goguenard.

Il avait surgi de derrière une plaque de contreplaqué découpée en silhouette de chameau.

Le trait d'esprit la fit rire.

— Je suis encore moins douée en couture qu'en pâtisserie.

— Aïe ! Je n'aimerais pas être celui qui va hériter de ce déguisement.

Il se pencha pour examiner son doigt, et son parfum lui rappela leur baiser. Une bouffée de désir l'envahit et avec elle une profonde anxiété. Si elle n'y prenait pas garde, elle allait tomber amoureuse de Cooper MacAskill. Peut-être était-il déjà trop tard…

— Te faut-il un pansement ou dois-je foncer chercher mon kit de suture ?

Elle esquissa une grimace dépitée.

— Très drôle ! Nous ferions mieux d'échanger nos postes :

moi, je me chargerais de la fabrication des décors ; toi, de la couture. En tant qu'urgentiste, les points de suture n'ont pas de secrets pour toi. Tu as forcément l'habitude de manier aiguille, fil et ciseaux !

— J'adorerais te démontrer mes compétences en la matière, mais Cayley m'a commandé trois chameaux supplémentaires.

— Cayley ? Je croyais qu'elle faisait partie de l'équipe des costumes, comme moi.

— Eh non ! Elle a tenu quarante-huit heures, jusqu'à ce qu'elle se découvre une vocation pour la peinture. D'après Doc, elle a eu une véritable révélation, elle vient tous les jours. Il n'y a qu'à voir sa salopette maculée de taches multicolores pour en avoir la confirmation.

Cooper lui adressa un clin d'œil de connivence. La délicieuse contraction au creux de son ventre que cela provoqua en elle s'intensifia quand, sous prétexte d'examiner de plus près la plaie minuscule, il lui prit la main et la retint prisonnière. Elle devint rouge pivoine à l'idée qu'il puisse se montrer plus entreprenant, puis elle se raisonna. Depuis leur moment d'intimité dans la cuisine de Gertie, il s'était conduit en parfait gentleman. Pourquoi se livrerait-il en public à des gestes susceptibles de paraître déplacés ?

— Penses-tu que je vais survivre à ma blessure ? demanda-t-elle dans l'espoir de masquer son trouble par une plaisanterie.

Il prit un air des plus sérieux pour déclarer :

— Je connais le remède miracle.

Il s'apprêtait à poser ses lèvres sur son doigt endolori quand quelqu'un s'écria :

— Il neige !

Une lueur de contrariété assombrit le visage de Cooper puis, très vite, son sourire réapparut.

— Tu as envie d'assister aux premières loges à un événement rare à Bourtree ?

— Rare ? Il ne neige pas souvent, ici ?

— Non. On dirait bien que le Père Noël met les bouchées

doubles pour te réserver une fête spéciale, que tu le veuilles ou non.

Elle allait protester quand elle se souvint de son état d'esprit à son arrivée sur l'île. En peu de temps, des sentiments positifs avaient remplacé son chagrin, sa rancœur et son rejet de Noël. Une transformation qu'elle devait pour l'essentiel à Cooper. C'était lui qui l'avait guidée pour son retour au métier d'infirmière à domicile ; lui qui avait chassé ses idées noires en improvisant un « atelier pâtisserie » ; lui encore qui lui avait fait découvrir le spectacle magique de l'aurore boréale…

Elle interrompit une énumération qui ne rimait à rien. Elle s'était exilée à Bourtree dans le but de retrouver la personne qu'elle était avant Rafael, pas pour se précipiter de nouveau dans une relation amoureuse ! Et pourtant…

Bien entendu, il y avait une explication rationnelle à l'attirance qu'ils éprouvaient l'un pour l'autre. Tous deux étaient des âmes blessées. Et, comme le Dr MacAskill avait coutume de dire à ses patients : « Une fois guéri, vous serez plus fort qu'avant. »

Cela s'appliquait-il aussi aux peines de cœur ? Vraisemblablement, car plus les jours passaient, moins elle pensait à Rafael et plus elle se concentrait sur la vie qu'elle aspirait à mener. Une existence simple et sereine, au milieu de gens qui l'apprécieraient pour ce qu'elle était, et où l'amour occuperait une place centrale. En somme, une existence pas si éloignée de celle qu'elle avait à l'heure actuelle.

— Tu détestes la neige ? demanda Cooper, manifestement inquiet de son mutisme.

— Pas du tout ! Allons jeter un coup d'œil dehors. Qui sait, il y en aura peut-être assez pour une bataille de boules de neige.

Il prit un air choqué.

— Je t'imaginais plutôt en train de faire l'ange de neige.

— Merci pour le compliment !

Dans la rue principale parée de ses illuminations et dominée par l'immense sapin qui brillait de mille feux au milieu des ruines du château, avec les arômes de vin chaud s'échappant du pub, Cooper éprouva une certaine euphorie à laquelle la présence d'Audrey à ses côtés n'était pas étrangère.

Tous deux formaient désormais une équipe soudée. Plus que des collègues, ils étaient désormais des partenaires, au vrai sens du terme. Il avait l'impression qu'Audrey le connaissait mieux que quiconque, qu'elle avait su passer outre les apparences pour découvrir sa véritable personnalité, avec ses qualités et ses défauts, ses forces et ses faiblesses. Il avait également le sentiment de devenir meilleur à son contact.

Il sourit en la voyant tirer la langue pour essayer d'intercepter un flocon, et fit de considérables efforts pour ne pas l'attirer dans ses bras et l'embrasser.

— Ça te dirait, un verre de vin chaud ?

— Il vaudrait peut-être mieux retourner à la salle paroissiale ?

— À mon avis, c'est inutile. Regarde, ils sont tous sortis pour saluer l'arrivée de la neige.

Un sourire illumina l'adorable visage d'Audrey.

— Dans ce cas, va pour le vin chaud !

Quelques minutes plus tard, chacun un gobelet du breuvage chaud et odorant à la main, ils remontèrent la grande rue pavée en direction des ruines du château pour profiter en toute tranquillité du paysage recouvert d'un mince manteau blanc.

— On s'assied ? proposa Cooper en désignant un banc en bois.

— J'ai été bien inspirée de mettre ma doudoune aujourd'hui, répondit-elle pour toute réponse.

Il ne put s'empêcher de jeter un regard sceptique au long manteau dont le blanc n'était plus vraiment immaculé.

Elle éclata d'un rire joyeux.

— Le choix de la couleur n'était pas judicieux, je sais !

— Tu l'as acheté spécialement pour ici ?

Il vit ses joues s'empourprer tandis qu'elle faisait mine de s'absorber dans la volute de vapeur s'échappant de son gobelet.

— Oui et non... Après avoir découvert que mon fiancé me trompait, j'avais besoin de me rassurer, de me prouver que j'étais encore séduisante. Une réaction ridicule, j'en ai parfaitement conscience, mais j'avais perdu toute confiance en moi. Quand j'ai essayé cette doudoune dans la boutique, je me suis tout de suite sentie… à l'abri.

Sa voix trahissait une tristesse qui serra le cœur de Cooper.

— Tu aimes toujours ce type ?

Elle leva les yeux, manifestement surprise par la dimension directe de la question, à laquelle elle répondit avec une égale franchise.

— Non, plus du tout.

Elle but une gorgée de vin chaud avant d'ajouter :

— Tu as fait une remarque qui m'a fait réfléchir, l'autre jour. Avec le recul, je me demande si je l'ai jamais vraiment aimé.

— Alors pourquoi avoir accepté sa demande en mariage ?

— J'étais un peu… à la dérive, je suppose. À la mort de mon père, deux ans plus tôt, j'ai perdu mon dernier point d'ancrage avec ma vie d'avant, celle qui m'avait façonnée. Il me restait mon travail et quelques relations plus ou moins proches, bien sûr, mais je n'avais plus personne à qui me raccrocher dans les moments difficiles, plus personne en qui j'aie une confiance absolue.

Elle poussa un profond soupir.

— Je ne m'apitoie pas sur mon sort, mais un métier, aussi passionnant soit-il, ne remplace pas une famille. Je me sentais seule. Mes amies étaient toutes mariées et mères de jeunes enfants, elles n'avaient pas trop de temps à me consacrer. Par ailleurs, dans une capitale comme Londres, la notion de communauté n'existe pas. Alors, quand Rafael a déboulé dans mon univers terne et morose, je n'ai pas résisté longtemps à ses avances. D'autant qu'il a su se montrer persuasif. J'aurais dû me rendre compte que nous n'étions pas faits l'un pour l'autre, me méfier de son empressement. Au lieu de quoi, je me suis laissé aveugler. À présent, je mesure ma crédulité. Pour un homme comme lui, j'étais une proie idéale. Tout cela peut sembler complètement stupide.

Ému, il secoua la tête en signe de dénégation. Il avait éprouvé un sentiment identique au décès de sa grand-mère.

Lui aussi avait perdu son unique repère à la disparition de celle qui l'avait aidé à traverser tant de tourmentes… Depuis, il se sentait orphelin, ce qui ne lui était pas arrivé après le deuil de ses parents.

Il prit la main d'Audrey et la serra.

— Je te comprends.

Elle leva vers lui un regard embué.

— Je sais.

Les larmes se mirent à rouler sur ses joues.

— S'il te plaît, ne pleure pas.

Abandonnant son gobelet sur le banc, il emprisonna le visage de la jeune femme entre ses paumes. Dans les prunelles sombres, il lut une grande confiance, mais aussi du désir. Alors, il se pencha vers elle et l'embrassa.

Durant le trajet du retour, Cooper et Audrey restèrent silencieux. Entre eux, les paroles étaient désormais superflues.

Elle avait conscience de s'apprêter à franchir un pas décisif, ce qui la rendait fébrile. Ce soir, elle tournerait définitivement la page, mais que se passerait-il ensuite ? Elle se remémorait la douceur de leur baiser et le sentiment de plénitude qu'il lui avait procuré. Ensuite, ils avaient échangé un long regard complice puis, sans se concerter, ils avaient regagné la jeep, impatients de se retrouver seuls dans l'intimité du cottage.

Elle aperçut de loin la maison de Gertie, et son cœur se mit à battre la chamade tandis qu'une crispation familière lui nouait le ventre. Elle brûlait d'envie de faire l'amour avec Cooper MacAskill, avec ou sans promesse de lendemain. Tout bien réfléchi, le précepte philosophique *Carpe diem* avait du bon. Elle sourit en songeant à la métamorphose dont elle faisait l'expérience.

— Qu'y a-t-il de si drôle ? demanda Cooper.

— La situation.

— Comment ça ?

— Deux êtres blessés qui se rencontrent au milieu de nulle

part. Souviens-toi, je n'étais pas d'humeur particulièrement optimiste quand j'ai débarqué ici.

— Il y avait de quoi ! Quant à moi, je n'ai pas dû être drôle tous les jours.

— Exact. En revanche, en t'observant agir avec les patients, j'ai découvert ta véritable personnalité.

— À savoir ?

— Tu es quelqu'un de profondément humain, Coop. Quelqu'un de droit, d'honnête, et même si, par moments, tes vieux démons te jouent encore des tours, tu as le courage de les affronter.

— Waouh ! Merci ! Tu as l'art de redonner du punch aux ego en berne !

— Je le pense sincèrement.

— Confidence pour confidence, ces compliments s'appliquent aussi à toi. Tu es l'une des infirmières les plus compétentes avec lesquelles j'ai eu le privilège de travailler. Sans oublier que tu es la plus désirable de toutes !

Elle frémit, une onde de chaleur lui traversait le corps. Cooper paraissait sincère. Il ne s'agissait pas d'une pulsion d'un soir mais d'une attirance mutuelle qui, basée sur une confiance réciproque, s'était accrue au fil des semaines.

— En fait, j'ai le sentiment de m'être toujours conformée à des rôles, dit-elle alors qu'il garait le 4x4 devant la maison. Celui de fille modèle, puis d'infirmière dévouée, puis de fiancée docile. Il a fallu que mon monde s'écroule pour que je comprenne enfin ce que je veux dans la vie.

— Et que veux-tu ? demanda-t-il.

Elle se retint de justesse de répondre : « Un homme comme toi à mes côtés. » Il était trop tôt, et elle ne commettrait pas deux fois la même erreur. Même s'il n'avait rien de commun avec Rafael…

— Progresser dans la carrière d'infirmière à domicile : ça, c'est une certitude. Ce qui suppose que je trouve un poste sans tarder, dans un endroit où je me sentirai bien.

— Tu en as déjà un. Tout le monde t'adore ici.

— Mon contrat touche à son terme.

Les mains toujours sur le volant, il fixait un point invisible droit devant lui, ne lui offrant qu'un profil à l'expression indéchiffrable.

— Pourquoi pas Glasgow ?

Quel message essayait-il de lui transmettre ?

Pas de conclusion hâtive ! Surtout, ne pas brûler les étapes !

— Qu'est-ce que cette ville a de si formidable ? demanda-t-elle sur un ton qu'elle espérait anodin.

Il eut un petit rire désabusé.

— À vrai dire, je ne sais pas trop. Happé par mon métier d'urgentiste, je n'ai pas encore pris le temps de la visiter, autrement que pour quelques sorties nocturnes.

Alors, il se tourna vers elle et plongea son regard dans le sien.

— Ce que je sais, en revanche, c'est que je redécouvre mon île natale et que j'aime y vivre… avec toi.

Il se pencha vers elle et, glissant sa main derrière sa nuque, il attira son visage à lui, puis s'empara de ses lèvres. Il y avait de la passion dans son baiser. Un baiser qu'elle lui rendit avec tout autant de ferveur.

— Je crois que je suis en train de tomber amoureux de toi, Audrey, avoua Cooper dans un murmure quand leurs bouches se séparèrent après un long baiser aussi ardent que langoureux. Chaque fois que je pose les yeux sur toi, je me sens tellement vivant ! J'adore être avec toi, travailler avec toi… et même confectionner d'affreux biscuits de Noël avec toi. Tu tires le meilleur de moi-même. Pourtant, je crains que ça ne suffise pas.

— À quoi ?

Il surprit un tremblement dans sa voix.

— Bâtir un avenir… ensemble.

Elle nicha son visage au creux de son épaule. Son haleine tiède lui chatouillait le cou.

— Coop, ni toi ni moi ne savons ce que l'avenir nous réserve.

— Que suggères-tu alors ?

Elle se redressa pour le regarder et lui adressa une moue mutine.

— Pourquoi ne pas profiter pleinement de ce qui nous est offert aujourd'hui, sans nous torturer l'esprit à propos de demain ? Il sera toujours temps d'aviser.

— Tu as raison. Allons discuter à l'intérieur. Il fait un froid de canard dans cette voiture ; si ça continue, on va finir ensevelis sous une congère !

Mais la porte du cottage refermée derrière eux, il n'avait plus la moindre envie de poursuivre la conversation. Il n'avait qu'une seule idée en tête : laisser ses sens s'exprimer enfin, sans retenue. Il se débarrassa de sa parka sans perdre une minute.

— J'ai attendu cet instant si longtemps.

Il ne mentait pas. Dès leur première rencontre, sur le quai du port, il avait éprouvé un élan de désir pour cette jeune femme au regard triste, au visage adorable et à la silhouette harmonieuse. Ce qu'il ressentait à présent était plus puissant, plus profond.

D'une main fébrile, il fit glisser la fermeture Éclair de la doudoune blanche tandis que son rythme cardiaque s'emballait.

— Tu es sûre ?

— Oui, murmura-t-elle.

Son manteau tomba sur le sol sans qu'aucun d'eux n'esquisse le moindre geste pour le ramasser.

Alors, n'y tenant plus, Cooper la souleva dans ses bras et la porta jusqu'à sa chambre, à l'étage. Puis il lui retira ses bottines, son jean et son pull. Debout près du lit, il contempla ce corps superbe, étendu sur la couette couleur grenat, et seulement vêtu d'une lingerie dont la dentelle fine dissimulait à peine les appas qu'elle recouvrait.

Son envie d'elle devint plus impérieuse, et son sexe, encore emprisonné dans son jean, se durcit presque douloureusement. Alors Audrey se redressa et, s'agenouillant au bord du matelas, l'attira à elle pour déboutonner sa chemise. Il se laissa faire. Concentrée sur ses gestes, elle semblait ne pas vouloir précipiter les choses, goûter l'instant présent, ce qui aiguisait davantage le désir qu'il avait d'elle. Il frémit quand les doigts fins effleurèrent son torse, et lorsqu'elle défit sa ceinture, puis ouvrit sa braguette, il parvint difficilement à réprimer un gémissement de plaisir.

Il s'écarta pour finir de se dévêtir.

— À mon tour, maintenant.

Il la bascula sur la couette puis s'allongea tout contre elle, avide de sentir la chaleur de sa peau. Elle entremêla ses jambes aux siennes. Leurs bouches se trouvèrent tout naturellement et leurs langues s'unirent en un baiser torride mais aussi d'une tendresse infinie, chacun s'abandonnant comme si, au plus profond de lui-même, il avait l'intime conviction que l'autre était la personne qu'il attendait depuis toujours.

En revanche, quand la main d'Audrey s'aventura vers son membre durci, il l'intercepta, craignant de ne pouvoir se retenir.

— Laisse-moi te caresser.

Elle ne lui opposa aucune résistance lorsqu'il dégrafa son soutien-gorge et fit glisser le petit slip en dentelle que, d'un mouvement de cheville, elle expédia au sol. Elle ne protesta pas davantage quand il lui prit les poignets et guida ses mains jusqu'aux barreaux de la tête de lit autour desquels, d'instinct, elle enroula ses doigts.

— Promets-moi de ne pas lâcher ces barreaux, lui chuchota-t-il au creux de l'oreille.

Elle cligna des paupières en guise d'assentiment. Elle était là, offerte, et son regard brillait avec une telle intensité qu'il sentit son cœur chavirer. Alors, il déposa une pluie de baisers sur son cou, puis sur sa poitrine ronde et ferme dont les pointes se hérissèrent quand il les happa entre ses lèvres.

Elle poussa une longue plainte de volupté.

Il poursuivit la conquête de ce corps qui vibrait sous ses caresses. Tandis que sa bouche s'attardait sur ses seins, il fit courir ses doigts sur la peau veloutée de son ventre jusqu'au triangle de toison soyeuse. Puis ils explorèrent la vallée humide de sa féminité, avant de se faufiler à l'intérieur.

Elle se cambra et, rompant sa promesse, s'agrippa à ses épaules.

— Je t'en supplie, viens, maintenant !

Sentant son propre point de rupture tout proche, il obéit, après avoir pris les précautions d'usage. Quand il se plaça entre ses jambes, elle s'arc-bouta. Il la pénétra lentement, sentant les prémices du plaisir l'envahir. Il sonda le regard d'Audrey et n'y lut que du désir, un désir aussi intense que le sien. Alors, il se mit à aller et venir en elle. Leurs deux corps, soudés l'un à l'autre, bougeaient à l'unisson en une danse d'un érotisme fou. Le mouvement devint plus saccadé à mesure que la jouissance s'amplifiait, jusqu'à atteindre son paroxysme. L'orgasme les emporta ensemble.

Plus tard, Audrey blottie dans ses bras, il songea que de toute sa vie il n'avait encore jamais connu un moment d'une telle félicité.

— Tu dors, ma chérie ? demanda-t-il à voix basse.

— Non, je savoure l'instant. C'est la première fois que tu m'appelles « chérie ».

Il déposa un baiser sur ses cheveux.

— Faisons en sorte que ce ne soit pas la dernière.

8.

— Vous avez un air bizarre, tous les deux, dit Jimmy en dévisageant tour à tour Cooper et Audrey. Comme si vous étiez sur un petit nuage.

De peur de devenir rouge pivoine, Audrey se garda de regarder Cooper. Celui-ci continuait de fredonner un chant de Noël.

— Particulièrement toi, Coop, fit Jimmy, goguenard. À quoi devons-nous ce joli récital ? Au fait que nous sommes le 24 décembre ? Et demain, tu comptes t'habiller en Père Noël et arriver chez moi en passant par la cheminée ? Je te préviens, je décline toute responsabilité si tu restes coincé dans le conduit !

Il éclata de rire et Audrey se joignit à son hilarité, tandis que Cooper demeurait imperturbable. Elle avait le cœur si léger que, pour sa part, elle se déguiserait en lutin s'il le fallait.

Faire l'amour avec Cooper l'avait libérée d'inhibitions insoupçonnées. Pas seulement en matière d'érotisme, encore que leurs ébats de la nuit précédente lui avaient révélé quelques zones érogènes dont elle ignorait jusque-là l'existence…

C'était comme si, en elle, un verrou venait de sauter. Elle se rendait compte, à présent, qu'elle avait toujours cherché à plaire aux autres, quitte à s'oublier elle-même, à rester dans le rang et ne pas se faire remarquer. Et aussi qu'elle avait une vision idéaliste de l'amour, calquée sur l'exemple de ses parents.

Ceux-ci avaient une relation tellement fusionnelle qu'à ses yeux d'enfant ils formaient une même entité, indivisible. Voilà pourquoi, en perdant sa mère, elle avait également perdu une partie de son père, un homme désormais séparé de sa moitié et condamné à ne jamais retrouver son intégrité.

Avec Cooper, au contraire, elle se sentait protégée, mais

indépendante. Elle conservait son libre arbitre et il lui appartenait de décider de sa destinée, sans en référer à quiconque. Cette toute nouvelle intimité avait renforcé, et non amoindri, son désir de mener son existence comme elle l'entendait, de faire ses propres choix.

C'était une sacrée leçon de vie, qui lui avait fait comprendre que l'amour véritable pouvait prendre plusieurs formes et que le couple idéal n'existait pas.

Bien sûr, il aurait été prématuré de s'avouer qu'elle aimait Cooper. Cependant, elle avait la conviction qu'au plus profond d'elle-même, là où son histoire avec Rafael n'avait laissé que désillusion et défiance, l'optimisme et la confiance commençaient à refleurir.

Elle espérait que cette nuit avait provoqué le même déclic chez Cooper et qu'elle lui permettrait de chasser définitivement ses vieux démons. Son humeur joyeuse semblait le confirmer.

— Prends garde, mon vieux ! Ou c'est toi qui risques de te retrouver en habit de Père Noël ! Et plus vite que tu ne le crois !

— Pitié ! s'exclama Jimmy. Tu sais bien que les premiers rôles ne me conviennent pas. Je suis un homme des coulisses, moi.

L'expression de Cooper devint sérieuse.

— Exact. D'ailleurs, j'ai entendu dire que les éclairages de la fête de la Nativité allaient être grandioses.

— N'exagérons rien, répondit Jimmy, faussement modeste, en relevant la jambe de son pantalon au-dessus du genou.

Audrey observait l'échange avec intérêt. Cooper s'exprimait avec un accent écossais prononcé, qui disparaissait lorsqu'il s'adressait à elle. Ce n'était pas calculé, mais naturel. Sa façon à lui de s'adapter et de communiquer.

Ce qui amenait une question : ce soir, date officielle du départ à la retraite du Dr Anstruther, Cooper se serait-il décidé entre rester à Bourtree ou regagner Glasgow, et l'annoncerait-il à Doc ? Il avait tellement l'air de se sentir chez lui, ici ! Néanmoins, il était sans doute autant dans son élément au service des urgences où il travaillait.

À cette pensée, elle sentit son cœur se serrer douloureusement.

D'autant que, fidèle à sa promesse de ne plus laisser quiconque influer sur son destin, elle avait déjà fait son propre choix…

Noreen lui avait téléphoné le matin même, pendant que Cooper était sous la douche, pour l'informer que son mari et elle avaient l'intention de s'installer définitivement en Australie. Ils projetaient de rentrer à Bourtree afin de régler leurs affaires, puis ils repartiraient. Elle avait demandé à Audrey si son poste l'intéressait. Dans un élan d'enthousiasme dû à n'en pas douter aux moments merveilleux qu'elle venait de vivre avec Cooper, Audrey avait répondu par l'affirmative. Elle se disait maintenant qu'elle aurait dû s'accorder le temps de la réflexion, ne pas réagir à chaud.

Elle ramena son attention sur l'instant présent. Cooper avait préparé la seringue pour l'injection d'insuline. L'esprit ailleurs, elle désinfecta la zone de la piqûre, juste au-dessus du genou. Ce genre de visite ne nécessitait pas vraiment qu'ils se déplacent ensemble. En revanche, d'autres interventions plus délicates, si. Serait-elle à la hauteur de la situation si jamais Cooper reprenait son métier d'urgentiste et qu'aucun médecin ne se portait candidat ?

— Tu t'es mis à manger des fruits, Jimmy ? demanda Cooper en désignant la corbeille pleine de pommes et de mandarines qui trônait sur la table basse.

— Eh oui, tout arrive !

— Il me semble d'ailleurs que vous avez perdu du poids, dit Audrey.

— Cinq kilos, déclara fièrement Jimmy en tapotant son ventre encore bien rebondi. Depuis que je participe aux préparatifs de la fête de la Nativité, mes soirées sont bien plus courtes. Je n'ai même plus le temps de grignoter !

— Mon pauvre ! fit Cooper, moqueur.

— En plus, je dois surveiller un peu ma ligne parce que mon agenda commence à se remplir. La bonne société de Bourtree reconnaît mon expertise en matière d'éclairages.

— Tiens donc !

— Je suis invité le lendemain de Noël à prendre le thé chez Angela.

Audrey capta le regard triomphant que lui lança Cooper.

— Voici une excellente nouvelle ! dit celui-ci avec une tape amicale sur l'épaule de Jimmy.

— Vous n'avez donc plus de raison de fouiller dans ma poubelle. Je précise que ce commentaire vaut autant pour vous, Audrey, que pour toi, Cooper…

— Moi ! se récria Audrey de son ton le plus innocent, tandis que Cooper jetait un coup d'œil par-dessus son épaule comme si la remarque ne le concernait pas.

— J'ai conscience de devoir absolument perdre du poids, et je vous remercie de veiller sur ma santé au point de contrôler le contenu de ma poubelle ou de me pousser à mettre le nez dehors. La vérité, c'est que…

Jimmy prit une profonde inspiration pour repousser le trop-plein d'émotions.

— C'est que j'étais dans le déni le plus complet et qu'il est grand temps que je me reprenne en main.

Nous sommes deux, songea Audrey.

— Je m'en réjouis, répondit Cooper.

Pour sa part, elle ne lui annonça pas qu'elle serait là pour l'encourager dans ses efforts et se contenta de lever le pouce. Elle devait d'abord informer Cooper de sa décision.

— Nous allons te laisser. Un autre patient nous attend. On se voit ce soir au spectacle.

— Parce que tu comptes y assister ?

— Bien sûr ! Pourquoi cette question ?

Jimmy parut embarrassé.

— Pour rien.

— S'il te plaît ! Tu peux parler librement devant Audrey. J'ai toute confiance dans sa discrétion. Les gens pensent que je n'irai pas à la fête de la Nativité ?

— Au Puffin, certains ont même misé quelques billets, avoua Jimmy en se dandinant d'un pied sur l'autre. C'est en rapport avec ta grand-mère…

— Je m'excuse, mais je ne comprends pas, répondit sèchement Cooper.

— Primo, tu n'as pas organisé de soirée commémorative en son honneur. Secundo, tu ne parles jamais d'elle à personne. Tertio, Doc ne sait toujours pas à quoi s'en tenir te concernant. Je ne dis pas que c'est à toi de t'assurer que nous ayons un médecin à Bourtree, mais…

— Mais tout le monde ne raisonne pas comme toi, c'est ça ?

— Ben oui. Ils comprendraient que tu ne veuilles pas rester, bien sûr.

— Vraiment ?

Cooper avait-il déjà réservé son billet de retour pour Glasgow ? Son ton le laissait supposer.

Audrey sentit sa gorge se nouer. Elle brûlait d'envie d'abréger la conversation, mais Jimmy ne l'entendait pas de cette oreille.

— Moi, j'aimerais *vraiment* que tu restes. Tu es le médecin qu'il nous faut, j'en suis certain. Si tu acceptais de succéder à Doc, je crois que tous les habitants de l'île t'en seraient reconnaissants.

Cooper fixait Jimmy d'un regard étrange.

N'y tenant plus, Audrey se décida à intervenir.

— Coop, nous devons aller chez Rhona.

— Oui, répondit-il brièvement, les yeux toujours braqués sur Jimmy.

Ce dernier les raccompagna jusqu'à la porte.

— Désolé de m'être mêlé de tes affaires. C'est juste que, grâce à toi, j'ai maintenant le courage de me regarder dans une glace.

— Pas de problème, mon vieux. Et encore bravo. Nous aurions tous intérêt à nous regarder dans une glace de temps en temps.

Lorsque Audrey fut seule avec Cooper dans la jeep, l'ambiance n'avait plus rien de commun avec celle du début de matinée : elle était devenue pesante et glaciale.

— Tu veux en parler ?

Cooper haussa les épaules.

— Laissons passer la journée, d'accord ? Et voyons où elle nous mène.

La réponse doucha ses derniers espoirs. Ce n'était pas le Cooper qu'elle avait appris à connaître… et à aimer. Était-ce réellement ce qu'elle ressentait pour lui ? De l'amour ?

Certes, il était doux de se réveiller en songeant qu'elle partagerait son temps avec lui. Surtout ce matin, quand elle s'était éveillée dans ses bras. Elle appréciait au plus haut point les rapports qu'il tissait avec ses patients car il ne soignait pas simplement les symptômes mais cherchait à déterminer la véritable origine du problème ; et elle aimait qu'il tienne compte de son avis au lieu de l'écarter sous prétexte qu'il était médecin et elle une simple infirmière. Elle adorait la façon dont sa bouche s'étirait d'un seul côté avant que son sourire ne se propage à l'ensemble de son visage. Elle adorait son rire, son odeur, ses caresses…

En revanche, elle détestait ses sautes d'humeur, quand les fantômes surgissaient d'un passé qui, semble-t-il, le hantait en permanence.

Dix minutes plus tard, quand il gara le 4x4 devant chez les Gillies, il arborait de nouveau son masque professionnel, celui qui rassurait les malades. Audrey décida de l'imiter et de mettre sa frustration de côté. Les patients méritaient toute son attention, notamment Rhona. Cette jeune mère de famille souffrait d'un cancer des os en phase terminale, et ses jours étaient comptés.

Cooper vérifia pour la troisième fois la glacière contenant la poche de sang destinée à Rhona et le matériel nécessaire à la transfusion. Puis il poussa un profond soupir et se tourna vers Audrey.

— Tu es sûre de tenir le coup ? Je peux y aller tout seul, si tu préfères.

Sa sollicitude lui fit du bien.

— Je t'accompagne, répondit-elle néanmoins.

Avant même qu'ils aient atteint le perron, Charlie, le mari de Rhona, apparut sur le seuil. Il devait guetter leur arrivée. Il avait une mine épouvantable, les traits marqués par la fatigue et l'inquiétude.

— Comment ça va, Charlie ? demanda Cooper.

— Rhona n'est pas en pleine forme, aujourd'hui.

— L'anémie progresse. La poche de sang devrait la requinquer un peu.

— Elle ne pense qu'à une chose : vivre au moins jusqu'à demain pour voir les enfants ouvrir leurs cadeaux de Noël. Tu la connais ; tu sais combien elle peut être têtue parfois… Si la Grande Faucheuse s'avise de se faufiler par la cheminée avant le Père Noël, elle est capable de la renvoyer aussi sec en lui disant de revenir au plus tôt après le déjeuner.

Charlie tenta un rire qui ressemblait plus à un sanglot. Il toussa et s'éclaircit la gorge pour refouler le trop-plein d'émotions.

— Oui, je la connais. C'est une battante. Elle lutte avec le courage d'une guerrière. Mais, en réalité, ma question te concernait toi. Comment vas-tu ? Tu tiens le coup ?

Charlie passa une main dans sa tignasse, qui n'avait manifestement pas vu un peigne depuis plusieurs jours.

— Je me débrouille de mon mieux. Mon patron s'est montré généreux, il m'a accordé un congé d'un mois pour que je puisse m'occuper de Rhona et des enfants. Je ne peux pas me plaindre…

Il s'interrompit, plongea la main dans sa poche pour en extirper un mouchoir, puis lâcha prise. Les larmes débordèrent de ses paupières.

— Pardon de me donner en spectacle, marmonna-t-il en s'essuyant les yeux. Pour ne pas craquer devant les petits, je me récite en boucle des vers de ce fameux poème, tu sais, celui qui explique que perdre l'être cher vaut mieux que de n'avoir jamais aimé de sa vie.

Cooper hocha la tête.

— *In Memoriam A.H.H.*, d'Alfred Tennyson.

— Oui, c'est ça. Il a fallu que Rhona tombe malade pour que j'en saisisse tout le sens. Mais comment se réjouir d'avoir connu un amour profond et sincère alors que le destin nous contraint à nous dire adieu beaucoup plus tôt que prévu ? Moi, je n'arrive pas à me résigner. C'est tellement injuste !

Cooper posa ses mains sur les épaules de Charlie.

— Je comprends, murmura-t-il d'une voix étranglée, et j'aimerais tant trouver les mots justes pour soulager ta peine.

Audrey resta discrètement en retrait tandis que les deux hommes se dévisageaient, unis dans le chagrin. Seuls résonnaient des rires d'enfants provenant du jardin derrière la maison.

— Et si nous allions voir Rhona ? dit Cooper, rompant le silence. Elle doit commencer à s'impatienter.

— Oui. Elle vous attend.

Cooper empoigna la glacière et se dirigea vers la chambre. Audrey lui emboîta le pas.

Cooper s'efforçait de conserver une attitude professionnelle et réconfortante tandis que, dans son for intérieur, un dilemme le minait. La transfusion sanguine permettait, certes, de combattre l'anémie, mais rendait-il réellement service à Rhona en prolongeant sa bataille, perdue d'avance, contre le cancer ? Elle n'avait plus que la peau sur les os.

— Je me sens déjà mieux, annonça-t-elle néanmoins.

Un sourire radieux illumina le visage de Charlie, planté les bras ballants au pied du lit. Le moindre regain d'énergie, aussi infime fût-il, devait lui sembler un miracle.

— Bonne nouvelle, ma chérie ! L'effet a été drôlement rapide.

— Comment pourrait-il en être autrement avec tout ce bon sang de Bourtree qui coule désormais dans mes veines ?

— Le sang de Bourtree ? demanda Audrey en appliquant une compresse stérile à l'endroit de la piqûre.

Charlie lui fournit l'explication. Il y avait de la fierté dans son ton.

— Gertie a organisé une collecte de don du sang. Comme elle était trop faible pour sortir de chez elle, elle a contacté tout le monde par téléphone. C'était la veille de son décès. Désolé, Coop.

— Ne t'en fais pas pour moi. D'ailleurs, une telle initiative ne m'étonne pas d'elle.

— C'est vrai qu'elle avait du cran, de la générosité… et de la suite dans les idées. Elle a rameuté toute la population de l'île ou presque. Ils ont été des dizaines à se présenter pour donner leur sang et aider ma Rhona à tenir.

— Le plus beau cadeau de Noël dont on puisse rêver, dit celle-ci.

Cooper prit conscience que son métier d'urgentiste ne lui avait pas offert jusqu'à présent des moments d'une telle richesse émotionnelle. Des moments qui exigeaient aussi une parfaite maîtrise de ses glandes lacrymales ! Bien sûr, certains cas des urgences l'avaient particulièrement touché, mais il n'avait pas côtoyé ces personnes sur les bancs de l'école, ni suivi de loin leur parcours.

Connaître personnellement ses patients ferait-il de lui un meilleur médecin ?

Il jeta à la dérobée un coup d'œil à Audrey, qui rangeait l'équipement de transfusion. À coup sûr, elle n'était pas dupe. Elle avait forcément remarqué la respiration plus laborieuse de jour en jour de Rhona, ses lèvres sèches et sa peau glacée malgré la chaleur étouffante qui régnait dans la pièce au point que, sans se concerter, ils avaient ôté les déguisements qu'ils avaient décidé d'un commun accord de porter en cette veille de Noël.

Cette initiative avait germé pendant qu'ils partageaient, dans la cuisine, un savoureux petit déjeuner composé de crêpes, et ponctué de rires et de baisers volés.

En s'éveillant ce matin avec Audrey blottie contre lui, il s'était senti plus vivant que jamais, plus fort. Une pensée incongrue alors qu'il se trouvait au chevet d'une femme jeune mais condamnée à mourir à très court terme. Or ce n'était pas la première, car lors de sa conversation avec Jimmy, un peu plus tôt dans la journée, il s'était bel et bien imaginé bouclant ses valises pour retourner à Glasgow…

Rétrospectivement, cette idée lui faisait honte. Quand cesserait-il de fuir comme un couard ?

— Ça va, Coop ?

— Très bien, Rhona. Je veux juste m'assurer que tu ne souffres pas trop.

— Ne t'inquiète pas. Ma meilleure amie, la morphine, veille au grain.

Comment pouvait-elle encore trouver le courage de plaisanter ? La volonté de cette femme forçait l'admiration.

Il n'avait pas dû se montrer convaincant car, quand Audrey et Charlie s'éclipsèrent pour aller préparer un chocolat chaud aux enfants, Rhona répéta sa question.

— Tu es sûr que ça va ? Tu fais une drôle de tête.

Il faillit répondre que non, cela n'allait pas. Il se comportait comme un imbécile vis-à-vis d'Audrey en dressant de nouveau une barrière entre eux, sous prétexte de gagner du temps pour réfléchir. À sa décharge, il n'était encore jamais tombé amoureux… jusqu'à maintenant. Ce sentiment le terrifiait. Saurait-il aimer Audrey comme elle le méritait ?

— Hé, haut les cœurs ! C'est Noël !

Il se ressaisit.

— Tu as raison : haut les cœurs !

À ce moment précis, Audrey revint dans la chambre. Au regard doux-amer qu'elle lui lança, il aurait voulu se précipiter vers elle, la serrer fort contre lui et lui demander pardon.

— Ah, je vois, murmura simplement Rhona.

Il s'assit sur le bord du lit.

— Qu'est-ce qui te ferait plaisir ? lui demanda-t-il avec douceur.

— Je souhaiterais assister au spectacle de la Nativité.

— À l'église ?

— Oui. Si je n'y vais pas, ils n'iront pas non plus, et la fête de la Nativité n'a de sens que si tout Bourtree y participe.

Cooper n'hésita pas une seconde.

— Nous y veillerons.

Quelques heures plus tard, c'était chose faite. Il avait tenu parole et en tirait une immense satisfaction.

Emmitouflée dans des plaids tricotés par sa grand-mère, Rhona était installée au premier rang. Audrey avait glissé des bouillottes d'eau chaude sous la pile de couvertures, et l'équipe de rugby de Robbie avait porté Rhona dans son fauteuil roulant de chez elle à l'église pour lui épargner les pavés de la rue principale.

Un magnifique exemple de compassion et de solidarité. Chacun s'était mobilisé pour exaucer le dernier vœu d'une femme en fin de vie.

C'était sans doute cela, la véritable magie de Noël.

— Où est Audrey ? demanda Robbie qui l'avait rejoint. Je pensais qu'elle serait avec toi.

— Elle avait une dernière course à faire.

Vu son comportement froid et distant envers elle, elle devait être allée se renseigner sur l'horaire du prochain ferry pour Glasgow. Il ne l'en blâmait pas. Après leur visite chez les Gillies, il ne lui avait guère prêté attention, trop occupé à réaliser le souhait de Rhona. Ce débordement d'énergie était, une fois de plus, un réflexe de fuite, il en avait parfaitement conscience.

Bon sang ! Pourquoi n'était-il pas fichu d'avouer à Audrey ce qu'il ressentait pour elle ?

Robbie lui donna une petite bourrade dans l'épaule.

— Dommage que l'île ne puisse se permettre d'avoir deux infirmières. Vous formez une super équipe tous les deux.

— Qui te dit que je vais rester ?

Robbie s'écarta pour le regarder droit dans les yeux.

— T'es sérieux ? Tu te vois repartir à Glasgow après tout ce que tu as accompli ici ? Tes initiatives ont amélioré la vie de plusieurs habitants. L'île a besoin de toi, Coop.

— L'île a besoin d'un *médecin*.

Le visage du géant exprima une profonde déception.

— Tu sais aussi bien que moi que c'est faux.

Sur ces mots prononcés avec une pointe de mépris, Robbie s'éloigna.

À bon entendeur, salut !

Cooper trouva une place assez loin de Rhona pour qu'elle ne se sente pas surveillée, mais assez proche pour pouvoir intervenir en cas de besoin.

D'un geste, le pasteur calma les murmures d'excitation de la congrégation et adressa ses remerciements à tous ceux qui avaient participé à l'organisation des festivités. Il invita ensuite les enfants, quels que soient leur âge et leur religion, à s'approcher pour entonner les chants de Noël ainsi que celui qu'ils affectionnaient le plus, le chant des guerriers vikings.

Cooper eut une bouffée d'émotion en se remémorant son enfance. À l'époque, la fête de la Nativité se résumait à la coutume chrétienne avec, dans les rôles principaux, Marie, Joseph, l'enfant Jésus, sans oublier l'âne et, dans les seconds rôles, les rois mages et quelques moutons. C'était Gertie qui avait estimé que les Vikings méritaient une place dans cette célébration, en raison des nombreuses traditions que leur devait la population de l'île. Elle s'était donc lancée dans la confection de costumes de guerrier, costumes que grand-mère et petit-fils arboraient fièrement à l'occasion du spectacle de la Nativité.

— C'est super, non ? s'enthousiasma Robbie qui l'avait de nouveau rejoint.

Les enfants achevaient leur prestation sous un tonnerre d'applaudissements. Se tournant vers lui pour lui répondre, Cooper constata que Robbie observait non pas la chorale, mais Rhona, dont le visage émacié rayonnait littéralement de bonheur. À ses côtés, Charlie la couvait des yeux.

— Oui. Elle a l'air tellement heureuse ! Ça fait chaud au cœur.

Du regard, il parcourut l'assemblée à la recherche d'Audrey. En vain. Elle était l'une des rares à manquer à l'appel, avec Noreen, bien sûr, toujours en Australie chez sa fille. Et si Noreen s'installait là-bas pour voir grandir ses petits-enfants ? Audrey resterait-elle à Bourtree ? Le cas échéant, cette nouvelle donne le déciderait-elle à succéder au Dr Anstruther ?

Autant de questions auxquelles il n'avait pas de réponse.

Cependant, une chose était sûre : l'absence de la jeune femme faisait naître une angoisse sourde en lui.

Il n'avait pas été à la hauteur des attentes d'Audrey. Et elle s'était lassée de ses tergiversations et de ses sautes d'humeur. Il avait laissé passer sa chance de bonheur. Il se maudit pour sa stupidité.

Il en était là de ses sombres pensées quand Marie fit son entrée dans l'église, perchée sur un âne que Joseph guidait par la bride. Ils remontèrent lentement la travée centrale, s'arrêtant en chemin pour demander aux uns et aux autres s'ils avaient une chambre disponible dans leur auberge. Malheureusement non. Tout étant complet, la petite procession devait se rendre à « l'étable du village ».

Cette mise en scène inédite provoqua l'hilarité générale. Une seule personne de l'assemblée ne riait pas : Cooper. Pendant trop longtemps, il avait été persuadé que tous ces gens voulaient l'éjecter de Bourtree à cause des erreurs de ses parents. Il ne leur avait pas fait ce plaisir, et préféré prendre les devants. Il avait quitté son île natale, et hélas sa grand-mère par la même occasion, en se jurant de ne jamais y remettre les pieds. Et tout cela pour quoi ? Un appartement impersonnel à l'ameublement spartiate, où il ne rentrait que pour dormir, et une vie sociale sporadique.

Depuis son retour, il mesurait son erreur et, surtout, il regrettait amèrement d'avoir délaissé Gertie. Ici, il pourrait devenir membre à part entière d'une communauté.

Alors que l'orgue retentissait, d'autres personnages firent leur entrée par une porte latérale : les trois rois mages – deux hommes et une femme – escortés par des Vikings. Parmi ces derniers, Cooper distingua une guerrière : Audrey !

Un mélange complexe d'émotions le submergea quand leurs regards se croisèrent, et son cœur se serra douloureusement dans sa poitrine. Ils avaient sollicité Audrey pour un rôle, et pas lui. Se trompait-il en pensant que les habitants souhaitaient le voir rester ?

Il comprit trop tard qu'il n'avait pas réussi à dissimuler son dépit. Audrey détourna la tête.

Soudain, des exclamations d'admiration jaillirent de la congrégation. Le plafond blanc venait de s'illuminer. Un spectacle féerique. Jimmy s'était surpassé, il avait réussi à reproduire les couleurs et les mouvements de l'aurore boréale.

Cooper éprouva de nouveau un choc en songeant à tous les merveilleux moments qu'il avait manqués par peur du qu'en-dira-t-on. Parviendrait-il, un jour, à devenir celui dont sa grand-mère aurait été fière ? Un homme capable de vaincre les démons du passé pour se construire un avenir ?

Il jeta un coup d'œil involontaire en direction de Rhona, entourée de son mari et de ses enfants. Épuisée, elle avait fermé les yeux, mais un sourire de béatitude flottait sur ses lèvres.

Alors, un déclic se produisit, et Cooper sut, sans ambiguïté, ce qu'il lui restait à faire.

9.

— Après tes excentricités dans la neige, cela te fera du bien, dit Cooper en déposant une grande tasse de chocolat chaud devant Audrey.

— C'est de la faute des enfants.

Elle s'efforça de sourire. Cette attention, aussi délicate fût-elle, n'allégeait pas sa peine car elle s'apprêtait à mettre un terme à leurs relations en dehors du cadre strictement professionnel. Quoi qu'il lui en coûte, elle irait jusqu'au bout.

— Si mes souvenirs sont bons, ils n'ont pas eu besoin d'insister pour que tu participes à leur concours d'anges de neige !

Malgré ses efforts manifestes pour rétablir la communication, il était aussi tendu qu'elle. Il en avait été ainsi depuis qu'ils s'étaient retrouvés à la sortie de l'église. Et leur visite à Rhona, après que l'équipe de rugby l'avait raccompagnée chez elle, n'avait certainement pas contribué à égayer leur humeur. La pauvre était exténuée. Quel répit lui accorderait la transfusion sanguine ? Nul ne le savait. En revanche, elle lui avait permis d'assister aux festivités, ce qui était son vœu le plus cher.

Moi, mon vœu le plus cher aurait été de vivre ici, avec toi, songea Audrey, le cœur serré.

Elle avait eu l'impression d'appartenir à cette communauté lorsque Emily Anstruther lui avait proposé un rôle dans le spectacle de la Nativité. Mais il avait suffi qu'elle croise le regard de Cooper pour comprendre, et que sa joie s'évapore.

Il ne voulait pas d'elle à Bourtree. Il avait déjà assez de mal à gérer les émotions provoquées par son retour dans son île natale pour ne pas en rajouter.

Quelle idiote ! Elle s'était précipitée dans le même piège

qu'avec Rafael, à une différence près, et de taille : cet homme, elle l'aimait vraiment ! Un sentiment non partagé qui ruinait son Noël bien plus qu'elle ne l'aurait imaginé quand elle avait débarqué, pleine d'amertume et de désillusion.

Après avoir découvert, à force de persévérance, la richesse de la personnalité qui se dissimulait sous un étrange déguisement de Père Noël, et avoir succombé malgré elle à son charme, elle avait commis une terrible méprise, par excès d'optimisme.

Que faire maintenant ? Serrer les dents, se taire et tenir encore quelques jours jusqu'à ce que l'un des deux embarque à bord du ferry, ou crever l'abcès et tenter de découvrir ce qui se cachait derrière ce masque indéchiffrable ?

Elle choisit la seconde option.

— J'avais accepté le poste de Noreen, mais j'ai changé d'avis.

Les sourcils de Cooper dessinèrent deux accents circonflexes.

— Comment ?

— J'aurais sans doute dû en discuter avec toi avant. Toutefois, il est plus que temps que je prenne mes décisions par moi-même.

Un peu brutal comme entrée en matière ! Il semblait tomber des nues. Elle avait un nœud à l'estomac et s'engluait dans ses explications. Pour autant, cette épreuve était nécessaire.

Elle s'était attachée à l'île, à ses patients, à ce mode de vie. Quant à Cooper, elle l'aimait de toutes les fibres de son être… Impossible néanmoins d'unir son destin à quelqu'un qui ne savait pas ce qu'il voulait faire de son existence. Elle devait sortir de sa vie pour construire la sienne.

— Bon sang, de quoi parles-tu ?

— Noreen a téléphoné tôt ce matin pendant que tu étais dans la douche. Elle a l'intention de s'établir définitivement en Australie et m'a proposé de lui succéder à Bourtree. J'ai répondu oui. Un peu trop vite, semble-t-il, car la situation entre nous… Réflexion faite, il vaut mieux que je m'en aille. J'appellerai Noreen pour l'en aviser. Dès qu'une remplaçante aura été nommée, je bouclerai mes valises et j'irai tenter ma chance ailleurs.

Il ouvrit la bouche, comme s'il s'apprêtait à dire quelque

chose, puis se ravisa. Tant mieux, car elle ne voulait pas de sa compassion. Les larmes n'étaient pas loin, et il ne manquerait plus qu'elle éclate en sanglots devant lui ! Encore une nouvelle à lui annoncer et elle pourrait échapper à ce supplice.

— Les Gillies ont proposé de m'héberger, en attendant. Comme ça, je veillerai sur Rhona, ce qui soulagera un peu Charlie. Le pauvre est à deux doigts de craquer.

D'un geste mécanique, Cooper porta sa tasse à ses lèvres, puis la reposa sur la table sans avoir bu. Son expression était impénétrable.

— C'est vraiment ce que tu souhaites ? demanda-t-il d'une voix atone.

Non, ce n'était pas du tout ce qu'elle souhaitait. Cependant, elle s'était juré de ne plus laisser autrui diriger, volontairement ou non, le cours de sa vie. Quand elle avait surpris l'expression de dépit de Cooper à l'église parce qu'elle avait été conviée à participer au spectacle et pas lui, un natif de l'île, elle s'était sentie piquée au vif.

Pour se redonner de l'entrain, elle avait gardé le regard fixé sur Rhona, cette femme au courage extraordinaire dont les jours étaient comptés.

— OK, dit Cooper, prenant son mutisme pour un assentiment, je respecte ta décision.

Il alla vers l'évier, y versa sa tasse de chocolat encore pleine, avant d'ajouter :

— Je vais me coucher. La journée a été longue. Tu veux toujours assurer les visites avec moi, demain matin ?

— Bien sûr.

— Et cela ne te pose pas de problème de rester dormir ici, cette nuit ?

Son cœur se serra affreusement dans sa poitrine. Il semblait s'imaginer qu'elle avait peur de lui ou qu'il la dégoûtait. Or elle agissait ainsi pour la raison inverse. Aussi paradoxal que cela puisse paraître, elle s'éloignait pour ne pas l'encombrer avec un amour qui, de toute évidence, n'était pas payé de retour.

— Pas le moindre. S'il te plaît, n'y vois aucune offense

personnelle. Je serais restée chez toi jusqu'à la fin de mon contrat si les Gillies n'avaient pas besoin d'aide. Cela me paraît la meilleure solution pour… comment dire ? Conclure.

— C'est noté, fit-il avec un bref signe de tête.

Une ombre traversa son regard et, comme chez Jimmy, elle vit presque se matérialiser le rempart derrière lequel il se protégeait de ce qu'il considérait, à tort ou à raison, comme une agression extérieure. La distance entre eux devenait infranchissable, ce qui la conforta dans sa décision, pourtant pénible.

— Dans ce cas, bonne nuit, dit-il.

Et il quitta la cuisine sans se retourner.

— Joyeux Noël, murmura-t-elle pour elle-même, la mort dans l'âme. Et bonne année…

Dire que Cooper avait mal dormi aurait été un euphémisme.

À 5 heures du matin, après une nuit d'insomnie, il se résolut à se lever.

Qu'est-ce qui lui avait pris d'informer le Dr Anstruther qu'il acceptait de lui succéder en tant que médecin généraliste de l'île avant d'en discuter avec Audrey ?

Parce qu'il voulait lui faire une surprise, voilà pourquoi ! Il croyait alors, dans sa grande naïveté, qu'un avenir commun la réjouirait. Un peu comme un cadeau de Noël…

Une très mauvaise idée, sachant qu'elle ne voulait pas de lui comme présent… ni comme futur !

Lorsqu'il poussa la porte de la cuisine, elle était assise à la table, dans le costume de lutin de Noël qu'elle avait refusé de porter le jour de son arrivée.

Fallait-il y voir le signe d'une trêve ? Il l'espérait de toutes ses forces.

— Joyeux Noël, Cooper.

Elle avait les traits tirés et son regard trahissait une profonde anxiété. *Bon sang, quel gâchis !*

— Joyeux Noël à toi aussi, répondit-il sans entrain.

Une immense tristesse le submergea. Pourquoi réagissait-il

comme un égoïste ? Si son amour pour elle était sincère, il ne devait souhaiter que son bonheur. Si elle le trouvait ailleurs et sans lui, eh bien, comme Charlie tentait de s'en convaincre, mieux valait perdre l'être cher que de n'avoir jamais aimé de sa vie.

Lui au moins, à la différence de Charlie, aurait la satisfaction de savoir que l'élue de son cœur menait l'existence qu'elle s'était choisie.

— Que dirais-tu d'un petit déjeuner spécial ? C'est Noël, après tout !

Un sourire d'une grande douceur le récompensa. À quoi bon se déchirer ? Mieux valait qu'ils se quittent en bons termes. Il réussit même à la faire rire en découpant le pain de mie en forme de sapin de Noël, à l'aide des emporte-pièces dont sa grand-mère se servait pour les biscuits.

Chose étrange, vu les circonstances, ils mangèrent avec appétit.

— Qu'aviez-vous l'habitude de faire, Gertie et toi, le 25 décembre ? demanda Audrey après avoir englouti son dernier toast. Ta sœur était-elle avec vous ?

— Non. Après la mort de nos parents, elle ne s'est pas éternisée à Bourtree. Pour finir, elle a émigré en Nouvelle-Zélande et n'est pas revenue depuis.

— Tu es allé lui rendre visite ?

— Une seule fois. J'ai fait un stage de six mois dans un service d'urgence à Auckland, ce qui m'a donné l'occasion de faire la connaissance de son mari et de ses enfants.

— Et tu n'as pas eu envie d'y retourner ?

— Pas vraiment. J'ai eu droit à un accueil sympa, mais je ne me suis pas franchement senti en famille. Ma présence suscitait pas mal de questions sur notre passé de la part de l'entourage de Shona, un passé qu'elle préférait oublier. À la fin, j'avais l'impression d'être devenu une source de désagréments pour elle, alors je suis parti.

— Et depuis, pas de nouvelles ?

— Nous nous écrivons de temps en temps, rien de plus.

En fait, il n'avait pas réellement eu de contacts avec sa sœur depuis plusieurs années. Le dernier en date avait été pour le décès de leur grand-mère. Peut-être aurait-il dû lui téléphoner ?

— Tu vas penser que je saute du coq à l'âne, mais que dirais-tu d'aller au pub ce soir ?

Elle lui lança un regard indécis.

— C'est ouvert, un 25 décembre ?

— Absolument, c'est une tradition locale. Le Puffin ouvre ses portes en début de soirée.

— Il sert à dîner ?

— Oui. Un certain nombre d'esseulés – des personnes âgées et des hommes célibataires, pour la plupart – sont bien contents de s'offrir un repas amélioré. Je comptais te le proposer hier soir, mais…

Elle leva la main.

— Je sais, j'ai un peu gâché la fin de soirée. Je suis désolée de t'avoir annoncé tout ça aussi brutalement, mais je craignais de changer d'avis, sinon.

Elle lui offrait une lueur d'espoir, certes ténue.

— Y a-t-il une chance ?

— Que je change d'avis ?

L'expression de son visage se ferma, et il s'en voulut d'avoir tenté d'influer sur ses décisions !

Il se leva pour débarrasser la table.

— Bon, passons. J'envisage de payer une tournée générale pour que chacun lève son verre à la mémoire de ma grand-mère.

— Une sorte de mini-soirée commémorative ?

— Exactement.

— Ça me paraît une excellente idée. Ensuite, j'irai directement chez les Gillies. Le pub n'est pas très loin de chez eux.

Au prix d'un effort considérable, il resta impassible alors que la frustration lui nouait l'estomac. Aimer, c'était laisser son libre arbitre à l'être cher.

— Comme tu veux. Et maintenant, si tu es prête, je propose que nous rendions visite à nos malades.

Lorsqu'ils franchirent les portes du pub, Cooper avait atteint son niveau de stress maximum.

— Tu vas bien ? demanda Audrey, l'air inquiet.

— Oui, très bien.

De toute évidence, ce mensonge ne la trompa pas. Au fil de la journée, la communication entre eux était devenue de plus en plus laborieuse, au point que les derniers trajets d'un rendez-vous à un autre s'étaient déroulés en silence. Une chance que l'autoradio fonctionnait !

— Je te commande un verre de vin rouge ? proposa Audrey tandis qu'il l'aidait à ôter sa doudoune, et la suspendait à la patère dans l'entrée.

— Je m'en charge. Va plutôt t'asseoir. Il y a une table près du feu.

— Mais c'est notre table ! s'exclama-t-elle avant de piquer un fard. Enfin, je veux dire, c'est la table que nous occupions la première fois.

Songeur, il la regarda s'éloigner en direction de la cheminée. *Notre table ?* Se pouvait-il qu'Audrey regrette sa décision autant que lui ?

Plutôt que de rejoindre le bar, il resta un moment dans le vestibule. Il devait remettre de l'ordre dans ses idées. Cette journée lui avait fait perdre le contrôle sur ses émotions. Un coup d'œil dans la salle, Audrey avait déjà engagé la conversation avec ses voisins. L'un d'eux sortit son téléphone portable et lui montra l'écran. Elle rit de bon cœur.

L'infirmière méfiante et un peu coincée avait disparu au profit d'une femme ouverte et souriante, intégrée à une communauté qui non seulement l'appréciait, mais la respectait. Deux choses auxquelles elle aspirait dans la vie.

La population locale avait besoin d'elle. Elle lui faisait confiance et s'était attachée à elle.

Soudain, un déclic se produisit en lui.

Audrey avait accepté le poste de Noreen parce qu'elle se plaisait à Bourtree et souhaitait s'y installer… jusqu'à ce qu'elle s'imagine qu'il ne voulait pas d'elle sur place.

Quelle ironie ! Chacun pensait faciliter les choses à l'autre en prenant l'initiative de rompre une relation qui n'en était pourtant qu'à ses débuts. Il devait impérativement rectifier le tir avant qu'il ne soit trop tard !

Si seul le travail avait été en cause, les visites de la journée auraient dû convaincre Audrey de s'en tenir à sa décision initiale.

Les patients leur avaient, en effet, offert toutes sortes de menus présents : des cartes, des chocolats, des fruits confits, des *minces pies* et autres friandises. Cayley leur avait sauté au cou en les remerciant de lui avoir redonné confiance en elle et ouvert les yeux sur sa véritable vocation : plus tard, elle voulait devenir costumière. Quant à Jimmy, il leur avait promis de les rejoindre au pub dans la soirée, une fois confectionné le « dessert de régime » qu'il avait l'intention d'apporter chez Angela, le lendemain.

Bien sûr, il y avait eu des visites moins joyeuses. À des couples âgés de plus en plus dépendants, à une femme atteinte de la maladie de Parkinson qu'ils avaient trouvée en pleurs parce qu'elle avait renversé du café sur sa robe préférée, et enfin aux Gillies qui s'efforçaient de faire bonne figure bien que l'état de santé de Rhona se soit dégradé. La mère de famille ne regrettait pas d'avoir assisté à la fête de la Nativité. Son ultime vœu avait été exaucé, et elle semblait en paix avec elle-même. Elle avait décidé de profiter du mieux possible du peu de temps qu'il lui restait à vivre. Elle se savait aimée et se disait chanceuse.

Une chance que n'avait pas Audrey, car il ne lui avait pas avoué qu'il l'aimait de tout son cœur. Il avait déjà agi ainsi avec sa grand-mère. Qu'il soit maudit s'il répétait cette terrible erreur !

Il se dirigea vers le bar.

— Que puis-je te servir, Coop ? demanda le barman quand son tour fut venu. Oups, désolé ! Désormais, tu n'es plus Coop, mais Doc !

Cooper lui sourit sans prendre la peine de l'interroger sur l'identité de son informateur. À Bourtree Castle, les nouvelles allaient vite. Il s'apprêtait à commander deux verres de vin rouge quand il changea d'avis.

— Une bouteille de champagne, s'il te plaît.
— Hum ! Un événement à célébrer ?
— Quelque chose dans ce goût-là.
— Un nouveau job, ou *deux* ?
— Nous verrons, répondit Cooper, évasif, en attrapant les deux flûtes et le seau à champagne dans lequel le barman avait mis la bouteille à rafraîchir.
— Moi, je parie que ce sera « deux ».
— Merci, mon vieux. C'est sympa.
Cooper avait l'intention de porter un toast aux nouveaux départs, quels qu'ils soient. Avec un peu de chance, il s'agirait peut-être d'un seul nouveau départ… à deux !

— Du champagne ! s'exclama Audrey, surprise.
Cooper prit place face à elle.
— Après tout, ce n'est pas tous les jours Noël, et la journée a été bien remplie. J'ai pensé que quelques bulles ne nous feraient pas de mal, d'autant que nous ne nous verrons sans doute pas beaucoup, ces prochains jours.
— Coop, à ce sujet, je…
Il l'interrompit.
— S'il te plaît, laisse-moi parler. J'ai quelque chose d'important à te dire.
Il emprisonna ses mains dans les siennes et, malgré l'intention qu'avait Audrey de garder la tête froide, elle sentit son cœur s'emballer et son esprit partir à la dérive, comme à chaque fois qu'il la touchait.
— J'ai annoncé au Dr Anstruther qu'après mûre réflexion j'avais décidé de prendre sa suite. C'était hier matin, avant notre visite chez Jimmy.
Elle eut l'impression de se liquéfier.
— Je vois.
— Je souhaite m'installer définitivement ici… À condition que cela ne te pose pas de problème.

Avait-elle mal interprété la conversation chez Jimmy ou le regard de Cooper à son entrée dans l'église, la veille au soir ?

— Continue.

— J'ai accepté ce poste en espérant trouver les arguments pour te convaincre de ne pas quitter Bourtree. Très honnêtement, je n'ai pas tant envie que ça de rester si tu t'en vas.

— Oh Coop…

Ce fut tout ce qu'elle réussit à articuler.

— Je t'aime, Audrey. Il m'a fallu du temps pour me débarrasser de toutes les pensées négatives qui m'obsédaient, me rendre compte que mon bonheur passerait par toi. Je croise les doigts pour que cette prise de conscience n'arrive pas trop tard. L'amour que j'éprouve pour toi me comble de joie. Je n'aurais pas supporté de te laisser partir sans te l'avouer.

Incapable de prononcer un mot tant l'émotion lui serrait la gorge, elle plongea son regard dans le sien pour y chercher la confirmation qu'elle ne rêvait pas tout éveillée.

— J'aurais dû t'en parler avant, mais j'étais tellement obnubilé par le besoin de redorer le blason des MacAskill auprès des gens de l'île que j'en ai oublié l'essentiel.

— L'essentiel ? fit-elle d'une voix étranglée.

— L'avenir. Mon avenir avec toi… Si tu veux bien de moi.

— Coop, je…

— Loin de moi l'idée de t'imposer quoi que ce soit. Si tu souhaites vivre ici sans que je figure dans tes projets, nous trouverons une solution. Je peux partir ou rester : à toi d'en décider. Pour moi, ton bien-être passe avant tout, le mien compris.

Bouleversée, elle avait l'impression de flotter sur un petit nuage. Après l'attitude polie et distante qu'il avait affichée les dernières quarante-huit heures, elle ne s'attendait pas à une telle déclaration. La tête lui tournait, ses oreilles bourdonnaient, et ce fut à peine si elle se rendit compte qu'il avait rempli leurs deux flûtes.

Elle aimait tout chez cet homme : sa délicatesse, sa générosité, son intelligence, son humour, sans oublier son corps, ses yeux d'un bleu vif qui reflétaient si bien ses émotions, sa bouche, son menton volontaire, sa barbe naissante qui le rendait plus viril encore… Elle interrompit là l'énumération.

— Je lève mon verre à la seule femme au monde capable d'assez de finesse, de courage et de patience pour m'avoir fait comprendre que je devais changer. J'ai encore du chemin à parcourir, mais je crois être sur la bonne voie.

— Tu sais, Coop, je t'aime tel que tu es, avec tes qualités et tes défauts, tes forces et tes faiblesses.

Il eut un sourire lumineux.

— Alors, ma chérie, trinquons à l'amour et à cette vie magnifique qui nous attend, ensemble, sur cette île isolée qui t'a séduite et avec laquelle je me suis finalement réconcilié.

Ils trinquèrent et burent une longue gorgée de champagne.

— Toi aussi, tu m'as ouvert les yeux, dit-elle, émue. À ton contact, j'ai repris confiance dans mes capacités. Tu n'as pas raté une occasion de me valoriser et, grâce à toi, je me suis découvert une détermination que j'ignorais. Je ne te remercierai jamais assez.

Il lui caressa la joue, et elle frémit de plaisir.

— Que lis-tu dans mes yeux ? lui demanda-t-il.

— De l'amour.

— Et quoi d'autre ?

— Du désir.

— Ce qui donne ?

— La combinaison idéale, répondit-elle en riant. À mon tour de porter un toast : à la magie du Noël de Bourtree qui nous a rappelé la vraie valeur de la vie.

Ils vidèrent leurs flûtes, leurs regards soudés s'échangeant des promesses muettes. Puis, obéissant à une même impulsion, ils se penchèrent l'un vers l'autre, par-dessus la table. Leurs bouches se trouvèrent, et elle oublia le monde qui les entourait. Les sifflets et les acclamations finirent par l'arracher à son état de béatitude.

Dans la salle du pub, tous les yeux étaient braqués sur le jeune couple qui venait de sceller son amour en public par un long baiser langoureux.

— Tu es certaine de vouloir porter ça ?

— Absolument.

Audrey adressa une grimace cocasse à Cooper.

— Ce costume de Valkyrie te va à merveille, je l'admets. Tu fais une guerrière plus vraie que nature !

— Le mérite en revient à Cayley. Elle s'est surpassée.

— Tu serais sexy même avec un sac à patates sur le dos, mon amour.

Il déposa un baiser sur le bout du nez de la jeune mariée puis, incapable de résister, l'attira dans ses bras.

— Hum, ça chatouille, protesta-t-elle pour la forme. Crois-tu qu'un jour nos enfants surprendront leur maman dans les bras du Père Noël en train de l'embrasser ?

— Je parierais que oui !

Il tira sur l'élastique de sa longue barbe blanche et la plaça sous son menton, avant de s'emparer de cette bouche si tentante.

— Cette année, l'église est bondée, dit-elle quand elle s'écarta pour reprendre son souffle.

— Et pour cause !

— Je suis si contente que ta sœur soit là.

— Ses enfants adorent Bourtree. Je les ai entendus supplier leur mère de les laisser revenir tous les ans.

— Tu penses qu'elle acceptera ?

— Oui. Comme pour moi, les mauvais souvenirs avaient occulté tout ce que l'île a de merveilleux. À mon avis, elle s'en fabriquera d'autres, des bons cette fois.

Il se félicitait d'avoir renoué le contact avec Shona. Il avait organisé un appel vidéo sous prétexte de présenter Audrey à sa sœur.

— Tu sais que tu es une femme merveilleuse, Audrey MacAskill ? Je n'aurais pu rêver d'unir mon destin à une épouse plus ravissante en une nuit si particulière.

Elle lui offrit un sourire radieux.

— Si je ne te connaissais pas, Cooper MacAskill, je dirais que tu es plus sentimental que moi !

Il éclata de rire.

— Heureusement que le pasteur a accepté de nous marier aujourd'hui, un 24 décembre, juste avant la fête de la Nativité.

— C'est vrai. Mais il pouvait bien t'accorder une dérogation. Tu œuvres tellement pour le bien de notre communauté.

— Tu y contribues largement, je te signale.

— C'est bon de voir tout le monde réuni. Tu te rends compte, même les Anstruther ont fait le déplacement depuis l'Espagne pour assister à notre mariage !

— La magie de Noël m'étonnera toujours, répondit-il avec un clin d'œil complice.

— Maintenant, file. Sinon, on va tous les deux rater mon entrée.

— Tes désirs sont des ordres, ma chérie ! Mais avant, un dernier petit baiser.

Elle ne lui opposa aucune résistance quand il l'enlaça.

Le « petit » baiser s'avéra plus passionné que prévu, et Audrey apparut dans l'église avec un léger retard sur le reste du cortège. Personne ne s'en offusqua. Des jeunes mariés avaient droit à un traitement de faveur, quoi de plus normal ?

Lorsque la congrégation entonna à l'unisson *Douce Nuit, sainte nuit*, les regards de Cooper et Audrey se rivèrent l'un à l'autre. Ce chant de Noël glorifiant l'amour et l'espérance faisait écho aux vœux qu'ils avaient échangés devant l'autel, quelques heures auparavant…

RACHEL DOVE

Un fils pour secret

Traduction française de
MICHELLE LECOEUR

BLANCHE

HARLEQUIN

Titre original :
THE PARAMEDIC'S SECRET SON

1.

— Aéroport de Heathrow, Terminal 2. Homme de soixante-deux ans arrivant de Finlande. Chute après malaise. Possible blessure à la tête.

Annabel Sanders sourit à son équipier et boucla sa ceinture de sécurité avant d'actionner la sirène de l'ambulance.

— Allons-y !

Ce premier appel avait eu lieu trente-sept secondes après le début de sa matinée de travail. C'était un soulagement après les deux dernières heures qu'elle venait de passer, et alors que le café commençait à faire son effet.

— Sauver une vie, c'est juste ce qu'il me faut pour mettre un peu de distraction dans ma matinée merdique, commenta-t-elle en répondant au signe de la main que Penny leur envoyait depuis le bureau de contrôle de la station d'ambulances.

Tom, son partenaire de longue date et accro au boulot, lui jeta un coup d'œil compréhensif tout en s'engageant dans le trafic.

— Aidan ? questionna-t-il.

Cet homme était un amour. Elle ne pouvait pas s'empêcher de se confier à lui dès qu'ils étaient ensemble.

Avec un soupir exaspéré, elle écarta une mèche brune de son visage.

— Qui veux-tu que ce soit d'autre ? Les ouvriers laissent traîner du matériel partout, et il y a de la poussière dans toute la maison. Il n'en peut plus, le pauvre chéri. Il est sur un grand projet à l'école, et je retrouve dans tous les coins des notes sur des bouts de papier, ainsi que les vieilles photos de maman qu'il ressort continuellement. J'ai l'impression d'être constamment en train de nettoyer, sans aucun résultat apparent. En fait, je suis à deux doigts de l'emmener passer les week-ends dans un hôtel avec piscine, histoire d'avoir un peu la paix. Je l'aurais déjà fait si je n'étais pas saignée à blanc par les travaux. J'ai économisé pendant des années pour pouvoir nous acheter cette maison, mais, franchement, je ne me doutais pas de la somme de travail que cela représenterait.

Tom rit doucement sans quitter la route des yeux.

— C'est ton rêve qui est en train de se réaliser, voyons ! Imagine à quoi ta maison ressemblera quand ce sera fini ! À part ça, comment va ce jeune homme ?

— Dieu seul le sait. Il est si lunatique depuis quelque temps, dit-elle en poussant un soupir de frustration.

Ils étaient sur le point d'arriver à destination et allaient être de nouveau happés par le travail.

Elle ne l'avait pas dit à Tom, mais le projet d'Aidan portait sur l'arbre généalogique de chaque élève. Elle était pratiquement sûre que l'humeur changeante de son fils était liée au fait que des noms étaient absents du sien.

— Ça a été ma fête ce matin, ajouta-t-elle en soupirant à nouveau. Apparemment, je suis complètement nulle, et il déteste vivre dans la nouvelle maison. Je lui ai expliqué que les travaux ne dureraient pas éternellement et que je n'étais pas si nulle que ça…

— Bien sûr que non, gloussa Tom. Et alors ?

— Quand je l'ai déposé, il n'était pas très fan de moi. C'était encore tendu, et je déteste le quitter comme ça.

Tom ne répondit pas, car la station les appelait pour leur demander leur heure d'arrivée estimée.

Elle les renseigna, puis elle jeta un regard de côté à son collègue silencieux.

— Tu n'as rien à dire ? demanda-t-elle un peu sèchement. C'est tout de même ton filleul…

Tom hocha lentement la tête.

— Justement, je n'ai pas l'intention de m'en mêler. Moi, il m'aime toujours.

Elle dut faire une moue éloquente, car il éclata de rire.

— Lâche-le un peu, dit-il calmement. Il est probablement en train de tester jusqu'où il peut aller. Ça ne doit pas être très facile pour lui en ce moment, tu ne crois pas ? Entre son accident et votre déménagement… Jusque-là, il avait toujours vécu au même endroit, tout comme toi. Il a dû avoir du mal à quitter l'appartement de ta mère. Toi-même, tu as eu besoin de garder ce lien avec elle après son décès. Je me rappelle comme tu étais bouleversée quand tu as commencé ta formation d'auxiliaire médicale. Et après, il y a eu Aidan. Cela fait longtemps que tu n'as pas décollé le pied de l'accélérateur. Une fois que ta maison sera terminée, il faudra que tu profites un peu plus de la vie, c'est tout.

Après cette tirade inattendue, Tom se tut, tandis qu'elle croisait les bras en faisant la moue.

Mais au fond, elle savait qu'il avait raison. Elle était particulièrement bien placée pour savoir à quel point les changements peuvent affecter quelqu'un.

Réprimant un frisson, elle se rappela le jour où, alors qu'elle était au travail, elle avait été appelée par l'école d'Aidan. Il avait fait une mauvaise chute pendant le cours de gym. Sans perdre une seconde, elle s'était précipitée à l'hôpital pour être près de lui. Le seul souvenir de son petit garçon inconscient et couvert de tuyaux la faisait frémir d'angoisse, encore maintenant. Le cours de la vie pouvait changer en un claquement de doigts.

— Je sais, dit-elle. Tu as raison. Cette année m'a appris à savourer davantage les petites choses du quotidien. Aidan est sans doute gagné par mon stress…

Elle sourit à son ami et lui tapota le bras.

— Tu vas être un papa génial.

Tom garda les yeux sur la route, mais son visage s'éclaira.

— Oh ! j'imagine ! À force de te regarder faire toutes ces années, j'ai fini par retenir une ou deux choses. On a vraiment hâte.

— Moi aussi…

Ils arrivèrent à l'aéroport en un temps record et se dirigèrent vers le Terminal 2, lieu de l'incident.

Un petit groupe de gens entourait un minibus rangé sur le côté de la route. En entendant l'ambulance, deux personnes s'en détachèrent et leur firent signe d'arrêter.

Une femme au visage livide portant une robe d'été à fleurs se précipita vers eux, visiblement paniquée, et sa main tremblante s'empara de celle d'Annabel dès sa sortie du véhicule.

— Ah, Dieu merci, vous voilà ! s'écria-t-elle. C'est mon mari ! Il faut l'emmener à l'hôpital !

Annabel lui répondit par une brève pression.

— Nous sommes ici pour vous aider, dit-elle en souriant, mais je dois récupérer rapidement mon équipement, et pour cela, j'ai besoin de ma main.

La femme parut se détendre légèrement et la lâcha.

En quelques secondes ils arrivèrent près du patient allongé par terre, à côté duquel était penché un homme qui se tenait de dos par rapport à eux.

— Monsieur, pouvez-vous vous écarter, s'il vous plaît ? demanda Tom. Nous allons…

En voyant l'inconnu lever les yeux, Annabel ne put retenir une exclamation. Le monde autour d'elle vacilla, et elle eut du mal à tenir sur ses jambes.

Elle se retrouvait soudain des années en arrière, assise sur un banc dans ce même aéroport, le cœur brisé, tandis que l'homme qu'elle aimait s'éloignait, la quittant pour toujours.

Mais non, ça ne pouvait pas être lui ! Elle devait avoir des hallucinations !

Une partie d'elle était en état de choc. Par pitié, pourvu qu'elle n'ait pas la nausée dans cet aéroport ! Elle aurait voulu faire demi-tour et s'enfuir dans les collines. Le seul fait de mettre un pied devant l'autre lui demandait un effort surhumain.

Heureusement, la partie professionnelle de son cerveau passa en pilote automatique, et elle parvint à se concentrer sur le patient.

Celui-ci était conscient et semblait chercher quelqu'un, agitant la tête d'un côté et de l'autre. L'homme penché sur lui tentait de le calmer en lui parlant doucement, tout en l'empêchant de se lever.

Pendant que Tom commençait à interroger l'homme sur ce qu'il s'était passé, elle s'agenouilla près du patient.

Le regard surpris de l'homme quand il la vit ne lui échappa pas.

C'était donc bien lui.

Avait-elle l'air aussi choqué qu'elle le ressentait à l'intérieur ? Il avait toujours su lire en elle. Apparemment, certaines choses n'avaient pas changé. Bon sang, pourquoi était-il de retour ici ? Était-ce une coïncidence ?

Il fallait qu'elle se concentre sur le patient. Elle avait perdu assez de temps pendant des années à se demander ce qu'il avait bien pu se passer dans la tête de cet homme. Peu importait pourquoi il était là. Peut-être qu'il était venu prendre un avion pour repartir. Il faisait ça très bien. Elle, elle n'avait qu'à faire le job et s'en aller.

Elle vérifia les fonctions vitales du patient et parla avec lui.

Il s'appelait Frank Jessop et était de retour avec Janice, son épouse, d'une semaine bien remplie, ayant rendu visite à une partie de leur famille installée en Finlande. Apparemment, il avait fait quelques excès durant le vol, et son cœur s'était emballé. Après cela, traîner les bagages et faire la navette dans un minibus bondé et surchauffé lui avait été fatal. Il avait chuté en descendant du véhicule et heurté la rampe d'accès.

À la palpation, elle constata qu'il n'avait pas de fracture, mais les douleurs dans le dos et le choc à la tête nécessitaient son transport à l'hôpital pour des examens complémentaires. Ses constantes étaient stables, il n'avait pas les pupilles dilatées et suivait sans difficulté son doigt allant et venant devant ses yeux. Certes, il avait un mal de tête, mais rien de très inquiétant. Il devrait bien s'en tirer.

Déjà elle appréhendait les questions que Tom ne manquerait pas de lui poser à propos de l'homme qui avait ranimé le patient.

Il n'était pas question que les commérages recommencent, elle ne le supporterait pas ! À présent, elle était auxiliaire médicale en chef. Elle ne voulait pas que l'on chuchote de nouveau autour d'elle, ni surprendre des regards de côté dans les couloirs !

— Désolée, Frank, mais on doit vous emmener à l'hôpital pour procéder à des examens plus approfondis. Vous ne rentrerez pas chez vous tout de suite, mais vous pouvez vous arranger avec votre famille pour qu'elle ramène votre voiture.

Lisant de nouveau la panique sur le visage du patient, elle lui sourit gentiment.

— Sinon, ne vous inquiétez pas, la société du parking est habituée à gérer ce genre de chose. Ils s'occuperont de tout jusqu'à ce que vous puissiez récupérer votre voiture.

Tom arrivait déjà avec le brancard. L'homme était toujours là, il se tenait près de l'épouse de Frank.

Que de sollicitude de sa part, pensa-t-elle avec ironie.

Elle ne lui jeta pas un regard pendant que Tom et elle installaient le patient sur le brancard, mais elle sentait que l'homme observait chacun de ses mouvements.

— Annabel ?

Ce fut comme si une flèche lui transperçait le cœur.

Depuis combien de temps ne l'avait-elle pas entendu prononcer son prénom ? Et combien de fois avait-elle prononcé le sien, dans les messages qu'elle avait laissés sur son téléphone ? Des messages auxquels il n'avait jamais répondu.

« Je suis désolé, Annie. »

C'étaient les derniers mots qu'il lui avait dits avant de franchir les portes de la sécurité, la laissant debout, immobile derrière lui, dans ce même aéroport.

— Annie ? dit-il un peu plus fort.

Elle l'ignora, mais tout son corps tressaillit, et elle dut se retenir pour ne pas tourner la tête dans sa direction.

— Annabel. S'il te plaît…

— Je travaille, monsieur, dit-elle de son ton le plus froid. Pouvez-vous reculer et nous laisser faire notre travail…

Mais sa voix se brisa, et elle se détesta.

Elle ne voulait pas se trouver en sa présence une minute de

plus. Il lui semblait que tout son corps était en feu, et elle avait horreur de se sentir perdre ainsi tout contrôle.

— J'ai été le premier sur les lieux…

— Merci de votre intervention. Si vous avez une information pertinente, mon collègue pourra la recevoir.

Elle se risqua à le regarder et réussit péniblement à garder une expression neutre – professionnelle. Ce fut une des choses les plus dures qu'elle ait jamais faites : être capable de regarder Harry Carter droit dans les yeux sans craquer ni lui mettre un coup de poing dans la figure – ni lui tomber dans les bras.

Actuellement, elle n'était pas en état d'avoir affaire à lui. Ni actuellement ni jamais.

Se rappelant la dernière fois qu'elle avait prononcé son prénom, elle sentit le rouge lui monter aux joues.

Il ne pouvait tout de même pas être ici à cause de ça ? Si oui, c'était un peu tard. Six mois trop tard. Ou plutôt, huit ans. Il avait eu toutes sortes d'occasions de revenir, et il n'en avait saisi aucune…

Bon sang, elle aurait quand même bien voulu savoir ce qu'il se passait réellement à cet instant dans sa tête.

— Qu'est-ce que tu fais là ? demanda-t-elle sèchement au moment où Tom s'approchait.

— Je suis venu pour te voir, dit simplement Harry.

Au moment où un véritable tumulte émotionnel s'emparait d'elle, elle sentit Tom lui toucher le bras.

— Annabel ? Tu es prête ? lâcha-t-il en jetant à Harry un coup d'œil méfiant.

— Oui, oui, glapit-elle d'une voix aiguë en se tournant vers Tom, qui jeta un regard noir à Harry.

— Est-ce que ça va ? gronda-t-il pendant qu'ils rangeaient l'équipement. Ne vient-il pas de dire qu'il était venu te voir ?

— Tom ! Doucement, il va t'entendre, répondit-elle sur le même ton. Oui, c'est bien ce qu'il a dit.

— Moi aussi, je vous entends, intervint Frank tandis qu'ils soulevaient le brancard du sol. J'aimerais bien rentrer chez moi. Vous feriez mieux de vous occuper de quelqu'un qui est vraiment malade.

— Je regrette, Frank, répondit-elle. Mais encore une fois on doit d'abord vérifier à l'hôpital que tout va bien.

Le patient continua à protester, et Harry s'avança.

— Est-ce que je peux vous aider ?

— Non, dit-elle d'un ton brusque. On n'a pas besoin de toi ici.

Harry leva les mains comme pour se rendre et recula, visiblement blessé.

Elle eut un pincement au cœur, puis elle se rappela la dernière fois qu'elle l'avait vu dans cet aéroport, quand il lui avait annoncé qu'il partait finalement sans elle, et sa résolution se raffermit.

Frank ayant été transféré sur le lit à roulettes, elle s'assura qu'il était sécurisé, mais elle n'osait pas regarder Tom. Sinon, il risquait de deviner ce dont il s'était douté quelques années auparavant. Elle ne voulait pas courir ce risque, surtout avec Harry à côté.

Tom et elle installèrent le chariot dans l'ambulance, et la femme de Frank s'installa près de lui. Tom parla au patient en surveillant ses fonctions vitales, alors qu'elle passait l'équipement en revue tout en jetant un dernier coup d'œil à Harry, qui se tenait à présent immobile à l'écart de leur petit groupe, seul avec sa valise.

Lui, l'homme dont elle avait clamé autrefois qu'il était l'amour de sa vie. Et à propos duquel elle avait déclaré ensuite à qui voulait l'entendre qu'il était mort pour elle.

Mais là, il n'avait pas l'air mort du tout. Il était même éclatant de santé. Ses jambes semblaient plus musclées encore qu'à l'époque où ils dormaient l'un contre l'autre, membres entremêlés. Il avait mûri, bien sûr, mais ses cheveux blonds, plus clairs que dans son souvenir, lui tombaient toujours légèrement sur les yeux, et elle reconnaissait sans mal ses traits sous l'ombre de barbe de la journée. Il était bronzé, élégant – l'air un peu fatigué, peut-être…

La vie avait dû être belle à Dubaï.

Eh bien, tant mieux pour toi, Harry. Apparemment, ta nouvelle vie sans moi te réussit.

Il soutint son regard, les lèvres serrées, contractant nerveusement le coin de sa bouche comme autrefois. Puis il se détourna pour saisir sa valise et partit sans se retourner en direction du parking.

Elle parvint à se retenir de l'appeler, mais sa voix continuait de résonner dans sa tête.

« Je suis venu pour te voir. »

Elle rencontra alors le regard de Tom.

Cela faisait huit ans que Harry était parti, et Tom savait combien le fait de le revoir pouvait la bouleverser. Ils avaient entre eux une sorte de code, peaufiné par des années de travail côte à côte : il hocha la tête d'un air interrogateur – leur façon de vérifier que l'autre allait bien.

Elle répondit par un hochement de tête. « Ça va. »

Tom fronça les sourcils, l'air peu convaincu, avant de se focaliser de nouveau sur leur patient. Elle jeta un coup d'œil hors de l'ambulance, mais Harry était parti.

— Comme si je devais m'attendre à autre chose, marmonna-t-elle, refermant la double porte métallique sur la peine depuis longtemps enfouie en elle.

Tom était le meilleur ami qu'Annabel puisse avoir. Marié – non seulement à son travail, mais à Lloyd, un sympathique barbu propriétaire d'un restaurant –, il était le meilleur des partenaires. Lloyd et lui l'avaient entraînée dans quelques-unes des meilleures soirées qu'elle ait jamais vécues. Ils étaient super avec leur filleul Aidan, et ils l'avaient toujours soutenue.

Quand Harry était parti, tous deux avaient traité celui-ci de vaurien et avaient juré de ne plus jamais lui parler. Et ils avaient tenu parole.

Elle n'avait pourtant rien fait pour les y encourager – au contraire, au début. Pendant les trois premières semaines, elle les avait même suppliés de le contacter de leur côté tout en ne cessant de l'appeler, même à l'hôpital de Dubaï où il était censé travailler. Mais elle s'était heurtée à un mur de silence. Elle aurait voulu savoir si tout se passait bien, tout en se détestant de réagir ainsi. Elle n'aurait pas été jusqu'à l'implorer pour qu'il revienne ou lui dire à quel point elle avait le cœur brisé sans lui, mais elle n'avait pas été capable de faire taire ses sentiments sur commande. Ce n'était pas faute d'avoir essayé.

Après son départ elle était restée longtemps sous le choc, espérant toujours qu'il reviendrait de lui-même. Que, une fois là-bas, il se rendrait compte qu'il l'aimait toujours et à quel point elle lui manquait. Qu'il écouterait un de ses messages sur son répondeur ou qu'il lirait un de ses textos et qu'il prendrait conscience de son erreur.

Mais il ne s'était rien passé de tel, et après ces premières semaines, elle ne l'avait plus appelé, ayant compris qu'elle devait gérer seule ce qu'il avait laissé derrière lui. Elle avait fait le serment de ne plus jamais le contacter. Ce serment, elle l'avait toujours respecté – sauf une seule fois, six mois plus tôt. Et voilà qu'elle le retrouvait dans cet aéroport, tout bronzé, et avec dans le regard une expression qu'elle ne lui avait jamais vue.

En la revoyant, Harry était resté imperturbable. Pourtant, il avait dit qu'il était venu la voir. Pourquoi maintenant ? Et que voulait-il ? Il n'avait sûrement pas sauté dans un avion juste pour lui annoncer qu'il n'en avait toujours rien à faire d'elle ?

En tout cas, depuis qu'elle l'avait revu, elle savait qu'il était toujours loin de lui être indifférent. Lorsqu'elle s'était trouvée près de lui, elle avait eu l'impression que son corps prenait feu. Elle avait dû résister à l'envie de lui parler, d'entendre ce qu'il avait à dire… Mais c'était trop risqué, et les choses étaient déjà suffisamment compliquées.

Voudrait-il toujours lui parler s'il était au courant de tout ?

Elle en avait le vertige à force de retourner toutes ces questions dans sa tête. Pour la millionième fois depuis huit ans, elle doutait des décisions qu'elle avait prises. Mais elle ne pouvait pas revenir en arrière et ne se sentait pas non plus prête à affronter ces questions.

Pendant tout ce temps, cela lui avait plutôt bien réussi de se cacher la tête dans le sable… Jusqu'à ce qu'elle pose les yeux sur Harry à l'aéroport.

Mon Dieu, qu'avait-elle fait ? Et s'il se mettait à la détester ? Elle avait longtemps voulu croire que c'était elle qui le détestait, mais la pensée qu'il puisse la mépriser lui était insupportable.

Oh ! Seigneur ! De toute façon, toute cette histoire était un beau gâchis. Quant à sa matinée, elle était définitivement fichue.

Alors que l'ambulance démarrait, toutes sirènes hurlantes, elle s'assit à l'arrière à côté de la femme de Frank. Comme celle-ci poussait un gémissement angoissé, elle posa la main sur la sienne pour la réconforter.

— Ne vous inquiétez pas, Janice ! C'est juste pour arriver plus vite. Sinon, le trafic est un vrai cauchemar à ce moment de la journée.

La femme hocha la tête, visiblement rongée par l'inquiétude.

— Merci. Ma fille se charge de récupérer la voiture et les valises, c'est déjà un souci de moins. On n'aurait pas dû vous déranger, vous devez avoir tant à faire…

Annabel secoua la tête en souriant.

— Pas du tout, on est là pour ça. Depuis combien de temps êtes-vous mariés, tous les deux ?

— Cela fait maintenant quarante ans, répondit Frank en tendant une main tremblante vers sa femme. C'était pour fêter ça que nous avions pris l'avion, pour voir une partie de la famille qui s'est installée à l'étranger. Mon frère, sa femme et ses enfants. On a passé un très bon moment ensemble, et voilà le résultat.

— Ne vous inquiétez pas, Frank. Tout va bien se passer. Ne laissez pas cet incident vous gâcher les souvenirs de votre voyage. Vous avez une grande famille ?

— Deux filles et sept petits-enfants ! répondit fièrement Janice. Et vous, avez-vous des enfants ?

— Un seul. Aidan.

Sortant son téléphone de sa poche, elle leur montra une

photo de son fils en uniforme scolaire, debout devant la porte d'entrée de leur ancien appartement.

— Il est beau comme tout, fit Janice. Il vous ressemble.

Annabel sourit tout en vérifiant les constantes de Frank.

— On me le dit souvent. Comme on n'est que tous les deux, nous sommes très proches. C'est une vraie tornade, je dois toujours rester vigilante.

— Profitez-en avant que les hormones ne s'en mêlent, intervint Frank.

Il échangea avec sa femme un coup d'œil entendu, et elle fut contente de les avoir distraits de leurs soucis.

— Vous n'avez pas d'autre famille ? demanda Frank.

Elle pensa à sa mère, et son cœur se serra.

— On s'en sort très bien tous les deux, leur assura-t-elle. Aidan a tout ce qu'il lui faut.

Qui essayait-elle de convaincre en disant cela ?

— Vous connaissez l'homme qui nous a aidés ? demanda innocemment Janice. Nous aimerions le remercier, si c'est possible.

— Je le connais depuis le collège, répondit-elle avec réticence. Mais il a déménagé une fois que nous avons obtenu notre diplôme.

— Pouvez-vous le remercier de notre part, si vous avez toujours ses coordonnées ?

Annabel avait gardé son numéro de téléphone, bien qu'ayant changé d'appareil entre-temps. Elle considérait cela comme une faiblesse de sa part, mais elle refusa de se laisser envahir une fois de plus par l'émotion.

— Je n'y manquerai pas, mentit-elle sans hésiter.

Cela ne faisait qu'une chose de plus à ajouter sur la liste de tout ce qu'elle ne dirait jamais à Harry Carter. Et celle-ci n'était rien, comparée à certaines autres.

— Est-ce que tu vas te décider à m'en parler, ou bien allons-nous rester silencieux pendant tout le temps ?

Pour toute réponse, Annabel mordit dans son sandwich.

Tom secoua la tête et avala une gorgée de café.

Ils prenaient leur pause assis dans l'ambulance, garée sur le terrain du foyer municipal.

C'était plutôt calme aujourd'hui, la plupart des cours ayant déjà eu lieu dans la matinée. Elle-même en avait suivi quelques-uns au fil des années. Le cours de massage pour bébés avec Aidan, par exemple. Elle avait aussi aidé à servir le café afin de collecter des fonds pour de nouveaux équipements. Elle avait même donné des cours de premier secours, faisant profiter le foyer de son expérience. Il y avait beaucoup d'inégalités sociales dans la région, et elle savait qu'il faut combattre le mal à la racine pour que de réels changements se produisent.

Tout cela l'avait aidée à assumer son statut de mère célibataire et à avancer dans sa carrière. Elle sourit à ce souvenir, avant de se rendre compte que Tom la fixait toujours.

— Ne t'en fais pas, Tom. Tout va bien. Ce n'est qu'un ex. Je devais le revoir un jour ou l'autre.

— Ce n'est pas juste un ex, dit Tom. C'est Harry. Tu sais, ton amour d'enfance. Celui qui t'a laissée toute seule pour aller mener une vie de luxe au Moyen-Orient. Et qui t'a fait perdre ta…

— « Ma confiance dans les hommes », oui, je sais. Je ne veux pas lui parler. Il n'a sûrement rien de bon à me dire. Au fond, il m'a rendu service en partant, parce que moi, aucun job de rêve ne m'attendait à Dubaï. Si je n'avais rien trouvé là-bas, qu'est-ce que j'aurais fait de mon temps ? Et je n'aurais pas travaillé avec toi et les autres. Finalement, tout s'est arrangé pour le mieux.

Waouh, elle réussirait presque à se convaincre elle-même ! Mais elle savait bien qu'elle aurait suivi cet homme au bout du monde.

Tom lui jeta un long regard de côté avant d'attaquer son deuxième sandwich.

— Je suis persuadé que tu aurais trouvé un job à Dubaï, dit-il entre deux bouchées. Tu es excellente dans ce que tu fais.

Si tu as une fois eu confiance en un homme assez longtemps pour qu'Aidan voie le jour, tu peux recommencer. Ton fils ne restera pas toujours avec toi, Annabel, et tu mérites d'être heureuse. Il faut que tu ailles au bout de cette histoire avec Harry et que tu tournes la page. S'il est vraiment ici pour te parler, écoute ce qu'il a à te dire.

Elle prit le temps de déglutir soigneusement avant de répondre.

— Non. Je ne veux pas en entendre un seul mot. J'ai eu une fois une soirée trop arrosée après le départ de Harry, et je me suis retrouvée mère célibataire, mais…

Elle leva l'index vers Tom quand il tenta de l'interrompre.

— Je suis heureuse ainsi ! Je ne veux pas qu'il sache quoi que ce soit de ma vie. J'ai la maison maintenant, et Aidan à élever. Je n'ai pas besoin de voir Harry.

Il avait eu sa chance. Deux fois. La première huit ans plus tôt, et la deuxième il y avait six mois. Il aurait très bien pu répondre au téléphone, ou même lui envoyer une carte postale. « Laisse-moi tranquille. » « Arrête de m'appeler. » « Je t'ai quittée pour quelqu'un d'autre. » « Je suis marié. »

N'importe quoi plutôt que cette absence de réaction. Pour qu'elle cesse de se demander ce qu'elle avait fait pour qu'il ait arrêté de l'aimer et l'ait abandonnée à l'aéroport, sanglotante, pour démarrer seul une nouvelle vie.

Elle entendit Tom soupirer près d'elle et sut qu'il se retenait d'en dire davantage.

Ils avaient eu de nombreuses discussions au fil du temps, mais il n'avait jamais franchi la limite. Il respectait sa volonté, même s'il n'était pas d'accord.

Elle abaissa sa vitre, savourant la chaleur du soleil sur son visage.

— Je suis heureuse, Tom. Je t'assure.

Tom hocha la tête.

— Je te crois. Mais maintenant que ta maman est partie, et avec cette grande maison à arranger, est-ce que ça ne te ferait pas du bien d'avoir une autre paire de bras ? Je sais que tu es habituée à t'occuper de toi, mais tu n'y es pas obligée.

Elle se pencha sur son wrap avec enthousiasme, la montée d'adrénaline de la matinée lui ayant ouvert l'appétit.

— Maman est morte quand j'avais dix-huit ans, Tom. Avant même que je commence ma formation. Cela fait longtemps que je m'occupe de moi, et je m'occupais aussi d'elle bien avant que son cancer ne finisse par l'emporter. Je te rappelle que j'ai aussi Abe qui m'aide les week-ends en veillant sur Aidan et que, pour la maison, il y a un entrepreneur qui fait le gros du travail.

Soudain, elle se frappa le front.

— Oh non… Abe ! Tu crois qu'il sait que Harry est de retour ?

Tom haussa les épaules.

— Je l'ignore, mais Abe est son père, et il a également cessé de lui parler. Peut-être que Harry ne veut pas réparer ses torts seulement avec toi. Et il faut bien qu'il séjourne quelque part. Est-ce que tu crois qu'il est chez son père ?

Elle s'enfonça dans son siège.

— Je n'en sais rien. Quand Harry a choisi d'être auxiliaire médical et non plus médecin généraliste, Abe l'a très mal pris. Ils se sont disputés durant des années, et quand Harry lui a annoncé que nous partions tous les deux à Dubaï, il y a eu une scène terrible. J'ai toujours pu m'appuyer sur lui depuis, mais Harry est sa chair et son sang. Je ne voudrais pas qu'il ait à choisir entre son fils et moi. Je l'appellerai tout à l'heure pour essayer de lui tirer les vers du nez, ajouta-t-elle en soupirant.

Tom lui serra brièvement le bras.

— Ne t'inquiète pas. Harry est sans doute juste en visite. Sa vie est à Dubaï, non ? Il a son travail là-bas. Il a dû venir dans un but précis. Je suis sûr qu'il ne tardera pas à reprendre l'avion une fois qu'il aura dit ce qu'il avait à dire.

Elle hocha la tête en silence, mais rien qu'à la pensée que Harry doive quitter Londres de nouveau, elle en ressentait un pincement au cœur.

Ce ne serait pas si facile.

Elle aurait tant aimé que sa mère soit là, pour pouvoir se confier à elle et avoir son avis ! C'était la seule personne à les avoir vus grandir, elle et Harry. Elle l'avait toujours soutenue, même si parfois elle ne mâchait pas ses mots. Mais les mères sont ainsi. Elles veulent toujours le meilleur pour leur enfant et ne sont pas toujours d'accord avec leurs décisions… Annabel aurait donné n'importe quoi pour qu'elle soit là à cet instant, même pour lui botter les fesses.

Elle s'était souvent demandé comment elle aurait réagi au départ de Harry, et elle était certaine qu'elle aurait adoré être la grand-mère d'Aidan. Elle espérait secrètement que, où qu'elle se trouve, elle était fière d'eux.

Après leur repas, elle ramassa les restes et ralluma le tableau de bord pour prendre d'éventuels appels, décidée à mettre ses émotions de côté et à redevenir une auxiliaire de vie digne de ce nom.

Le reste devrait attendre.

Le cœur de Harry cognait toujours dans sa poitrine tandis qu'il s'éloignait en tirant sa valise. En revoyant Annabel, il avait eu le souffle coupé. Elle était exactement comme il l'avait imaginée – excepté le regard noir et les yeux fatigués. Il avait si souvent pensé à cet instant pendant toutes ces années… Son expression quand elle le verrait. Sa réaction quand il tenterait de lui parler. En revanche, il n'avait pas prévu que leurs retrouvailles auraient lieu à l'aéroport, dans l'endroit même où il l'avait quittée. Et ça, c'était terrible.

Il se rappelait encore le désarroi sur son visage, le jour de son départ. Elle l'avait rejoint à l'aéroport avec tous ses bagages, prête à démarrer avec lui une nouvelle vie à l'étranger. Il avait dû lui annoncer qu'il avait annulé son billet d'avion, qu'il préférait partir seul et qu'elle refasse sa vie à Londres sans lui.

Annabel, il la connaissait depuis l'école primaire. Ils avaient grandi ensemble, partagé les mêmes jeux, suivi la même formation professionnelle. Leurs parents étaient amis, et il avait cru qu'il passerait le reste de sa vie près d'elle. Pour finir, il lui avait brisé le cœur – ce qu'il n'avait jamais pensé faire un jour.

Il était à la fois excité et terrifié à la perspective de la revoir. Hélas, cela s'était passé dans les pires circonstances possibles.

Cependant, il la reverrait et lui dirait ce qu'il avait à dire. Il lui avait fallu tellement de temps, il n'allait pas s'arrêter maintenant !

Il se détestait d'avoir été lâche aussi longtemps. Le jeune Harry qui avait quitté Annabel avait été comme un petit garçon terrifié, submergé par ses propres problèmes et qui ne voulait pas l'entraîner avec lui – pas après ce qu'elle avait déjà traversé. Avec le recul, il se demandait s'il avait pris la bonne décision. Il s'était posé la question tous les jours depuis. Annabel, son père et ses amis avaient tenté de le contacter, mais il n'avait répondu à aucun d'eux, effaçant les textos dès qu'il les recevait. Il ne supportait pas d'entendre leurs voix sur sa messagerie. De toute façon, ils ne pouvaient qu'être pleins de colère et de rancœur. Quant à Annabel, il n'avait même pas lu ses textos. Il savait que s'il entendait sa voix, il risquait de s'effondrer. Il ne pouvait pas se le permettre. Il avait choisi un chemin très dur, mais il avait pensé que, à la longue, cela deviendrait plus facile – sinon pour tous les deux, du moins pour elle.

Rentrer au bout de huit années, ça n'allait pas être simple non plus, mais il était revenu avec un but : réparer les erreurs du passé et replanter ses racines.

Il n'avait prévenu personne de son arrivée, et lorsque Frank était tombé en sortant de la navette, il avait agi d'instinct. Il ne lui serait jamais venu à l'idée qu'Annabel pourrait être dans l'ambulance, qui plus est avec Tom comme équipier. La vie était parfois étrange.

Ils avaient suivi tous les trois leur formation ensemble. Dans sa vie d'avant, Tom était son ami. Il s'était montré froid et distant avec lui aujourd'hui, mais il ne s'attendait pas à autre chose. Il ne pouvait pas lui reprocher d'avoir cherché avant tout à protéger Annabel. Il avait agi avec Tom comme avec tous les autres : il était sorti de sa vie.

À présent, il allait retrouver son père et lui apprendre la nouvelle : le fils prodigue était de retour. Enfin, pas tout à fait, parce qu'il prendrait une chambre à l'hôtel. Une fois installé, il trouverait un autre endroit.

Ils ne s'étaient pas revus depuis leur dispute, le jour de son départ pour Dubaï, et il allait devoir rassembler tout son courage pour le regarder droit dans les yeux. Abe lui avait dit qu'il était une déception pour lui, et il ne s'attendait pas à ce qu'il ressente autre chose. Il avait tenté de vivre sa vie sans blesser les autres, mais cela n'avait pas marché. Maintenant qu'il était de retour à Londres, il espérait mettre fin à cette malédiction.

Annabel l'avait accueilli comme s'il était un étranger. Pire encore, elle l'avait regardé avec horreur. Il s'y était attendu, bien sûr, et le cadre de l'aéroport n'avait sûrement rien arrangé à la brutalité du choc. Il aurait aimé s'excuser de cela aussi – en plus de tout le reste.

Il se dirigea vers les bus en partance pour la capitale.

Londres, Harrison Carter est de retour ! J'espère que tout le monde est prêt…

Ce soir-là, Annabel ramenait seule l'ambulance à la station.

Pour une fois, ils avaient terminé à l'heure, et elle et Tom avaient hâte de continuer leur journée. Tom rêvait d'une douche brûlante et de sortir prendre un verre avec Lloyd dans un bar à vin à la mode. Quant à elle, elle voulait terminer sa paperasse avant d'aller chercher Aidan chez son ami Finn.

Les deux garçons avaient été au club informatique après l'école, et ensuite la mère de Finn, Teri, les emmenait prendre le thé.

Teri était infirmière et mère célibataire, et toutes deux avaient rapidement décidé que, puisque leurs deux garçons étaient si bons amis, elles pouvaient les soustraire à la garderie de temps en temps. Cela avait magnifiquement bien marché, et elles s'entendaient à merveille sur le plan professionnel. Cela leur facilitait grandement la vie, et elles pouvaient toujours s'appuyer l'une sur l'autre au travail.

Saisissant ses affaires, Annabel se dirigea vers son bureau.

C'était super de se retrouver à la tête des auxiliaires médicaux. Elle avait toujours souhaité que sa carrière évolue ainsi, et l'augmentation de salaire était aussi appréciable.

Lorsque son projet avec Harry était tombé à l'eau, elle avait pris sans hésitation le poste qu'on lui offrait dans son ancien hôpital. Abe, le père de Harry, ne l'avait pas lâchée durant les premières semaines, quand elle ne supportait pas de se retrouver seule dans son appartement et pleurait toutes les larmes de son corps. Heureusement qu'elle ne l'avait pas vendu, sinon elle se serait retrouvée sans toit. C'était même Abe qui avait appelé l'hôpital pour leur expliquer qu'elle se retrouvait tragiquement seule et sans travail.

« Je pars seul. Ce n'est pas toi, c'est moi. Ça ne pourrait pas marcher, tous les deux ensemble, là-bas. »

Voilà ce que Harry lui avait dit. Maintenant, tout le monde savait qu'il l'avait laissée tomber. Mais elle avait eu une vie bien remplie ensuite, avec Aidan. Elle aimait son métier, elle avait des amis, une nouvelle maison. Elle s'était bien débrouillée – ou du moins, c'était ce qu'elle avait pensé jusqu'à ce qu'elle revoie Harry et ressente jusqu'au fond de son être que son attirance pour lui était restée intacte, aussi forte qu'auparavant.

Elle sentait la fatigue la gagner et aurait voulu se cacher quelque part. Elle devrait manger quelque chose, mais elle finirait probablement par se commander une pizza plus tard, une fois qu'Aidan serait couché. Elle n'aurait pas d'énergie pour autre chose.

Dans sa boîte de réception, elle remarqua la fiche d'un nouveau membre du personnel.

Le remplaçant de Tom, bien sûr. Il y aurait un passage de transmission, puis son partenaire s'en irait vers de nouveaux horizons où domineraient les nuits blanches, les couches-culottes et les régurgitations après le biberon. Si quelqu'un était capable de gérer ça, c'était bien Tom. Le couple était en *stand-by,* attendant l'appel qui leur annoncerait que la maman avait accouché et qu'ils étaient parents.

Elle était enchantée pour eux, même si l'adoption de ce

bébé pas encore né allait lui faire perdre le meilleur partenaire qu'elle ait jamais eu.

Ou plutôt le deuxième meilleur…

Elle sortit la fiche et frotta ses yeux fatigués avant de la regarder de plus près.

Non, ce n'était pas une illusion d'optique ! Le nom inscrit dans le cadre réservé à l'employé était bien celui d'un certain Harrison Abraham Carter, lequel deviendrait son nouvel équipier dès demain.

Elle se rappela alors que les ressources humaines l'avaient prévenue : ils avaient engagé un nouvel auxiliaire médical qui avait été employé auparavant. Il ne lui était pas venu à l'esprit qu'il pouvait s'agir de Harry…

Eh bien, les dés étaient jetés. Il lui avait forcé la main, et elle allait devoir lui parler. Elle ne pouvait pas laisser le jour se lever sans avoir eu une conversation avec lui. Et pas n'importe laquelle

Sortant son téléphone de sa poche, elle chercha le numéro de Harry, qui figurait toujours dans ses contacts même si elle avait cru qu'elle ne l'appellerait plus jamais.

Il répondit dès la deuxième sonnerie.

— Hello, dit-il doucement. Je suis content que tu m'appelles.

— Salut, répondit-elle, faussement désinvolte. C'était donc bien toi à l'aéroport. Je me demandais si je n'avais pas eu une hallucination.

Harry émit un rire bref.

— C'était bien moi. Je suis désolé que ce soit arrivé dans ces circonstances. J'aurais voulu avoir le temps de t'expliquer… Comment va Frank ?

— On ne peut pas dire que la surprise a été agréable, lâcha-t-elle. Frank a pu quitter l'hôpital.

— C'est une bonne nouvelle. J'ignorais que tu serais là, j'avais l'intention de t'apprendre mon retour dans un contexte plus favorable.

Il n'avait toujours rien dit sur le job.

— J'aurais fini par m'en rendre compte, étant donné que tu commences ton service demain.

Il y eut un silence.

Elle ne devait pas s'attarder au téléphone, car le simple fait d'entendre sa voix était dur à supporter. Mais il était plus facile de prétendre qu'elle avait tourné la page quand il n'était pas présent.

— Peu importe, de toute façon, crâna-t-elle. On a déjà travaillé ensemble, je suppose qu'on peut recommencer.

Harry tenta de l'interrompre, mais elle réagit aussitôt.

— Laisse-moi finir. Quand tu es parti, j'étais dans tous mes états. Bien joué, au fait. Avoir attendu le tout dernier moment, à l'aéroport, pour m'apprendre que tu avais changé tes plans, c'était vraiment très attentionné…

Elle l'entendit se gratter la gorge, mais cette fois elle était lancée.

— Cinq semaines après ton départ, je me suis rendu compte que j'étais enceinte. J'étais sortie plusieurs fois avec Tom, Lloyd et plusieurs infirmières. Je leur ai raconté que j'avais passé une nuit avec quelqu'un et que…

— Tu as couché avec un autre homme juste après mon départ ? coupa-t-il d'une voix forte où elle sentait pointer la colère. C'est ce que tu es en train de me dire ? Et tu es tombée enceinte ?

— Laisse-moi parler, s'il te plaît. Non, je n'ai couché avec personne… depuis toi.

Bon sang. Elle ne devait pas dire ça.

— De toute façon, ce que j'ai fait après ton départ ne te regarde nullement. Mais le bébé était le tien, Harrison.

— Le mien ? dit-il en écho, d'une voix radoucie.

— Oui. Mon fils, Aidan. Il a sept ans et vit avec moi. Tout le monde a cru ce que j'ai raconté, mais il est de toi.

Poussant un long soupir, elle s'appuya contre le dossier de sa chaise.

Elle avait enfin dit la vérité.

Elle se sentait plus légère, sa tête ne pesait pas plus qu'une bulle. Elle se doutait que certaines personnes autour d'elle avaient des soupçons, mais elle avait toujours refusé d'aborder le sujet avec elles. C'était suffisamment pénible de penser à Harry sans que l'on éprouve de la pitié pour elle parce qu'elle avait choisi de garder l'enfant d'un homme qui l'avait laissée en plan. Cela avait été trop difficile de lui dire qu'elle allait avoir son bébé. Il avait si souvent ignoré ses appels qu'elle n'avait pas pu lui annoncer la nouvelle. D'ailleurs, pourquoi l'aurait-elle fait ? À l'évidence, il avait tiré un trait sur eux…

Elle ne voulait pas que le père de son enfant vive dans un autre pays. Elle qui n'avait pas eu de père, elle ne souhaitait pas qu'Aidan ait un père à temps partiel. Elle avait cherché à protéger son fils, estimant que ce qu'on n'a jamais eu ne peut pas nous manquer.

À mesure qu'Aidan grandissait, cela devenait plus compliqué. Mais il était plus facile de s'en tenir à son histoire : son père était quelqu'un avec qui ils n'avaient plus aucun contact, et ils n'avaient pas besoin de lui dans leur vie.

À l'autre bout de la ligne, le silence de Harry devenait assourdissant. Elle n'entendait que son souffle au rythme accéléré.

— Je voulais juste que tu le saches, parce que tu vas probablement rencontrer Aidan au travail ou entendre parler de lui. Voilà. C'est pour ça que je t'ai appelé. Pour que tu connaisses les faits.

— Pourquoi ne me l'as-tu pas dit avant ?

Il y avait une telle douleur dans la voix de Harry qu'elle ferma les yeux.

— Qu'est-ce que j'étais censée faire, Harry ? Tu avais choisi de partir seul, tu t'en souviens ? J'ai tout essayé pendant des semaines pour que tu me rappelles. J'ai téléphoné à ton travail, ils m'ont répondu que tu étais indisponible et n'ont rien voulu me dire à ton sujet. Je ne savais même pas si tu voulais être père. J'ai supposé que tu avais une femme et des enfants là-bas. Je ne voulais pas qu'Aidan n'ait pas son père près de lui. J'ai connu ça, et ce n'est pas agréable à vivre. Mieux vaut n'avoir personne plutôt qu'un père qui ne voit pas son enfant.

Si tu m'avais rappelée ne serait-ce qu'une fois, je te l'aurais dit. Mais tu n'as pas téléphoné. Et j'ai fini par me faire une raison.

Encore un mensonge. C'était par orgueil qu'elle avait cessé d'appeler quand Aidan était né, malgré toute l'envie qu'elle en avait. Elle s'était sentie si seule en accouchant sans lui. Chaque fois qu'Aidan avait fait quelque chose de remarquable, elle s'était retenue de lui téléphoner – quand il avait fait ses premiers pas, dit son premier mot : *papa*. Elle en avait pleuré.

Par la suite, c'était devenu impossible de l'appeler. Qu'aurait-elle pu lui dire ? « Notre fils secret a fait quelque chose d'extraordinaire aujourd'hui » ?

— Désolé, ce n'était pas un reproche, dit enfin Harry. C'est juste… tellement énorme. Je ne m'attendais pas à ça. Il faut absolument qu'on se voie.

— Je ne pense pas, répondit-elle froidement. Je ne veux pas te voir, Harry. Tu as laissé passer ta chance.

Heureusement qu'elle n'était pas visible à cet instant, car ses mains tremblaient, et des larmes silencieuses lui coulaient sur les joues.

Harry était assis devant la maison de son père, le bruit du moteur de la voiture de location lui emplissant les oreilles.

Il était père ! Le père d'un garçon déjà grand !

Jamais il n'aurait pensé que cela lui arriverait.

Quand il avait détecté cette grosseur sur son testicule droit quelques semaines avant le départ pour Dubaï, il avait tout de suite su que c'était sérieux. Depuis quelque temps, il se sentait fatigué, pas dans son assiette. Il savait que ce n'était pas seulement dû au rythme du travail ni au stress du prochain départ. Et quand il était parti seul pour Dubaï, déterminé à vaincre son cancer avant de reconquérir Annabel, sa nouvelle vie avait commencé par la découverte d'une autre grosseur.

Ses nouveaux patrons avaient été surprenants. Quand il les avait appelés en leur expliquant pourquoi il ne pouvait pas occuper son nouvel emploi, ils lui avaient dit de venir tout de même et qu'il serait soigné dans leur centre médical international. La seconde tumeur était encore plus inquiétante. Il avait fallu toute l'expérience et la compétence de l'équipe avec laquelle il était censé travailler pour le maintenir en vie. Et le traitement lui avait coûté sa fertilité.

Il savait combien cela avait été éprouvant pour Annabel de s'occuper de sa mère atteinte d'un cancer. Il n'avait pas voulu qu'elle revive la même épreuve. Il ne supportait pas l'idée qu'elle se retrouve dans un pays étranger, sans amis, à le soigner pour un cancer dont le pronostic de guérison n'était pas très favorable d'après le département d'oncologie de l'hôpital de Londres. Il avait dû choisir entre deux options : rester vivre chez un père avec qui il ne s'entendait pas, ou partir à l'étranger et se débrouiller là-bas pour survivre.

Pour Annabel, il était Harrison Carter, le type fort et sûr de lui, toujours le premier à se précipiter en cas d'appel. Pas question qu'elle le voie malade – ou pis.

Elle s'était vu offrir un poste à la station d'ambulances où ils avaient suivi leur formation. Elle avait eu les meilleurs résultats. Sa vie professionnelle commençait à peine, et elle était sur le point d'obtenir ce qu'elle avait toujours désiré. Alors, il avait préféré lui briser le cœur. Mais en passant le portail de sécurité de l'aéroport, quand il l'avait entendue l'appeler en sanglotant, il avait évité de se retourner pour qu'elle ne le voie pas pleurer.

Plus tard, quand il avait appris qu'il ne pourrait plus avoir d'enfants, il avait jugé impossible de rentrer chez lui. Qu'aurait-il pu lui offrir ? Il ne voulait pas perturber sa vie, et il avait de nouveau pensé la protéger en faisant ce choix. Comment revenir et lui demander de l'épouser, s'ils devaient se retrouver seuls tous les deux ? Il savait qu'Annabel voulait des enfants – et lui aussi. Ils en avaient souvent parlé, attendant que le bon moment soit venu. D'abord aller travailler à l'étranger, mettre de l'argent de côté et découvrir le monde, puis rentrer chez eux et acheter la maison dont ils rêvaient depuis l'enfance pour y élever leur petite famille.

Ce scénario-là était caduc avec lui, mais peut-être qu'elle

pourrait être heureuse avec quelqu'un d'autre, avoir la famille qu'elle avait toujours voulue. Lui, il ne serait qu'une anecdote dans sa vie. Un ex-petit ami sans cœur qui l'aurait abandonnée.

Mais maintenant, il savait qu'il aurait dû revenir et se battre davantage dès le début. Il avait manqué de courage. Il avait gâché leur vie à tous les deux, entraînant leur fils qui se retrouvait pris entre deux feux.

La vie était parfois cruelle…

Pourtant, c'était la joie qui dominait en lui à cet instant. Il avait procréé un enfant avec l'amour de sa vie ! Après son cancer, il n'aurait jamais osé imaginer un bonheur pareil !

En même temps, apprendre qu'il avait laissé Annabel seule et enceinte était trop difficile à digérer pour le moment. Il avait l'impression que l'Univers entier se moquait de lui.

Il serra plus fort le téléphone contre son oreille.

— Je comprends que tu ne veuilles pas me voir pour en parler, mais j'ai tellement de questions, dit-il doucement. Est-ce qu'il est au courant, pour moi ?

Annabel se gratta la gorge avant de répondre.

— Non. Je lui ai raconté la même histoire qu'à tous les autres. Que je n'avais rencontré son père qu'une fois.

— Tu n'as dit la vérité à personne ? s'exclama-t-il, choqué. Je ne peux pas le croire.

— Non, et tu n'as pas à me juger. Tu venais de partir, et tu ne parlais à aucun de nous. Alors j'ai inventé une histoire. Ils étaient tous furieux contre toi, et je ne le supportais pas.

— En tout cas… Merci.

— Merci ? s'exclama-t-elle à son tour. Et pourquoi donc ?

— Je ne mérite pas ce qu'il m'arrive. Je regrette sincèrement de t'avoir mise dans cette situation et de ne pas t'avoir appelée.

— Ce que j'ai fait, je l'ai fait pour moi, répondit-elle froidement. Et pour Aidan. Je ne voulais pas qu'il sache que tu m'avais quittée – et lui aussi – sans un regard en arrière. Ton retour m'a forcé la main.

— Je sais. Je ne veux surtout pas vous faire du mal, à toi ni à lui. Mais… Est-ce que je pourrais le voir ? J'aimerais faire sa connaissance. Je suis devant la maison de papa pour l'instant, et…

Il devrait aussi avoir une conversation avec ce dernier.

— Je ne voudrais pas te forcer la main, c'est juste que… Comment est-il ?

Il entendit Annabel prendre une grande inspiration.

— Voir Aidan, c'est une autre paire de manches. Il faut que j'y réfléchisse, et que je pense avant tout à lui. Récemment, il a connu des moments difficiles.

C'était normal qu'elle soit sur la défensive.

— Annabel, je ne parlais pas d'une rencontre officielle… Je crois que je commence juste à assimiler la nouvelle. Mais j'ai moi-même des choses à te dire. Est-ce qu'on pourrait se voir, juste tous les deux ?

— Je ne crois pas que l'on devrait. Écoute, tu travailles avec moi demain, et on aura beaucoup à gérer…

Il entendit un bip sur la ligne, puis de nouveau la voix d'Annabel.

— Il faut que j'y aille, j'ai un autre appel. C'est Aidan. Je dois passer le prendre chez une amie.

— Attends… Tu ne veux pas que je le voie, c'est ça ?

Il y eut un silence.

Il crut que son cœur allait s'arrêter de battre.

Elle ne voulait pas qu'il connaisse leur fils ! Il avait vraiment tout gâché !

Quel imbécile il était ! Il s'attendait à quoi ? À ce qu'elle lui déroule le tapis rouge ?

Deux années de traitement et de suivi, cinq ans de rémission, et presque un an pour se préparer à rentrer. Et pendant tout ce temps, il avait été loin de sa famille. Tout ça pour rien. Il avait tout reperdu, et plus encore.

— Non, répondit-elle enfin. Je t'ai parlé d'Aidan parce que tu es revenu. Je m'étais simplement dit que tu aurais droit à la vérité si je te revoyais. C'est tout. Rien de plus. Nous avons notre vie, Harry. Et tu n'es pas inclus dans cette vie.

Annabel se tut un instant, car elle avait du mal à empêcher sa voix de trembler.

Non, elle ne pouvait pas prendre le risque de faire une place à Harry maintenant, car s'il lui brisait le cœur à nouveau, elle ne pourrait pas le supporter.

— Tu appartiens à mon passé, Harry, reprit-elle. Et je veux que tu y restes. Je te verrai demain matin au travail.

Sentant qu'elle allait se mettre à pleurer, elle mit fin à l'appel.

Ça y est, elle l'avait fait. Elle avait été loyale envers son fils et envers elle.

Quand elle avait accouché, c'était Tom qui l'avait soutenue. En fait, il l'avait accompagnée pendant toute la grossesse. Quant à Abe, il avait été le parent dont elle avait besoin. Elle avait évité les conversations trop profondes avec lui, mais il avait toujours été là pour l'aider, informant la station qu'elle était prête à prendre le job. Ils avaient fonctionné comme une équipe pendant son congé de maternité, et à son retour elle avait pu reprendre le travail. Même si ça n'avait pas été très facile, seule avec le bébé.

Avec Abe, elle avait souvent failli craquer et lui dire la vérité. Après tout, Aidan était son petit-fils. Il avait naturellement tenu le rôle de grand-père depuis sa naissance. Avec ses amis et collègues, cela avait été plus simple. Elle aurait détesté qu'ils la prennent en pitié. Maintenant elle se sentait entourée et soutenue.

Si Abe avait parlé avec son fils, les choses auraient été différentes, mais tous deux s'étaient brouillés juste avant que Harry ne parte pour Dubaï. Abe pouvait être entêté, et il n'avait pas caché qu'il aurait voulu que Harry devienne médecin généraliste et reprenne le cabinet à sa retraite. Elle ignorait s'ils s'étaient reparlé après les premiers mois de silence radio.

La première fois qu'elle avait tenu dans ses bras son nouveau-né – qui lui ressemblait tant, maintenant –, elle lui avait promis de ne jamais le laisser derrière elle. Que si Harry refaisait surface un jour, elle lui dirait la vérité à propos de son fils, mais que ce serait tout. Il n'aurait pas l'occasion de démolir la vie d'Aidan comme il l'avait fait pour la sienne. Elle était bien placée pour savoir ce que cela faisait à un enfant d'avoir un père par monts et par vaux. Et combien sa propre mère en avait souffert.

Aidan savait que son père n'était pas là mais que sa maman l'aimait énormément.

C'était la vérité... Jusqu'à maintenant. Les questions deviendraient plus pressantes à mesure qu'il grandirait, et cela avait déjà commencé.

Au fil du temps, elle s'était souvent posé des questions sur le bien-fondé de sa résolution, mais elle s'y était toujours tenue. Aidan savait qu'il avait un père, mais il ne le connaissait pas. Il était une partie abstraite de sa vie, et elle ne voulait pas risquer de le jeter dans la confusion en lui disant la vérité.

Demain, Harry revenait travailler à la station, et c'était tout ce qu'ils feraient ensemble. Après tout, elle avait connu une période bien pire récemment. Comme la nuit où elle avait appelé Harry en le suppliant de rentrer, lui avouant presque qu'elle l'aimait encore. Mais il avait laissé passer cette seconde chance.

2.

Six mois plus tôt…

Annabel but une autre gorgée et s'agrippa plus fermement au téléphone.

Elle était un peu pompette à présent, et elle appréciait la sensation de douce torpeur que cela lui procurait. Ses inhibitions avaient nettement diminué. Sinon, elle n'aurait jamais eu le courage d'appeler Harry.

— Parfois, je te méprise pour m'avoir laissée tout affronter seule, poursuivit-elle. Par exemple quand je suis fatiguée, ou des jours comme aujourd'hui où j'aurais eu besoin de toi plus qu'aucun autre jour depuis que tu es parti.

Elle venait d'apprendre que tout irait bien pour Aidan après sa chute, et Tom avait proposé de passer la nuit près de lui afin qu'elle puisse se reposer avant le retour de son fils. En voyant sa blessure à la tête, elle avait eu terriblement peur. À présent qu'Aidan allait mieux et était sur le point de rentrer, la tristesse avait pris le pas sur le soulagement. Et la colère. Toutes les deux dirigées contre Harry.

Quand elle avait appris qu'Aidan s'était cogné la tête, elle avait craint pendant un instant pour sa vie. Dans son métier elle voyait ça tout le temps. Quelqu'un faisait une petite culbute, et c'était terminé. Fin de l'histoire.

Puis elle avait pensé à Harry qui aurait dû être là pour voir son fils. Harry qui, à des milliers de kilomètres de là, était loin de se douter que son fils aurait pu mourir. Ni même qu'il avait un fils. Une fois de plus, la culpabilité l'avait envahie, et en rentrant chez elle, au lieu de prendre une douche et d'aller se coucher, elle avait ouvert une bouteille.

Alors elle l'avait appelé. Elle avait beaucoup à lui dire, même si c'était à un répondeur.

— Quelquefois, j'ai de vraies conversations avec toi dans ma tête. Il m'arrive de rester éveillée la nuit et de te dire ma façon de penser. À quoi ça sert, puisque tu n'as sans doute écouté aucun des messages que je t'ai envoyés, et que ce sera pareil pour celui-ci. Mais je viens de passer une semaine… difficile. Si jamais tu m'entends, Harry…

Elle poussa un soupir.

— Reviens. Tu as déjà raté tant de choses, tu ne sauras jamais à quel point. Tout aurait pu être si différent. Je…

Même dans le brouillard qui l'environnait, elle s'arrêta juste avant de parler d'Aidan. Ce n'était pas le genre d'information qu'elle voulait laisser sur un répondeur.

— S'il te plaît, reviens ! Je… Je voudrais que tu reviennes. Que tu sois là pour ceux qui ont besoin de toi.

D'une main hésitante, elle coupa la communication et repoussa le téléphone loin d'elle sur la table.

Même dans son état, elle avait conscience d'avoir fait une grosse erreur.

Elle avait pensé chacun des mots qu'elle avait prononcés. Elle ne s'était jamais montrée aussi vulnérable. D'habitude, cette partie d'elle était protégée par une épaisse armure, et elle s'en voulait de s'être mise à nu.

Souvent, elle se demandait ce que Harry avait fait pendant toutes ces années. Était-il toujours à Dubaï ? Sans doute était-il marié. Il avait dû fonder sa propre famille à présent. Comment Aidan y trouverait-il une place ? Elle ne voulait pas qu'une autre mère participe à l'éducation de son fils. C'était une des raisons pour lesquelles elle n'avait jamais rien dit. Mais plus le temps passait, plus c'était dur.

Annabel avait raccroché, et Harry était toujours immobile devant la maison de son père, dont le vieux break était toujours garé dans l'allée. Tout semblait pareil, mais la nouvelle qu'elle lui avait annoncée lui avait fait l'effet d'une bombe, et il n'en était pas encore remis.

Il avait un bébé ! Ou plutôt, un fils de presque huit ans.

Annabel n'avait montré aucun signe de grossesse avant son départ pour Dubaï. Il savait qu'elle disait la vérité. Maintenant, en plus de la honte et du regret d'être parti, il allait devoir gérer le fait qu'il avait raté la rencontre avec son fils. Évidemment, Annabel ne voulait pas qu'il le voie. Pourquoi aurait-elle accepté ? Il n'avait rien fait durant la dernière décennie pour l'inciter à agir autrement.

En partant seul pour protéger Annabel, il avait rompu les ponts avec tout le monde. Et maintenant, il hésitait devant la maison de son père, se demandant comment cela allait se passer cette fois. Que dirait Abe de tout ça ?

Six mois plus tôt, il avait reçu le message inattendu d'Annabel. Il était au travail, et en voyant son nom apparaître sur son portable il avait été à deux doigts de pleurer. De joie ou de crainte, il ne savait pas trop. Puis la panique avait repris le dessus.

Pourquoi rappelait-elle maintenant, après toutes ces années de silence ? C'était sûrement une mauvaise nouvelle qui l'avait poussée à le contacter.

Plutôt que d'écouter le message vocal qu'elle avait laissé, il avait aussitôt appelé son père.

En entendant la voix d'Abe au bout du téléphone, il avait éprouvé un immense soulagement, doublé d'une soudaine nostalgie. Si seulement il avait pu, d'un claquement de doigts, être transporté de nouveau chez lui ! Abe était bien sûr surpris. Harry, gêné, avait dit qu'il voulait juste lui dire bonjour et qu'il avait pensé à lui, puis il avait raccroché.

Mais cette nostalgie ne l'avait plus quitté, et en écoutant le message d'Annabel qui lui demandait de rentrer, il avait su ce qu'il avait à faire.

Il n'avait plus le cancer, à présent. Plus aucune trace. Il avait organisé sa vie à Dubaï, il avait des amis. Il avait même eu un ou deux rencards. Mais avec ces deux fantômes surgis de son passé qui revenaient le hanter, il s'était rendu compte qu'il n'avait plus rien à faire à Dubaï.

Il avait rappelé son père.

— Allô !

— Papa, c'est encore moi. Je voulais aussi te dire qu'Annabel m'a appelé.

Il entendit son père éteindre la télévision avant de lui répondre.

— Je pensais bien que tu n'avais pas juste téléphoné pour dire bonjour après nous avoir ignorés pendant tout ce temps. Qu'a-t-elle dit ?

— En gros, je me suis fait disputer.

Abe avait gloussé doucement.

— Ça me paraît plutôt normal. Et quoi d'autre ?

— Rien. Elle m'a demandé de rentrer, en disant que je devais être là pour ceux que j'ai laissés derrière moi.

— Elle a raison, fils. Est-ce qu'elle avait l'air d'aller ?

— Elle était un peu bizarre, peut-être triste. Est-ce que tout va bien chez vous ?

Abe avait poussé un profond soupir, suivi d'un long silence.

— Elle a connu des moments meilleurs, mais ce n'est pas à moi d'en parler. Que vas-tu faire ? Apparemment, cela t'a ébranlé. Est-ce que tout va bien pour toi ?

— Oui, je vais bien. Je suis toujours à Dubaï. Je suppose que rien de ce que je dirai ne pourra réparer ce que j'ai fait ?

— Avec moi ? Ah, fils, je suis simplement content d'apprendre que tu es en vie. Que vas-tu faire à propos d'Annabel ?

— Je vais l'écouter, papa. Je vais prendre le prochain avion.

— Non, fils. Ce n'est pas une bonne idée. Pas maintenant. Pas sur un coup de tête.

— Que veux-tu dire par « Pas maintenant » ?

Nouveau soupir.

Son père était-il en train de lui cacher quelque chose ?

Toutes sortes de scénarios lui étaient venus à l'esprit.

— Est-ce qu'elle va se marier ? Elle n'est pas malade, au moins ? Elle n'a pas un cancer ?

— Non, fils, non. Rien de semblable. Mais… Une simple visite en coup de vent risque de faire plus de mal que de bien, crois-moi. Tu dois t'en douter, si tu es honnête avec toi-même. Annabel t'a téléphoné pendant des semaines après que tu l'as quittée comme tu l'as fait. Tu lui as fait vivre un enfer. Et maintenant, il suffit d'un appel de sa part pour que tu sois prêt à rentrer. Que s'est-il passé ?

Harry s'était mordu la lèvre.

— Rien, papa. C'était… compliqué. Il y a quelques années, j'étais une autre personne. Quelqu'un de stupide et d'immature, et j'avais un problème que je ne savais pas comment gérer. Tu ne veux pas que je revienne ?

— Pour commencer, je n'ai jamais voulu que tu t'en ailles, avait répondu son père un peu sèchement.

— Je sais bien, papa. Écoute… Est-ce qu'on pourrait éviter de se disputer ?

Abe avait soupiré.

— Je ne veux pas me disputer, fils. Je regrette tellement cette dernière scène… J'ai l'impression que c'est moi qui t'ai poussé à partir, pour t'éloigner de ton vieux père. Je sais que j'ai trop insisté avec toi, mais c'était toujours dans une bonne intention. Mon fils, je te souhaite le meilleur. Et aussi à Annabel. Tu travailles encore à Dubaï, n'est-ce pas ? Je suppose que tu as un contrat à honorer ?

— Oui. Mais il se termine dans quelques mois.

— Tu as donc des obligations, et ce n'est pas le meilleur moment pour t'en aller. Laissons les choses se calmer un peu, d'accord ?

— Papa, tu es sûr que c'est mieux comme ça ? Est-ce que j'appelle Annabel ? Tu es certain qu'elle va bien ?

— Oui, fils. Ce n'est pas le bon moment pour appeler. Vos retrouvailles ne doivent pas avoir lieu au téléphone, vous avez trop de choses à vous dire. Crois-moi, je veux t'aider, mais il vaut mieux que tu restes où tu es pour l'instant. On se reparlera bientôt, si tu veux bien.

— Entendu, papa. Il faut que j'y aille, je suis encore au travail, et c'est la fin de ma pause.

— Ça fait plaisir d'entendre ta voix, fils. N'attends pas aussi longtemps la prochaine fois.

Profondément ému, il avait promis de rappeler bientôt et avait raccroché, submergé par le mal du pays.

C'était pour cela qu'il n'avait pas appelé plus tôt. Tant qu'on n'a pas de contacts avec ses proches, on n'est pas saisi par l'envie de sauter dans un avion pour les retrouver. Mais d'un seul coup, en entendant la voix de son père et celle d'Annabel, toutes les barrières qu'il avait érigées ces dernières années s'étaient effondrées. Le déni avait bien fonctionné, mais il avait suffi d'un seul incident pour mettre en évidence les défauts de sa cuirasse.

Son temps à Dubaï était révolu. Il devait rentrer chez lui et tirer un trait sur le passé. Il ne voulait pas devenir un vieil homme plein de regrets. Lors de son traitement, alors qu'il se sentait faible et plein d'angoisse, il aurait souhaité avoir sa famille autour de lui. Il n'avait aucune envie de se retrouver dans quelques années avec seulement des chaises vides autour de lui.

Le lendemain, il avait donné sa démission et commencé à préparer son retour à Londres. Annabel voulait qu'il revienne, et il voulait être là.

Il n'en avait pas dit plus à son père. À la fin de sa période de préavis, suffisamment d'eau aurait coulé sous les ponts. Il avait perdu assez de temps, il n'attendrait pas davantage. Il avait sa vie à reconstruire.

À ce moment-là, il n'avait aucune idée de ce qui arriverait, et il ne pensait certainement pas découvrir qu'il était père. Il avait renoncé à ça depuis longtemps. Il devait aussi affronter son père, ce qui était déjà une épreuve. Plus que jamais, il se sentait coupable d'avoir déçu les personnes qu'il aimait le plus. La maison familiale jouxtait le cabinet de généraliste de son père, et elle était toujours ouverte pour ceux qui avaient besoin de lui. Un véritable apostolat. Harry s'était montré réticent à reprendre le flambeau, ce qui avait rendu leur relation très chaotique.

Il n'avait pas rappelé son père, mais il lui avait envoyé quelques e-mails pour lui dire bonjour, sans mentionner son retour, de crainte que celui-ci ne cherche à le dissuader de rentrer ou qu'il parle à Annabel. Or, il voulait la contacter directement. Mais tout avait capoté avec la chute de Frank Jessop.

Prenant une profonde inspiration, il remonta l'allée menant à la maison.

Au moment où il arrivait à la porte, celle-ci s'ouvrit, et il se trouva devant son père, un combiné à la main. Ils se fixèrent un instant, puis Abe s'effaça pour le laisser entrer, tout en continuant sa conversation au téléphone.

— Je vais te laisser, mon chéri. Non, non…

Harry jeta un coup d'œil autour de lui.

La maison n'avait guère changé. Il y avait toujours une pile de livres sur la console – surtout des livres de science-fiction et des journaux médicaux. Le téléviseur était toujours dans le coin, et un mug de thé fumait sur la table basse.

Apparemment, quelqu'un d'autre avait interrompu la soirée tranquille de son père, lequel était toujours disponible pour ses patients, même en dehors des heures réglementaires.

Abe avait baissé la voix, mais Harry ne chercha pas à entendre ce qu'il disait. Son attention venait d'être attirée par une série de photos qu'il n'avait jamais vues, toutes encadrées et placées bien en évidence sur la tablette de cheminée.

Il sourit en se reconnaissant avec ses deux parents sur la plage de Brighton, quand il était enfant et qu'il rêvait de devenir un super-héros en portant une blouse de médecin.

Ils étaient tous les trois blottis les uns contre les autres, visiblement mouillés et enveloppés dans la même serviette. C'était resté un de leurs meilleurs souvenirs, à sa mère et à lui. Abe était différent à cette époque – plus drôle, plus détendu. Sa mère était sans doute le lien qui les maintenait tous ensemble. Sans elle, ils s'étaient trouvés un peu perdus.

Il entendit son père mettre fin à la conversation après avoir proposé de se retrouver le lendemain.

Toujours aussi dévoué…

Il reposa la photo sur la tablette, et son regard tomba sur celle d'à côté.

Elle représentait son père, une canne à pêche à la main, en train de rire aux éclats. Un jeune garçon agitait un crabe devant lui, et son beau petit visage ne montrait aucune peur. C'était une photo récente. Il ne reconnaissait pas le gamin, mais il lui semblait familier quelque part.

La voix de son père détourna son attention.

— Alors, tu es rentré…

Son visage était fermé, et il semblait fatigué.

— Oui, ça y est. Je suis passé te voir et t'annoncer que je commence à travailler demain dans mon ancienne station d'ambulances.

Abe ne broncha pas. Il restait là, à le regarder comme s'il était un mirage.

— Tu n'as rien à me dire ? lui demanda-t-il avec appréhension.

Il avait beau ne plus être un enfant, il regrettait toujours que leurs rapports soient aussi distants. Soudain, il eut un choc en se rendant compte qu'il avait reproduit involontairement le même schéma avec son fils : celui-ci avait sept ans et ne connaissait même pas son père !

Il baissa la tête, la fatigue due au long vol et aux événements de la journée ayant d'un seul coup raison de lui. Son père s'avança et le prit dans ses bras. D'abord choqué, Harry lui rendit son étreinte, et son père lui tapota le dos avant de s'écarter avec un large sourire.

— Content que tu sois de retour, fils. Je suis vraiment content.

Il le serra de nouveau contre son torse, et Harry sentit les larmes lui monter aux yeux.

— Moi aussi, papa.

Abe le lâcha et passa au salon, mais au lieu de s'asseoir dans son fauteuil, il se dirigea vers le meuble de spiritueux et en sortit son meilleur whisky. Harry attendit qu'il lui tende son verre avant de s'asseoir sur le canapé en face de lui.

Sentant quelque chose de pointu contre son dos, il se retourna et trouva un dinosaure en plastique qu'il posa sur le bras du canapé.

— On dirait que tes patients continuent à venir te voir chez toi, dit-il en riant. Quelqu'un va chercher son vélociraptor.

Abe avala une longue lampée avant de lui désigner la photo qu'il venait de voir.

— Il appartient à ce petit garçon. Il adore les dinosaures.

Il y eut un silence embarrassé.

— Alors tu restes pour de bon ? Pas de super job à retrouver ?

Harry se retint de rire.

Tout n'avait pas été rose à Dubaï. Après avoir lutté pour sa propre vie, il avait aidé à sauver celle des autres dans la chaleur moite qui régnait là-bas. Tout le monde ne vivait pas dans l'opulence. Il avait travaillé dur, mis de l'argent de côté et fait profil bas. Il avait aussi passé de nombreuses nuits à penser à celle qu'il avait laissée derrière lui. Il aurait voulu qu'elle soit là, qu'elle s'endorme près de lui et qu'elle lui sourie depuis l'autre côté de la table du petit déjeuner. Qu'ils aillent ensemble voir des sites remarquables pendant leurs jours de congé.

Annabel l'avait suivi à Dubaï comme un fantôme, partout où il allait. Elle n'était comparable à aucune autre. Mentalement il ne l'avait jamais complètement quittée. Mais il avait fui loin de tout le reste. Le nouveau job et son cancer, c'était tout ce qu'il avait été capable de gérer. Il n'aurait pas voulu qu'elle devienne sa garde-malade. À présent, il se rendait compte que, à ce moment-là, il avait vraiment cru qu'il ne s'en sortirait pas. Il lui avait semblé moins terrible de l'abandonner derrière lui que de la laisser seule à Dubaï après sa mort.

En réalité, s'il l'avait emmenée, ils auraient vaincu ensemble la maladie, et en prime ils auraient attendu leur bébé ensemble.

Il retourna le dinosaure entre ses doigts.

À quoi Aidan aimait-il jouer ? Il ne savait absolument rien de lui.

— Non, répondit-il enfin. Je suis rentré pour de bon.

— Tu sais où tu vas vivre ?

— Pas encore, papa. J'ai pris une chambre dans un des hôtels de l'aéroport jusqu'à ce que j'aie trouvé quelque chose. La journée a été plutôt chargée.

C'était un euphémisme.

— Tu n'as pas besoin d'aller à l'hôtel. Ta chambre est déjà ici. Il te suffit d'annuler la réservation et de rester. Comme ça, tu seras près de ton travail.

Il hocha la tête en silence, touché de cette offre. Pendant que son père rallumait la télévision, il continua de jouer avec le dinosaure, et celui-ci aperçut le jouet dans ses mains.

— Ne le casse pas, il est à Aidan.

Il écarquilla les yeux.

— Qu'est-ce que tu viens de dire ?

Abe poussa un soupir.

— Le dinosaure est à Aidan. Le garçon sur la photo est le fils d'Annabel. Il m'appelle grand-père.

Et aussitôt, il monta le son de la télé.

Harry resta un instant figé. Puis il étudia la photo avec attention.

C'était Annabel qu'il voyait dans le cadre, il s'en rendait compte à présent. Le petit garçon avait ses cheveux, son regard.

Il se leva pour découvrir les autres photos.

Le petit garçon figurait sur chacune d'elles : Aidan et sa maman. Aidan et Abe. Aidan dans son premier uniforme scolaire.

Harry reconnaissait en arrière-plan l'appartement qu'Annabel avait partagé avec sa mère. Tout était là. Annabel avait élevé cet enfant sans lui, sans dire la vérité à quiconque.

Il eut une poussée de colère, mais il savait au fond de lui qu'elle était déplacée. Comment aurait-il pu lui en vouloir après ce qu'il avait fait ? Il connaissait assez Annabel pour savoir qu'Aidan avait été sa priorité. Il ne pouvait que l'aimer davantage pour ça.

Mais pourquoi son père ne l'avait-il pas prévenu ? À en

juger par les photos, il avait toujours su. Il avait tellement de questions.

— Pourquoi ne m'as-tu rien dit ? demanda-t-il en se tournant vers son père.

Abe éteignit le téléviseur et le rejoignit pour le serrer de nouveau contre lui.

— Annabel ne m'en a jamais parlé. Mais j'ai deviné, je ne suis pas stupide. Je te rappelle que nous n'étions pas exactement en bons termes à cette époque. Elle a raconté une histoire à tout le monde, et elle n'avait personne avec elle. J'aime cet enfant, Harry. Aidan est la meilleure chose que tu aies jamais faite. Grâce à lui, j'ai un peu mieux supporté le fait de t'avoir perdu. Tu m'as manqué, fils. Je suis désolé de m'être montré aussi insistant avec toi. J'aurais dû être un meilleur père, et je fais de mon mieux en tant que grand-père. J'ai toujours été là pour lui, et il a entendu parler de toi. Je lui ai raconté toutes sortes d'histoires sur toi pendant ces années. J'aurais voulu aussi te parler de lui, mais ce n'était pas à moi de prendre la décision. Peux-tu me pardonner ?

Harry regarda son père et hocha lentement la tête.

— Je comprends, papa. Ça ne me plaît pas, mais je comprends. Je me demande comment je peux arranger la situation ?

— Tu as posé la bonne question.

Abe le tapota dans le dos, comme il le faisait quand il était enfant. Puis il lui prit la main et la serra fermement.

— Bienvenue chez toi, fils. On va avoir du pain sur la planche.

Annabel n'était plus que l'ombre d'elle-même quand elle partit travailler le lendemain matin. Elle n'avait pratiquement pas fermé l'œil de la nuit dans le grand lit qu'elle s'était offert pour fêter son arrivée dans la nouvelle maison.

Ce n'était pas une construction flambant neuve – plutôt le style qui a besoin d'une bonne rénovation. Maud, la vieille dame qui avait habité là pendant de nombreuses années, était décédée l'année précédente. Avec l'assurance-vie que sa mère lui avait laissée et presque toutes ses économies, Annabel avait pu acheter cette maison, devant laquelle elle était passée si souvent depuis son enfance et que Harry et elle avaient rêvé autrefois d'acheter ensemble…

Pourvu qu'il ne pense pas que c'était à cause de lui ! Tout était fini entre eux, depuis le moment où il était monté dans cet avion.

Et si elle ressentait encore quelque chose pour lui en le côtoyant ?

Cela passerait ! se dit-elle fermement. Ce ne serait qu'une réaction chimique, un reste du passé.

À peine arrivée à la station d'ambulances principale, elle se focalisa sur le travail. Elle parcourut le cahier de liaison pendant que la salle de réunion se remplissait de membres du personnel prêts à travailler.

La nuit avait été plutôt paisible, mais il y avait des rumeurs de tensions entre gangs dans la zone, ce qui avait souvent pour conséquence des blessés et des accidents de voiture. Le service ambulancier était régulièrement en contact avec la police et restait aux aguets.

Elle était en train d'informer l'équipe du problème, quand la porte s'ouvrit au fond de la pièce, et Harry se glissa à l'intérieur.

Plusieurs personnes s'y reprirent à deux fois pour vérifier qui venait d'entrer. Une des infirmières, Purdie, jeta à Annabel un coup d'œil si intense qu'elle bafouilla presque. Elle réussit à rester professionnelle et concise, mais elle ne put s'empêcher de regarder Harry, qui avait les yeux fixés sur elle. Il avait un léger sourire sur les lèvres, et quand leurs regards se croisèrent, elle sentit sa bouche devenir sèche.

Prenant une inspiration, elle libéra l'équipe.

— Restez vigilants et passez une bonne journée, conclut-elle.

Comme tout le monde commençait à partir, elle prit une voix plus forte pour dominer le brouhaha.

— Carter, dit-elle, s'adressant à Harry par son nom de

famille comme cela se faisait entre collègues pendant les heures de travail, tu seras avec moi. Ambulance 17.

Mieux valait mettre tout de suite les choses au point et montrer à tous qu'elle gardait le contrôle et qu'il était pour elle un membre du personnel comme les autres. Essayer de couper court aux commérages avant qu'ils ne prennent de l'ampleur…

— Pas de problème, Sanders, répondit-il calmement, se glissant aussitôt dans son ancien rôle.

Ils échangèrent un regard pendant que des murmures remplissaient la pièce, puis il se retourna pour suivre les autres employés qui se dirigeaient vers leur ambulance.

Avec un soupir, elle s'apprêtait à faire de même, quand elle remarqua que Purdie était restée assise.

C'était la plus ancienne de la bande. Elle avait d'abord travaillé aux admissions, puis au service de cancérologie, puis aux urgences. Les autres infirmiers l'adoraient, elle était avec eux comme une maman ourse.

Annabel tenta de l'ignorer en se dirigeant vers la porte sur ses jambes flageolantes, mais Purdie l'arrêta quand elle passa près d'elle.

— Savais-tu qu'il venait ? demanda-t-elle sans préambule.

La prenant par la main, elle la fit asseoir d'autorité sur la chaise voisine.

— Il va travailler ici avec toi ? insista-t-elle.

Annabel hocha la tête, incapable de parler.

— Eh bien ! Il en faut beaucoup pour m'impressionner, mais là…

Purdie posa la main sur la sienne, et toutes deux restèrent un instant en silence, à digérer la nouvelle. Puis l'infirmière se mit à rire.

— Physiquement, il est plutôt bien, non ? Le bronzage, les cheveux… Tu peux bien reconnaître qu'il est craquant. Il est resté à Dubaï tout ce temps ?

— Je suppose…

— Et il est venu tout seul ?

— Ça, je l'ignore. Mais je crois que oui.

Quand ils s'étaient parlé au téléphone et qu'elle lui avait annoncé la nouvelle à propos d'Aidan, il n'avait pas eu l'air de quelqu'un qui a femme et enfants – ce qui aurait rendu les choses encore plus compliquées.

— Hum… Il est donc revenu dans un but précis.

Annabel fronça les sourcils.

— Comment ça ?

Purdie l'attira à elle, et elle se laissa aller contre son épaule, heureuse de trouver un peu de réconfort.

— Crois-moi, s'il est ici tout seul, il est venu pour trouver quelque chose.

— Il est venu pour travailler. Pour reprendre le poste de Tom.

Cette fois, Purdie éclata d'un rire franc.

— Tu crois vraiment que cet homme a fait tout ce voyage pour venir travailler ici ? Vu la façon dont il te regardait, j'ai de sérieux doutes. Tu verras ce que je te dis, ajouta Purdie en riant de nouveau.

Annabel émit un grognement étouffé et se blottit davantage contre son amie.

Quoi qu'il arrive, elle ne voyait pas comment elle pourrait l'éviter. Mais elle avait encore besoin de quelques minutes de répit avant de commencer sa journée de travail, coincée dans l'ambulance avec son amour d'enfance.

L'air allait être aussi épais que le smog londonien.

Assise à l'avant du véhicule à côté de Harry, Annabel avait l'impression d'avoir actionné la machine à remonter le temps. Elle sentait son après-rasage dès qu'il faisait un mouvement. Ses deux mondes, l'ancien et l'actuel, étaient en train de se rejoindre, et elle n'avait rien vu venir.

Elle avait été minée par la question de la filiation d'Aidan pendant si longtemps. Chaque fois qu'elle voyait Abe et Aidan ensemble, elle était sur le point de lui dire qu'il était son vrai grand-père et qu'ils avaient un lien du sang. Si Aidan avait eu l'air d'un Harry miniature, la question ne se serait pas posée, mais comme il lui ressemblait à elle, elle avait continué à mentir, au point d'y croire presque avec le temps. Mais avec le retour de Harry, comment pourrait-elle continuer ?

Avant tout, elle devait penser à protéger son fils. C'était ce qui lui avait toujours donné la force de continuer. Avec la période de convalescence qui avait suivi sa chute et le déménagement dans une maison encore en travaux, il n'avait pas été épargné. Il n'avait pas besoin de connaître une personne qui ne resterait probablement que quelques mois.

Pour quelle raison Harry était revenu, elle l'ignorait, et ça n'avait pas fini de la turlupiner. Six mois s'étaient écoulés depuis son coup de téléphone désastreux. On ne pouvait pas dire qu'il s'était précipité à l'aéroport pour la rejoindre. Elle avait passé des jours et des nuits à contempler le plafond, se demandant si elle avait bien fait de le contacter.

Ce matin, au petit déjeuner, elle s'était surprise à comparer Aidan au nouveau Harry – l'étranger bronzé qui était venu chambouler sa vie pour la seconde fois.

Au début de sa grossesse, elle avait dû supporter les regards réprobateurs quand elle avait prétendu avoir couché une nuit avec un inconnu si peu de temps après le départ de Harry – et aussi les soupçons de ceux qui la connaissaient mieux. À mesure que son ventre s'arrondissait, de plus en plus de gens lui posaient des questions, mais elle avait tenu bon, préférant les reproches à la pitié pour avoir été abandonnée avec son fils. Elle s'était déjà suffisamment apitoyée sur elle-même.

Au fil des années, elle avait pris de l'assurance. Elle s'était affirmée dans son travail, et les questions avaient peu à peu cessé. Tout le monde à la station adorait Aidan, et elle se sentait heureuse.

Mais est-ce qu'elle l'était vraiment ? Elle n'en était plus si sûre aujourd'hui.

C'était sans doute à cause du choc et de la nuit blanche qu'elle avait passée. Il fallait qu'elle dorme…

Les premières semaines, elle avait pleuré pendant des

heures sur le canapé d'Abe. Il ne l'avait jamais questionnée sur le père d'Aidan. Il n'avait jamais montré autre chose que de la joie et de l'amour pour son fils, et cet amour était allé en grandissant. Dès le début, il s'était comporté comme un grand-père pour lui, et grâce à lui et à ses amis, elle était venue à bout des premiers mois sans sommeil. À son retour au travail, en plus de la crèche, elle avait pu compter sur toute une bande de volontaires pour s'occuper d'Aidan – notamment son amie Teri, la maman de Finn.

Elle regarda Harry du coin de l'œil.

Bien droit dans son siège, il semblait détendu, la tête tournée vers la fenêtre, les mains posées sur les genoux. Mais en voyant ses doigts s'agiter nerveusement sur ses cuisses, elle sut qu'il ressentait aussi la tension entre eux.

Quel était donc ce proverbe qu'Abe répétait souvent ?

Ah oui : « Ce qui ne vous tue pas vous rend plus fort. »

Pour sa part, elle estimait qu'elle s'était suffisamment forgé le caractère pour toute une vie. Elle avait fait la paix avec son passé – autant que possible, dans la mesure où elle avait toujours été hantée par l'amour de sa vie. Et, oui, elle s'était sentie heureuse. Ou plutôt, elle l'avait cru jusqu'à ce qu'elle pose les yeux sur Harry.

Maintenant, tout lui semblait détraqué.

Même Tom était resté muet sur le sujet. Mais, bien sûr, Lloyd et lui étaient très occupés par leur nouveau statut de parents. Ils n'étaient pas censés gérer ses problèmes, après tout. La vie suivait son cours. Elle pouvait être fragile et parfois cruelle, comme elle l'avait souvent constaté dans son métier.

Elle aurait aimé que sa mère soit là pour pouvoir discuter avec elle du retour de Harry, mais…

Ravalant sa peine, elle se focalisa sur le travail.

— Prêt à replonger ? demanda-t-elle, le doigt sur le bouton commandant l'ouverture des appels.

Harry tourna la tête vers elle.

— J'aurai peut-être besoin de quelques minutes pour me réacclimater, mais je suis prêt.

— Tu n'auras qu'à le dire si tu te sens rouillé. C'est moi qui mène, aujourd'hui.

Elle appuya sur le bouton, et le premier appel se fit entendre presque aussitôt.

« Ambulance 17, demande d'aide à Hillingdon, dans le lotissement. »

L'adresse qui s'afficha était dans une rue voisine de son ancien appartement, et il lui sembla que sa chère vieille maman lui faisait signe de là-haut.

Elle leva les yeux vers le ciel.

Après l'aéroport, un nouveau rappel du passé.

La patiente s'appelait Phyllis et était une habituée du service ambulancier. Elle était atteinte de démence précoce, et des infirmières passaient la voir deux fois par jour. Son mari Jerry s'occupait d'elle le reste du temps. Il demandait de l'aide seulement quand elle tombait, ce qui devenait de plus en plus fréquent à mesure que son état se dégradait. Jerry ne pouvait pas la soulever seul, et chez les personnes âgées les chutes pouvaient être beaucoup plus graves qu'elles ne le paraissaient.

Elle rappela pour prévenir qu'ils étaient en route et déclencha les sirènes et les lumières.

En approchant du lotissement, elle vit apparaître sa nouvelle maison, et son cœur se mit à battre plus fort.

Le panneau « Vendu » était encore affiché, et la benne qu'elle avait louée pour récolter les gravats était devant, à moitié pleine.

Quand ils passèrent à côté, elle vit Harry tourner la tête.

— Alors, la vieille maison a finalement été vendue ? Ça signifie que Maud n'est plus de ce monde. C'est triste… Paix à son âme.

— Hum ? maugréa-t-elle, paniquée, en tournant dans la rue suivante. Quelle maison ?

— *La* maison. Celle qu'on regardait quand on était gamins. Tu ne t'en souviens pas ?

— Oh. Oui, je me rappelle. Peut-être vaudrait-il mieux nous concentrer sur notre mission.

— Compris. Rien que le boulot.

Harry informa le bureau de contrôle qu'ils étaient arrivés. Dès qu'elle arrêta l'ambulance, il s'empara de l'équipement et marcha jusqu'à la porte.

Jerry, visiblement inquiet, les fit entrer dans le couloir, où sa femme Phyllis était assise par terre, contre le mur.

— Hello ! s'écria celle-ci d'un ton jovial en les voyant arriver. Je ne peux pas me lever.

— Je sais, ma chérie, dit Jerry. Ce sont les auxiliaires médicaux qui viennent nous aider. Tu te souviens d'Annabel ?

Quelques années plus tôt, avant de tomber malade, Phyllis avait dirigé la crèche locale qu'Aidan avait fréquentée, et apparemment, elle n'avait pas oublié Annabel. Comme le fait d'avoir affaire à quelqu'un d'étranger peut suffire à effrayer une personne confuse mentalement, c'était à elle que l'on passait les appels la concernant.

— Comment va votre petit garçon ? demanda Phyllis.

Harry était juste à côté d'Annabel, et leurs épaules se touchèrent dans le couloir étroit quand elle répondit, le sentant se raidir contre elle.

— Il va très bien, Phyllis, répondit-elle, consciente qu'elle lui donnait en même temps des renseignements sur son fils. Il adore sa nouvelle chambre à coucher, et il travaille bien à l'école. Il m'a demandé de vous dire bonjour.

Phyllis sourit, radieuse.

— Cet enfant ira loin, je vous le dis. Et il aime toujours le foot ?

Annabel chercha le regard de Jerry, impressionnée par la mémoire dont la patiente faisait preuve aujourd'hui. À en croire l'expression de Jerry, elle n'était pas la seule.

— Oui, il joue avec les Hillingdon Wolves, maintenant.

L'équipe à laquelle appartenait son père quand ils étaient enfants. Harry aurait pu devenir professionnel, mais il avait choisi la médecine, pour l'abandonner ensuite.

— Est-ce que c'est vrai ? murmura Harry à côté d'elle, le nez contre son oreille.

Elle ne put s'empêcher de frissonner à son contact, mais elle se ressaisit rapidement.

Le travail.

— Oui, murmura-t-elle à son tour.

S'approchant de sa patiente, elle glissa la main sous son bras droit tandis que Harry faisait de même avec l'autre bras.

— Venez, Phyllis. Nous allons vous trouver un endroit plus confortable.

Durant la matinée, ils n'eurent pas un instant de répit. À la pause déjeuner, ils achetèrent des sandwichs près du foyer et s'installèrent sur le parking, leur sac en papier sur les genoux et leur café à la main.

— Annie, est-ce qu'on peut parler ?

Elle termina son café avant de répondre.

— C'est Annabel, maintenant. Oui, on peut parler.

— Quand je suis parti, je…

Elle l'interrompit aussitôt. Elle ne pouvait pas discuter de ça. Pas encore. Pas avant qu'elle ne se soit remise de son retour. La sensation de rejet était encore trop présente.

— Non, pas de ça. Je croyais que tu voulais parler d'Aidan, ou du travail.

Ayant risqué un coup d'œil vers lui, il lui parut profondément blessé, et elle s'en voulut de sa réaction.

— Cela a un rapport avec Aidan, dit-il. Pourquoi m'as-tu parlé de lui, si tu ne veux pas que l'on discute ?

— Je n'ai pas dit que je voulais évoquer le passé. J'ai besoin d'un peu de temps. En ce qui concerne Aidan, je m'étais promis de t'en parler si tu revenais à Londres. Mais je te rappelle que tu ne voulais pas que je te contacte et que tu as ignoré mes appels. Tu m'as demandé de te laisser partir, et c'est ce que j'ai fait.

— Pourtant, tu m'as recontacté, il y a six mois. Et tu m'as demandé de rentrer. J'ai donné ma démission, mais avec le préavis, ça a pris du temps, c'était un contrat de très longue durée. Je suis venu dès que j'ai pu, Annie, ajouta-t-il doucement. Je voudrais parler de tout ça. Je ne suis pas très loin. J'habite avec papa, maintenant.

Elle sursauta, étonnée.

— Abe t'a laissé t'installer chez lui ? Oh.

Harry éclata d'un rire bref.

— J'ai été un peu surpris, moi aussi.

— Alors, il sait, dit-elle lentement. À propos d'Aidan.

Il hocha la tête.

— Oui, il sait. Mais ce n'est pas moi qui le lui ai dit. Il avait deviné depuis longtemps. On a passé la moitié de la nuit à en discuter devant un verre de whisky.

Elle sentit comme un poids sur sa poitrine.

— Oh ! Quel gâchis, murmura-t-elle.

— Est-ce que ça va ? demanda-t-il en posant la main sur son bras.

Elle recula imperceptiblement.

— Est-il très fâché ? Je ne voulais pas garder le secret envers lui, mais à l'époque, c'était plus simple comme ça. Naturellement, il a soigné assez de femmes enceintes au cours de sa carrière pour tirer les bonnes conclusions.

— Bien sûr que non, il n'est pas fâché. Il est enchanté d'être grand-père, et m'a raconté un tas d'histoires sur Aidan quand il était petit. Il ne pourrait jamais t'en vouloir de lui avoir donné un petit-fils. Tu devrais l'appeler.

— Il est le meilleur des papis, dit-elle en souriant. Aidan l'adore.

Le visage de Harry s'adoucit, et il lui prit la main, mais elle s'empressa de se dégager pour saisir un sandwich.

Il ferma le poing un bref instant avant de récupérer le sien.

— Il sait pourquoi tu l'as fait. Je peux aussi le comprendre, même si ça ne me plaît pas. Est-ce qu'il y a vraiment eu quelqu'un d'autre ? Un autre type ?

Elle secoua la tête, et le soulagement se lut sur le visage de Harry.

Surtout, ne pas se laisser gagner par l'émotion ! Il y avait fort à parier que, de son côté, il n'avait pas passé ses nuits tout seul à regretter son amour d'enfance.

— Je ne te poserai pas la même question, dit-elle sèchement.

Elle vit sa mâchoire se contracter.

— Pendant longtemps, j'ai eu autre chose en tête, se contenta-t-il de répondre. Et ensuite, j'ai été très pris par mon travail. J'ai eu quelques rencards, sans aller plus loin. Je ne cherchais pas. Lorsque j'ai eu ton appel, je n'ai plus pensé qu'à terminer mon contrat et à revenir ici. Mais je ne m'attendais vraiment pas à la nouvelle que tu m'as annoncée. J'ai envie de connaître Aidan. J'ai vu des photos de lui chez papa. Il te ressemble tellement…

Elle sourit, comme à chaque fois qu'on lui parlait de son petit garçon.

— Oui, c'est vrai. Mais il est têtu comme toi.

Et, malgré elle, elle se mit à rire.

C'était difficile de rester fâchée contre Harry en permanence. Le simple fait d'être près de lui la remplissait d'excitation et de joie. Pendant toutes ces années, elle avait souvent imaginé le moment où elle lui parlerait d'Aidan, et pas toujours pour lui faire des reproches. Parfois ça s'était bien terminé.

Il était revenu parce qu'elle le lui avait demandé. Le jour où leur fils était en danger.

— Ce jour-là, Aidan a eu un accident à l'école, avoua-t-elle. Il est tombé pendant le cours de gym et s'est blessé à la tête. Il a eu un œdème au cerveau. Son état a été sérieux pendant quelques heures. Je me sentais tellement impuissante… Même avec le métier que je fais, je ne pouvais pas l'aider. Je t'ai appelé quand j'ai appris qu'il s'en sortirait.

Visiblement ému, Harry lui reprit la main avec hésitation, et cette fois elle le laissa faire.

— Est-ce qu'il va bien, à présent ?

Elle hocha la tête, touchée par sa pâleur soudaine.

— Oui. Il est tout à fait remis, grâce aux soins qu'il a eus à l'hôpital. Mais ça m'a fait réfléchir. Je me suis demandé… Et s'il ne s'en était pas sorti ?

— Papa ne m'en a pas parlé. Il a sans doute estimé que ce n'était pas à lui de le faire. Je suis tellement désolé, Annabel ! Ça a dû être terrible pour toi. C'est pour ça que tu m'as appelé ?

Elle se tut et serra les dents pour s'empêcher de pleurer.

— Je me sentais coupable depuis des années, mais là, j'ai pris soudain conscience qu'il aurait pu mourir sans rien savoir de toi et sans que tu ne saches rien de lui… Après avoir pris quelques verres, j'avais envie que tu sois là.

Elle se mordit la lèvre.

— Tu voulais que je sois là ? dit-il en écho, serrant sa main plus fort. Moi aussi, j'aurais aimé être avec toi. Je n'ose pas imaginer l'angoisse que tu as dû éprouver.

Il était l'image même de la désolation.

— Hé ! Aidan va bien, maintenant. On s'en est sorti, dit-elle en souriant. En le voyant, on ne se douterait de rien. À présent, c'est comme un mauvais rêve.

Dès que Harry avait entendu la voix d'Annabel sur le répondeur, il avait su que quelque chose n'allait pas. Il avait voulu la rappeler si souvent ! Mais un simple coup de fil n'aurait pas suffi, après tout ce temps. Pour une fois, il avait écouté son père, préférant se retrouver plus tard en face d'elle pour lui parler, lui expliquer… Même si c'était pour l'entendre revenir sur ses propos et lui demander de repartir.

En fait, depuis qu'il était guéri, il n'avait rien fait d'autre qu'attendre. Quoi, il ne savait pas. Jusqu'à ce qu'il ait le message d'Annabel. Le simple fait d'entendre sa voix lui avait donné l'envie de rentrer.

Après ce qu'elle venait de lui dire sur Aidan, le moment était mal choisi pour lui raconter son cancer. Il risquait de la perturber alors qu'elle commençait à s'ouvrir.

À l'époque où il était malade, il avait souhaité n'avoir personne d'autre qu'elle à ses côtés, même s'il savait que c'était égoïste. Certes, il lui avait évité de se dévouer pour lui en interrompant sa carrière, mais en même temps, ils avaient raté des tas de moments ensemble. Des moments qu'ils ne rattraperaient jamais.

Lui aussi se sentait coupable. En croyant rendre sa liberté à

Annabel, il l'avait privée de sa présence à des périodes cruciales de sa vie, et il n'avait pas été là pour participer à la création de leur propre famille.

— Je suis désolé de n'avoir pas été près de toi, et je comprends que tu m'en veuilles.

Le cancer lui avait pris tant de choses. Il ne lui avait pas pris la vie, mais il l'avait changé pour toujours.

— Si j'avais su pour Aidan, je n'aurais jamais voulu le laisser. Pas plus que toi, ajouta-t-il.

— Je sais, répondit-elle à sa surprise. C'est pourquoi je ne t'ai rien dit quand j'ai su que j'étais enceinte. Tu avais envie de cette nouvelle vie, et je ne voulais pas briser ton rêve. Je veux entendre ce que tu as à me dire, Harry. C'est juste que je n'en ai pas encore la force. Et puis, je risquerais de piquer une colère et de te boxer la figure, ce qui ne serait pas très bien vu au travail.

Elle esquissa un sourire désabusé, et il sentit son cœur se gonfler.

Annie. *Son* Annie ! Elle ne pouvait jamais être méchante très longtemps. Après, elle serait venue mettre une compresse sur son œil poché. Si quelqu'un lui volait son porte-monnaie dans la rue, elle réussirait à lui trouver des excuses et estimerait qu'il en avait plus besoin qu'elle.

— Donc, tu as voulu me protéger, tu as eu notre enfant, tu t'es occupée de mon père et, des années plus tard, tu t'es énervée contre moi après avoir bu du chardonnay, récapitula-t-il.

Elle le fixa un instant sans rien dire puis éclata de rire. Un rire légèrement hystérique qui le toucha au plus profond de son être.

— Ce rire m'a manqué.

Elle redevint aussitôt sérieuse.

— Oui, tu as manqué beaucoup de choses.

Déjà, elle regardait sa montre, mais il ne voulait pas que leur échange se termine déjà.

— Je sais, mais je suis de retour pour de bon.

Il la gratifia de son plus beau sourire, celui qu'elle trouvait autrefois irrésistible.

— Je sais que ce n'est pas le bon endroit, mais puisque je suis revenu, nous pourrions…

Il voulait lui dire qu'il était rentré pour elle et qu'il n'avait pensé à rien d'autre depuis qu'elle l'avait appelé, mais elle secoua la tête.

— Il n'y a pas de « nous », Harry. Même si je t'ai parlé d'Aidan. Je ne vais pas chambouler notre vie pour toi, alors que tu ne seras peut-être plus là dans quelques mois.

— C'est un job permanent, Annie.

Et elle était son Annie, qu'elle le veuille ou non.

— Je suis venu pour rester, et je cherche un endroit où habiter. Bon sang, si j'étais arrivé plus tôt, j'aurais acheté la maison de nos rêves ! J'ai quitté Dubaï pour toujours, et je voudrais vraiment voir Aidan. Nous avons beaucoup de choses à nous dire. J'attendrai que tu sois prête, mais je suis sérieux. Je suis ici pour vous deux…

Visiblement contrariée, Annabel donna un coup dc poing dans la portière de l'ambulance.

Il se tut, le cœur au bord des lèvres.

Il était allé trop loin, trop vite. Il aurait presque préféré être la cible de son mouvement de colère, si cela lui avait permis de se rapprocher d'elle.

— Je ne crois pas, Harry ! Est-ce que tu imagines combien ce sera perturbant pour Aidan ? Je ne peux pas lui faire ça. Il n'a pas beaucoup de famille, je ne prendrai pas ce risque. Il est retourné à l'école depuis peu, et il doit se réhabituer à sa routine.

— Tu n'as à prendre aucun risque. Je suis son père. Jamais je ne lui ferais du mal.

Annabel grommela entre ses dents et jeta le reste de son sandwich dans son sac avant de se désinfecter les mains.

— Mais il ne te connaît pas, Harry ! Il ne sait même pas que tu es son père !

— À qui la faute ?

— À toi ! Toi qui m'as laissée ce jour-là comme une idiote

au milieu de l'aéroport avec interdiction de te recontacter ! Qu'est-ce que j'aurais dû faire ? Sauter dans un avion avec mon gros ventre et venir te surprendre ?

— Non, mais je…

— Tout ça ne sert à rien, coupa-t-elle. Tu ne crois pas que je me sens suffisamment coupable pour avoir menti à tout le monde pendant tout ce temps ? Et pour avoir menti à mon fils ? La pause est finie, de toute façon. Tu es prêt ?

— Je ne veux pas me disputer…

— Vraiment ? J'aurais presque pu y croire, Harrison.

Quand elle l'appelait ainsi autrefois, c'était généralement mauvais signe.

— C'est déjà assez dur de devoir travailler ensemble, alors ce sera tout pour aujourd'hui, lâcha-t-elle. J'ai déjà beaucoup de choses à gérer, et je ne veux pas qu'Aidan soit perturbé.

Saisissant leurs deux sacs en papier, elle sortit de l'ambulance et alla les jeter dans la poubelle la plus proche.

Il remarqua que ses lèvres bougeaient. Visiblement, elle parlait toute seule, comme à chaque fois que quelque chose la contrariait. Il la connaissait si bien. Il aurait voulu la prendre dans ses bras, lui dire *sa* vérité.

Mais maintenant, à l'évidence, elle était trop affectée par l'évocation de leur passé.

Il aurait donné n'importe quoi pour voir son visage s'éclairer de nouveau quand elle le regardait, comme autrefois. Le sourire qu'elle lui adressait alors le faisait complètement craquer, et il était reconnaissant de la chance qu'il avait d'être aimé par elle.

Au lieu de cela, elle remonta dans l'ambulance sans un regard pour lui, et quelques secondes plus tard ils répondaient à un nouvel appel.

— Ambulance 17, vous êtes les plus proches. Femme de trente-six ans, douleurs dans la poitrine.

Il nota les informations en s'efforçant d'avoir l'air impassible.

— Cette patiente a-t-elle un passé médical ? demanda-t-il d'un ton posé.

— Non, mais elle a souffert de stress récemment. Elle a un bébé avec elle et pas d'autre famille.

— Compris. Arrivée estimée dans deux minutes.

Ils se garèrent devant la maison.

Une femme était assise devant l'entrée, prostrée. La porte derrière elle était grande ouverte. On entendait les pleurs d'un bébé qui provenaient du landau à côté d'elle.

— On y va, cria Annabel.

Ils accoururent vers la patiente, leur kit de survie sur le dos.

La femme était inconsciente, le visage bleu.

— Elle ne respire pas, Harry ! Je ne trouve pas de pouls.

Ils allongèrent la femme sur le tapis du couloir.

— Ce doit être une crise cardiaque, dit-elle en lui soutenant la tête et en desserrant ses vêtements. On commence la réa.

Le bébé pleurait toujours. Harry se hâta de rentrer le landau à l'intérieur, car la température était en train de tomber. Il vérifia rapidement qu'il allait bien et constata qu'il s'agissait d'une petite fille qui n'avait pas plus de six mois. Elle était sans doute affamée et devait avoir un peu froid.

Il rangea le landau au pied de l'escalier et regarda Annabel effectuer des compressions sur la poitrine de la maman. Vérifiant de nouveau le pouls, elle secoua la tête.

— Défibrillateur !

Il courut chercher l'appareil pendant qu'Annabel dévêtait la femme. Il prévint la station et prit l'enfant dans ses bras pour qu'elle cesse de pleurer. Se blottissant contre la chaleur de son corps, elle s'arrêta presque aussitôt.

Annabel exhorta sa patiente.

— Allez, Diane, lui dit-elle d'un ton pressant. Vous n'allez pas mourir devant votre jolie petite fille. Réveillez-vous !

Elle posa les électrodes sur sa poitrine, et tout son corps fut secoué.

— On a un pouls ! s'exclama-t-elle.

La patiente chercha l'air et se mit à tousser.

— Diane, Diane, tout va bien. Nous sommes du service ambulancier, et on va vous emmener à l'hôpital.

Harry reposa le bébé dans son landau et courut chercher un brancard.

La patiente s'agitait.

— Izzy ? Où est mon Izzy ?

— Elle est ici, répondit-il derrière elle.

Ils la soulevèrent pour l'attacher sur le brancard et la relièrent à un moniteur, puis il reprit le bébé et le montra à sa mère.

— Vous avez du lait dans le sac de changes ?

Diane hocha faiblement la tête.

Harry le trouva à l'arrière du landau.

— Avez-vous quelqu'un qui puisse s'occuper du bébé ?

Faisant un signe de dénégation, Diane se mit à pleurer.

— Mon mari m'a quittée pour quelqu'un d'autre, et j'ai appris qu'il est en train de vendre la maison. J'ai été tellement stressée... Que s'est-il passé ?

Annabel posa sa main gantée sur la sienne.

— Nous pensons que vous avez fait un malaise cardiaque, mais nous avons les meilleurs médecins du pays qui sont prêts à vous aider. Nous allons prendre Izzy avec nous, d'accord ?

La femme acquiesça en pleurant.

— J'ai été un peu malade, et j'ai cru que j'avais des brûlures d'estomac, expliqua-t-elle.

Annabel lui donna un cachet contre la douleur, et elle se calma peu à peu. Ils constatèrent avec soulagement que ses constantes s'étaient améliorées.

Elle était tirée d'affaire – pour le moment.

Ils installèrent leur patiente dans l'ambulance, et Harry prit le bébé dans ses bras pendant qu'Annabel s'emparait du siège-auto rangé sous le landau et vérifiait que tout était en ordre dans la maison avant de refermer. Elle rangea les clés dans le sac de changes, et ils partirent sans perdre de temps.

Il proposa à Annabel de conduire, ce qu'elle accepta. Elle fixa le siège-auto à l'arrière et y attacha le bébé avant de l'envelopper dans une couverture.

— Voulez-vous que l'on appelle votre mari, ou quelqu'un d'autre ? demanda-t-elle à la patiente.

— Je n'ai qu'Izzy. Nous étions juste tous les trois, et je pensais que ce serait toujours comme ça. Ne l'appelez pas, s'il vous plaît.

Annabel n'insista pas. En refermant les portes de l'ambulance, il lui serra brièvement l'épaule.

— Beau travail.

— Pareil pour toi. Dépêchons-nous.

Ils étaient arrivés à temps, mais Annabel savait que l'image de cette jeune maman, seule et prostrée, son bébé en pleurs près d'elle, n'était pas près de la quitter.

Certes, de son côté, elle avait du monde, mais le soir, une fois qu'elle avait refermé sa porte, il n'y avait plus qu'elle et Aidan. Elle avait beau essayer de ne pas penser constamment qu'il pourrait lui arriver quelque chose, l'inquiétude était là.

Elle avait vu Harry tenir la petite fille dans ses bras forts, alors qu'il n'avait jamais porté Aidan. Elle éprouvait de la tristesse et du remords pour tous ces moments perdus à cause de sa décision. Il avait été privé de tout ça.

Ils arrivèrent rapidement à bon port, et Diane fut aussitôt prise en charge à l'hôpital. Son état allait s'améliorer, mais la route serait longue et difficile pour elle, et elle aurait besoin d'aide.

Un peu plus tard, ils restèrent tous les deux un moment assis dans l'ambulance.

— J'espère que tout se passera bien, murmura Harry. Elle avait l'air terrifié.

— Elle est une jeune maman seule qui a eu beaucoup d'épreuves. J'espère que le papa assumera son rôle.

Harry serra les mâchoires, et elle lui tapota la jambe.

Il lui prit la main et la garda sous la sienne.

— Si tu t'étais trouvée dans ce genre de situation, tu m'aurais appelé, n'est-ce pas ?

— Bien sûr, répondit-elle, soutenant son regard. C'est une de mes plus grandes craintes : ne pas être en état de prendre soin de lui. Si j'avais eu besoin de toi, je t'aurais appelé.

Il porta sa main à sa bouche et la baisa.

Des frissons lui coururent tout le long du bras, mais elle ne la retira pas.

— Merci, dit-il. Je serai toujours là. Si on s'arrêtait pour aujourd'hui ? La journée a été plutôt bien remplie.

Quand ils allèrent pointer à la station, Harry fit signe à quelques visages connus parmi tous ceux qui allaient et venaient. Comme il s'y attendait, tous les regardaient, bouche bée.

Annabel avançait, la tête rentrée dans les épaules. Cela n'allait pas l'inciter à baisser sa garde. Il aurait voulu leur dire à tous de se mêler de leurs affaires.

— Je vais aller m'occuper de la paperasse, dit-elle.

En la regardant s'éloigner, il aperçut un sourire familier.

— Purdie ! s'exclama-t-il, assez haut pour être entendu de tous. Ta vue est un véritable réconfort.

Purdie s'avança vers lui, les bras tendus, et l'enveloppa dans son étreinte. Un peu surpris, il étreignit à son tour sa vieille amie. *Leur* vieille amie.

— Alors ? dit-elle en le relâchant. Tu as fini par retrouver un peu de bon sens ? C'est agréable d'être de retour ?

La porte du bureau d'Annabel claqua, et tous ceux qui observaient la scène se dispersèrent.

— Donne-lui le temps, murmura Purdie à son oreille. Elle a eu une année difficile.

Il haussa les sourcils.

— Comment sais-tu ce que je pense ?

Elle lui donna une tape sur le bras.

— Parce que je vous connais. Vous êtes faits l'un pour l'autre. Il faut lui laisser un peu d'espace. Beaucoup de monde a été perturbé par ton départ, mais je sais que tu pensais bien faire. La vie est compliquée, Harrison Carter. Il est temps de réparer les dégâts, une bonne fois pour toutes. Ça va, tu es complètement guéri ?

Purdie avait été une des rares personnes à connaître son

premier diagnostic, car elle travaillait à l'époque au département d'oncologie.

Était-il complètement guéri ? Physiquement, oui, mais le cœur mettait plus de temps. Surtout quand une énorme partie manquait.

— Je vais bien.

Elle s'éloigna, l'air ravi, et il se retrouva seul dans le couloir devant la porte du bureau d'Annabel.

Si seulement celle-ci pouvait comprendre que sa période vagabonde était derrière lui… Et qu'apprendre l'existence d'Aidan l'avait rendu profondément heureux !

Même après ce qu'il avait fait, Annabel l'avait aimé suffisamment pour tenir leur enfant à l'écart de leur histoire. Elle aurait pu chercher à se venger de lui de diverses façons, mais elle ne l'avait pas fait. Elle avait même veillé sur son père. Il savait qu'il ne la méritait pas, mais il avait envie qu'elle pose sur lui le même regard qu'autrefois. Celui que lui-même posait sur elle – quand elle ne le voyait pas.

Elle était toujours la même sous sa nouvelle apparence inflexible. Il en était certain. Il fallait juste qu'elle lui fasse de nouveau confiance.

Enfonçant les mains dans ses poches, il s'éloigna à son tour.

Il avait une chose à faire.

Quand il avait parlé à son père de son cancer, celui-ci lui avait demandé instamment de faire un check-up complet maintenant qu'il était de retour en Grande-Bretagne. Il restait un médecin malgré tout, et il avait raison. Il devait s'assurer qu'il se maintenait en bonne santé avant de chercher à retrouver sa vie d'avant.

Il espérait seulement qu'Annabel serait intéressée par ses projets. Qu'il n'était pas trop tard.

Au moment où il regagnait sa voiture, son téléphone sonna.

Annabel lui envoyait un texto.

Quand il l'ouvrit, son cœur battit plus fort.

Aidan va rendre visite à Abe ce soir. Si tu es là à 19 heures, tu pourras faire sa connaissance. À mes conditions. Il n'est pas au courant, et je veux que cela reste ainsi pour l'instant. Tu as une chance, Harry. Ne la gâche pas.

Harry ne se rappela même pas comment il rentra chez lui. Quand il arriva chez son père, rempli d'espoir et les bras chargés de sacs de courses, Abe haussa un sourcil depuis son fauteuil rembourré.

— Tu as un rendez-vous ? demanda-t-il.

La télévision était allumée au fond de la pièce, et il avait un mug de thé fumant près de lui.

C'était comme quand il revenait de l'école, se dit Harry avec un pincement de nostalgie.

— Annabel a dit que je pourrais faire la connaissance d'Aidan, mais pas encore en tant que papa. J'ai pris deux ou trois choses en route, des snacks et quelques jeux.

Son père se mit à rire.

— Tu sais, on a déjà de quoi manger !

Il avait l'air d'apprécier beaucoup la situation.

— Je sais, mais j'ai voulu marquer le coup. Ils seront bientôt là. Qu'est-ce que vous faites, habituellement ?

— Eh bien, on mange et on regarde un peu la télé. S'il fait beau, on va se promener à pied. Souvent, Aidan ouvre la marche. C'est un gentil garçon. Alors, est-ce que tu as pris rendez-vous ?

Lors de leur discussion devant l'armoire à liqueurs, Harry avait dévoilé à Abe le motif de son départ en solitaire. Son père avait pleuré en le serrant longuement dans ses bras. Cela les avait un peu secoués, mais à présent le médecin reprenait le dessus et redevenait autoritaire.

— Pas encore, mais je le ferai, promis. Le temps m'a manqué aujourd'hui. Papa, Aidan t'a-t-il demandé un jour si tu étais son vrai grand-père, ou t'a-t-il questionné sur son père ?

Le regard d'Abe se fit lointain, et il grommela entre ses dents sans répondre.

— Je me demandais, c'est tout… Est-ce qu'Annabel va rester aussi ?

Peut-être avait-elle un rencard ?

Il ne pouvait pas supporter l'idée qu'un autre homme lui fasse l'amour et élève son fils. Il savait qu'il ne pouvait prétendre à rien, mais à la seconde où il avait entendu la voix d'Annabel sur son répondeur, le feu s'était rallumé en lui. Il devait trouver le moyen de ranimer les braises dans son cœur à elle – s'il en restait. Quant à lui, malgré ses quelques rencards ratés, il avait toujours senti au fond de lui qu'elle était sienne.

— Non, répondit son père. Elle a beaucoup de travail à faire à la maison.

— La maison ? répéta Harry. Tu veux dire l'endroit où habitait sa mère ?

Abe le regarda dans les yeux.

— Non. Elle a acheté la maison de vos rêves, Harry. Il faut vraiment que vous parliez tous les deux.

Il se figea.

— Elle ne m'a rien dit.

— On se demande pourquoi… Annabel a pris sa vie en main, tu sais. Ce n'est pas toujours facile pour elle de travailler à plein temps, avec Aidan. Mais tu la connais, elle ne recule devant rien.

Harry se dirigea vers la cuisine pour préparer l'arrivée d'Aidan et s'assit sur un des tabourets de bar, tête baissée.

Il se sentait soudain très fatigué.

Il avait gagné la bataille du cancer, mais une autre bataille l'attendait, plus dure qu'il ne l'aurait cru.

— J'ai compris le message, papa. J'ai tout gâché.

Il sortit les jeux qu'il avait achetés, notamment un qu'il aimait particulièrement étant gamin.

— Je ne sais pas du tout ce que je dois faire, avoua-t-il en le regardant. Je n'ai jamais été père. Je ne demande qu'à rattraper mon retard.

— Je n'ai pas de message, dit Abe en le rejoignant. Mais ne t'en fais pas trop, fils. Je regrette beaucoup de choses, mais certainement pas toi. Je ne te comprends pas toujours, mais je sais que tu aimais Annabel.

Il tapota son bras et s'assit à côté de lui.

— Tu sais, on ne peut pas dire qu'elle ait eu beaucoup de fréquentations masculines ces dernières années. Et pourtant, ses amies ont tout fait pour ça. Ne te reproche pas de ne pas être un père… Tu ne savais pas. Et tu ne peux pas non plus en vouloir à Annabel. Tu es un papa tout neuf ! À toi de décider quelle sorte de père tu seras.

— Je ne lui en veux pas. Je vous ai tous laissés… Elle a fait de son mieux.

Abe approuva de la tête.

— Tout à fait. Cela lui a coûté, de garder son secret. Tu sais comment sont les gens, ils adorent alimenter les commérages. Elle a préféré ternir sa propre réputation. C'est quelqu'un de très loyal. Si tu veux la reconquérir, fils, il faut que tu fasses tes preuves. Avec elle, et avec Aidan.

— Au moins, tu ne me mets pas la pression…

Son père se mit à rire.

— Tu vas y arriver, fils. Je t'aiderai.

Il se pencha et lui embrassa le sommet du crâne.

— Je suis content que tu sois rentré.

Harry étreignit son père, encore étonné du changement qui s'était opéré dans leur relation. Le temps et la distance – de même que la connaissance de la vérité – avaient apaisé leurs anciennes querelles. C'était comme un baume sur de vieilles blessures.

— Moi aussi, papa, répondit-il, sincère. Moi aussi. Et si on se préparait pour le petit bonhomme ?

3.

Annabel gara sa voiture devant la maison d'Abe et poussa un profond soupir.

— Qu'est-ce qui ne va pas, maman ?

Assis sur le siège arrière avec des écouteurs autour du cou, Aidan se pencha et passa son petit bras autour de son épaule. Elle se retourna et lui adressa son meilleur sourire du genre « Tout va bien. »

— Rien du tout, mon cœur. C'est juste que la journée a été longue. Tu sais que je ne peux pas rester, ce soir. Je dois voir quelqu'un à la maison pour faire réaménager le jardin.

Le paysagiste avait accepté de la rencontrer après son travail, même si ce n'était pas le moment idéal.

Elle avait de grands projets, notamment un patio pour pouvoir inviter ses amis de la station à des barbecues, pendant que les enfants joueraient sur l'aire de jeux, qu'Aidan apprécierait sûrement beaucoup. Elle voulait aussi un petit potager ainsi que quelques arbres fruitiers, pour qu'elle et son fils mangent les légumes et les fruits qu'ils feraient pousser ensemble. Sa mère avait toujours rêvé de quelque chose comme cela.

Cela lui faisait bizarre de laisser son fils avec Abe et Harry. Mais finalement, ce serait probablement une bonne chose si Aidan connaissait Harry.

— Écoute, grand-père a son fils qui habite avec lui en ce moment. Tu as vu ses photos chez lui…

Aidan écarquilla les yeux, hochant lentement la tête.

— Il est revenu de l'étranger ? Vraiment ?

— Oui. Il sera là ce soir.

Tendrement, elle repoussa sa frange de son front.

Il avait les mêmes taches de rousseur qu'elle sur le nez.

— Il est gentil, et il travaille avec moi maintenant, alors tu le verras sûrement quelquefois.

Aidan adorait voir du monde. Et cela faisait trois Noëls qu'il lui demandait un petit frère ou une petite sœur. Elle avait l'intention, une fois la maison terminée, d'adopter un animal de compagnie. Il y avait aussi Tom et Lloyd qui allaient avoir ce bébé, et elle avait hâte de faire du baby-sitting pour eux.

Elle ne voulait surtout pas qu'Aidan sente de la tension entre elle et Harry. Souvent, elle s'était demandé s'il avait rencontré quelqu'un là-bas. C'était un homme séduisant et vigoureux, il avait dû avoir un succès fou. N'avait-il vraiment eu que quelques rencards ?

— Harry a repris le poste de Tom, ajouta-t-elle.

Aidan lui jeta un regard de côté.

— C'est ton ami de quand tu étais petite, non ? Où était-il ? Il a une copine ? Est-ce qu'il reste pour toujours ?

Elle sortit de la voiture et se mit à rire en ouvrant sa portière.

— Hé ! Tu en as des questions, aujourd'hui ! Allons-y vite, je risque d'être en retard. J'aurai bientôt un jour de congé, on pourrait aller au cinéma ?

Aidan hocha la tête distraitement, courant déjà vers la porte d'entrée.

— Attends-moi !

La porte s'ouvrit juste au moment où il l'atteignait, et il se précipita tête baissée dans les jambes de Harry, qui le retint par l'épaule, l'empêchant de tomber.

— Hé, hello ! Tu dois être Aidan ? Je m'appelle Harry, dit-il en lui tendant la main.

Elle remarqua que celle-ci tremblait légèrement.

Son fils – *leur* fils – resta figé quelques secondes avant de glisser sa main dans la sienne.

Se sentant sur le point de défaillir, elle se reprit comme elle put.

Aidan tournait vers elle un sourire radieux, et elle croisa

le regard de Harry, lui aussi rayonnait. Il remua les lèvres en silence, et elle lut « Merci. »

Elle ne répondit pas, comme enracinée dans le sol.

— Sois sage, Aidan. Je serai bientôt de retour.

— Au revoir, maman. Grand-père, je suis là !

Il courut à l'intérieur, les laissant tous les deux face à face.

— Merci de l'avoir amené, dit-il. Veux-tu qu'on te garde quelque chose pour le dîner ? Je crois qu'on a prévu un peu grand.

Elle ouvrit la bouche pour refuser mais s'arrêta net.

Elle devait s'entendre avec lui et effacer les souvenirs liés au passé, les bons comme les mauvais.

— Ce serait super, répondit-elle. Je n'ai fait que grignoter au déjeuner. Je ne devrais pas être absente plus de deux heures.

Le sourire de Harry lui rappela le garçon qu'elle avait connu.

— Parfait. À tout à l'heure.

Elle allait ouvrir la portière de la voiture, quand il la rappela.

— Annie ?

Elle se retourna et s'appuya contre la carrosserie pour lui faire face, un pincement au creux de l'estomac.

Pourquoi fallait-il qu'il soit aussi craquant ?

— Est-ce qu'on peut se voir demain ? On a tous les deux un jour de repos.

Ils étaient collègues, travaillant dans la même équipe pendant sa période d'essai. Ensuite… Voulait-elle qu'il reste ? Le voudrait-il ?

Elle fit ce qu'elle faisait le mieux : elle protégea son cœur.

— Désolée, mais j'ai une journée chargée qui m'attend, des tonnes de choses à faire…

— Pour la maison de nos rêves ? la coupa-t-il d'une voix douce.

Elle accusa le coup.

— Je ne veux pas me disputer, Harry.

— Tu as dit que tu m'écouterais. Je voudrais juste te parler.

Refermant la porte d'entrée, il fut à côté d'elle en deux secondes.

Il était si près que son cœur se mit à battre plus vite, et elle dut se retenir de poser les mains sur son torse.

Elle croisa les bras, tandis qu'il enfonçait les mains dans les poches arrière de son pantalon.

Ressentait-il la même chose qu'elle ? Elle mourait d'envie de franchir le fossé qu'il y avait entre eux. Mais ce n'était pas elle qui l'y avait mis.

— Moi non plus, je ne veux pas me disputer. Tu m'as demandé de revenir, tu te rappelles ?

— C'était il y a six mois, alors que j'étais pompette et bouleversée ! Qu'est-ce que tu faisais pendant ce temps-là ? Tu étais en train de briser le cœur d'une autre fille ?

— Quoi ? Non ! On en a déjà parlé. J'avais un contrat, et j'ai dû effectuer mon préavis. Je suis revenu le jour où il expirait. Je t'ai dit la vérité. Pourquoi es-tu de nouveau en colère ?

Il se passa la main dans les cheveux d'un geste nerveux.

— Il faut vraiment que je t'explique pourquoi je suis parti.

Et se replonger encore dans le passé… Mais à présent qu'il savait pour leur fils, elle était débarrassée du poids de son secret. Elle se sentait plus légère – plus forte aussi. Elle n'était plus la maman paniquée et inquiète d'il y a six mois. Cela n'avait été qu'un moment de faiblesse. Quoi que Harry puisse dire maintenant, cela ne modifierait pas le passé. Pendant longtemps, ils n'avaient été que tous les trois : elle, Abe et Aidan.

— Dis-moi d'abord quelque chose, répondit-elle calmement.

— Tout ce que tu veux.

Harry s'adossa près d'elle contre la voiture, et elle s'écarta imperceptiblement.

— J'ai envie de t'écouter. Mais, quoi que tu aies à me dire, est-ce que cela effacera ce que tu as fait en partant ?

Elle le vit se raidir.

— Eh bien, non, mais si tu…

— Alors, je n'ai pas besoin de le savoir. Aidan est ton fils, tu voulais le rencontrer, le voilà. Il est super. Il aura sûrement des tas de questions à te poser, il a toujours eu envie de découvrir d'autres pays. Il faut dire qu'on n'a jamais eu le temps de prendre beaucoup de vacances. Désolée, il faut que j'y aille.

Il la regarda en silence.

— À la maison de nos rêves ?

— Oui. Elle fait partie d'un autre rêve, à présent. Celui d'Aidan et moi. À demain au travail.

Et elle le planta sur le bord du trottoir, les mains sur les hanches.

Pendant que la voiture s'éloignait, elle essuya une larme.

Le regard qu'il lui avait lancé lui avait fendu le cœur.

Qu'est-ce qui pouvait réellement pousser un homme comme Harry à rester à Londres après avoir été à Dubaï ? Abe n'était pas malade, il était toujours en pleine santé, l'esprit aussi affûté qu'une lame. Il n'était donc pas revenu par obligation.

Il avait prétendu que c'était pour elle.

Après tous ces mensonges qu'elle avait racontés afin que personne ne sache qu'il était le père de l'enfant qu'elle attendait, elle ne voulait surtout pas que quelqu'un le contacte de son côté pour lui parler de son fils en lui reprochant de les avoir laissés. Et il ne fallait pas que le père d'Aidan soit dénigré davantage – tout le monde lui en voulait suffisamment de son attitude. Elle était consciente que, s'il avait su, il aurait fait son devoir.

Elle avait suivi son propre chemin, même si Aidan avait parfois versé des larmes parce qu'il n'avait pas de papa comme la plupart de ses camarades de classe. Ils s'étaient plutôt bien débrouillés. Elle n'allait pas tout changer à cause de quelques jours que Harry passerait ici, ou parce qu'elle se sentait nostalgique quand il était près d'elle.

À la pensée qu'Aidan allait connaître son père pour être ensuite laissé comme elle dans un aéroport, elle n'avait qu'une envie : fuir loin de Harry. Comment lui faire confiance, à présent ?

Quand il était devant elle, elle sentait sa résolution faiblir. Il était clair qu'il n'y avait jamais eu de problème de compatibilité entre eux. Le problème, c'était la façon dont il l'avait quittée, et elle savait que s'il recommençait, elle ne s'en remettrait pas. Vu son insistance à lui raconter son histoire et la façon dont il l'avait regardée, elle était presque sûre que, si elle le laissait faire, il lui serait encore plus difficile de ne pas retomber amoureuse de lui. Elle avait besoin de temps pour se préparer. Désormais, elle n'était plus une jeune fille. Elle devait tenir compte d'autres personnes.

Elle allait encore devoir panser son cœur blessé, mais deux heures plus tard, quand elle prit congé du jardinier, elle était tout à fait calme.

Annabel aurait voulu savoir, mais elle n'avait pas confiance.

Cette pensée était difficilement supportable pour Harry. Il se sentait presque aussi mal que le jour où il l'avait quittée à l'aéroport. Son Annie avait perdu de sa lumière, et il en était la cause.

Aidan et son grand-père étaient en train de jouer à un jeu de société dans le séjour. Pendant qu'Aidan faisait rouler les dés comme si sa vie en dépendait, Abe leva la tête et l'interrogea du regard.

Harry secoua la tête, et comme son père grommelait entre ses dents quelque chose à propos d'une tête de mule, Aidan les regarda alternativement.

— Maman me dit souvent que je suis une tête de mule. Toi aussi, Harry, tu es une tête de mule ?

Abe se leva pour brancher la bouilloire.

— J'ai acheté des guimauves pour le chocolat chaud, annonça-t-il en s'éloignant vers la cuisine.

Harry alla s'asseoir à côté de son fils pour poursuivre la conversation. Il lui sourit et hocha la tête, étudiant chaque détail de son fin visage.

— C'est ce qu'on me dit, alors ce doit être vrai.

Aidan sourit à son tour.

— Je le savais. Tu veux jouer ?

Il tendit les dés à Harry, qui s'empressa de les prendre.

— Rien ne me ferait plus plaisir.

4.

Le lendemain matin, après la course habituelle pour conduire Aidan à l'école, Annabel rentra chez elle en se remémorant les événements de la veille.

Dans la voiture, Aidan avait été intarissable à propos de Harry. Il était génial, mais nul au Scrabble, et grand-père avait beaucoup ri.

Ils avaient l'air de s'être bien amusés tous les trois, et elle aurait aimé les voir ensemble.

Quand elle était repassée chez Abe, Aidan était endormi sur le canapé. Elle avait donc emporté son dîner, préférant qu'il passe la nuit dans son lit. Harry avait porté leur fils jusqu'à sa voiture. Il avait refermé la portière puis l'avait embrassée sur la joue avant de s'éloigner sans lui demander quoi que ce soit. Elle était restée un instant le dos collé à la voiture, sentant encore la douceur de ses lèvres sur son visage en feu. Elle était surprise de son changement d'humeur. Avait-il déjà renoncé ?

L'image de Harry portant leur fils endormi jusqu'à la voiture n'était pas près de la quitter. Il était si naturel avec lui…

Par chance, elle était de repos et allait pouvoir se remettre de ses émotions. Une douche bien froide lui ferait sans doute du bien.

En se garant devant sa maison, elle fronça les sourcils en voyant une autre voiture qui lui paraissait familière.

Elle n'attendait pas d'ouvriers aujourd'hui, et le jardinier paysagiste ne commencerait pas avant quelques jours.

La portière du véhicule s'ouvrit, et Harry en sortit, vêtu d'un jean et d'un T-shirt blanc qui faisait ressortir son teint bronzé.

Les contours de son corps musclé se devinaient sous le mince tissu. Il tenait deux cafés ainsi qu'un grand sac en papier.

— Bonjour ! s'exclama-t-il gaiement. Aidan m'a dit que tu décorais ton salon aujourd'hui, alors je suis venu te prêter main-forte.

— Euh… Je…

Elle cherchait désespérément un argument pour le faire partir, quand son estomac se mit à gargouiller, et elle ne put s'empêcher de sourire en sentant la bonne odeur de café.

Elle vit son visage s'éclairer aussitôt.

Oh ! Harry !

— Ça dépend, dit-elle. Qu'y a-t-il dans le sac ?

— Des petits pains au bacon avec une sauce rouge, répondit-il d'un air désinvolte. Tu as mangé ?

Elle poussa un soupir.

— Je meurs de faim.

— J'ai aussi apporté des bâches que papa m'a prêtées. Il a dit que tu pourrais en avoir besoin.

Ils entrèrent ensemble dans la maison, et elle l'observa tandis qu'il jetait un coup d'œil circulaire.

— Cela a l'air si différent… Je n'arrive pas à croire que tu aies acheté cet endroit.

Elle se mit à rire, pensant au temps qu'il lui avait fallu pour économiser le moindre penny.

— Je ne pouvais pas laisser la vieille déco en place. Maud était adorable, mais elle ne se souciait guère de son intérieur. J'ai trouvé sous son lit des journaux plus vieux que ton père. Il y a eu un gros travail de nettoyage à faire.

Ils étaient tous les deux debout dans le couloir, et une fois de plus elle se sentait attirée vers lui. Ils se trouvaient dans la maison qu'ils s'étaient juré d'acheter un jour, quand ils fonderaient une famille tout en sauvant le monde, un patient après l'autre. Mais la réalité d'aujourd'hui était bien différente.

Est-ce qu'il y pensait aussi ?

Un simple coup d'œil lui suffit pour le savoir. Harry ressentait exactement la même chose qu'elle, y compris le besoin de se rapprocher l'un de l'autre.

Pas question ! Il serait probablement reparti à Noël.

Elle vit son regard se poser, sur le dessus d'un carton qu'elle n'avait pas encore pu déballer, sur une photo d'elle et d'Aidan prise à son dernier anniversaire.

Les ouvriers avaient attaqué la salle à manger, dont les murs venaient d'être enduits. Elle semblait immense maintenant. Chaque fois qu'elle passait la porte, elle devait se pincer pour s'assurer qu'elle ne rêvait pas. C'était pénible de vivre au milieu d'un chantier, mais tous ces efforts en valaient la peine. Elle avait hâte que la maison soit finie et qu'elle puisse y profiter de son temps de repos avec Aidan. Elle imaginait déjà les barbecues dans le jardin avec ses amis, et Abe venant dîner le dimanche soir. Peut-être même inviterait-elle Harry s'il était encore là ?

Il désigna les rouleaux et les pots de peinture gris clair entassés dans un coin.

— C'est ce que tu dois faire aujourd'hui ? Jolie couleur.

— Merci. Je crois que j'ai été un peu optimiste, il y a beaucoup d'espace à couvrir.

Harry s'assit par terre et tapota le sol près de lui.

— On y arrivera. Mais d'abord, on mange, d'accord ?

— Tu veux vraiment m'aider ?

— Annabel… Je suis là. Pour toi, pour Aidan. Je n'irai nulle part. Laisse-moi t'aider, tu veux bien ?

Poussant un soupir, elle s'assit près de lui.

— Comment ? Pas de protestation ? dit-il en prenant l'air étonné.

— Que veux-tu ! Là, je serais prête à tout accepter pour un petit pain au bacon.

Après avoir englouti tout ce que Harry avait apporté, ils se mirent au travail. Ils étendirent les bâches sur le sol, et il ouvrit les pots de peinture. Annabel alluma la radio, et ils commencèrent à passer les rouleaux de peinture sur les murs. Au bout de quelques minutes, ils étaient tous les deux en train de chanter sur la musique. Ils ne parlèrent pas de leur histoire. Il lui raconta quelques anecdotes sur son travail à Dubaï – les meilleurs cas qu'il avait eus, et aussi les pires. Elle se surprit à faire de même et lui parla de leurs collègues et de ce qu'il était arrivé à la « famille » de la station les dernières années.

— Purdie travaille toujours à l'hôpital ? questionna Harry tout en remuant les fesses sur un tube de Diana Ross. Je pensais qu'elle aurait pris sa retraite.

— Ce n'est pas faute d'avoir essayé. Mais je pense qu'elle craint toujours de laisser tomber ses patients. Elle en parle sans arriver à sauter le pas. Mais ça pourrait changer bientôt, car sa famille s'est agrandie. Et toi, il ne te manque personne qui soit resté à Dubaï ? demanda-t-elle innocemment.

Ils étaient tout près l'un de l'autre en train de faire les finitions, et ils plongèrent en même temps leur pinceau dans le bac. Harry posa aussitôt son autre main sur la sienne.

— Je me suis fait quelques bons amis avec lesquels je resterai en contact. Mais tu sais, je t'ai dit la vérité, je n'ai eu personne là-bas.

— Je m'interrogeais.

Il serra les mâchoires et exerça une légère pression sur sa main.

— C'est inutile, Annabel. Même si j'avais cherché, personne n'aurait pu rivaliser avec toi.

Lui prenant son pinceau des mains, il le posa avec le sien au-dessus du pot de peinture.

— Je comprends que tu te poses des questions. Moi-même je t'imaginais avec quelqu'un d'autre, quelqu'un qui te rendrait heureuse. Je n'ai jamais regardé une autre femme depuis toi. Je sais que tu n'as pas confiance en moi, mais tu peux me croire là-dessus.

— Je te crois.

Et il lui faisait toujours autant d'effet quand il la touchait.

Elle lui serra brièvement la main à son tour, la caressant avec le pouce comme elle le faisait avant.

Ils avaient toujours aimé se tenir par la main. Dans la voiture, sur le canapé en regardant la télé, au lit quand ils s'endormaient... Leurs mains se retrouvaient toujours.

Harry bougea légèrement, et sa bouche fut sur la sienne.

Pendant une longue minute elle lui répondit avec ardeur. Puis il posa les lèvres sur sa nuque. Elle sentit son ombre de barbe sur sa peau et fut parcourue d'un long frisson de volupté. Repoussant le pot de peinture avec son genou, il l'aida à se relever en même temps que lui, jusqu'à ce que leurs torses se touchent. Quand elle le sentit contre elle, tout son corps prit feu. Elle allait s'appuyer contre le mur, quand elle se rappela qu'ils venaient de le recouvrir de peinture.

Elle le repoussa doucement.

Il s'arrêta aussitôt, les sourcils froncés.

— Désolé. Tu veux que je m'arrête ? C'est juste que je n'ai pas pu m'en empêcher. J'ai eu envie de t'embrasser dès que je t'ai revue.

Elle rit doucement, lissant son front du bout de ses doigts.

— Peinture fraîche, avertit-elle.

Harry sourit, visiblement soulagé, et posa les mains sur ses fesses. Puis il la souleva jusqu'à ce qu'elle noue les jambes autour de ses hanches et, la tenant serrée dans ses bras, il l'emporta dans le couloir jusqu'à l'escalier.

Il allait commencer à monter les marches, quand ils entendirent un coup de sonnette.

De toute sa vie, Harry n'avait jamais été aussi contrarié par la visite d'un facteur.

Annabel sauta au sol et courut répondre pendant qu'il recouvrait son souffle.

Elle l'avait embrassé ! Elle avait envie de lui !

Il était rempli de joie, et quand elle revint avec des enveloppes et plusieurs petits paquets, il voulut reprendre où ils en étaient restés.

— Attends, dit-elle.

Sa poitrine se soulevait rapidement, tout comme la sienne.

— Harry, on ne peut pas.

Il sentit un pincement aigu au cœur.

— Pourquoi ? Tu m'as rendu mon baiser, Annie.

— Je sais, mais je n'aurais pas dû. Je me suis laissé emporter. Je crois qu'il vaut mieux que tu t'en ailles.

Mais il ne voulait pas partir. Jamais.

— Non ! S'il te plaît, Annie…

— C'est Annabel. Et je crois qu'il le faut. On ne peut pas rester seuls.

— Pourtant tu as dit…

— Je sais ce que j'ai dit, mais ce n'était que du désir, Harry. De la nostalgie. Nous ne sommes plus les mêmes. Nous avons un fils. Et des responsabilités.

Elle agita un paquet dans sa direction, et il lut le nom d'Aidan. Jamais il n'avait autant détesté le service postal.

— Demain, au travail, on sera seuls dans l'ambulance. Il faut qu'on parle. Je dois te dire…

— Je ne veux pas l'entendre pour le moment ! Tu le sais.

— Pourquoi ? De quoi as-tu peur ? De ne plus avoir de raisons de me rejeter ? De nous donner une autre chance ?

Il avait élevé la voix, et il la vit se raidir.

Bon sang. Il ne voulait pas la mettre dans cet état.

— Je suis désolé, je n'aurais pas dû crier. Mais je ne veux pas m'en aller.

Il jeta un coup d'œil à la pièce à moitié faite.

— Il faut qu'on termine. Si tu es d'accord je vais nous chercher quelque chose pour le déjeuner, et on pourra parler.

Annabel serra les bras contre sa poitrine.

— Je n'ai que quelques heures devant moi. Aujourd'hui, c'est mon amie qui va chercher les enfants à l'école et qui ramène Aidan.

— Parfait. D'ici là, je serai parti, si c'est ce que tu veux. Mais il sait qu'on travaille tous les deux.

Elle s'écarta de lui, et il se retint de la prendre dans ses bras.

— Je ne regrette pas ce baiser, dit-il doucement. Et toi ?

Elle prit un long moment avant de répondre, et il retint sa respiration, puis elle secoua lentement la tête.

— Moi non plus. Mais c'est trop compliqué, Harry.

Elle voulait aussi de lui !

Son cœur bondit de joie.

— Je sais. Mais je n'irai nulle part. Plus jamais, Annie.

— Comment savoir si tu es sincère ? Et même si tu l'es, pour combien de temps ? Tu n'étais pas censé partir, la première fois. Je ne pourrais pas revivre ça. Tu as dit alors que ça n'allait pas marcher. Je ne veux pas que ça recommence.

Il poussa un soupir, sentant toute son énergie le quitter.

— Crois-moi, je ne m'attendais pas non plus à faire ça. J'étais dans tous mes états. Mais c'est terminé, Annie, je ne suis plus cette personne. Beaucoup de choses ont changé, et il y a Aidan…

Il ne put s'empêcher de sourire en pensant à son petit garçon. Celui qu'ils avaient fait en s'aimant si fort. Le bébé miracle qu'ils avaient conçu avant que le cancer ne s'attaque à sa fertilité.

— Il est merveilleux, Annie. Je veux être son père plus que tout. Je vous veux tous les deux. Laisse-moi juste te le prouver.

Il s'était approché un peu d'elle, et elle ne bougea pas. Lui prenant le courrier, il le déposa dans un coin et prit ses mains dans les siennes.

— Je te prouverai que je suis le partenaire que tu avais avant, que ce soit au travail ou en privé. Est-ce que tu veux bien ?

Harry disait les mots qu'il fallait. Sentir ses mains dans les siennes réveillait toutes les terminaisons nerveuses d'Annabel. Et quel baiser…

Ils s'étaient toujours merveilleusement bien entendus sur

le plan physique, et son corps n'était pas encore remis de ce contact retrouvé avec le sien, après tout ce temps.

S'ils n'avaient pas été interrompus, elle était presque certaine qu'elle n'aurait rien fait pour l'arrêter. Elle *voulait* le laisser venir en elle.

Mais ce qu'il lui avait fait subir était tout le temps dans sa tête. Et puis, il y avait Aidan. Pour celui-ci, son grand-père était un ami de sa mère, et son père avait toujours été absent. Maintenant que Harry était de retour, elle pouvait le laisser entrer, reprendre sa place dans sa vie et celle de tout le monde. Donner à Aidan le père qu'il avait toujours désiré et qu'il méritait. Elle savait ce que c'était que de ne pas en avoir. Voulait-elle la même chose pour son fils ?

Mais Harry l'avait quittée sans même un regard en arrière, et dans tout ce qu'elle avait fait depuis, l'amère pensée qu'elle ne lui suffisait pas avait toujours été présente. C'était une des raisons pour lesquelles elle n'avait pas cherché à faire de nouvelles rencontres après la naissance d'Aidan.

Parfois, les mauvais jours, quand Aidan faisait des siennes, que les corvées étaient interminables et qu'elle était surchargée de travail, elle repensait à ce jour. Il lui semblait que, quoi qu'elle fasse, même si elle était devenue quelqu'un d'indépendant, elle resterait toujours la fille qui avait vomi de désespoir au milieu du hall de l'aéroport après que l'homme pour qui elle avait cru compter plus que toute autre l'avait quittée. Elle éprouverait toujours cette sensation de rejet.

— Annie ? Qu'est-ce que tu veux manger ?

La voix de Harry la ramena au présent, et elle mit fin au contact physique avec lui en s'accroupissant pour ouvrir les paquets.

— Sandwich au jambon pour moi, s'il te plaît. La vieille boutique de sandwichs est toujours au coin de la rue.

Elle savait qu'il était derrière elle et qu'il ne bougeait pas. N'osant pas le regarder, elle se concentra sur l'ouverture d'une boîte en carton.

— Je ne serai pas long, dit-il à voix basse.

La porte se referma, mais quand elle releva la tête, il était toujours planté là, immobile.

— Harry ?

Il respira profondément.

— J'avais un cancer. C'est pour ça que je t'ai quittée. J'ai reçu le diagnostic quelques semaines avant notre départ officiel pour Dubaï. Cancer testiculaire agressif. Je ne voulais pas que tu renonces à tes rêves et que tu gâches ta vie pour moi en devenant mon infirmière. J'étais terrifié, malade et bouleversé. Je ne t'ai jamais trompée. Je t'aimais tant, Annie. J'ai agi comme je pensais devoir le faire. Je ne pouvais pas te laisser m'accompagner dans un pays étranger, où tu allais te retrouver seule si mon état empirait. Surtout, je ne voulais pas que tu revives l'épreuve que tu avais connue avec ta maman… Et puis, il fallait que je quitte la maison de mon père. Tu te rappelles comme les choses allaient mal entre nous. Je me suis senti acculé… Mes patrons de Dubaï ont été fantastiques. Il y avait un centre de recherches spécialisé dans ma maladie, et ils m'ont proposé de me conserver mon emploi tout en me soignant. Mon traitement a été long, et j'ai fini par guérir. Il y a six mois, j'ai eu ton message qui m'a donné de l'espoir, et le courage de rentrer pour tenter de te reconquérir. Alors, quand je te dis que je suis revenu pour de bon, crois-moi, Annie. Tu comprends ? Je n'ai jamais voulu te laisser. Je m'y suis senti obligé.

Il avait débité son discours d'une traite, et elle en avait entendu chaque mot, mais elle était encore sous le choc.

Elle hocha lentement la tête, incapable de parler.

Un cancer. Harry avait eu un cancer.

Il l'avait quittée pour lui épargner une nouvelle épreuve, et il l'avait affrontée seul. En fait, il avait été aussi seul qu'elle. Plus, même. Car son environnement lui était alors étranger, et il n'était pas entouré de l'affection des siens. Et dire que pendant tout ce temps elle lui en avait voulu…

Harry parla de nouveau, d'une voix triste, mais elle n'eut pas la force de relever la tête pour le regarder.

— Je vais aller chercher à manger. Si tu veux, on pourra discuter de tout ça quand je reviendrai.

Elle entendit ses pas s'éloigner et resta là, à fixer le mur.

Il avait été malade. C'était une possibilité qu'elle n'avait jamais envisagée.

Sortant son téléphone de sa poche de ses mains tremblantes, elle appela Tom.

— Bonjour, mon ex-équipière, répondit celui-ci d'un ton enjoué. Est-ce que la peinture avance ? Figure-toi que Lloyd et moi sommes dans une boutique pour bébés, et…

N'en pouvant plus, elle éclata en sanglots.

— Annita Banana, qu'est-ce qui ne va pas ? Lloyd, viens vite, Annabel ne va pas bien.

Elle entendit des bruits de pas, puis les voix de Tom et de Lloyd.

— On s'est cachés dans les toilettes, et on a branché le haut-parleur. Qu'est-ce qu'il se passe ?

Elle était dans la confusion la plus totale et ne savait pas par où commencer.

— Je… J'ai embrassé Harry ! Il est venu ce matin, on a fait de la peinture ensemble, et…

Habituellement le plus calme des deux, Lloyd poussa un soupir de soulagement.

— Et c'est pour ça que tu pleures ? J'ai cru que…

Tom lui coupa la parole.

— Je dois dire que je m'y attendais.

— Quoi ? s'exclama-t-elle. Moi, je n'ai rien vu venir. Mais ce n'est pas tout. Il avait un cancer, Tom. C'est pour ça qu'il est parti, pas parce qu'il ne m'aimait plus. Il vient de m'annoncer ça, et il est allé acheter des sandwichs !

Elle sanglota de nouveau et entendit les deux hommes murmurer entre eux.

— Aidez-moi, supplia-t-elle. Il va bientôt rentrer. Qu'est-ce que je dois faire ? J'ai été infecte avec lui depuis son retour. Il a voulu plusieurs fois m'en parler, mais je refusais de l'écouter.

Et moi, non seulement je ne l'ai pas aidé, mais j'ai éloigné son fils de lui. Tom, tu m'entends ?

— Désolé, répondit Tom au bout de quelques secondes. C'est le choc. Pauvre Harry ! En même temps, tout s'explique. Le Harry qui t'a quittée n'était pas celui que nous connaissions. Je me sens mal, moi aussi, à présent. J'aurais dû me douter que quelque chose n'allait pas et essayer de me rapprocher de lui plutôt que de le condamner. Il a dû se sentir tellement seul… Mais tu dis que tu l'as embrassé ? Alors, au bout du compte, tu ne l'as pas repoussé ! Dès que nous l'avons vu à l'aéroport, c'était couru d'avance. À présent que tu connais la vérité, il n'y a donc plus rien qui te retient ?

Elle n'eut pas la force de répondre.

— Tu n'as pas vraiment été heureuse depuis son départ, poursuivit Tom. Même si tu faisais tout pour te persuader de l'être. Aidan commence à devenir grand, il serait temps que tu penses à toi. Harry est revenu. Il a certainement cru bien faire en te laissant, mais il ne voulait pas te quitter. Cela veut dire quelque chose, non ?

Elle renifla en s'essuyant les yeux.

— Mais maintenant, il y a Aidan…

— Exactement, intervint Lloyd. Il faut penser à lui. Tu ne crois pas qu'il mérite d'avoir une chance d'appartenir à une famille ? Tu as été seule si longtemps. Harry aussi pourrait en faire partie.

Elle se racla la gorge.

— En fait, il est le vrai père d'Aidan, avoua-t-elle enfin.

Il y eut un bruit confus, et elle crut qu'elle les avait perdus.

— Allô ? Vous êtes toujours là ?

— Excuse-nous, mais tu n'arrêtes pas de lâcher des infos qui font l'effet d'une bombe ! C'est la première fois que tu le reconnais.

— Vous voulez dire que… Que vous avez su tout le temps que Harry était le père d'Aidan ?

— Eh bien, on s'en doutait, répondirent-ils en même temps. N'oublie pas qu'on te connaît, et qu'on t'a retrouvée en vrac chez toi. Pour nous, cette histoire d'un autre homme surgi de nulle part n'était pas crédible. Sans parler de tous ceux que tu as éconduits par la suite.

À présent, elle pleurait et riait à moitié. Ses amis ne l'avaient jamais interrogée ni jugée, et elle les en aimait encore plus.

— J'aurais apprécié que vous m'en parliez.

— Tu n'as jamais rien dit non plus, et on a respecté ton souhait. Harry a-t-il fait la connaissance d'Aidan ? demanda Tom.

— Il habite chez Abe, alors c'était inévitable. Mais Aidan n'est pas au courant, et il a eu une période difficile récemment.

Elle entendit des pas dans l'allée suivis d'un sifflotement – celui que Harry avait l'habitude d'émettre quand il était heureux.

Il devait penser qu'ils avaient une chance à présent, et il se sentait sans doute plus léger après lui avoir parlé.

— Il arrive, il faut que j'y aille.

— Attends ! dit Tom. Ne fais pas ce que je crois que tu risques de faire. Cesse d'avoir peur. Il t'a expliqué pourquoi il était parti. C'est ce que tu voulais, alors arrête de te cacher !

— Je ne peux pas, Tom. C'est trop tard, trop compliqué ! Je te rappellerai plus tard.

Elle mit fin à l'appel sans tenir compte des protestations de ses amis et fourra le téléphone dans sa poche arrière.

Quand Harry entra quelques secondes plus tard, un sac à la main, elle était assise par terre, jambes croisées, en train de rassembler le contenu des paquets qu'elle avait reçus pour Aidan.

— Hello, dit-il gaiement en s'asseyant à côté d'elle. J'ai aussi des *doughnuts*, et j'en ai pris pour Aidan après l'école.

Mais quand il la regarda, son sourire s'effaça.

— Oh ! Je suis désolé. Je n'aurais pas dû sortir juste après t'avoir parlé. Est-ce que ça va ?

Elle poussa les objets sur le côté et prit le sandwich qu'il lui tendait.

— Ça va. C'est juste que… Ça m'a fait un choc.

— Je suis content que tu sois au courant. Je voulais te le dire depuis si longtemps. Et ce baiser a été fantastique. Encore mieux qu'avant.

Elle posa la main sur son bras.

— Harry, ce baiser était…

— Une des trois meilleures choses qui me sont arrivées cette année. La première étant lorsque tu m'as appelé, et la deuxième quand j'ai appris que tu avais eu notre fils.

Il lui prit la main, mais elle la retira et s'entoura les genoux de ses bras pour ne pas être tentée de le toucher.

— Tu n'as toujours pas confiance, c'est ça ?

Elle préféra poser d'autres questions.

— Pourquoi ne pas m'avoir parlé de ton cancer ? Comment as-tu été soigné ?

— C'était un cancer de stade 2. J'avais trois tumeurs, et on a dû me retirer des ganglions lymphatiques. J'ai eu un traitement intensif…

Il repoussa son sandwich.

— Si je t'en avais parlé, je sais que tu aurais voulu venir avec moi.

Elle pensa à sa mère, aux moments douloureux qu'elles avaient traversés. Elle aurait été aux côtés de Harry sans hésiter une seconde.

— J'aurais aimé que tu me laisses le choix, dit-elle. Mais tu as pris la décision pour moi. Je me suis sentie une moins-que-rien, abandonnée avec mes bagages au milieu des gens. Là-bas, j'aurais pu t'aider, te soutenir. Et si tu étais mort, Harry ? Comment crois-tu que nous aurions tous réagi, ici ?

Il prit son visage dans ses mains et toucha son front avec le sien.

— Je sais. J'ai été un imbécile, murmura-t-il. Je n'ai pas cessé de le regretter depuis. Mais à cette époque, j'avais si peur, et j'étais tellement malade… J'ai pensé que c'était la seule chose à faire.

— Tout ce temps passé…

Elle secoua la tête et recula un peu pour le regarder dans les yeux.

— Tu as repoussé tout le monde. Comment as-tu fait pour tenir le coup pendant ton traitement, tout seul là-bas ? Quand je pense à ce que tu as dû souffrir ! Pourquoi n'as-tu répondu à personne ? Qu'est-ce qu'il t'est passé par la tête ?

Elle était partagée entre une immense sollicitude envers lui et l'envie de le bourrer de coups de poing pour avoir été aussi stupide.

Dire qu'il aurait pu avoir tout le monde autour de lui, qu'il aurait pu voir son fils naître, et qu'elle se serait occupée des deux !

— Je ne peux pas croire que tu n'en aies parlé à personne. Tu m'avais, moi, Harry. Tu nous avais tous ! Je ne comprends pas comment tu as pu nous mentir.

Il hocha la tête, l'air contrit.

— Je sortais de formation, et je n'avais pas les idées très claires. Je pensais que je ne verrais peut-être pas l'année suivante. Mais que dire de *ton* mensonge ? répliqua-t-il en s'écartant d'elle. Tu n'as jamais dit la vérité sur Aidan à personne. Si on parlait de ce dont tu m'as privé ? Ne crois-tu pas que j'aurais dû le savoir ? Tu as cessé d'appeler quelques mois après mon départ. Personne ne m'a parlé de lui, Annie. Pas même mon propre père. J'ai raté les premières années de la vie de mon fils à cause de toi, et je ne méritais pas ça.

Elle s'était attendue à cette réaction, mais ce fut pour elle une vraie claque.

— Tu m'avais abandonnée, Harry ! Qu'est-ce que j'étais censée faire ? Je te rappelle que j'ignorais que tu étais malade !

— Je ne sais pas, tu aurais pu m'écrire, ou m'appeler. Il y a quelques mois, tu m'as pourtant supplié de rentrer…

— Ah oui, j'imagine bien le coup de téléphone ! dit-elle d'un ton sarcastique. « Harry, je te déteste, mais je dois te dire que tu m'as laissé un bébé en partant. » Comment aurais-tu réagi, en milieu de traitement ?

— Oublions le traitement ! N'as-tu jamais pensé que j'avais le droit d'être au courant ? Je ne suis pas le seul à avoir menti, ici !

Les yeux de Harry brillaient d'indignation, et elle ne trouva plus rien à lui répondre.

Il avait menti, elle avait menti. Et tout ce temps perdu, ils ne pourraient jamais le rattraper. Tout ce dont elle avait rêvé lui paraissait désormais hors de portée.

Elle retint ses larmes.

— Il y a des choses que je regrette, et d'autant plus maintenant que je connais la vérité. Mais il est trop tard. J'ai voulu nous protéger, Aidan et moi. J'ai été souvent sur le point de t'appeler…

— Ah oui ? Eh bien, j'aurais aimé que tu le fasses, lança-t-il. Là encore, je n'ai pas eu mon mot à dire.

Il était si froid qu'elle sentit ses barrières se dresser de nouveau autour d'elle.

— On peut continuer à se reprocher les mêmes choses toute la journée, cela ne fera que prouver que j'ai raison : on ne peut pas se remettre ensemble, Harry. Trop d'eau a coulé sous les ponts, et tout est gâché.

Harry serra fortement les mâchoires, et son regard se fit lointain.

Elle se rendit compte qu'elle aurait aimé qu'il proteste, mais il y avait deux personnes blessées dans la pièce, et elles avaient toutes les deux menti. Ce n'était pas le socle idéal pour une relation amoureuse.

— Nous devons penser à Aidan, dit-elle. Il doit être notre priorité.

— Je suis d'accord, fit Harry d'une voix triste. Alors, on ne s'embrassera plus ?

— Non. Je suis vraiment désolée, Harry. Est-ce que tu vas bien maintenant ? Quel a été le pronostic ?

Il resta silencieux quelques secondes, puis il reprit son sandwich.

— Je n'ai pas très envie d'en parler maintenant. Je suis en pleine santé, et tu es au courant. C'est le principal. On ferait mieux de se remettre au travail.

Elle devina sa déception, car c'était exactement ce qu'elle ressentait à cet instant. Tom et Lloyd allaient la tuer.

— Entendu, dit-elle. Il reste encore beaucoup à faire avant la fin de l'école. Mais finissons d'abord de déjeuner.

Elle jeta quelques coups d'œil à Harry pendant qu'ils mangeaient en silence, mais il ne la regarda pas une seule fois. Au bout de quelques minutes, ils reprirent le travail.

Harry était dans la cuisine en train de se laver les mains pour se débarrasser de la peinture grise.

L'après-midi avait été beaucoup plus calme que le matin. Pas de danse, pas de baiser, pas de désir entre eux. La radio avait été mise en sourdine.

Certes, il avait enfin pu tout lui dire, mais cela ne s'était pas passé comme il l'avait espéré. Ils n'étaient toujours pas ensemble, et la rancune était toujours présente de part et d'autre. Ils ne s'étaient pratiquement pas parlé du reste de la journée, à part « Passe-moi le rouleau, s'il te plaît » ou « Un autre thé ? »

Mais au moins, c'était un début.

Il regarda Annabel qui finissait de tout ranger.

— Est-ce que je dois partir ? demanda-t-il.

— Non, c'est bon, répondit-elle, juste avant que leur fils ne déboule à l'intérieur.

Ils échangèrent un petit sourire.

Il lui en voulait, mais il l'aimait toujours, plus que jamais. Il aurait voulu pouvoir revenir en arrière et qu'ils se soient parlé bien avant.

— Maman ! Maman ! Devine quoi !

Le visage d'Annabel s'éclaira pour la première fois depuis le déjeuner.

— Je te préviens, c'est un vrai moulin à paroles après l'école, dit-elle.

— On doit amener quelqu'un à l'école pour la Journée des métiers, annonça Aidan. C'est super, non ? Le papa de Toby est éleveur de cochons, et il va apporter un porcelet !

— Vraiment ? C'est trop cool ! s'exclama Harry.

Aidan se retourna et sourit en le voyant.

— Ta maman adorait les porcelets quand nous étions enfants.

Du coin de l'œil, il vit Annabel se raidir.

— C'est vrai que tu connaissais maman quand elle était petite ! s'exclama Aidan. Elle était comment ? Grand-père dit toujours qu'elle ne tenait pas en place.

Annabel se mit à rire en lui ébouriffant les cheveux.

— Maman ! Ne me décoiffe pas, protesta Aidan en lissant ses cheveux avec application.

Cette fois, Harry éclata de rire en même temps que celle-ci. Puis il s'agenouilla pour être au même niveau que le petit garçon.

— Ta maman était une vraie tornade quand elle était enfant. Et elle l'est toujours, ajouta-t-il avec un regard en coin. Qui vas-tu emmener pour la journée des métiers ?

Aidan devint sérieux.

— Je voulais emmener maman, mais maintenant je ne sais plus. Jade a dit que sa maman était hôtesse de l'air et qu'elle avait des billets d'avion gratuits. J'ai aussi pensé à demander à grand-père, mais il est vieux, maintenant.

— Aidan ! dit Annabel sur un ton de reproche. Abe n'est pas si vieux.

— Mais il aime les vieilles choses. Et la mère de Jamal est aussi médecin, alors ça risque d'être super ennuyeux.

— Les médecins *sont* super ennuyeux, approuva Harry en riant.

Son cœur se gonflait de joie d'être près de son fils. Il avait envie de le serrer dans ses bras, mais il n'était que trop conscient du regard vigilant d'Annabel, qui les observait comme si elle craignait qu'une bombe n'explose.

Soudain il eut une idée peut-être un peu extravagante, mais il était prêt à courir le risque.

— Et si ta maman et moi, nous venions ensemble ? Est-ce que ce serait mieux ?

Annabel laissa échapper un couinement. Elle ressemblait à un lapin pris dans les phares d'une voiture.

— Si la station nous permet de nous libérer, bien sûr, ajouta-t-il.

Aidan se mit à sauter de joie en battant des mains.

— Oh ! maman, ce serait super ! s'écria-t-il. Ce serait mieux que tous les autres enfants. Allez, maman, s'il te plaît !

— Je suis sûre que Harry a d'autres choses à faire que de venir à ton école, mon chéri.

— En fait, non, répondit Harry sans hésiter, à la fois conscient d'être un peu insistant mais désireux de faire preuve de bonne volonté.

Être introduit dans la vie scolaire d'Aidan était une perspective si tentante qu'il était prêt à risquer les foudres d'Annabel. Il n'aimait pas la voir mal à l'aise, mais c'était elle qui l'avait appelé et lui avait – enfin – parlé de leur fils. Il se rappelait encore leur baiser et, malgré leur dispute, il gardait toujours un fond d'espoir.

— Si c'est d'accord avec notre chef, j'aimerais beaucoup venir, ajouta-t-il.

Le visage d'Aidan rayonna.

— Oui ! Maman, est-ce que je peux me mettre en mode interactif pour jouer avec Finn et Josh ?

Sans attendre de réponse, il courut vers l'escalier.

Annabel le laissa faire.

— Seulement jusqu'à ce que le goûter soit prêt, d'accord ?

— D'accord ! cria-t-il depuis les marches.

Quelques secondes plus tard, ils entendirent le rire d'Aidan qui discutait avec ses amis.

— Il y a un jeu qu'il adore, marmonna Annabel en commençant à préparer le thé. J'ai souvent essayé d'y jouer, mais je meurs toujours avant d'atterrir.

Ouvrant la porte du congélateur, Annabel s'accorda quelques secondes pour rassembler ses esprits sans être sous le regard de Harry. L'air froid lui fit du bien.

D'abord la révélation de ce matin, et maintenant ça. Elle allait devoir aller à l'école avec lui. Dire qu'elle avait cru que, pendant qu'elle élevait seule son enfant en gardant jalousement son secret, il faisait partie de la jet-set de Dubaï et qu'il réussissait professionnellement, alors qu'il se battait pour survivre…

Elle ne pouvait pas supporter cette idée. Pas plus que l'amertume et la peur qui s'emparaient d'elle par moments, l'éloignant de Harry, alors que, à d'autres moments, elle aurait voulu lui ouvrir les bras et se blottir contre lui.

La pique qu'il lui avait lancée à propos d'Aidan l'irritait encore. Il avait raison, mais c'était un reproche de plus qui venait grossir le contentieux. Ils pouvaient avoir la chance de devenir la famille qu'elle avait toujours secrètement désirée, et maintenant elle se sentait malheureuse à l'idée que cela n'arriverait jamais.

Elle se détestait d'être aussi faible, aussi hésitante dans ses prises de décision. Elle était presque contente que sa mère ne soit plus là pour la voir. Celle-ci lui aurait certainement remonté les bretelles. Elle était morte avec la certitude que son unique enfant aurait toujours Harry à ses côtés…

— Ne t'embête pas à cuisiner pour Aidan et toi, intervint l'homme de ses pensées. La journée a été longue. Je pourrais aller nous chercher une pizza ? J'aurais aimé qu'on puisse parler davantage. Il y a encore des choses à éclaircir.

Elle sortit deux sacs de légumes vapeur du congélateur avant de se tourner vers lui.

— Ici, nous avons une règle : pas de malbouffe le week-end. Je te remercie pour ton aide, mais j'ai encore beaucoup de choses à faire ce soir. Et une fois qu'Aidan sera couché, j'ai bien l'intention de faire pareil. On se voit demain au travail ?

Elle s'était efforcée de se montrer agréable, mais elle lut la déception sur son visage.

— Je dois maintenir un rythme régulier, ici. Aidan n'a pas été à la fête récemment. Et pour moi, cette journée a été celle des révélations. Il faut que je digère un peu tout ça.

Harry la regarda longuement avant de hocher la tête.

— Je suis allé trop loin ?

— En effet. Honnêtement, Harry, cela fait beaucoup d'un seul coup. Je suis désolée de ne pas t'avoir parlé d'Aidan avant.

Je suis désolée pour beaucoup de choses. On se voit au travail ? Je te promets un cessez-le-feu.

Il leva les mains comme pour se rendre, avant de se pencher pour déposer sur sa joue un baiser léger comme une caresse.

— Moi aussi, je suis désolé, murmura-t-il, avant de quitter la pièce.

Quand elle eut entendu claquer la porte d'entrée, elle alluma la radio et se versa un verre de vin avant de s'attaquer à la cuisine avec un soupir.

La frontière entre sa vie réelle et celle qu'elle avait toujours rêvée était de plus en plus ténue, et il lui devenait difficile de s'y retrouver.

5.

Harry pénétra dans la station de bonne heure, pressé de se mettre au travail.

Ces dernières semaines, il avait passé du temps avec Aidan et Abe, recréant les liens avec ce dernier et découvrant peu à peu son petit garçon, qui ignorait toujours qu'il était son père.

Annabel l'avait tenu à distance depuis le jour où ils avaient travaillé dans sa maison. Même si elle était plus détendue qu'au début, elle ne baissait toujours pas sa garde. Il n'y avait plus d'échanges de commentaires désobligeants, mais l'atmosphère entre eux était toujours chargée.

Parfois il la surprenait en train de l'observer au travail, ou quand il jouait avec Aidan ou quand il parlait boutique avec son père. Il avait envie de lui demander ce qu'elle pensait et pourquoi elle avait l'air soucieux, mais il craignait de la braquer de nouveau.

Il avait attendu longtemps pour être de retour dans la vie d'Annabel, et il ne voulait pas gâcher sa chance. L'enjeu était trop important. Le tout était de parvenir à faire table rase du passé.

La Journée des métiers devait avoir lieu à la fin du mois, et Aidan était toujours aussi excité à l'idée de les présenter tous les deux à sa classe. Il ne parlait plus que de ça.

Harry alla dans la salle du personnel se chercher une tasse de vrai café – et non pas du jus de chaussette comme celui qu'il trouvait chez son père –, et en ressortant il tomba sur Annabel qui s'apprêtait à entrer.

— Demi-tour, ordonna-t-il en la prenant par le coude.

— Quoi ? protesta-t-elle. Mais j'ai besoin d'un café !

Il lui tendit sa tasse et l'entraîna vers la pièce où avaient lieu les transmissions.

— Et je voulais aussi manger quelque chose !

— Je t'achèterai un petit pain au bacon quand on sera en route. Pourquoi ne déjeunes-tu pas avant de partir ?

Elle leva les yeux au ciel.

— Parce que, le matin, je me consacre entièrement à Aidan. Ce n'est pas une mince affaire que de le préparer pour l'école. Il a déjà tout d'un pré-adolescent !

Prenant sa tasse à deux mains, elle but longuement et poussa un soupir de bien-être.

— Hum… Quel délice.

Il se mit à rire.

— Je sais qu'il vaut mieux ne pas te déranger avant que tu aies avalé ton café du matin.

— Tu t'en souviens, dit-elle avec un petit sourire.

— Je me souviens de tout. Chaque petit détail.

Il la vit rougir, et son cœur fit un bond.

— Si on y allait ? proposa-t-il. Je sens déjà l'odeur du bacon.

— Enfant de huit ans de sexe masculin, des difficultés à respirer. La mère est très anxieuse. La température élevée pendant la nuit a d'abord été contrôlée avec paracétamol et ibuprofène, mais la fièvre est remontée, et il ne peut parler qu'avec difficulté. On soupçonne une crise d'asthme.

Annabel appuya sur l'accélérateur.

La transmission ayant été effectuée, ils venaient de se mettre en route après avoir englouti un petit déjeuner princier, de quoi affronter dignement une journée chargée. L'équipe précédente avait eu à gérer deux appels pour douleurs dans la poitrine, quatre chutes de personnes âgées, une femme qui était en train d'accoucher seule chez elle, et diverses égratignures et blessures sans gravité.

Ces dernières semaines, Harry et elle s'étaient installés dans une sorte de routine au travail. La tension avait diminué entre eux, même si cela lui faisait toujours quelque chose quand Harry se tenait près d'elle dans l'ambulance. Récemment, elle avait même pleuré sur son épaule quand un des appels avait eu une issue fatale. Il l'avait entourée de ses bras sans une seconde d'hésitation, et elle s'était sentie tellement soutenue et en sécurité qu'elle avait eu l'impression qu'ils s'étaient retrouvés comme avant.

Il était exactement comme elle dans le travail, et ils avaient retrouvé leur ancien langage par signes pour communiquer – quand ce n'était pas de la transmission de pensée. Lorsqu'elle cherchait quelque chose, Harry était déjà en train de le lui tendre, et réciproquement. Ils formaient l'équipe parfaite, et dans la station, la rumeur qu'ils s'étaient remis ensemble avait commencé à circuler.

Désormais, elle appréhendait moins la Journée des métiers qu'au début. Elle avait même hâte d'y être, mais elle ne l'aurait jamais avoué devant Harry.

Son père et lui avaient des rapports différents, à présent. Ils riaient souvent, et les récriminations du passé semblaient oubliées. Elle était si contente. Elle avait vu Abe bouleversé par la disparition de son fils. L'arrivée d'Aidan l'avait réconforté, mais rien ne peut remplacer un fils. Elle était bien placée pour le comprendre, car personne ne pourrait jamais prendre la place d'Aidan dans son cœur.

Quant à Harry, elle savait sans l'ombre d'un doute qu'il était aussi dans son cœur, juste à côté de son fils. En fait, il n'en était jamais parti. À présent, elle devait décider si elle suivrait son cœur ou son cerveau. Ne sachant toujours pas auquel des deux se fier, elle était toujours dans l'incertitude, attendant un signe qui l'éclairerait. Alors, elle se concentrait sur ce qu'elle connaissait. Sa routine quotidienne, son job, son fils. Tout le reste n'était encore que confusion.

Harry avait noté les informations concernant l'appel.

— Londres est une ville remplie de gens en souffrance aujourd'hui, constata-t-il tandis qu'elle actionnait les sirènes et les lumières en empruntant la route la plus rapide.

Ils s'arrêtèrent bientôt devant la maison, où un homme semblait les attendre devant le portail. Il tenait une cigarette d'une main et une cannette de bière de l'autre.

Elle et Harry échangèrent un regard.

— Tu t'occupes de l'équipement, j'y vais en premier, dit-il.

Elle fronça les sourcils, mais quelque chose chez cet homme l'incita à le suivre. Leur priorité était le petit garçon à l'intérieur.

Harry s'approcha.

— Bonjour, monsieur. Vous avez demandé de l'aide ?

L'homme oscilla et se retint au portail.

— Moi ? Pas du tout, répondit-il d'une voix légèrement pâteuse. C'est elle, à l'intérieur. Je lui ai dit que ce n'était pas la peine et qu'il jouait la comédie. Il a toussé et sifflé, et on n'a pas pu dormir. Il n'a juste pas envie d'aller à l'école. Vous perdez votre temps, vous et votre collègue. Je n'ai pas besoin d'une autre bonne femme paniquée chez moi, ajouta-t-il en jetant à Annabel un coup d'œil méprisant.

À l'évidence, cet homme n'avait pas grand respect pour les femmes !

— On est là, maintenant, répondit Harry. Est-ce que Ben est votre fils ?

— Mon beau-fils. Sa mère est toujours à le chouchouter. Il a seulement un rhume.

— Pouvons-nous passer, s'il vous plaît ? dit Harry d'une voix ferme.

Il poussa le portail sans attendre, et l'homme s'écarta de mauvaise grâce.

— Hello ? appela Annabel en s'avançant dans le couloir.

— Par ici, répondit une voix anxieuse. Vite, s'il vous plaît ! La deuxième chambre sur la gauche.

La maison était nette et propre, à l'exception du cendrier rempli de mégots et des cannettes vides laissées sur la table basse. La télévision était allumée sur une chaîne de sport. En montant l'escalier, ils entendirent la voix faible d'un enfant.

— Je vous l'ai dit, vous perdez votre temps. Vous n'avez pas plutôt quelqu'un d'autre à secourir ? Je l'ai prévenue de ne pas abuser avec moi, cria l'homme depuis le bas de l'escalier.

Mais ils étaient déjà focalisés sur leur petit patient, dont la mère avait les yeux arrondis par l'angoisse.

— Bonjour, Ben, dit doucement Annabel. On est venus t'aider.

Le petit garçon avait le visage rouge et respirait avec peine. Pendant que Harry l'auscultait et prenait sa tension, Annabel le relia à un moniteur et brancha la bonbonne d'oxygène portative qu'ils avaient avec eux.

— Est-ce qu'il va aller mieux ? s'inquiéta sa mère.

— L'oxygène va l'aider à respirer et rétablir ses constantes, expliqua Harry. A-t-il déjà eu des difficultés auparavant ? Y a-t-il eu de l'asthme ou d'autres problèmes dans la famille ?

La mère secoua la tête sans quitter son fils des yeux.

— Non. Mais je suppose que la fumée de cigarette ne doit pas lui faire du bien.

Elle regarda vers la porte d'un air inquiet, comme si son compagnon risquait de surgir à tout moment. Mais le son du téléviseur avait été monté dans le séjour.

— Ben a attrapé un rhume il y a deux jours, expliqua-t-elle. Rien de grave, jusqu'à hier soir…

Elle embrassa son enfant sur le front.

— Nous allons emmener Ben à l'hôpital pour qu'il subisse des examens plus approfondis, dit Harry. Prenez-lui quelques affaires, et nous partons. Il a peut-être une infection pulmonaire. Je vais chercher une chaise pour le transport.

Il courut jusqu'à l'ambulance, et au moment où il remontait l'escalier, ils entendirent l'homme tonitruer dans le séjour.

— Hé ! Mais qu'est-ce que vous fabriquez ? Julie, je t'ai prévenue !

Sans répondre, ils se hâtèrent d'emmener le petit garçon avec sa mère.

Un peu plus tard, une fois Ben remis entre les mains

du personnel des urgences, ils revinrent tous deux jusqu'à l'ambulance.

— Ouf ! J'ai vu le moment où on allait devoir demander l'aide de la police, commenta Annabel quand ils furent dans le véhicule.

Harry secoua la tête.

— Je ne comprendrai jamais les gens comme ça. Le pauvre gamin était sérieusement malade. Sa mère aurait sûrement appelé plus tôt si elle n'en avait pas été empêchée. Cet enfant aurait dû avoir son père près de lui.

— Il en a peut-être un. Les familles se séparent, cela ne veut pas dire que le père ne joue pas son rôle, ou qu'il ne se soucie pas de ses enfants.

— Je déteste l'idée qu'Aidan n'ait pas eu cette famille… Et qu'il pense que son père ne fait pas partie de sa vie. Je ne te le reproche pas, tu as tes raisons. Mais à la pensée que tu aurais pu être agressée par cet homme aujourd'hui… Je lui serais rentré dedans s'il avait osé t'approcher.

— Ne t'inquiète pas, je sais me défendre.

— Ce n'est pas ce que je veux dire. Je voudrais être celui qui prend soin de toi.

Harry lui prit la main et la posa sur ses genoux.

— C'est à moi que je fais des reproches, dit-il. Pour tout.

Ne sachant quoi répondre, elle exerça une pression sur sa main avant de se dégager. Puis elle alluma la console dans l'attente du prochain appel.

— Écoute… On a eu une grosse semaine. Tu as des projets, pour ce soir ?

Harry tourna la tête vers elle d'un air interrogateur.

— Je crois que papa reçoit ses potes pour jouer au poker, répondit-il. Je pensais juste me tenir à l'écart.

Elle lui sourit.

— Je n'ai pas envie de faire la cuisine ce soir. Je pensais commander des plats chinois et regarder un film avec Aidan. Tu pourrais peut-être venir partager quelques nouilles ?

Harry eut d'abord l'air médusé, puis il esquissa un petit sourire.

— Des nouilles et un film, il n'y a pas mieux. À quelle heure ?

En sortant de la douche, Annabel entendit au rez-de-chaussée le rire de son fils qui regardait une de ses émissions de télé préférées.

Il attendait l'arrivée de Harry, assis en pyjama sur le canapé. Le cri de joie qu'il avait poussé quand elle lui avait annoncé sa venue lui avait réjoui le cœur, et elle aussi avait hâte qu'il arrive.

Tous deux étaient un peu perdus dans cette grande maison qu'ils ne s'étaient pas encore vraiment appropriée. Il restait tant de choses à faire. Ce soir apporterait un changement bienvenu dans leur routine.

Elle fut tentée de se chercher une tenue un peu sexy, mais elle finit par sortir de sa penderie un jean confortable et un T-shirt qui lui allait bien. À la dernière minute, elle ajouta une touche de gloss rose sur ses lèvres.

Voilà. Juste ce qu'il fallait.

Elle se sourit dans le miroir de sa chambre et descendit l'escalier au moment où on frappait à la porte.

Un frisson d'excitation la parcourut. Inspirant profondément, elle alla ouvrir.

— Salut. Entre.

Harry était superbe dans son jean noir et sa chemise bleue ouverte au col. Elle se retint de pouffer de rire, car tous deux avaient fait un effort vestimentaire tout en prenant soin d'avoir l'air décontracté.

— Salut, répondit-il avec un large sourire. Waouh, les ouvriers ont mis les bouchées doubles, ces derniers jours ! C'est magnifique.

— Merci. Oui, cela commence à ressembler à quelque chose.

Elle l'invita à se rendre dans la cuisine et remarqua alors qu'il avait apporté des cadeaux. Un ballon de foot et un très beau bouquet de fleurs. Aidan jouait toujours dans le salon et n'avait rien entendu.

— Merci de m'avoir invité ce soir, dit Harry. À la maison, l'atmosphère est un peu à la bagarre, en ce moment.

Elle nota avec plaisir qu'il considérait la maison d'Abe comme son chez-lui.

Ils se ressemblaient tellement ! Tous deux étaient des têtes de mules. Pourtant, Abe semblait avoir renoncé à son rêve de transmettre son métier de généraliste à son fils. Quand elle les voyait ensemble ces jours-ci, ils avaient plutôt l'air de bien s'entendre, et elle s'en réjouissait après toutes ces années pendant lesquelles ils avaient été à couteaux tirés. Abe avait l'air beaucoup plus heureux et moins grognon. Il ne lui en avait même pas voulu d'avoir gardé le secret à propos d'Aidan. Mais lui-même ne lui avait pas dit qu'il savait...

Elle lui prit les fleurs des mains et huma leur parfum.

— Des lis calla, mes préférés...

Harry se pencha et lui repoussa une mèche de cheveux derrière l'oreille.

— Je sais. Je me rappelle.

Elle réprima un frisson à ce contact, et comme elle levait la tête vers lui, il y eut un bruit de cavalcade.

— C'est pour moi ?

Ils s'écartèrent l'un de l'autre alors qu'Aidan se précipitait vers eux.

— Bien sûr que c'est pour toi ! répondit Harry en faisant tourner le ballon entre ses mains. Je me suis dit que, maintenant que votre nouveau jardin était aménagé, tu pourrais t'entraîner chez toi.

— C'est trop génial ! Merci, Harry. Regarde, maman.

Aidan prit le ballon des mains de Harry pour le lui montrer.

— Super, dit-elle. Du coup, on va devoir acheter un but de football. Tu vas pouvoir nous montrer ce que tu sais faire !

Harry et Aidan avaient l'air aussi heureux l'un que l'autre.

Pendant qu'ils parlaient de sport, elle mit les fleurs dans un vase.

Elles étaient vraiment magnifiques. Elle ne se rappelait pas la dernière fois qu'un homme lui en avait offert. Harry avait toujours été un romantique.

Mais, bien sûr, ce n'était pas une déclaration. C'était juste pour fêter l'installation dans la nouvelle maison.

Difficile de s'abuser elle-même, cependant. S'ils n'avaient pas été interrompus par Aidan, elle aurait encore laissé Harry l'embrasser.

Ils se lancèrent un coup d'œil par-dessus la tête de leur fils, et elle fut certaine qu'il le savait aussi.

— Un autre toast aux crevettes, Aidan ?

Ils étaient installés dans le séjour autour de la table basse.

Le garçon secoua la tête en se tapotant le ventre.

— Non, merci, maman. Je ne peux plus rien avaler.

Assis près de lui sur le canapé, Harry imita son geste.

— Pareil pour moi.

— Alors, je vais devoir me dévouer, dit Annabel d'un air faussement désolé. Sinon ce serait gâché.

Tout fut fini en deux bouchées, et Harry sourit.

— Tu as toujours terminé les restes, de toute façon.

Aidan rit aux éclats.

— Il a raison, maman ! Tu commandes toujours beaucoup, et c'est toi qui finis tout.

Il se mit à grogner comme un cochon, et Harry se joignit à lui.

Elle fit semblant de leur jeter un regard noir et remarqua qu'Aidan étouffait un bâillement.

— Dis-moi, petit cochon, je pense qu'il est temps que tu ailles au lit.

Il voulut protester mais bâilla de plus belle.

— D'accord, dit-il en faisant la moue. Bonne nuit, Harry.

Se jetant dans ses bras, il se blottit contre lui.

Harry parut choqué pendant une demi-seconde, avant de l'entourer de ses bras et de lui embrasser le sommet du crâne.

— Bonne nuit, dors bien. Et si tu as besoin d'un goal, je suis libre samedi.

— Cool. On peut, maman ?

Elle était si émue de les voir blottis l'un contre l'autre sur le canapé qu'elle fut incapable de parler et se contenta de lui désigner le couloir du bout de l'index.

— Je sais, je sais. Je dois me brosser les dents. Bonne nuit, Harry, répéta-t-il en tapant dans sa main.

— Fais de beaux rêves.

— Je ne serai pas longue, dit-elle à Harry en suivant Aidan dans l'escalier.

Après une rapide toilette, Aidan se pelotonna sous les couvertures. Elle le borda tendrement et baissa la lumière de la lampe dinosaure.

— Harry est super, maman. Il a joué au foot quand il travaillait à l'étranger, tu sais. Je veux faire ça quand je serai grand.

— Ah bon, il a joué au foot ?

— Oui, avec les médecins. Tu devrais former une équipe à la station, avec Harry pour buteur.

Elle se mit à rire et s'assit sur son lit en lui caressant les cheveux.

— Je pense que ça pourrait plaire aux infirmières, mais il n'est pas question que je m'exhibe devant mes collègues avec mes jambes blanches comme un cachet d'aspirine. Et puis, ils n'ont pas besoin de savoir que je suis nulle à ce jeu.

Son fils gloussa de rire.

— C'est vrai que tu es nulle.

— En revanche, je me débrouillais très bien au volley, lui assura-t-elle.

En voyant Harry et Aidan ensemble, elle s'était rendu compte à quel point ils se ressemblaient dans leurs manières. Harry avait toujours été moqueur, et Aidan était exactement pareil.

— Dodo, maintenant.

Il se tourna sur le côté et lui jeta un coup d'œil endormi.

— J'aime bien Harry. Et toi, maman ?

— Oui. J'aime travailler avec lui.

— Je crois qu'il t'aime bien aussi.

— Qu'est-ce qui te fait dire ça ?

— Il te regarde souvent. Comme oncle Tom et oncle Lloyd.

— Tes oncles sont amoureux, alors s'est un peu différent.

— Moi, je pense que c'est pareil. Est-ce que toi tu aimes bien Harry ?

— Bien sûr. C'est un bon ami, et au travail on s'entend bien.

— Ce n'est pas ce que je veux dire, maman.

Elle sourit en le voyant lutter pour rester éveillé.

— Je sais, mon cœur. Ce sont des affaires d'adultes. Parfois c'est un peu compliqué.

— Je sais, dit-il à son tour, montrant une sagesse bien au-dessus de son âge. Et je pense que les personnes qui s'aiment devraient toujours se le dire. C'est ce que dit grand-père, et c'est quelqu'un d'intelligent.

Sentant sa gorge se serrer, elle ne répondit pas. Elle embrassa son fils sur le front et resta un moment en silence à le regarder s'endormir.

Au moment où elle sortait de sa chambre, elle entendit sa petite voix ensommeillée et s'immobilisa.

— Tu crois qu'il restera pour toujours ? Je l'espère vraiment. On a besoin de lui, maintenant, tu ne crois pas ?

Elle ouvrit la bouche pour lui demander ce qu'il voulait dire, mais il s'était endormi.

— Oui, mon chéri, murmura-t-elle avant de refermer la porte. Je le crois.

En redescendant, elle trouva le salon vide. La table basse avait été nettoyée et les coussins remis en place.

Au moment où elle en déduisait avec un pincement au cœur que Harry était parti, elle entendit du bruit dans la cuisine.

— Tu n'avais pas besoin de faire ça, dit-elle depuis le seuil, en le voyant laver la vaisselle dans l'évier.

Il avait l'air parfaitement à l'aise dans sa cuisine, comme s'il avait toujours été là. Dans cette maison, avec elle.

— Ce n'est rien, c'est le moins que je pouvais faire. J'ai passé une très bonne soirée, Annabel. Aidan s'est endormi ?

— Oui, répondit-elle en allant prendre une bouteille de vin blanc dans le réfrigérateur. Il était épuisé. Un verre de vin ?

— Avec plaisir, dit Harry en s'essuyant les mains sur le torchon. Papa m'a envoyé il y a cinq minutes un texto dans lequel il se plaignait que Leonard trichait. Ça doit chauffer, en ce moment. Alors je ne suis pas pressé de rentrer. Où sont les verres ?

— Derrière toi, en haut du petit meuble.

Ils emportèrent le tout dans le salon et s'installèrent sur le canapé l'un à côté de l'autre. Elle alluma la télévision, qui passait une comédie, et la laissa en sourdine.

— J'ai rappelé les urgences, dit Harry. Ben est en observation pour la nuit, et sa maman est restée auprès de lui.

Elle remplit les verres et lui en tendit un. Leurs mains se frôlèrent, et il caressa son doigt en le prenant.

— J'ai vérifié avec les travailleurs sociaux, ils sont déjà fichés chez eux. Ils passeront les voir avant qu'ils ne quittent l'hôpital.

Elle prit une gorgée de son verre et hocha la tête.

— Cette famille a besoin d'aide, dit-elle. Et la mère a toujours coopéré.

Il opina.

— Il est évident qu'elle aime son fils.

Ils se turent et regardèrent un instant la télévision en silence.

— Je préférerais mourir que de voir Aidan souffrir comme ça, fit-il enfin.

— Oui… Tu sais, il te trouve fantastique.

— En tant qu'ami de sa mère, ou en tant que fils de son grand-père ? demanda-t-il d'un ton amer.

— Je ne veux pas me disputer, temporisa-t-elle. Tout se passe bien, non ?

Harry soupira et parut se détendre.

— Si. Je suis vraiment heureux de le connaître. Et papa a

été super. C'est curieux, les vieux problèmes ne semblent plus très importants.

— Tu lui as beaucoup manqué, et il a vainement cherché à te joindre. Ils l'ont tous fait.

— Je sais. Mais je n'étais pas en état de communiquer.

Il se tourna vers elle et la regarda droit dans les yeux.

— Quand tu m'as appelé il y a six mois, j'aurais répondu si j'avais pu. Mais je travaillais.

Elle hocha la tête en silence.

— Est-ce que je t'ai manqué ? interrogea-t-il.

Question stupide.

— Cette question ne me plaît pas, rétorqua-t-elle.

— Je sais, mais je la pose quand même. Réponds-moi, s'il te plaît.

Qu'est-ce qu'elle devait dire ? La vérité, c'est-à-dire qu'il lui avait manqué tous les jours ? Qu'elle pleurait chaque fois qu'elle avait rendez-vous pour une échographie ? Mais elle ne voulait pas se livrer trop.

— Oui. Tu m'as manqué, pendant longtemps…

Toujours, en fait. D'ailleurs, elle n'avait jamais été disponible pour un autre homme.

Elle but un peu de vin avant de continuer.

— J'ai vomi dans l'aéroport. Tu savais ça ? Le choc de ton départ, et sans doute aussi les conséquences de ma grossesse – mais je l'ignorais à l'époque, et malgré ma formation et mon expérience, ça ne m'a pas effleuré l'esprit.

Harry baissa les yeux.

— Je suis tellement désolé. Parfois on ne voit pas ce qui se tient juste devant soi, jusqu'à ce que le corps s'en mêle. Tu n'étais pour rien dans tout ça. Est-ce que tu m'as détesté ?

— Qui dit que je ne te déteste pas encore maintenant ? plaisanta-t-elle.

Mais cela ne le fit pas rire.

— Non. Je ne t'ai jamais détesté, se reprit-elle. Nous avions un enfant qui allait venir. Il n'y avait pas de place dans mon cœur pour de la haine.

— Est-ce que je t'ai manqué… tout le temps ?

Il la regardait intensément – les yeux, la bouche.

Elle passa la langue sur ses lèvres soudain sèches et but encore une gorgée pour se donner du courage.

— Désolé. Oublie ma question. Je ne voulais pas me montrer trop pressant.

— Oui, admit-elle enfin. Cela me manquait de ne pas pouvoir discuter avec toi du travail, des incidents drôles qui arrivaient à la station. Quand j'ai accouché et que Tom me tenait la main, je t'ai appelé en criant. Quand Aidan a fait ses premiers pas, j'ai pleuré toute seule en m'endormant. Oui, tu m'as manqué, Harry. Tu nous as manqué à tous.

Elle se détourna et fixa la télévision pour se donner une contenance.

— Regarde-moi, Annie. S'il te plaît.

Elle était toujours *son* Annie.

Prenant une profonde inspiration, elle se tourna vers lui. Leurs visages se touchaient presque.

— Je suis content de t'avoir dit pourquoi j'étais parti. Je voulais que tu comprennes pourquoi j'avais commis l'erreur de ne pas t'emmener. Tu m'as manqué aussi énormément. Je t'aimais tant, Annie. Je gardais ton visage en moi durant les pires journées. J'ai aussi beaucoup vomi durant ma maladie. Je ne regrette rien tant que de t'avoir fait souffrir. J'ai détruit notre petite famille avant même qu'elle ne se soit constituée.

— Et maintenant ?

Harry prit une grande inspiration.

Annabel était si près de lui – ses lèvres, son corps – qu'il en avait la tête qui tournait. Il n'avait qu'une envie : l'embrasser à en perdre le souffle.

— Maintenant… Quoi ? lâcha-t-il péniblement.

Elle levait les yeux vers lui d'un air timide. Elle ressemblait à la jeune fille dont il était tombé amoureux. Forte, déterminée, mais pas aussi sûre d'elle qu'elle voulait le paraître.

— Est-ce que tu m'aimes toujours ?

C'était la question la plus facile de toutes. Pendant toutes ces années, il n'avait pas eu un instant de doute à ce sujet. Même quand il s'était battu contre les cellules démentes qui lui envahissaient le corps et menaçaient de l'emporter loin d'elle pour de bon. À travers cette épreuve, elle avait toujours été présente dans ses pensées – elle était la raison pour laquelle il trouvait la force de se lever chaque matin pour affronter la journée. Et ce serait ainsi jusqu'à ce qu'il quitte définitivement cette terre.

— Oui, Annie. Oh mon Dieu, oui !

Prenant ses mains dans les siennes, il caressa sa peau douce avec ses pouces.

— Je n'ai jamais cessé de t'aimer. Jamais.

Leurs lèvres s'unirent dans un même élan rempli d'amour. La soulevant dans ses bras, il la bascula sur lui, et ses cheveux bruns retombèrent sur eux tandis qu'ils échangeaient le plus passionné des baisers. Leurs deux cœurs battaient l'un contre l'autre à grands coups affolés.

Annabel releva la tête le temps de reprendre son souffle.

— Je t'aime aussi, Harry Carter. Va au diable, mais je t'aime aussi.

6.

Quand Harry se gara sur le parking, l'imposant bâtiment de brique de l'école primaire se dressa devant eux.

Il avait conduit pendant tout le trajet avec la main d'Annabel sur son genou, et entre chaque changement de vitesse il avait posé sa main sur la sienne. Il avait même maugréé, assurant que, à la première occasion, il rendrait sa voiture de location et en achèterait une avec des vitesses automatiques pour ne plus avoir à lui lâcher la main.

Elle ne pouvait qu'être d'accord avec lui. Elle avait savouré chaque minute passée ensemble à l'abri des regards indiscrets. Depuis la soirée chez elle, ils se retrouvaient en dehors du travail chaque fois qu'ils le pouvaient, et elle avait pris une baby-sitter. Harry l'avait emmenée à Chinatown et l'avait regardée se jeter sur le menu avec un large sourire. Ils s'étaient embrassés au cinéma comme deux collégiens en goguette, sans se soucier une seconde de ce qui se déroulait sur l'écran.

Ils n'avaient jamais été plus loin que ça, mais c'était de plus en plus difficile. Ils n'avaient pas eu besoin d'en discuter. Apparemment, ils étaient d'accord pour prendre leur temps. Ils étaient conscients de la fragilité de cette nouvelle relation et de tout ce qui était en jeu.

Au travail, ils formaient toujours la même équipe, et ils ne parlaient plus du passé. Elle savait que ce chapitre n'était pas terminé, qu'ils avaient d'autres choses à se dire, mais pour le moment elle se contentait de rester dans leur bulle.

Harry avait aussi passé du temps à la maison avec Aidan, mais ils n'avaient informé personne de l'évolution de leur relation. Cependant, le soir, quand Aidan était couché, les séances de baisers lui rappelaient l'ado amoureuse qu'elle avait été. Elle embrassait le même garçon qu'alors, qui était maintenant l'homme le plus sexy qu'elle ait jamais connu. Elle était surprise que son nouveau canapé n'ait pas encore pris feu, vu l'intensité de leurs échanges difficilement contenus.

Parfois, en se croisant dans un couloir de l'hôpital, ils échangeaient un regard, ou leurs peaux se frôlaient, et elle se sentait délicieusement frondeuse. Cela ne les empêchait pas de rester très professionnels. Mais chaque fois qu'il était près d'elle, elle *sentait* sa présence. Et aussi sa fébrilité, quand il lui arrivait de trébucher sur les mots. Elle savait alors qu'il ressentait la même chose qu'elle. Mais elle ne voulait pas que quelqu'un d'autre le sache. Pas encore.

Elle ne savait toujours pas où cela allait les mener, et ce ne serait pas elle qui ferait accélérer les choses. Elle n'était pas certaine de ce qu'ils faisaient, mais cela lui semblait bien. Ils avaient passé leurs rares week-ends de congé à la maison, à cuisiner ensemble en dansant dans la cuisine. Un jour, Harry avait débarqué avec une cage de football pour Aidan. Ils avaient fait un barbecue dans le jardin fraîchement aménagé, puis Harry avait fait le goal pendant qu'Aidan tirait des buts avec son nouveau ballon. Elle n'avait jamais autant ri, et Aidan était tout excité d'avoir un homme à la maison.

Cela pourrait être tout le temps comme ça, si seulement elle lâchait prise et laissait le passé se disperser avec le vent. Ils pourraient être heureux, être une famille ?

Harry était le même qu'avant, tendre et aimant – et même encore plus. Pourtant, il y avait des moments où il devenait silencieux. Il évitait de donner trop de détails sur ce qu'il avait vécu. Sa maladie l'avait sûrement changé, et quand elle le voyait perdu dans ses pensées, elle se demandait s'il était vraiment heureux d'être de retour.

Regrettait-il quelque chose ? Avait-il la nostalgie des horizons lointains ? Était-il complètement rétabli comme il le prétendait ?

Elle aurait aimé lui poser des tas de questions.

À la station, elle surprenait parfois des regards de côté

quand elle arrivait en bavardant avec Harry, mais elle gardait la tête droite. Elle était cheffe des auxiliaires médicaux et se devait d'être intègre, mais après tout ils ne faisaient rien de mal. Sur le plan professionnel, elle était toujours à la hauteur, et ni elle ni Harry n'auraient jamais négligé un patient. Tous deux avaient une trop haute idée de la médecine et de leur travail.

Une fois qu'elle y verrait plus clair dans leur relation – une fois les amis d'enfance et les parents secrets mis de côté, les choses seraient différentes. Ils devraient mettre leurs collègues au courant. Mais elle contrôlait toujours sa carrière, et cela ne changerait pas.

Harry éteignit le moteur et regarda le bâtiment de l'école.

— Ça a l'air sympa.

— Oui, répondit-elle en souriant distraitement. Aidan adore être ici, et il y a beaucoup d'amis. Tu sais qu'il veut être auxiliaire médical ?

Il haussa les sourcils d'un air surpris.

— Vraiment ? C'est super ! Papa va être furieux.

Ils éclatèrent de rire.

— On devrait peut-être le lui dire, suggéra-t-elle.

— Il vaut mieux que ce soit toi plutôt que moi. Il parle déjà de lui acheter à Noël une boîte de jeux pour jouer au docteur.

— Non, dit-elle en posant les doigts sur sa bouche. Je voulais parler d'Aidan. Je crois qu'il faudrait lui dire que tu es son père.

Harry resta un instant muet, mais son visage parlait de lui-même. Elle vit des larmes briller au coin de ses yeux.

— Tu en es sûre ?

— Tout à fait sûre. On passe beaucoup de temps ensemble, et je me sens coupable de lui cacher encore ça. Tu fais tout ce que fait un papa, Harry. Tu joues avec lui, tu t'occupes de lui – tu fais partie de sa vie, à présent. Il mérite un vrai père, et pas une simple notion abstraite et lointaine. Je vous ai privés d'assez de temps comme ça. Nous pouvons être une vraie famille. On ne va plus se cacher.

Harry lui étreignit la main.

— Quand ?

— Aujourd'hui, après l'école. On pourrait l'emmener au parc et tout lui raconter.

Elle le trouva un peu pâle et lui caressa la joue.

— Tu ne t'attendais pas à ça ?

Il l'embrassa tendrement.

— Je suis prêt… Est-ce que cela signifie qu'il saura aussi pour nous ?

— Franchement je n'y avais pas réfléchi jusque-là, mais oui, je crois. Peut-être une chose à la fois. Commençons par toi, et on verra comment il réagit.

— Il va poser des questions. Qu'est-ce que je vais lui dire ?

— La vérité, dans la mesure du possible. Tu es parti aider des gens et sauver des vies. Il comprendra. C'est ce que font tous les adultes autour de lui. On pourra tout lui dire quand il sera plus grand.

Quelquefois elle avait vu Aidan être triste – le jour de la fête des Pères, à Noël, ou en regardant les autres papas à la sortie de l'école. Mais elle n'en parla pas à Harry. Cela n'aurait servi qu'à le torturer davantage.

— Tu es ici, maintenant. Les choses sont différentes.

De nouveau il eut son regard lointain.

— Je le désire plus que tout, mais avant d'aller plus loin il faut aussi qu'on discute. Je sais que je ne parle pas volontiers de mon cancer, mais j'ai encore des choses à te dire.

— On ferait bien d'entrer dans l'école, dit-elle après avoir consulté sa montre. Cela va bientôt commencer, il ne faudrait pas faire attendre Aidan.

— Ça y est, tu recommences.

— Pas du tout…

Si, elle recommençait à fuir. Et si elle n'aimait pas ce qu'il voulait lui dire ? Si jamais il risquait de retomber malade, comme sa mère ?

— Mais il faut qu'on entre, Aidan nous attend.

— Je ne pourrai plus avoir d'enfant, Annie. Le traitement était très intensif. Ils m'ont proposé plusieurs fois de congeler mon sperme, mais j'étais trop bouleversé. Je ne voulais pas avoir d'enfant si je t'avais perdue. Encore une décision stupide que j'ai regrettée.

— Oh… Mais nous avons Aidan. Je me doutais que ton cancer t'aurait peut-être rendu stérile. J'avoue que j'ai fait quelques recherches sur ton cancer ces dernières semaines. Mais pourquoi me dis-tu ça ?

— Aidan est de moi, je ne le conteste pas du tout. Mais je ne peux plus concevoir d'autres enfants.

— Je ne comprends pas, Harry. Il ne me semble pas avoir parlé d'autres enfants. Est-ce que ça t'ennuie ?

— Tu ne m'écoutes pas de nouveau. Il ne s'agit pas de vouloir un autre enfant. J'aime Aidan, tu le sais ! Mais je te dis que je ne peux plus avoir d'enfant !

Était-il en train de changer d'avis à propos d'eux ?

En fait, elle aurait voulu bondir hors de la voiture pour éviter cette conversation.

Elle ne put s'empêcher de consulter de nouveau sa montre, et Harry soupira.

— Cela fait environ six ans que je suis stérile, poursuivit-il. Je voulais t'en parler depuis qu'on s'est remis ensemble. Je voulais que tu le saches, avant qu'on dise quoi que ce soit à Aidan. Que se passera-t-il si on devient une famille et que tu veux un autre enfant ? Je ne peux pas te donner ça. Et je ne pourrai pas supporter de te perdre à nouveau.

Et il avait gardé ça pour lui… Elle savait bien qu'il y avait quelque chose qui le tracassait, qu'il avait redouté sa réaction. Pour le coup elle se sentait soulagée. Et, au moins, elle pouvait le rassurer là-dessus.

— Je n'ai jamais pensé avoir d'autres enfants, répondit-elle. Je suis comblée avec Aidan, qui est débordant de vie. Et nous t'avons, toi. Pourquoi s'inquiéter du reste ?

— Tu dis ça maintenant, mais…

— Pas du tout, Harry. J'aime Aidan de tout mon cœur, et il me suffit amplement. Je crois même que je ne serais pas capable de recommencer. Et toi ? Est-ce que cela te contrarie d'être stérile ?

— Je l'ai accepté depuis longtemps. Depuis ma maladie, j'avais renoncé à être père. Auparavant, j'avais toujours imaginé qu'on aurait une famille un jour. Lorsque j'ai enfin appris pour Aidan, j'étais aux anges. Avoir un enfant de toi, Annie, c'est tout pour moi.

Elle sourit et, prenant son visage entre ses mains, elle l'embrassa longuement.

— Cette fois, il faut vraiment qu'on y aille. Mais tu n'as pas besoin de t'inquiéter, Harry. Nous *sommes* une famille, maintenant que tu es de retour. Et je crois qu'Aidan voudrait avoir un chien.

Elle le vit se détendre un peu.

— Bon. Mais j'aimerais bien qu'on en parle un peu plus. C'est quand même beaucoup te demander.

— Mais tu ne penses donc qu'à parler ! s'exclama-t-elle gaiement, tentant d'alléger l'atmosphère. Je t'assure qu'il ne s'agit pas pour moi de renoncer à quoi que ce soit. J'ai ma famille, Harry. Et je suis heureuse comme ça.

Elle l'embrassa de nouveau.

— Allons-y, notre public nous attend.

Aidan ne cessa d'arborer un large sourire pendant que Harry et elles exposaient leur quotidien d'auxiliaires médicaux. Laissant de côté les aspects trop dramatiques de leur travail, ils racontèrent comment ils avaient sauvé différentes personnes, parfois avec l'aide d'autres services d'urgence. Harry parla de Dubaï, des gens qu'il y avait rencontrés, et de leur système médical différent de celui qu'ils connaissaient en Angleterre. De la chaleur humide qui régnait là-bas, et de ce qu'il faisait pendant ses loisirs.

Les enfants étaient comme des éponges, attentifs au moindre mot. Ils levaient souvent la main pour poser des questions, et même quelques parents les interrogèrent.

Le temps passa très vite, et lorsque la cloche sonna, les enfants dirent au revoir à leurs parents et se mirent en rangs pour sortir. Bientôt il ne resta plus qu'eux trois et la maîtresse, Mme Shepherd, qui avait aussi paru très intéressée par l'exposé.

— C'était génial ! Merci, merci, merci, s'écria Aidan en jetant les bras autour de la taille de Harry.

— Désolée de vous interrompre, dit Mme Shepherd. Aidan, c'est l'heure de la récréation. Tu peux aller jusqu'à l'accueil, mais ensuite va vite prendre l'air.

Aidan les raccompagna en les tenant tous les deux par la main, sans cesser de bavarder.

Annabel échangea un clin d'œil ravi avec Harry. Elle avait vraiment l'impression que les choses se mettaient en place.

— Et si on allait au parc après l'école ? proposa-t-elle. On ne travaille pas aujourd'hui. Que dirais-tu d'une glace ?

— Harry vient aussi ? demanda Aidan.

— D'après toi, qui as envie d'une glace ? répondit Harry en riant.

Arrivés à l'accueil, ils dirent au revoir à Aidan. Son ami Joey venait juste de sortir des toilettes. Pendant qu'ils signaient le livre des visiteurs et attendaient que la réceptionniste, occupée à répondre au téléphone, leur ouvre la porte de l'école, ils entendirent les garçons discuter.

— Tu viens jouer au foot, Aidan ?

— Oui, j'arrive.

— Qui c'était, le monsieur avec ta maman ?

— Oh ! C'est Harry. Il est auxiliaire médical comme elle, et ils travaillent ensemble.

La réceptionniste reposa le téléphone, et la porte s'ouvrit. Juste avant de passer la porte, ils les entendirent continuer.

— C'est trop cool, dit Joey.

— Je sais, répondit Aidan avec fierté. Et il est aussi mon papa. Il a fini par revenir.

Harry et elles ne prononcèrent pas un mot jusqu'à ce qu'ils aient regagné la voiture. Ils étaient attendus chez Abe pour le déjeuner.

— Eh bien, dit-elle enfin, se remettant peu à peu du choc. Je suppose qu'il n'aura pas de mal à accepter la nouvelle…

En fin d'après-midi, le soleil commençait à se coucher quand ils s'assirent tous les trois sur un banc. Chacun tenait son cône de crème glacée – chewing-gum pour Aidan, rhum et raisins pour Harry et pour Annabel.

Le téléphone de Harry sonna. Après avoir consulté l'écran, il le mit en mode silencieux et le rangea dans la poche de sa veste.

Était-ce Dubaï qui l'appelait pour qu'il revienne ? se demanda Annabel malgré elle.

Mais elle ne fit pas de commentaire. Ce n'était pas le moment. Elle avait cependant remarqué que, même depuis qu'il lui avait parlé de sa stérilité, les nuages au-dessus de sa tête ne s'étaient pas complètement dissipés. En y repensant, il avait reçu plusieurs appels qui l'avaient laissé d'humeur sombre, ces derniers jours…

— Aidan, commença-t-elle. Quand nous avons quitté l'école tout à l'heure, nous t'avons entendu parler avec ton ami Joey, tu te rappelles ?

Aidan arrêta de lécher sa glace et écarquilla les yeux, son regard allant de l'un à l'autre.

— Tout va bien, ne t'inquiète pas. Tu lui as dit quelque chose, et nous voulions juste savoir ce que tu en pensais.

— À propos de Harry ? demanda-t-il prudemment.

Il était temps que ce soit ce dernier qui prenne le relais. Ce moment était le sien.

Elle lui fit un signe.

Harry se tourna vers Aidan assis entre eux.

— Tu as dit que tu pensais que j'étais ton père. Est-ce que tu l'as entendu quelque part ?

Aidan baissa la tête, et Harry l'entoura de son bras. À cet instant, son téléphone sonna de nouveau dans sa poche, et il jura entre ses dents avant de l'éteindre.

— Je vais chercher à boire au stand ? proposa-t-elle pour lui donner l'opportunité de parler seul à Aidan s'il le désirait.

— Dans une minute, peut-être, répondit doucement Harry. Aidan ?

— J'ai deviné, répondit enfin le petit garçon. Maman

avait des photos de toi à la maison, et de personne d'autre. Et tu étais parti travailler à l'étranger pour sauver des gens. J'ai pensé que c'était peut-être pour ça que tu ne pouvais pas être là. Grand-père n'est pas le papa de maman, alors je me suis douté que c'était celui de mon papa à moi.

Elle et Harry échangèrent un long regard. Leur intelligent petit garçon avait mené son enquête comme un véritable détective.

— Est-ce que tu le sais depuis longtemps ? demanda-t-elle, tandis qu'une larme coulait sur sa joue.

— Oui, je crois, répondit-il en l'essuyant. Tu étais toujours bizarre quand tu regardais ses photos chez grand-père. Ne pleure pas, maman. Mes copains jouent à côté d'ici, c'est plutôt gênant.

Elle rit entre deux sanglots et saisit le paquet de mouchoirs en papier que Harry lui tendait.

— Je m'en doutais, dit celui-ci en souriant à Aidan. Eh bien, c'est vrai, je suis ton papa – Ouf !

Aidan se jeta si fort dans ses bras qu'il parut en avoir le souffle coupé. Il le serra contre lui à son tour avant de lui soulever le menton pour le regarder dans les yeux.

— Je suis ton papa, mais je ne le savais pas quand je suis parti à l'étranger. Il s'est passé quelque chose, et je n'ai pas très bien agi avec ta maman. Je lui ai brisé le cœur, et elle a voulu te protéger pour que tu n'aies pas de chagrin à ton tour. Je suis désolé pour ça, Aidan. Les adultes ne sont pas toujours très malins, tu sais. Pas autant que toi, en tout cas. Mais maintenant, je suis là, et je voudrais tout arranger.

Un large sourire de leur fils lui répondit.

Harry souriait à présent, et des larmes brillaient dans ses yeux.

— Je suis revenu pour réparer mes erreurs. Et quand j'ai appris, pour toi, j'ai été extrêmement heureux. Mais j'aurais dû être là pour toi dès le début, et cela *me* brise le cœur. Ta maman et moi on voulait t'en parler aujourd'hui, Aidan, mais tu as été plus rapide.

Le père et le fils échangèrent le même sourire en coin, et elle sanglota de nouveau en les voyant aussi semblables.

— Maman !

— Annie, tout va bien.

— Désolée, s'exclama-t-elle en s'efforçant de se ressaisir. Bon. Si j'allais chercher les boissons ?

Harry se retrouva avec Aidan. Seuls tous les deux, le père et le fils, parmi les autres familles et les enfants qui criaient et couraient dans tous les sens.

— Est-ce que tu es fâché contre maman parce qu'elle ne t'a pas parlé de moi ? demanda Aidan.

Harry admira la maturité de cet enfant qu'il avait contribué à créer et secoua la tête.

— En partant, je ne lui ai pas facilité les choses. Je ne peux pas être fâché. Je l'aime, tout comme je t'aime. Et tu ne devrais pas lui en vouloir non plus. C'est ta maman qui m'a demandé de rentrer et qui m'a parlé de toi.

— Est-ce que tu vas encore partir ?

La glace d'Aidan avait à moitié fondu entre ses mains et ses doigts étaient tout poisseux.

Harry se remémora les coups de téléphone qu'il avait reçus.

Ils n'auraient pas appelé à moins d'avoir quelque chose d'important à lui dire.

Il ne voulait pas mentir à son fils. Il voulait être un père présent, en qui Aidan puisse avoir confiance.

Prenant une profonde inspiration, il jeta sa glace dans la poubelle près du banc et choisit ses mots avec soin.

— Je n'aimerais pas être ailleurs qu'ici, avec toi et ta maman. C'est la vérité. Je suis heureux d'être là.

Annabel revenait lentement vers eux, et il lui fit un clin d'œil quand elle approcha.

« Je t'aime », articula-t-il silencieusement.

Son visage inquiet se détendit quand elle les rejoignit.

— Bon, dit Aidan. On n'a plus qu'à convaincre maman de te laisser habiter avec nous. On a une grande maison, maintenant. Et maman est nulle au foot. On pourrait jouer tous les jours, nous deux !

Il éclata de rire et embrassa son fils sur le sommet du crâne.

Les appels téléphoniques pouvaient attendre. Rien ne devait venir gâcher cette journée. Il avait envie de crier par-dessus les toits qu'il était le père d'un enfant merveilleux. Le fils de l'amour de sa vie.

Le futur se présentait encore avec un point d'interrogation, mais il était sûr d'une chose : il était habitué à se battre, et il allait continuer.

7.

Après cette conversation avec Aidan, et beaucoup d'autres qui eurent lieu dans les jours qui suivirent et auxquelles Abe participa, ils commencèrent à apprécier leur vie sous son nouvel aspect, sans pour autant décider que le moment était venu.

Harry était encore un peu trop calme, trop prudent. Leurs soirées sur le canapé étaient chargées de baisers brûlants et de tendres caresses, mais il était toujours déterminé à attendre. Une petite voix en Annabel recommençait à poser des questions qui ne lui plaisaient pas, et le doute s'insinuait peu à peu dans leur nouvelle vie.

En fait, ce fut Purdie qui, un matin, décida finalement Harry à annoncer leur relation alors qu'ils sirotaient tous les trois un café dans la salle de pause.

— Allons, c'est ridicule de vous cacher comme ça, comme deux collégiens ! On a tous compris, voyons. Harrison, qu'attends-tu pour officialiser avec Annabel ? Ma fête de retraite est prévue pour dans dix jours, il n'est pas question que je parte avant d'avoir vu ça !

Le regard brûlant que Harry échangea avec Annabel était en soi une réponse suffisante.

Une fois leur période de travail terminée, ils allèrent donc au bureau des ressources humaines déclarer leur relation. C'était juste une formalité, mais comme les choses peuvent parfois mal tourner en matière de cœur, l'hôpital préférait être informé en cas de brouille.

Il n'était pas rare que des membres du personnel se fréquentent. Avec les horaires et les changements de planning fréquents, cela ne se passait pas toujours très bien. C'est dans les situations tendues que l'on apprend à bien se connaître.

À partir de ce soir-là, Annabel et Harry allaient se connaître encore mieux. Tout était organisé pour cela

Tous deux tenaient à être présents à la fête de Purdie. Car elle ne prenait pas sa retraite juste pour faire du tricot chez elle. Elle s'en allait pour de bon rejoindre ses filles reparties aux Barbades, où elles seraient réunies dans quelques jours. Là-bas elle pourrait se dorer au soleil en regardant ses petits-enfants grandir.

Annabel était heureuse pour elle. La famille est importante dans la vie, et comme chacun le sait, celle-ci peut parfois être courte et cruelle.

Comme ils sortaient de l'hôpital, elle poussa un soupir de soulagement.

— C'est parti… Crois-tu que ce ne sera pas trop lourd pour Abe de garder Aidan toute une nuit ? Il aurait pu dormir chez un de ses camarades de classe.

— Ne sois pas ridicule. Ils étaient tous les deux enchantés.

Harry s'arrêta dans le hall et la prit dans ses bras. Elle jeta un coup d'œil autour d'elle pour vérifier que personne ne les avait vus.

— Et arrête aussi de faire ça. N'oublie pas que, maintenant, on a officiellement le droit de s'embrasser dans les couloirs. Et de faire d'autres choses en dehors du travail.

Elle ne put s'empêcher de glousser.

— On se calme…

Harry avait l'air plus gai aujourd'hui. La mélancolie semblait l'avoir quitté, et les coups de fil avaient cessé. Tout allait pour le mieux. La soirée promettait d'être inoubliable, et rien ne pouvait plus les séparer.

— On a attendu suffisamment longtemps, poursuivit Harry. Et cela fait déjà un moment que je suis revenu. On a toute la nuit devant nous pour sortir, manger et boire, et agir en public comme un couple. Avec un lit immense à retrouver à notre retour à la maison…

Elle sentit des papillons palpiter dans l'estomac.

Harry portait une chemise bleu foncé assortie à son jean moulant, et elle le trouvait sexy en diable.

— En tout cas, Purdie va me manquer, dit-elle. Elle était là depuis le début. Cela va faire bizarre de ne plus la voir dans les salles.

— Je sais, dit Harry. Elle était une bonne amie pour nous deux. Surtout depuis que je suis revenu. Le département d'oncologie ne sera plus le même sans elle. Maintenant, allons-y. La première tequila est pour moi.

Et il l'entraîna en direction du parking.

Annabel n'aimait rien tant que les débuts de soirée à Londres quand le soleil se couche. L'atmosphère se chargeait d'excitation entre les projets de sortie au restaurant ou au pub, les fêtes, les spectacles. Elle adorait vivre ici, même quand la pression exercée par son métier la mettait à genoux. Maintenant que Harry était ici, tout lui semblait plus beau, plus brillant.

Au moment où ils entraient dans la salle de réception, Harry lui prit la main.

— Es-tu prêt pour ça ? lui demanda-t-elle. Notre première soirée hors des vestiaires de la station ?

Il rit en lui caressant le dos de la main.

— Allons prendre un verre, murmura-t-il à son oreille.

Purdie était déjà là, magnifique dans une robe de velours rouge foncé, en train de bavarder avec certains de leurs collègues. Annabel lui fit un signe, mais elle répondit d'un air distrait, son regard hésitant entre Harry et elle.

Quelque chose clochait, elle le sentait.

Elle lâcha la main de Harry et commanda au barman quelque chose de fort.

— Est-ce que tout va bien ?

Purdie les rejoignit au moment où ils se dirigeaient vers une table libre. Plusieurs infirmières du département d'oncologie étaient assises non loin, riant aux éclats.

Harry plaisanta avec leur vieille amie, mais Annabel trouva leur rire forcé.

— Est-ce que ça va, Harrison ? demanda Purdie d'un ton professionnel.

— Je vais bien, répondit-il brièvement. Tu devrais profiter un peu de ta fête.

— Oh ! mais j'en ai bien l'intention !

Comme Annabel les dévisageait, tous les sens en alerte, Purdie lui sourit.

— Alors, vous êtes enfin ensemble. Je suis si contente ! J'étais prête à vous enfermer dans un des bureaux en partant. Vous avez perdu assez de temps.

— C'est bien vrai, approuva Annabel en riant.

À cet instant, Harry fronça les sourcils et s'excusa pour aller rejoindre quelqu'un, les laissant seules toutes les deux. Elle en profita pour lui annoncer la nouvelle.

— Il est le papa d'Aidan. Son père biologique.

Purdie éclata d'un rire joyeux.

— Oh ! mais je le savais ! Tu crois vraiment que beaucoup de choses m'échappent dans cet hôpital ?

Elle la serra dans ses bras.

— Je suis si heureuse pour vous tous. Cela me réjouit le cœur. Quand vous prendrez des vacances, venez aux Barbades. Aidan connaîtra mes petits-enfants, et on boira des cocktails exotiques en les regardant jouer.

— Quel magnifique programme, répondit-elle en riant.

Elle remarqua alors que Harry parlait au chef du département d'oncologie. En voyant leur expression grave et la manière dont ils discutaient, tête baissée, elle sentit la panique la gagner.

Tout s'expliquait : les appels téléphoniques, son comportement…

En s'approchant d'eux, elle surprit une partie de la conversation avant qu'ils ne remarquent sa présence.

— Avec ce type de chimio, je crains que le pronostic ne soit pas bon du tout, disait le Dr Geller. Je suis désolé, Harry.

Elle sentit comme un coup dans la poitrine et fut prise d'un vertige.

Ce qu'avait dit le spécialiste était suffisamment clair. Le traitement ne pourrait pas le sauver. Elle-même avait vu sa mère si pleine de vie dépérir peu à peu. À présent, elle comprenait pourquoi Harry repoussait le moment de retrouver leur intimité.

Quelle idiote elle était ! Il était revenu pour réparer ses torts avant de mourir.

— C'est vrai, n'est-ce pas ? Tu es malade de nouveau ? intervint-elle. Je comprends tout, à présent. Ce n'est pas du tout pour moi que tu es revenu, mais parce que tu as rechuté.

Au lieu de réagir, il la regarda, saisi.

Elle éclata d'un rire forcé tandis que les larmes coulaient sur son visage.

— Je ne peux pas faire ça. Pas encore une fois.

— Tu ne peux pas faire quoi Annie ? Sortons d'ici. Je vais t'expliquer.

Le Dr Geller s'était fondu dans la foule, manifestement pressé d'échapper à la scène.

Elle tenta de se calmer, mais tout se mélangeait dans sa tête. Ils étaient ensemble. Aidan l'aimait. Et il avait encore menti à propos de son cancer.

Oh ! mon Dieu ! Elle allait le perdre. Pour toujours, cette fois.

Harry tenta de lui prendre la main, mais elle le repoussa avec colère, et il laissa retomber ses bras.

— Écoute-moi, Annie, s'il te plaît…

— Je ne peux pas croire que tu m'aies encore menti ! J'ai parlé de toi à Aidan, tu m'as laissée t'aimer de nouveau. Pourquoi as-tu fait ça ? J'ai vu ma mère mourir à petit feu ! Une mort horrible et douloureuse.

Elle sanglotait à présent.

— Tu voulais vraiment qu'Aidan vive cette épreuve ? Tu n'es qu'un égoïste, Harry ! Je te déteste ! Pourquoi m'as-tu encore caché ça ? Pourquoi ne me fais-tu pas confiance ?

— Non, Annie. Je…

— Inutile, Harry. Je ne t'écouterai pas, c'est terminé. Je n'aurais pas dû te faire confiance.

— Arrête, Annie. C'est complètement stupide.

— Stupide ? Va te faire voir, Harry Carter !

Tournant les talons, elle se précipita dehors et se retrouva à l'arrière d'un taxi qui passait.

Au moment où il repartait, elle vit Harry courir derrière lui.

— Annie, arrête ! appela-t-il. Je t'aime…

Elle se boucha les oreilles tandis que le taxi s'éloignait, et alors seulement elle se rendit compte qu'elle avait oublié son sac à l'intérieur de l'établissement. Heureusement, elle avait des espèces chez elle.

Elle donna son adresse au chauffeur.

Harry était malade, il allait peut-être mourir…

Elle se rappela sa mère, devenue méconnaissable à la fin de sa vie.

Pleurant à chaudes larmes, elle se demanda si Aidan n'avait pas malgré tout le droit de connaître son papa, même si ce n'était que brièvement et que la fin était douloureuse. Qu'éprouverait-il s'il savait qu'elle l'avait privé de ces derniers moments avec un père qu'il venait juste de trouver ? Elle ne voulait pas perdre plus de temps – pas plus pour elle que pour lui. Elle aimait Harry, et ils avaient été déjà trop longtemps séparés.

Le comble, c'était qu'elle venait de se montrer horrible avec lui. Elle avait été tellement choquée qu'elle n'avait même pas pensé à sa peur et au malaise qu'il devait ressentir pour ne pas lui avoir parlé. Il l'aimait tant qu'il ne voulait pas lui faire partager sa souffrance. Elle était la pire femme au monde de l'avoir planté là tout seul. Il s'était retrouvé comme elle, dans cet aéroport.

Le taxi s'arrêta devant chez elle.

— Je suis désolée, je vais chercher de l'argent à l'intérieur. J'ai laissé mon sac quelque part.

Le chauffeur hocha la tête, et elle se rappela alors que ses clés étaient aussi dans le sac. Heureusement, elle en avait aussi une cachée derrière la maison sous un pot de fleurs.

Au moment où elle revenait avec l'argent, le taxi démarra.

— Attendez ! cria-t-elle en agitant les billets.

— J'ai payé, dit une voix grave surgie de l'obscurité.

Harry s'avança vers elle.

— Je suis venu te parler.

Elle repéra alors son portefeuille entre ses mains.

— Oh ! Dieu merci ! Toute ma vie est là-dedans.

— Tu étais pressée de partir, dit-il en remontant l'allée vers elle tandis qu'elle marchait vers lui.

— Je sais, je suis désolée. Je voulais t'appeler pour te demander de venir.

— Vraiment ?

Ils s'arrêtèrent l'un en face de l'autre. Le visage de Harry, nimbé de la lumière du lampadaire, reflétait l'espoir, et elle eut envie de le serrer dans ses bras. De le guérir.

Il lui tendit le sac à main, qu'elle posa par terre sur l'herbe.

— Vraiment, répondit-elle. Maintenant, laisse-moi te dire une chose. C'est la dernière fois que tu me mens, Harry Carter. Je comprends pourquoi tu ne m'as rien dit, mais si nous nous engageons l'un envers l'autre, il faut que tu sois honnête avec moi. Encore une seule demi-vérité, et c'est terminé. Je t'arracherai les yeux, et il n'y aura plus d'Aidan…

Harry ouvrit la bouche pour parler, mais elle posa doucement les mains sur son torse. Son corps était chaud sous ses paumes, et elle se rendit compte qu'elle avait froid depuis qu'elle l'avait quitté.

— Je n'ai pas terminé. Je t'aime. J'aime chaque cheveu de ta stupide tête. Je suis si heureuse que nous ayons fait notre fils ensemble, et que tu sois l'homme de tous les coups durs, au travail et à la maison. Ces derniers mois ont été fertiles en événements et en émotions, et aussi… fantastiques. Je t'aime, et je suis contente que tu sois revenu. Je me sens plus vivante depuis ton retour, même si j'ai du mal à accepter les choses.

— Bon. Est-ce que je peux parler ?

— Non.

Mettant un genou à terre, elle leva les yeux sur lui.

— Harrison Abraham Carter, je n'ai pas de bague, mais s'il te plaît, épouse-moi. Sois mon mari pour le temps que cela durera. Que ton combat soit notre combat, avec moi à tes côtés. Dans la maladie et la santé.

Visiblement ému, Harry essuya une larme et s'agenouilla à son tour.

— Annie, je ne suis pas malade ! Je suis guéri depuis longtemps, et je t'assure que je ne vais nulle part. Je suis allé passer un check-up à mon retour à Londres, et j'en ai eu la confirmation. Mais après notre conversation, j'ai aussi fait contrôler ma stérilité pour en être absolument certain, tout en sachant qu'il y avait peu d'espoir. C'est de cela que le Dr Geller me parlait, et j'allais t'en informer.

La respiration d'Annabel s'accéléra.

— Oh ! mon Dieu, je ne suis qu'une imbécile ! Quand je pense à la scène que je t'ai faite... Je te l'ai dit, ça m'est égal de ne pas avoir d'autres enfants. Nous avons Aidan, tu te rends compte de la chance que c'est déjà ? Et nous nous avons mutuellement. On peut adopter toute une colonie de vacances, si tu veux. Je voudrais juste qu'on soit une famille. C'est ce que j'ai toujours souhaité.

— Moi aussi, dit Harry en se levant.

Il fouilla dans sa poche et en sortit un petit écrin avant de reposer un genou à terre.

— J'avais prévu de le faire ce soir, mais comme d'habitude je n'ai pas pu placer un mot.

À l'intérieur de l'écrin, une magnifique bague scintillait au clair de lune.

— Je l'ai achetée il y a six mois, à Dubaï. Je voulais être prêt si j'avais la chance d'être de nouveau avec toi. Annabel Sanders, veux-tu s'il te plaît être ma femme ? Mon Annie pour toujours ?

Le corps secoué de sanglots, elle lui donna sa main, et il glissa la bague à son doigt avant de l'embrasser.

— Je t'aime, Annie.

— Je t'aime aussi, Harry. À partir d'aujourd'hui, nous allons être ensemble pour de bon.

Harry se releva pour la prendre dans ses bras, et ils s'embrassèrent à en perdre haleine.

— Rentrons, murmura-t-il en la tenant par la taille. Nous avons du retard à rattraper.

Elle le gratifia d'un sourire coquin, et il éclata de rire.

Ils étaient enfin où ils voulaient être : *à la maison*.

Épilogue

— Alors, amour de ma vie, comment trouves-tu Dubaï ?

La voix de Harry derrière elle détourna l'attention d'Annabel de la vue.

Accoudée au balcon de leur suite, elle poussa un soupir de bonheur.

Elle ne pouvait pas en croire ses yeux. Les photos que son mari lui avait déjà montrées ne rendaient pas justice à ce paysage. Ici, tout était si différent, à mille lieues de ce qu'elle connaissait.

— Je ne peux pas croire que nous soyons là, tous ensemble.

Aidan dormait déjà dans la chambre voisine, surveillé par Abe.

Harry lui passa les bras autour de la taille. Son menton lui picota la nuque, et elle frissonna malgré la chaleur.

— Je sais. J'y ai souvent pensé quand j'étais ici, loin de vous tous.

— Il t'a juste fallu une décennie pour y arriver, se moqua-t-elle.

Il l'embrassa de nouveau dans le cou, et elle gloussa de plaisir.

On entendait une musique douce quelque part, et ils se mirent à se balancer, tendrement enlacés, jouissant de leur solitude après une journée intense consacrée au tourisme.

Ils étaient aussi allés à l'hôpital où Harry avait travaillé. Abe, Aidan et elle avaient été ravis de faire la connaissance de ses amis et collègues, se rendant compte combien il était apprécié et regretté. Ils avaient vu les médecins et les infirmières qui l'avaient soigné. Elle n'avait pu s'empêcher de pleurer en leur serrant les mains pour les remercier. Elle avait constaté avec surprise qu'ils savaient tout d'elle et avait ri de la gêne de son mari. Elle l'aimait encore plus qu'avant, ce qu'elle n'aurait pas cru possible. Son cœur était revenu à la vie après la douleur et la colère provoquées par son départ.

Leurs collègues de Londres avaient été fantastiques. Ils étaient tous heureux pour eux, et en apprenant que Harry était le père d'Aidan, ils s'étaient tous réjouis, certains n'ayant pas l'air très surpris. Désormais, plus aucun secret ne traînait dans les coins, et elle se sentait plus à l'aise.

Purdie aussi leur avait fait part de sa joie. Elle les contactait souvent en visio, et les Barbades figuraient maintenant en tête sur la liste des destinations de vacances.

Les jours de sortie en famille étaient émaillés de rires, et leur maison s'emplissait de souvenirs et de photos de famille. Annabel pensait souvent à sa mère, qui aurait été heureuse de voir qu'Aidan avait deux parents qui l'aimaient et s'aimaient très fort.

Tom et Lloyd étaient maintenant comblés avec des jumeaux, Jayden et Nathan. Quand ils étaient venus leur rendre visite, elle avait surpris sur elle le regard insistant de Harry pendant qu'elle jouait avec les enfants. Mais il n'avait pas d'inquiétude à avoir. Même si elle adorait être la tante de ces deux adorables petits garçons, elle était tout aussi contente de les rendre à leurs parents.

Elle n'avait pas oublié les difficultés qu'elle avait eues pour élever son bébé, et leur vie était très bien remplie entre les voyages, le travail et l'éducation de leur fils. Harry l'avait même persuadée de prendre un chien, vu tout l'espace dont ils disposaient. Ils avaient réservé un chiot d'une femelle labrador recueillie dans un refuge, et il serait prêt pour l'adoption quelques jours après leur retour. Aidan ne s'en doutait pas du tout, et elle avait hâte de voir son visage quand ils iraient le chercher. Il y aurait quelqu'un de plus à aimer dans la maison.

En comptant Abe, tous s'entendaient bien ensemble. Son beau-père se préparait à prendre sa retraite. Il allait remettre son cabinet à un médecin qu'il avait recruté et formé. Il était beaucoup moins ronchon depuis quelque temps, heureux de voir son fils de retour et sa famille ressoudée. Harry et lui étaient plus proches que jamais, ils riaient ensemble et discutaient de revues médicales. Il s'était même joint à Harry pour lui conseiller de prendre un chien, arguant qu'un animal favorise le développement des fonctions cognitives chez les enfants et aide les personnes âgées à se sentir moins seules et vulnérables en cas de maladie. Mais lui-même vivrait probablement centenaire, et il ne comptait plus ses amis.

Les trois plus proches partenaires de sa vie allaient donc bientôt devenir quatre, et elle espérait que le nouveau membre à quatre pattes lui donnerait moins de soucis que les trois premiers. Elle avait déjà contacté des promeneurs de chiens et des *dog-sitters* pour s'en occuper quand ils devraient jongler avec leurs plannings. Elle s'émerveillait toujours de voir comme sa vie avait changé.

Une voix la sortit de sa rêverie.

— De retour parmi nous ? la taquina Harry en l'attirant contre lui. Où étais-tu partie ?

— Oh ! pas très loin ! Je réfléchissais à la façon dont les choses ont évolué pour nous.

— Difficile à croire, non ?

— Tu peux le dire. La première fois que je t'ai revu sur le parking de l'aéroport, j'ai eu envie de te rouler dessus ! Tu peux remercier Tom, il t'a sauvé la vie, ce jour-là.

Harry éclata de rire, et elle blottit sa tête contre sa poitrine.

— Alors je lui dois quelques heures de baby-sitting.

Il était un super oncle, de même qu'un père, un fils et un mari attentifs. Chaque matin, elle remerciait sa bonne étoile de se réveiller dans ses bras.

Ils se tournèrent pour contempler de nouveau le paysage.

Ils étaient venus à Dubaï ensemble, finalement. C'était encore plus spécial, puisqu'ils avaient réussi à se retrouver et que leur famille était au complet.

Elle avait hâte de voir ce que la prochaine décennie leur apporterait. Quelque chose lui disait qu'elle n'allait pas en rater une miette.

La vie peut nous accorder une seconde chance, et même davantage. Un simple coup de fil peut changer totalement notre destinée, elle le savait mieux que personne. Et un peu plus tard quand elle s'endormit, blottie contre son mari, son cœur était gonflé de gratitude.

ANNE FRASER

Le courage d'aimer

Traduction française de
F. JEAN

BLANCHE

HARLEQUIN

Titre original :
CINDERELLA OF HARLEY STREET

Ce roman a déjà été publié en 2013.

1.

Le soleil africain de midi faisait régner une chaleur accablante sur le quai où Cassie, une valise pleine à craquer entre les mains, progressait péniblement.

Elle s'arrêta pour décontracter un instant ses bras douloureux, et leva les yeux. Le bateau était énorme – bien plus gros qu'elle ne l'aurait imaginé. Mais c'était une bonne chose après tout, car ainsi, il y aurait à bord des quantités de coins tranquilles. Non qu'elle fût asociale, loin de là, et évidemment, elle parlerait avec des passagers quand il le faudrait, mais c'était rassurant de savoir qu'il y aurait des endroits, en dehors de sa cabine, où elle pourrait être seule.

Soudain, un homme brun attira son attention. Debout derrière le bastingage, il parlait au téléphone. Il tourna la tête, et leurs regards se croisèrent… Une émotion inattendue la saisit, et elle détourna vivement la tête.

Elle était déjà sortie avec des hommes plus beaux, mais celui-ci, elle n'aurait su dire pourquoi, portait en lui une séduction particulière. Il se tenait la tête légèrement inclinée, et un léger sourire flottait sur ses lèvres.

Discrètement, elle l'observa un instant, captivée, avant de secouer la tête. Quelle idiote elle faisait, à se laisser troubler par un parfait inconnu !

Soudain, il inclina davantage la tête sur le côté, l'air étonné… Il avait vu qu'elle l'observait ! Cassie sentit virer au cramoisi ses joues déjà rougies par la chaleur et la fatigue. Pendant les quelques secondes où leurs regards s'étaient mêlés, divers signaux d'alarme avaient résonné dans sa tête. Aussi, elle décida sur-le-champ d'éviter tout contact avec l'inconnu pendant les deux semaines à venir.

Elle avait atteint le milieu de la passerelle, quand la catastrophe se produisit. Sa vieille valise trop remplie explosa littéralement, jonchant la passerelle de T-shirts, de robes, et – fait plus embarrassant encore –, de sous-vêtements. Cassie ouvrit des yeux horrifiés en voyant une luxueuse petite culotte de soie et de dentelle, s'envoler par-dessus la rampe, retomber sur un morceau de métal, et demeurer là, flottant au vent comme un drôle de drapeau blanc.

En tentant de la saisir, Cassie faillit basculer et tomber à l'eau – mais au lieu de cela, elle se retrouva serrée contre une large poitrine musclée.

Et étrangement, elle ne fit rien pour se dégager, envahie par un curieux sentiment de sécurité entre ces bras qui l'emprisonnaient.

C'était ridicule ! Elle n'avait pas besoin d'un homme – ni de personne d'autre d'ailleurs – pour se sentir rassurée.

À regret, elle s'écarta, et s'aperçut alors que l'homme qui l'avait empêchée de passer par-dessus bord était celui qui, quelques instants plus tôt, l'avait surprise en train de le regarder...

Celui-là même qu'elle s'était promis d'éviter.

— Je sais bien qu'il fait très chaud, mais pour plonger, je ne recommanderais pas ce côté du bateau.

Elle esquissa un sourire. Il possédait un accent écossais chaleureux et rythmé. Levant les yeux, Cassie découvrit avec incrédulité qu'il avait aussi sauvé sa petite culotte de soie, à présent entre ses mains.

— Ceci vous appartient, je crois ? demanda-t-il d'un ton malicieux.

Elle se sentit soudain consternée. Comme présentation au personnel du bateau, c'était réussi ! Plusieurs badauds, accoudés au bastingage, suivaient la scène avec un intérêt non dissimulé. Pire encore, des autochtones s'étaient arrêtés ; ils parlaient tout haut entre eux, et pouffaient, l'index pointé dans sa direction. Quelle idée d'exhiber ainsi sa petite culotte à la vue de tout le monde !

— Merci, répondit-elle sèchement, saisissant le sous-vêtement d'un geste brusque.

Elle se baissa, rassembla rapidement ses affaires éparpillées, avant de les jeter dans sa valise d'ordinaire parfaitement rangée en un savant dégradé de couleurs. Cassie aimait l'ordre – en fait, c'était une vraie petite manie. Mais en cet instant précis, elle n'avait aucune envie qu'on examine en détail chaque pièce de sa garde-robe ! La seule solution, c'était de finir de fourrer ces satanées affaires dans sa valise, et de disparaître le plus vite possible. Une fois dans sa chambre, elle trierait tout ça.

Mais l'homme qui l'avait aidée – son « sauveur » de petite culotte ! – s'accroupit près d'elle. Dans l'espace réduit de la passerelle de service, toute tentative de fuite entraînerait à coup sûr le plongeon qu'il avait évoqué en plaisantant. Un instant, pourtant, elle envisagea de plonger et de s'échapper à la nage. Enfin presque.

— Je m'en occupe, merci, reprit-elle. Je suis sûre que vous avez mieux à faire ailleurs.

— C'est vrai, mais je suis sûr qu'aucun endroit ne serait aussi distrayant.

Cassie leva les yeux et de nouveau, un curieux frisson la parcourut. Elle entassa les vêtements restant dans sa valise, réalisant aussitôt que si elle voulait la refermer, primo, elle devrait d'abord s'asseoir dessus, là, sur la passerelle en pente raide, et secundo, que les serrures ne tiendraient jamais jusqu'à sa cabine.

Apparemment, l'inconnu en était arrivé aux mêmes conclusions, car il se pencha sur le bagage, le referma sans difficulté d'un seul geste, et le cala sous son bras.

— Quel pont et quel numéro de cabine ? demanda-t-il. Je suppose que vous embarquez en tant que membre du personnel ?

Il était brun, grand – probablement plus d'un mètre quatre-vingt-dix – et possédait des lèvres larges, pleines, légèrement obliques aussi. Ce qui n'était pas sans charme. Mais c'étaient ses yeux, d'une nuance inhabituelle de vert, qui attiraient le plus l'attention. Cassie eut le sentiment bizarre qu'ils pouvaient lire en elle comme dans un livre ouvert. Comme c'était désagréable !

L'air interrogateur, il attendait manifestement sa réponse.

— Dr Ross. Cassie Ross, dit-elle.

Le sourire oblique s'élargit.

— Dr Leith Ballantyne. Bienvenue à bord du navire-hôpital.

Cette fois, elle se sentit pâlir. Bon sang. C'était un des médecins. Elle allait avoir du mal à l'éviter ! Mais avec un peu de chance, il s'en irait bientôt. Elle avait entendu dire que les infirmières restaient en général trois mois au minimum, alors que la plupart des médecins avaient des postes permanents ailleurs. Ils consacraient seulement quelques semaines de l'année à cette mission humanitaire. Elle-même d'ailleurs, ne devait pas rester longtemps.

En haut de la passerelle, elle voulut reprendre sa valise.

— Je vais la porter maintenant, si ça ne vous dérange pas.

— Non, j'insiste. Le voyage a dû vous fatiguer… Londres ?

— Oui, répondit-elle sèchement.

Puis elle se reprocha mentalement son impolitesse.

— J'ai l'impression d'avoir quitté l'Angleterre depuis une éternité. En quarante-huit heures, je crois avoir utilisé tous les moyens de transport que l'Afrique peut offrir. Quel soulagement d'être enfin arrivée !

— C'est un excellent bateau et une formidable équipe.

— J'ai hâte de commencer – dès cet après-midi, j'imagine.

— Non. Pas avant demain.

Il emprunta un étroit corridor, et comme il portait toujours sa valise, Cassie dut le suivre.

— Dès que j'aurai pris une douche, je serai opérationnelle.

Il s'arrêta net et se retourna.

— Ne vous inquiétez pas, vous aurez de quoi vous occuper ici. Combien de temps restez-vous ?

— Pas longtemps – un peu plus de deux semaines.

— Alors reprenez des forces tant que vous le pouvez encore. Vous allez en avoir bien besoin.

Il lui adressa un sourire oblique qui, bizarrement, la troubla, et elle détourna le regard, espérant qu'il n'avait rien remarqué.

— Nous pourrions peut-être dîner ensemble dans un moment ? Je vous expliquerai comment ça marche ici.

Elle se mordit la lèvre. Cela ne faisait pas cinq minutes qu'elle était là et déjà il flirtait sans retenue ! En temps normal, cela ne la dérangeait pas – elle avait connu beaucoup d'hommes comme lui, et elle les avait remis à leur place –, mais il y avait chez Leith Ballantyne quelque chose qui perturbait son calme habituel.

— Je préférerais commencer tout de suite, répondit-elle d'un ton qu'elle espéra ferme.

— Impossible. Un médecin fatigué est un médecin dangereux. Vous ne travaillerez pas avant d'avoir eu une bonne nuit de sommeil. Et il faut dîner. On ne mange pas de la grande cuisine ici, mais on se remplit bien l'estomac.

Elle le regarda interloquée. Mais pour qui se prenait-il, avec ses manières autoritaires ? Elle allait répliquer, quand il lui tourna le dos pour s'enfoncer dans la coursive. Il ouvrit ensuite la porte d'une minuscule cabine.

Une fois à l'intérieur, il laissa tomber le sac sur l'étroite couchette, et dans cet espace exigu, Cassie sentit sa nervosité monter d'un cran supplémentaire.

— Si je ne peux pas travailler, dit-elle très vite, je crois que je vais sauter le dîner et me coucher tôt. Maintenant, vous voudrez bien m'excuser, je vais partir à la recherche des douches.

— Elles se trouvent au bout du couloir.

Comme Leith allait la frôler en sortant, Cassie se plaqua précipitamment contre la cloison de la coursive. Son pouls trop rapide lui martelait les tempes. C'était agaçant. La chaleur, sans doute. Quoi d'autre ?

De nouveau, Leith Ballantyne sourit, et ses yeux d'un vert profond pétillèrent d'amusement, comme si, ayant remarqué sa réaction, il la trouvait toute naturelle.

— Si vous changez d'avis pour le dîner, je serai à la cafétéria vers 19 heures, lança-t-il avant de s'éloigner.

Soulagée, Cassie entra dans sa cabine, en ferma la porte et se laissa tomber sur le lit, bien résolue à éviter dorénavant le Dr Ballantyne – dans la mesure du possible, évidemment.

En sifflotant, Leith se dirigea vers sa cabine. Dès l'instant où il avait posé les yeux sur sa nouvelle collègue de travail, il avait su que la vie à bord allait prendre un tour bien plus intéressant. D'ordinaire, il préférait les femmes avec de longs cheveux, mais la courte coupe au carré de cette brune encadrait joliment l'ovale délicat de son fin visage, et mettait en valeur ses grands yeux.

Avant l'explosion de sa valise, la nouvelle venue offrait un aspect très calme et sexy dans sa chemise blanche et son pantalon en fin coton qui moulait ses courbes agréables. Et quels yeux ! Quand elle l'avait aperçu, le regard glacial qu'elle lui avait décoché aurait pu le foudroyer. En revanche, la manière dont elle avait rougi quand il lui avait rapporté son sous-vêtement avait constitué une surprise – une bonne surprise. Il sourit à cette pensée.

Elle l'intriguait beaucoup. Distante, presque timide, et l'instant d'après, vive et décidée.

C'était bien dommage qu'elle ne soit là que pour deux semaines. Il aurait aimé prendre son temps pour apprendre à connaître le Dr Cassie Ross, mais le temps, c'était précisément ce dont on manquait à bord.

En cette nouvelle matinée de chaleur, Cassie s'essuya le front avec son avant-bras, et regarda la file de patients qui s'allongeait sur la route. À bord du navire-hôpital, il n'y avait pas de place pour les consultations externes ; tout l'espace était occupé par les chambres et les salles d'opérations.

Elle avait perdu le compte des enfants qu'elle avait déjà vus, et elle n'en avait même pas examiné la moitié ! La plupart d'entre eux attendaient patiemment à côté de leurs mères, d'autres jouaient dans la poussière, et d'autres encore étaient blottis dans des pagnes sur le dos de leurs mamans.

C'était pour les enfants calmes qu'il fallait s'inquiéter le plus. Ceux qui pleuraient ou jouaient semblaient moins souffrants bien puisqu'ils réagissaient à ce qui les entourait. En revanche, ceux qui demeuraient inertes dans les bras maternels avaient presque toujours besoin de soins urgents.

Dès sa première matinée à bord, le médecin chef lui avait donné un rapide aperçu de la tâche qui l'attendait, et depuis, Cassie avait travaillé sans relâche. Seule pédiatre de l'équipe, elle était responsable de tous les enfants que les infirmières lui envoyaient au cours de la consultation quotidienne du matin. Elle avait aussi la charge du service de pédiatrie, petit mais bien équipé, et en cas de besoin, elle devrait être présente pour certaines interventions. Mais rien de tout cela ne lui posait le moindre problème. Au cours de ses études de pédiatrie, elle avait fait une année comme résidente en chirurgie. Elle n'avait pas l'intention de se spécialiser, mais elle avait aimé travailler au bloc opératoire. En fait, défis à relever et travail acharné ne lui faisaient pas peur – bien au contraire.

Elle avait marqué une pause pour boire un peu d'eau – avec la chaleur qui régnait, c'était important de ne pas se déshydrater – quand soudain, un remous se produisit dans la file. Les malades, obligés d'attendre pendant des heures sous un soleil brûlant, se plaignaient rarement : il y avait donc un problème. Cassie adressa quelques mots à l'infirmière qui l'assistait, et alla voir ce qui se passait.

Quand elle arriva à l'endroit d'où provenaient des pleurs, les patients s'écartèrent pour la laisser passer. Une jeune fille, qui ne devait pas avoir plus de dix-sept ans, était allongée au sol, et gémissait, les mains crispées sur son ventre gonflé. Cassie s'agenouilla à côté d'elle. À en juger par la taille de son ventre, elle était sur le point d'accoucher… Et une mare de sang maculait son boubou.

Aussitôt, elle s'adressa aux gens qui, autour, commentaient l'événement.

— Allez chercher de l'aide !

Elle demanda à quelques femmes de former un cercle compact autour de la malade, avant de soulever la robe de celle-ci. Ses cuisses étaient couvertes de sang. Il s'agissait peut-être d'un décollement du placenta. Cette urgence obstétricale sortait du champ d'expertise de Cassie, pour autant, elle savait pertinemment que sans une césarienne et une transfusion immédiates, la jeune Africaine ne survivrait pas.

Elle allait appeler de l'aide pour qu'on amène un brancard, quand quelqu'un se plaça à genoux près d'elle. C'était l'homme de la passerelle – Leith Ballantyne ! Depuis son arrivée, quatre jours plus tôt, elle l'avait entrevu plusieurs fois – il n'était pas vraiment le genre d'homme qui passe inaperçu –, mais, comme elle se l'était promis, elle l'avait évité. Pour quelle raison ? Elle n'en avait aucune idée. Tout ce qu'elle savait, c'est qu'il la mettait mal à l'aise, et cela l'agaçait.

— On se retrouve, dit-il posément.

Cassie n'eut pas besoin de lui fournir la moindre explication. Un simple coup d'œil sur la patiente lui suffit.

— Décollement de placenta, je pense, dit-il, l'air préoccupé. Pas le temps de l'emmener à bord. On va la transporter dans le local et l'opérer sur place.

Cassie le regarda, angoissée. Sans infirmière ni anesthésiste ? Une grande partie du personnel médical prenait sa pause-déjeuner dans la salle à manger climatisée du navire…

— Un brancard par ici ! lança Leith.

Elle soupira de soulagement en voyant deux infirmières sortir d'une des huttes. C'étaient des volontaires de la région. L'une d'elles portait un brancard, et en unissant leurs efforts, ils allongèrent la patiente dessus, et la transportèrent dans le local.

— Il nous faudrait d'urgence un anesthésiste, dit Leith.

— Ils sont tous à bord, répondit l'infirmière. Vous voulez qu'on aille en chercher un ?

— Oui. Courez !

L'infirmière s'éloigna aussitôt, et Leith se retourna vers Cassie.

— Même si elle trouve quelqu'un tout de suite, quand

l'aide arrivera, il sera trop tard. Avez-vous déjà effectué une péridurale ?

Cassie acquiesça, se concentrant aussitôt pour se remémorer son manuel de médecine. Par bonheur, elle possédait une mémoire presque encyclopédique – un des rares avantages d'une enfance passée la plupart du temps dans les livres.

On lui avait dit qu'à bord du navire-hôpital, elle sortirait peut-être de son propre champ de compétences, mais elle n'aurait jamais pensé traiter un décollement de placenta dès son arrivée, ou presque. C'était une chance que Leith soit présent, et qu'il semble maitriser la situation.

Pendant qu'il désinfectait l'abdomen de la patiente, Cassie prépara une injection d'anesthésique local. Ensuite, ils firent basculer la jeune femme sur le côté, et Leith la tint fermement tandis que Cassie palpait le bassin. En faisant glisser ses pouces de chaque côté de la colonne vertébrale, elle repéra l'espace entre les vertèbres L3 et L4. Ensuite, elle remonta en direction de l'espace suivant. Il fallait qu'elle prenne son temps. Si elle piquait au mauvais endroit, cela pourrait déclencher une paralysie… Elle procéda méticuleusement, et finalement, la péridurale se déroula sans problème, comme elle l'avait espéré.

En attendant que l'anesthésique agisse, Leith préleva du sang pour la recherche du groupe sanguin, et confia l'échantillon à l'infirmière pour que celle-ci le porte au laboratoire du bateau.

Cassie se sentait nerveuse. Il faudrait un moment pour obtenir le résultat – alors que chaque seconde comptait… Mais une sage-femme arriva, apportant avec elle deux culots de solution saline, et Leith installa aussitôt une perfusion.

— On prépare une salle d'op à bord, annonça la sage-femme.

— C'est trop tard, répondit Leith.

Cassie choisit d'ignorer la boule d'angoisse au creux de son estomac, et afficha un visage impassible – une autre aptitude qu'elle avait développée dans son enfance.

Elle s'assura que le bassin de la jeune femme était insensibilisé, puis adressa un signe de tête à Leith, qui commença à opérer. Pendant qu'elle surveillait la respiration de la patiente, il incisa l'abdomen, et quelques instants plus tard, il en retirait un petit bébé parfaitement formé, mais inerte. Cassie s'assura qu'aucune sécrétion n'obturait les voies respiratoires de la petite fille, et entreprit de souffler dans sa minuscule bouche. Tout en envoyant son oxygène, elle pria de toutes ses forces pour que la petite s'éveille à la vie.

À son grand soulagement, l'enfant, au bout de quelques instants, hoqueta et cria. Quand Cassie se tourna vers Leith, il lui sourit et leva les pouces. Elle sourit aussi. Ils avaient sauvé une vie.

Mais tout danger n'était pas écarté pour autant. Il fallait que le nouveau-né soit emmené à bord du bateau, et admis immédiatement à la nursery.

Comme en réponse aux pensées de Cassie, deux autres infirmières entrèrent en hâte dans la pièce, transportant une couveuse. Pendant qu'elles installaient le bébé à l'intérieur, Cassie reporta son attention sur la jeune mère, et s'aperçut que du sang s'était accumulé dans l'abdomen.

— Zut. Il va falloir que je fasse une hystérectomie, dit Leith, réagissant en même temps qu'elle. Mais avant cela, il faut l'endormir. Je ne peux pas faire ça ici. On l'emmène au bloc.

Il insérait des tampons d'ouate dans la plaie béante quand un des autres médecins entra dans la pièce. Sachant qu'elle gênerait le travail en restant là, Cassie laissa la patiente entre leurs mains, et accompagna à bord le bébé en couveuse.

Une fois la petite fille installée, elle passa le relais à l'infirmière de néonatalogie. Le bébé était plus petit que la normale, mais il respirait bien tout seul. Dès que sa maman serait réveillée, une infirmière le lui confierait pour qu'elle le nourrisse.

Il était 13 heures passé, et Cassie devait reprendre ses consultations pour les patients qui attendaient toujours. Ensuite, elle devait se rendre au bloc pour une intervention. Comme tout cela ne lui laisserait probablement pas le temps de s'asseoir pour déjeuner, elle prit un sandwich à la cantine, avant de se diriger vers le pont pour une pause de cinq minutes.

Là, elle ferma les yeux, laissant la brise de mer lui rafraîchir le visage. Et aussitôt, l'image de Leith envahit ses pensées. Chaque fois qu'elle l'avait vu sur le bateau, il était en train de jouer aux cartes ou de taquiner les infirmières, comme si la médecine était le dernier de ses soucis. Plusieurs fois, il avait regardé brièvement dans sa direction, mais elle tournait la tête et choisissait toujours un siège loin de lui.

Lequel était le vrai Leith ? Le dragueur, le « médecin-qui-sait-qu'il-est-sexy » de leur première rencontre, ou le praticien tellement concentré sur sa patiente qu'il lui avait à peine accordé un regard ?...

Question absurde ! Elle n'était pas contre le fait d'avoir une aventure avec un homme qu'elle ne reverrait probablement jamais. Mais avec un collègue de travail, c'était exclu, car cela prenait un tour déplaisant quand les chemins se séparaient – ce qui arrivait inévitablement dès qu'on essayait de transformer la relation en quelque chose de plus sérieux.

Elle prit une dernière bouchée de son sandwich, et en jeta le reste dans la poubelle.

C'était décidé. Elle allait se fier à son premier instinct et garder ses distances avec Leith Ballantyne.

Après sa pause, Cassie s'était rendue au bloc opératoire, et un peu plus de cinq heures plus tard, elle s'y trouvait toujours. Le chirurgien qu'elle assistait, opérait un adolescent qu'elle avait examiné lors de ses premières consultations, et qu'elle avait inscrit sur une liste d'interventions. Elle avait rarement vu une tumeur de cette dimension. Jamais soignée, la grosseur avait atteint la taille d'un ballon de football, déformant tellement le visage que le nez et la bouche, déplacés, formaient un masque grotesque. Dans son village, le garçon était exclu à cause de son aspect. Cassie éprouvait pour lui une profonde sympathie car elle savait ce que cela faisait de ne pas se sentir intégré, et pour ce garçon, cela devait être cent fois pire que ce qu'elle-même avait pu subir.

Elle s'étira, cherchant à dénouer son dos douloureux.

L'opération avait été fascinante. La chirurgienne, le Dr Blunt – une femme médecin retraitée d'un hôpital de Boston, qui travaillait sur le bateau depuis cinq ans – avait confié à Cassie qu'elle avait traité de nombreux cas de ce genre. Elle avait ôté la tumeur en évitant toute hémorragie et tout dommage sur les tissus sains. Il y avait eu un moment inquiétant quand un début de saignement s'était déclaré, mais Cassie, très calme, avait réussi à clamper le vaisseau sans trop de difficulté.

Les deux médecins se reculèrent pendant un instant pour observer leur travail. Même tuméfié, le visage offrait un aspect beaucoup plus normal. Il ne serait jamais très harmonieux, mais on ne le remarquerait plus.

— Bon travail, docteur Ross, dit Anna Blunt.

L'opération avait réussi, et cependant, Cassie ne put s'empêcher de se demander si elle n'aurait pas pu faire mieux. C'était son problème. Toujours en quête de perfection. Jamais satisfaite.

Elle laissa l'infirmière lui ôter sa blouse, et jeta ses gants dans la poubelle. Maintenant, elle allait effectuer son jogging quotidien sur les différents ponts. Cela l'aiderait à mieux dormir. Mais avant de courir, elle avait quand même besoin de quelques minutes de pause.

Elle sortit sur le pont et respira à pleins poumons l'air du dehors. Le soleil avait disparu à l'horizon, malgré tout, l'air restait chaud et humide, et tout de suite, Cassie sentit la sueur couler le long de son dos sous sa tunique verte. Pour faire son jogging, elle devrait attendre qu'il fasse plus frais. De plus, elle voulait contrôler l'état de son patient au réveil.

Soudain, des rires résonnèrent derrière elle. Le personnel qui n'était pas de garde s'était réuni pour dîner, et on se racontait les anecdotes de la journée. Cassie s'éloigna pour trouver le calme, côté tribord, face à la mer. Là, derrière les chaloupes, il y avait un endroit où elle se réfugiait souvent quand elle avait envie d'être seule – ce qui n'était pas un mince exploit avec à bord quatre cents membres du personnel !

Mais à sa grande déception, quelqu'un s'était glissé là avant elle. Une grande silhouette masculine, adossée contre un pilier, regardait l'océan. Cassie s'apprêtait à s'esquiver discrètement quand la personne se retourna.

Leith Ballantyne.

— Docteur Ross ! dit-il, souriant.

Elle cligna des yeux. Il fallait bien l'admettre, il possédait une belle voix grave et un charmant accent écossais.

— Je profite de l'occasion pour vous remercier pour votre aide ce matin, ajouta-t-il.

Cassie eut un haussement d'épaules.

— Ce n'était pas grand-chose. Comment va la malade ?

— J'ai dû pratiquer une hystérectomie. Elle n'aura pas d'autres enfants.

— Cela vaut peut-être mieux.

La région était si gravement touchée par la sécheresse que, malgré le navire-hôpital et les associations humanitaires, trop d'enfants mouraient de faim, ou de maladies dues à une eau souvent contaminée…

Leith ouvrit de grands yeux.

— Je doute qu'elle voie la chose de cette façon.

— Au moins, son bébé est vivant. Je l'ai vu ; il va s'en sortir. Une mère préfère quand même avoir un enfant en bonne santé plutôt que plusieurs enfants malades, non ?

— Ici, on ne peut pas appliquer les critères occidentaux sans avoir appréhendé au minimum la culture locale.

Une vraie leçon de morale… Agacée, Cassie voulut répliquer, mais il ne lui en laissa pas le temps.

— Je vous ai vue tout à l'heure en salle d'op. Vous êtes très adroite.

Il devait se trouver parmi les observateurs, derrière la cloison vitrée. Elle ne l'avait pas remarqué.

— Merci… docteur Ballantyne.

Les yeux vert jade pétillèrent d'amusement.

— Pas de cérémonie. Appelez-moi Leith.

— Entendu. Merci, Leith, reprit Cassie.

Elle se sentit rougir, avec la désagréable impression d'être une adolescente présentée pour la première fois à un garçon.

— Vous voudrez bien m'excuser, je dois aller voir mon patient, ajouta-t-elle, désireuse une fois de plus de s'éclipser au plus vite.

Décidément, cet homme la mettait mal à l'aise, et elle ne comprenait pas bien pourquoi.

Avant de détourner le regard, il la fixa un instant, puis lui adressa un large sourire qui accéléra étrangement les battements de son cœur.

Après ses consultations quotidiennes, Cassie avait pris l'habitude de marcher jusqu'à l'école en passant par le rivage.

Le soleil commençait déjà à plonger derrière l'horizon, et elle admirait le ciel flamboyant quand elle sentit, plutôt qu'elle ne vit, Leith s'arrêter près d'elle. Aussitôt, son rythme cardiaque s'emballa, ce qu'elle jugea consternant. Depuis leur brève rencontre sur le pont, elle se surprenait à le chercher du regard. Ils échangeaient des saluts et des sourires – à distance, au grand soulagement de Cassie.

— Fini pour aujourd'hui ? demanda-t-il.

Sa chemise de coton blanc à manches courtes faisait ressortir le teint bruni par le soleil de ses avant-bras musclés.

Cassie offrit son visage à la caresse de la brise du soir.

— Oui, mais j'ai encore mes visites avant d'aller dormir.

Leith passa une main sur sa mâchoire qu'ombrait une barbe de plusieurs jours.

— Moi aussi.

Un silence régna. La terre virait au rose sous les derniers rayons du solcil.

— Quel beau pays malgré ses problèmes, dit doucement Cassie.

Leith tourna les yeux vers elle. Ils avaient la couleur de l'herbe d'été… Cassie détourna très vite le regard. Bon sang, qu'est-ce qui lui prenait ? Jamais auparavant elle n'avait ressenti cette attirance instantanée !

Soudain, elle remarqua une femme du village qui attendait patiemment, debout à quelques mètres d'eux.

— Docteur, vous venez avec moi, s'il vous plaît ? demanda-t-elle, visiblement angoissée.

— Que se passe-t-il ? demanda Leith. Quelqu'un est malade ?

— S'il vous plaît, venez. Tous les deux.

Leith tourna vers Cassie un regard interrogateur.

— Etes-vous partante ?

Elle eut l'impression que chaque fibre de son corps lui criait de fuir – de s'éloigner de lui. Mais c'était ridicule : quelqu'un avait besoin de leur aide.

— Entendu.

La femme eut un sourire de soulagement.

— Je m'appelle Precious. C'est ma sœur Maria qu'il faut que vous voyiez.

Dans la presque pénombre, ils la suivirent sur un étroit sentier. Les stridulations des insectes et tous les bruits de l'Afrique emplissaient l'air. Quand le sentier entra dans un long bosquet, le soleil disparut complètement. Bientôt, l'obscurité devint totale, mais la femme qui les conduisait, se dirigeait sans aucune difficulté. Cassie trébucha sur une racine, et Leith lui saisit le poignet. Une onde électrique parcourut son bras, et elle résista à l'envie de se dégager. Il la guida le long du sentier, signalant de la main les épines d'acacias et les autres obstacles à éviter.

Bientôt, ils arrivèrent devant des cases. À la seule lumière des feux qui leur servaient à faire cuire leur repas du soir, les villageois se préparaient pour la nuit.

Mais au lieu de s'arrêter, la jeune femme leur fit traverser le village, et ils replongèrent dans l'obscurité. Cassie éprouvait quelques doutes. Et si c'était un piège ? Mais maintenant, il était trop tard pour rebrousser chemin.

De toute évidence, Leith, lui, n'éprouvait pas la moindre inquiétude, à en juger par son pas décidé. Près de deux kilomètres plus loin, la femme s'arrêta, et pointa l'index vers l'avant. Scrutant les ténèbres, Cassie distingua une petite case. C'était inattendu car d'ordinaire, les villageois vivaient tout près les uns des autres. Qui pouvait demeurer ainsi à l'écart des autres, si loin de leur soutien ?

Precious les fit entrer dans la case. Une autre jeune femme, accroupie devant le feu, faisait cuire de la farine de maïs, sous le regard d'un petit enfant assis sur le lit.

— C'est Maria, dit Precious.

Puis elle s'adressa à sa sœur dans leur dialecte. Cassie ne comprenait pas un seul mot, mais il devait s'agir de propos rassurants, car la jeune mère regarda les deux médecins avec un mélange d'espoir et de profonde tristesse.

— Elle a été exclue du village, dit Precious.

— Pourquoi ? demanda Cassie.

Elle n'obtint aucune réponse.

— Je pense en connaître la raison, murmura Leith... Dites-moi. Est-ce que Maria mouille ses sous-vêtements ?

— Oui...

— Est-ce qu'elle accepterait que je l'examine ? demanda Leith.

Precious traduisit et, visiblement très gênée, Maria s'allongea sur le lit, après avoir installé l'enfant sur un tapis de jonc où il demeura silencieux, les yeux écarquillés.

— Je vais chercher de l'eau, lança Precious avant de sortir.

Le petit garçon se leva et marcha en direction de Cassie, levant les mains. Instinctivement, elle se baissa et le souleva dans ses bras. L'enfant se blottit contre sa poitrine, tout en épiant sa mère.

— Vous lui plaisez, on dirait, dit Leith, amusé.

— Les enfants m'aiment bien, ce qui est un avantage dans mon métier, répondit-elle d'un ton détaché.

Une image inattendue surgit soudain. Quel âge devait-elle avoir ? Guère plus que cet enfant – trois ou quatre ans peut-être. Elle était tombée et s'était écorché le genou. En larmes, elle était allée voir sa mère, bras tendus comme ce petit, pour qu'elle la prenne, et la console.

Mais à sa grande stupéfaction, sa mère lui avait tourné le dos d'un air dégoûté, lui disant que ce n'était qu'une égratignure, et qu'il ne fallait pas en faire une histoire.

Quand était venue l'heure de choisir une spécialité médicale, elle s'était senti attirée par la pédiatrie, peut-être parce qu'elle voulait secourir toutes les petites Cassie. Mais jamais elle ne prendrait le risque de devenir mère elle-même : l'expérience lui avait enseigné que les pires parents étaient ceux qui avaient eu eux-mêmes de mauvais parents.

— Ça va ?

La voix de Leith la ramena au présent. Elle afficha un sourire forcé, et berça le petit garçon contre son épaule.

— Bien sûr. Il fait un peu chaud, c'est tout.

Leith reporta son attention sur Maria, et une fois l'examen terminé, il se redressa.

— Comme je le pensais, c'est une fistule recto-vaginale, qui a provoqué une incontinence. Depuis que je suis ici, j'ai traité plusieurs cas identiques. Ces femmes sont rejetées par les autres villageois et demandent rarement de l'aide, mais je pense qu'enfin le bruit commence à se répandre que nous pouvons traiter ce problème… Precious, il faudra qu'elle aille au bateau demain, pour que je l'opère. C'est une opération simple, et après, elle ira beaucoup mieux.

— Elle va être très contente. C'est dur pour elle ici, seule avec son enfant. Moi, je ne peux pas beaucoup l'aider parce que je dois m'occuper de ma famille.

Precious expliqua rapidement la situation à sa sœur. Des larmes dans les yeux, Maria prit la main de Cassie en prononçant des mots incompréhensibles.

— Elle demande si vous serez là, traduisit sa sœur. Elle dit que vous avez l'air gentil. Et l'autre docteur aussi – mais elle se sentira mieux s'il y a une femme.

Cassie hocha la tête en souriant. Le lendemain, elle aurait une consultation à assurer après deux interventions, mais elle trouverait un moyen d'accorder à Maria cette minuscule faveur.

Precious les ramena au village, et Leith lui assura qu'ils retrouveraient seuls le chemin du bateau. Cassie en était moins sûre… L'obscurité régnait partout alentour, et sans lampe torche, ce serait difficile de trouver le sentier. Mais comme Precious souhaitait visiblement retourner auprès de sa sœur, elle ravala son angoisse.

Leith s'enfonça sans la moindre hésitation dans les buissons, comme s'il voyait parfaitement dans le noir. Les yeux fixés sur son large dos, Cassie s'arrêtait quand il s'arrêtait, et prenait garde de ne pas trébucher sur les racines d'arbres qu'il signalait.

Soudain, il s'immobilisa, visiblement pour écouter. Ensuite, il poussa un cri et frappa sur sa nuque. Quelque chose tomba sur le sol, puis il y eut un froissement de feuilles comme si un animal s'enfuyait.

— Mon Dieu ! Qu'est-ce que c'était ? demanda Leith.

— Un oiseau ou une araignée, je pense, répondit-elle, retenant un rire.

— Si c'était une araignée, elle devait être énorme !

— De toute façon, la chose est partie. Tout danger est écarté. Je promets que je ne laisserai plus cette horrible bestiole vous attaquer.

— Pas très viril, hein, de sursauter comme ça, murmura Leith, l'air penaud. Les araignées et moi, nous ne faisons pas très bon ménage.

Cassie perçut dans le noir, l'éclat blanc de son sourire.

— Ne vous inquiétez pas, votre secret sera bien gardé avec moi. Personne ne saura, affirma-t-elle, amusée.

Mais soudain, son hilarité se dissipa, et elle se raidit. Où était passée sa résolution de garder ses distances ?

2.

Le lendemain, comme elle l'avait promis, Cassie rejoignit Leith en salle d'opérations après ses visites. La jeune femme n'étant pas encore endormie, elle s'avança vers elle, et lui serra la main. Maria lui adressa un sourire tremblant.

— Ça va bien se passer, murmura Cassie, d'un ton rassurant.

Elle resta en retrait pendant que Leith réparait la déchirure qui, à en juger par l'image sur l'écran du moniteur, était importante. Par chance, le bateau, doté par plusieurs généreux donateurs, possédait des équipements de pointe.

— Cette fistule a dû se créer pendant l'accouchement – probablement par le siège, dit Leith tout en opérant. Elle a de la chance d'avoir survécu. Elle a dû faire une sérieuse hémorragie.

Cassie admira sa technique. Il était rapide, et suturait à la perfection.

Tout en travaillant, il expliquait la procédure aux infirmières, et quand il eut terminé, il leva la tête avec un sourire satisfait.

— Voilà. Elle ne devrait plus avoir de problèmes, mais par prudence, on va la garder quelques jours.

Il ôta ses gants et les jeta dans la poubelle.

Avant de quitter derrière lui la salle d'opérations, Cassie consulta sa montre. Elle disposait de trente minutes – juste le temps de prendre une douche rapide, et d'enfiler une tenue propre – avant les consultations externes.

— On se voit plus tard ? demanda posément Leith.

Le cœur de Cassie s'emballa. Elle savait déjà qu'elle n'allait pas dire non. La nuit précédente, elle s'était tournée et retournée dans son lit. Que ferait-elle s'il l'invitait à sortir ? Elle était parvenue à se convaincre qu'elle pourrait sans risque passer quelques moments avec lui. Sa solitude lui pesait, et Leith Ballantyne était au minimum intéressant. Entre eux, aucun risque de relation durable de toute façon, puisque dans peu de temps, chacun reprendrait sa route !

— Pourquoi pas ? Retrouvons-nous sur la jetée, disons, à 19 h 30 ? suggéra-t-elle.

Leith lui sourit, et elle se sentit aussitôt émue. Décidément, il avait l'art de la troubler à un point… Personne n'avait jamais fait naître en elle des sensations aussi fortes.

Décidée à ignorer les signaux d'alarme qui continuaient de résonner dans sa tête, elle lui adressa un dernier sourire et se dirigea vers le vestiaire.

Durant la semaine qui suivit, ils passèrent presque tout leur temps libre ensemble, et Cassie ne pouvait s'empêcher de le chercher du regard pendant qu'elle travaillait. Cela la ravissait, et l'angoissait à la fois. Dans le passé, chaque fois qu'elle s'était rapprochée d'un homme, elle avait repris ses distances avant que la relation ne devienne trop sérieuse. Aussi, chaque jour, elle décidait de s'éloigner de Leith, pendant qu'il en était encore temps.

Mais dès qu'elle le voyait, ses résolutions fondaient comme neige au soleil. Pourquoi ne pas profiter de l'instant présent ? De plus, il ne lui demandait rien, et semblait seulement apprécier sa compagnie, même si son regard trahissait une attirance certaine.

Était-il possible qu'elle ait enfin rencontré quelqu'un qu'elle pourrait aimer et, surtout, qui pourrait l'aimer en retour ? Quelle idée absurde… Elle avait son avenir tout tracé, un avenir qui excluait toute relation durable.

— Où iras-tu après ton séjour ici ? demanda-t-il, un soir où ils se promenaient ensemble le long de la plage.

— Un poste m'attend aux Nations uUnies – dans l'International Medical Corps.

Leith émit un sifflement.

— Les Nations unies ! Carriériste.

Elle lui sourit.

— C'est une façon de voir les choses.

Elle avait travaillé assez dur pour réaliser ses rêves, refusant toujours de sortir avec ses amis étudiants en médecine, toujours la première stagiaire à arriver dans le service, et la dernière à en partir…

— Ma première affectation, c'est le Soudan. J'irai là-bas tout de suite après mon séjour ici.

— Pourquoi le Soudan ?

— Je ne vois pas où je pourrais mieux employer mes compétences. J'aime le fait de venir en aide à des enfants en grande difficulté. Je me sens vraiment utile de cette manière. Et j'ai toujours voulu voyager.

Elle laissa échapper un petit soupir. En fait, elle ne se sentait nulle part chez elle…

— Et je pense aussi que cela me permettra de tester mes capacités, conclut-elle. Et toi ?

— J'ai exercé comme consultant à Glasgow pendant des années, et j'ai passé beaucoup de temps à l'étranger – essentiellement en Afrique, mais aussi dans d'autres pays. Il y a deux ans, j'ai déménagé à Londres, et maintenant, j'exerce dans Harley Street.

— Harley Street ? De l'Afrique à Harley Street, c'est ce qu'on appelle un changement !

— Ne te moque pas de ce que tu ne connais pas. Le cabinet médical pour lequel je travaille, n'emploie que les meilleurs – ses patients ont des critères très sélectifs. Au cas où cela t'intéresserait, je sais que le cabinet recherche un pédiatre hors pair.

Le compliment faillit faire rougir Cassie. Elle se savait bon médecin, mais elle n'était pas habituée à recevoir des louanges. C'était agréable, surtout venant de Leith, même si ce qu'il suggérait était impossible.

— Merci, mais je vais décliner ta proposition. Londres, se retrouver sous la pluie, dans la foule ? En train de jouer des coudes dans le métro ? Parle-moi plutôt de ciel bleu et de soleil toute l'année. De toute façon, depuis ma première année de médecine, ma carrière est planifiée. C'est comme ça que j'aime vivre. Concentrée sur le but à atteindre.

— Et ta vie personnelle ?

Malgré la chaleur ambiante, elle frissonna. Le regard de Leith posé sur elle, la bouleversait, et une fois encore, elle se demanda si dans sa vie, il pourrait y avoir de la place pour l'imprévu. Fallait-il obligatoirement que tout soit strictement planifié ? Elle inspira profondément. D'un autre côté, c'était si sécurisant…

— Mon travail comble tous mes besoins – ou tous mes souhaits.

— Tous ? Tu n'as pas l'intention de te marier, et d'avoir des enfants ?

Elle se raidit.

— Toute femme n'est pas obligée de devenir mère !

— Non, répondit Leith, l'air étonné. Mais j'ai vu avec quelle aisance tu te comportais avec les enfants.

— Pourquoi pense-t-on toujours qu'une femme doit vouloir des enfants ? D'après ce que j'ai vu, on devrait interdire à certaines femmes d'en avoir. Après tout, personne ne trouve étrange qu'un homme ne veuille pas procréer. Toi, par exemple. Est-ce que la paternité fait partie de tes projets ?

— Un jour peut-être, répondit-il en souriant. Mais pas avant plusieurs années. Pour l'instant, mon projet, c'est de m'amuser au maximum.

Cassie dissimula sa déception. Ce n'était pas cette réponse-là qu'elle aurait souhaitée.

Il y eut un silence.

— Et tes parents ? Est-ce qu'ils vivent à Londres ? demanda enfin Leith.

— En partie, répondit-elle évasive. Ils sont souvent à l'étranger. Je ne les vois guère. Et les tiens ?

— Sur l'île de Skye, mariés depuis quarante ans, et toujours aussi amoureux l'un de l'autre ! Si un jour je me marie, je voudrais vivre la même chose.

Elle détourna la tête, le cœur lourd soudain. Ce serait merveilleux de croire que l'amour pouvait durer…

Ils venaient de s'arrêter sous un acacia. Au loin, de petits bateaux de pêche aux lanternes allumées, dansaient sur les vagues de l'Atlantique, et un parfum de jasmin flottait dans l'air lourd de la nuit.

D'une pression sous son menton, Leith lui fit lever la tête.

— Mon Dieu, comme tu es belle.

Quand il l'embrassa avec douceur, elle eut l'impression que plus rien d'autre n'existait. Oubliant toutes ses réticences, elle se laissa aller spontanément contre lui, et dès qu'il approfondit son baiser, elle passa les bras autour de son cou. Elle en voulait davantage… Sentir le contact de sa peau nue contre la sienne. Et ses caresses. Et elle voulait lui en donner elle aussi. Après son départ, elle ne le verrait plus mais tant pis – tout ce qui comptait, c'était l'instant présent.

Ils se séparèrent enfin. Très émue, elle le regarda.

— Rentre au bateau avec moi, dit-il simplement.

Et il lui prit la main.

Quand Cassie ouvrit les yeux, un soleil radieux se déversait par le hublot. Tout d'abord, elle se demanda où elle se trouvait, mais l'instant d'après, complètement réveillée, elle se souvint, sourit et s'étira, remplie par un sentiment de paix. Jamais elle ne s'était sentie aussi bien.

Elle se souleva sur un coude, et regarda Leith étendu près d'elle. Même dans son sommeil, il semblait sourire. Du bout des doigts, elle effleura les contours virils de sa poitrine.

Soudain, il ouvrit les yeux, et lui saisit le poignet.

— Bonjour, dit-il avec un sourire.

— Bonjour, murmura-t-elle.

La main de Leith glissa le long de son épaule, avant de descendre vers son sein, puis vers le creux de sa taille, et elle frissonna de plaisir. Ils avaient fait l'amour deux fois pendant la nuit, mais à présent, elle le désirait de nouveau, avec une intensité incroyable.

Elle se blottit étroitement contre lui, et leurs corps s'épousèrent dans une harmonie parfaite.

— Avec toi, je n'en ai jamais assez, dit-il d'une voix grave.

Elle aurait pu dire la même chose. Il ne leur restait pas beaucoup de temps, mais pourquoi penser à un avenir impossible au lieu de profiter de l'instant présent ?

Cassie oublia ce à quoi elle avait bien pu penser ensuite, car elle se laissa aller à cet instant dans les bras de Leith, et s'abandonna, emportée par le désir.

Leith sourit, et se trouva aussitôt idiot de sourire tout seul. Depuis quelques jours, il se surprenait à fredonner en sourdine aux moments les plus inattendus, et quand il n'était pas avec Cassie, il pensait à elle.

Mais pourquoi faire des projets d'avenir ? Il allait profiter au maximum des moments passés avec elle.

Un sourire flottant encore sur ses lèvres, il cliqua sur le mail qu'il avait reçu le matin.

Il le lut, puis ouvrit la pièce jointe. C'était la photo d'un garçon d'environ cinq ou six ans, avec de grands yeux verts…

Une heure plus tard, Leith s'efforçait encore de réaliser ce qu'il venait d'apprendre. Il avait un fils. Il était père. Lui. Il avait toujours pensé qu'un jour, il aurait peut-être des enfants… un jour. Plus tard. Dans un futur lointain. Si lointain qu'il n'arrivait pas à l'imaginer.

Il passa une main sur son front. Bon sang, il n'était pas prêt pour la paternité ! Pas encore ! Il aimait sa vie actuelle. Pas d'attaches, pas d'obligations. Il faisait ce qu'il voulait. Travail, femmes et voyages – il adorait cette vie. Un enfant y mettrait un coup d'arrêt. Il devrait devenir responsable ! Travailler moins, voyager moins, devenir plus sélectif dans ses relations féminines…

Pour la énième fois, il examina la photo.

C'était un enfant très éveillé, cela se voyait. Et il avait la même forme de visage que Leith enfant sur les nombreuses photos que sa mère sortait, chaque fois qu'il se rendait à Skye. Quand il s'imagina en train d'emmener son fils à la pêche, ou en mer sur le bateau, comme son père l'avait emmené lui-même, il se rendit compte qu'il était noué par l'émotion.

Il scruta de nouveau le cliché. Sur ses propres photos d'enfance, il souriait toujours. Même avec les pires vêtements, des pantalons rapiécés aux genoux et un visage sale, son visage respirait la joie de vivre.

Son fils, lui, n'avait pas l'air heureux du tout…

Cassie nageait littéralement dans le bonheur. Depuis sa nuit avec Leith, ils ne manquaient pas la moindre occasion de passer quelques instants ensemble. Leur garde terminée, ils s'esquivaient. Parfois, ils marchaient ensemble dans le veld africain. D'autres soirs, ils emportaient une couverture sur la plage, et s'asseyaient pour se raconter leur journée en écoutant le clapotis des vagues.

Pourtant, Cassie éprouvait un petit pincement de tristesse chaque fois qu'elle pensait à la fin de leur histoire. C'était peut-être et même sûrement pour cette raison, qu'elle s'était promis de ne jamais trop s'attacher…

Un soir, ils étaient installés dans leur endroit préféré au bord de l'eau. Assis derrière Cassie, Leith la tenait entre ses bras.

— Es-tu vraiment obligée d'aller au Soudan ? demanda-t-il soudain.

Prise au dépourvu, elle ne répondit pas tout de suite.

— Pourquoi ? Que faudrait-il que je fasse selon toi ? demanda-t-elle d'un ton enjoué.

— Venir à Londres. Tu pourrais trouver du travail dans un cabinet médical ou dans un hôpital universitaire. Avec des références comme les tiennes, tu obtiendrais facilement un poste n'importe où.

Cassie pensa avoir mal entendu. Pour gagner du temps, elle traça un vague contour dans le sable.

— Mais… pourquoi ferais-je ça ?

Il resserra ses bras autour d'elle.

— Parce que je n'ai pas envie que tu t'en ailles.

Un instant, elle en oublia de respirer, et son avenir programmé avec soin, perdit tout intérêt. Son désir pour Leith et son besoin d'être avec lui anéantirent toute pensée rationnelle. Et si leur histoire continuait ? Cette idée la bouleversait, mais c'était impossible, évidemment ! À ce stade, elle ne pouvait plus laisser tomber ses employeurs. Surtout pour un rêve qui ne la mènerait peut-être nulle part.

— Je dois aller au Soudan. Je me suis engagée.

Derrière elle, un soupir se fit entendre.

— Dommage.

Se dégageant, elle se retourna vers Leith.

— Tu pourrais venir avec moi ! Ils recherchent toujours du personnel.

— C'est impossible, répondit-il, le regard indéchiffrable.

L'espoir qui s'était allumé en elle, vacilla et s'éteignit. Leith souhaitait qu'elle s'adapte à ses désirs, mais il n'était pas prêt à en faire autant pour elle…

— Mais nous nous reverrons quand tu retourneras à Londres, ajouta-t-il. Et en attendant, nous pourrons rester en contact. Il y a les lettres, les mails, le téléphone.

Il la fixait et ses yeux brillaient dans le clair de lune… Elle lui rendit brièvement son regard, désemparée et le cœur battant.

Le moment était peut-être venu de s'engager avec quelqu'un. Avec lui. De prendre ce risque. L'idée s'imposa, tentante. Oser franchir ce pas essentiel. Avec un homme qui peut-être, l'aimait pour de bon.

Mais est-ce qu'il l'aimerait toujours ? L'amour éternel existait-il ? Et les contes de fées avaient-ils une quelconque réalité ?

Elle passa les bras autour de son cou.

— Assez parlé, dit-elle d'un ton léger. Sais-tu que ça fait au moins vingt minutes que tu ne m'as pas embrassée ?

Leur dernière nuit ensemble arriva bien trop vite. À l'aube, le bateau larguerait les amarres pour gagner un autre endroit plus loin sur la côte, et Cassie de son côté, devait prendre l'avion qui l'emmènerait au Soudan. Leith, lui, resterait quelques jours encore avant de rejoindre son cabinet médical de Londres.

Mais il leur restait quelques heures à partager, et elle était bien décidée à profiter de chaque seconde.

Elle était blottie contre l'épaule de Leith quand il lui caressa lentement la joue. Depuis deux jours, il semblait préoccupé, et il avait le regard lointain, mais elle ne posait pas de questions. S'il avait quelque chose à lui dire, il le ferait quand il le déciderait. Elle détestait les gens trop curieux pour se montrer indiscrète.

Ce soir, il semblait néanmoins particulièrement distrait et sombre.

— À quoi penses-tu ? demanda-t-elle.

— Je ne suis pas sûr que cela te plairait.

— Tu ne vas quand même pas m'avouer que tu es marié ! dit-elle, faussement malicieuse.

Sur son épaule, la main de Leith s'immobilisa.

— Non. Bien sûr que non… Avant-hier, j'ai reçu un mail.

Cassie se souleva sur un coude pour mieux le regarder, et elle ressentit une pointe d'angoisse en le voyant froncer les sourcils.

— Une mauvaise nouvelle ?

— Enfin… je n'en sais rien. À la fois bonne et mauvaise.

Elle soutint son regard, interrogative. Leith se leva, et enfila son jean. La seule lumière provenait de la lune à travers les rideaux ouverts. Même dans cette maigre clarté, il était superbe avec ses cheveux en désordre, sa peau dorée par le soleil africain, ses larges épaules, ses hanches minces et ses longues jambes. Quand il tourna vers elle ses yeux verts au regard intense, la tristesse envahit Cassie. Bientôt, elle allait le perdre.

Elle joua nerveusement avec l'ourlet du drap.

— Dis-moi ce qui se passe.

Il se renversa sur le lit, et la pressa contre sa poitrine nue. Muette, elle écouta les battements de son cœur.

— Il y a quelques années de cela, j'ai eu une aventure d'une nuit, dit-il enfin. Elle s'appelait Jude. Pour être franc, je l'avais presque oubliée. Mais sa sœur, Bella, m'a écrit récemment. Jude a eu un enfant, à peu près neuf mois après notre… aventure.

Cassie se sentit glacée.

— Vous n'aviez pas pris vos précautions ?

— La journée avait été dure. Elle m'avait dit qu'elle prenait la pilule, et je n'ai pas cherché plus avant.

— Et quand le bébé est né, elle ne t'a pas mis au courant ? Alors pourquoi est-ce que sa sœur t'écrit maintenant ?

En proie à une anxiété croissante, Cassie s'écarta de Leith.

— Parce qu'elle s'inquiète. Dès le début de la grossesse, elle a insisté pour que Jude me mette au courant, mais elle a toujours refusé.

— Qu'est-ce qui l'a fait changer d'avis ?

— Elle ne s'en sort pas. En fait, Bella m'a laissé entendre qu'elle prenait des drogues.

Leith passa une main dans ses cheveux avant de reprendre :

— Quel genre de mère peut faire une chose pareille quand elle a un enfant en bas âge ?

Cassie remonta ses genoux contre sa poitrine. Quel genre de femme ? Elle ne le savait que trop bien : quelqu'un comme sa propre mère biologique, par exemple.

Elle comprenait, à présent, pourquoi Leith avait l'air si préoccupé depuis deux jours. Et en même temps, elle se sentait terriblement déçue. L'avait-elle mal jugé ? Ne s'était-elle pas un peu trop hâtée de le placer sur un piédestal ? Bien sûr, c'était ridicule d'imaginer que quelqu'un pouvait n'avoir aucun défaut — et elle était bien placée pour le savoir.

— Pourquoi a-t-elle préféré ne pas me mettre au courant de sa grossesse ? reprit Leith. Je n'ai pas encore tous les détails. Quand je l'ai connue, il y avait sûrement un homme dans sa vie, un fiancé, mais je n'en savais rien. En tout cas, il l'a quittée quand il a appris que le bébé n'était pas de lui. Apparemment, c'est à ce moment-là que Jude a commencé à se droguer.

Cassie hocha la tête, pensive. Pauvre Jude. Mais c'était le sort du petit garçon qui l'émouvait le plus. Pourquoi avoir des enfants n'est pas capables de s'en occuper ? Cette idée fit renaître en elle une vieille colère enfouie, qu'elle s'empressa de refouler.

— L'enfant n'a que six ans, mais la sœur de Jude pense qu'il souffre beaucoup du comportement de sa mère.

Leith quitta leur lit pour arpenter la petite cabine.

— Que comptes-tu faire ?

— Si c'est bien mon enfant – ce qui ne fait guère de doute à en juger par la photo que Bella m'a envoyée hier –, je vais faire mon possible pour le voir, et même, au besoin, me battre pour obtenir sa garde.

Il se dirigea rapidement vers l'ordinateur, et l'ouvrit. Ensuite, il pianota sur le clavier, orientant l'écran de façon à ce que Cassie puisse voir.

Enroulant le drap autour d'elle, elle se leva, et le rejoignit devant le bureau.

Au premier regard, elle sut que le petit garçon sur l'écran était bien le fils de Leith. Mais ce ne fut pas seulement l'air de famille qui retint son attention. Dans les yeux de l'enfant, elle retrouva avec émotion la perplexité, le trouble et la tristesse qu'il y avait dans les rares photos d'elle-même au même âge.

— Comment s'appelle-t-il ?

— Peter.

— Et où vivent-ils, lui et Jude ?

— À Bristol.

— Que comptes-tu faire ?

— Dès mon retour à Londres, je vais consulter un avocat. S'il le faut, j'intenterai une action pour que sa mère perde la garde.

— Avant, tu devrais peut-être rencontrer Peter et Jude, tu ne crois pas ? Si tu fais appel à un avocat directement, ton fils sera peut-être placé en famille d'accueil en attendant la décision. Ce n'est pas ce que tu veux, quand même. Pense à lui. N'importe quelle mère – à condition qu'elle aime l'enfant – vaut mieux qu'une nourrice !

Un muscle saillit dans la mâchoire de Leith.

— Je veux mon fils. Et si Jude n'est pas capable de s'occuper de lui, je veux qu'on le lui retire.

Cassie le regarda, interloquée. Cette intransigeance était une facette insoupçonnée de sa personnalité. Soudain glacée, elle regagna le lit et se pelotonna sous la fine couverture.

À cet instant, un pageur vibra. C'était celui de Leith, qui laissa échapper un juron en regardant le message sur l'écran.

— Une urgence au bloc. Nous reparlerons de cela plus tard.

— Je dois partir avant que le bateau ne lève l'ancre, rappela Cassie.

Leith était déjà en train d'enfiler sa chemise.

— Je reviens dès que possible… Je n'ai même pas ton adresse et ton numéro de téléphone.

Il laissa tomber son téléphone portable sur le lit.

— Tu pourrais les enregistrer ?

Il regarda sa montre tout en enfilant sa deuxième chaussure, puis prit Cassie entre ses bras, et l'embrassa avec passion. Malgré ses sentiments partagés, elle lui rendit ses baisers avec ferveur.

Manifestement à regret, il la lâcha.

— Je donnerais n'importe quoi pour retourner au lit avec toi, mais il faut que je m'en aille. À plus tard.

Et l'instant d'après, il était parti.

Cassie resta longtemps allongée sur le lit. Leith était père ! Cela changeait tout. Elle avait accepté de rester en lien avec lui, mais c'était avant qu'elle sache qu'il avait un fils.

Mais de toute façon, Leith ne lui avait pas demandé de devenir la mère de son enfant…

Et si un jour les choses en venaient là ? Elle pouvait bien se l'avouer maintenant : elle aimait cet homme. De tout son cœur et de toute son âme. Mais endosser le rôle de mère pour Peter, c'était impossible. Elle avait trop souffert pour être objective. Très vite, selon toute vraisemblance, ils s'opposeraient sur ce qui était le mieux pour l'enfant, et le pauvre gosse deviendrait un objet de conflit permanent. Une très mauvaise chose pour le petit, comme pour leur couple.

La conclusion s'imposait : elle ne pouvait pas rester avec Leith. Tous ses rêves de happy end de conte de fées, resteraient… à l'état de rêve.

Elle se leva soudain, trop agitée pour rester couchée. Et de toute façon, elle n'avait pas fini de faire sa valise, sans compter qu'il lui restait une quantité d'autres choses à régler.

Oui. Il valait mieux tout arrêter maintenant, de manière aussi rapide et indolore que possible. Leith et son fils méritaient mieux qu'une femme abîmée, et si peu motivée par le rôle de mère ou même de belle-mère – oh non ! Surtout pas de belle-mère ! Elle craignait déjà de ne pas aimer assez un enfant né de sa propre chair, alors comment envisager qu'elle pourrait s'attacher au fils de Leith ! Et Peter avait assez de problèmes à régler sans devoir supporter une nouvelle femme dans la vie de son père.

Elle sentit sur ses lèvres le goût de ses larmes. Elle aimait trop Leith pour compliquer sa vie de père. Il l'oublierait vite. Mais dans le cas contraire, il ne fallait pas qu'il puisse la retrouver.

Comme cette pensée faisait mal…

Elle griffonna quelques phrases sur un morceau de papier qui traînait à côté de l'ordinateur, puis ouvrit la porte et quitta discrètement la cabine.

3.

Dix-huit mois plus tard

Leith soupira, le regard dans le vague. La candidate allait arriver dans quelques minutes… Il baissa les yeux et parcourut rapidement son C.V. Il aurait dû le lire plus tôt, mais Rose, la directrice du cabinet médical, s'était montrée particulièrement enthousiaste au sujet de cette postulante. Elle avait tellement insisté sur ses références, son expérience, ses nombreuses et chaleureuses lettres de recommandation, qu'il n'avait pas éprouvé le besoin d'étudier lui-même le dossier. Mais il aurait dû, bon sang. Il ne pouvait s'agir que d'elle ! Combien de Cassie pédiatres avaient travaillé sur un navire-hôpital ?

Une seule.

Résistant à la tentation de jeter le C.V. dans la corbeille à papier, il le laissa tomber sur le bureau.

Pourquoi avait-elle posé sa candidature pour ce remplacement ? Il se souvenait très bien lui avoir dit qu'il était associé dans un cabinet médical de Harley Street !

Évidemment, il y avait des centaines de cabinets médicaux dans Harley Street… Mais si elle avait fait des recherches, elle avait forcément vu son nom dans la liste des associés !

Que cherchait-elle exactement ?

Cela faisait dix-huit mois qu'il ne l'avait pas revue, et son image le hantait toujours. Pourtant, elle était partie sans rien lui dire, ne lui laissant qu'un bref message, ce qui, ironiquement, en disait long sur ce que leur relation avait représenté pour elle !

Lui qui croyait posséder un radar fiable en matière de relations féminines… Il aurait parié qu'elle était tombée amoureuse de lui autant qu'il était tombé amoureux d'elle.

Mais il s'était trompé, et il ne lui restait qu'une chose à faire : oublier. Il avait bien assez de soucis avec Peter. Il lui suffirait de dire à Rose qu'il connaissait le Dr Ross, et qu'elle n'était pas faite pour ce poste.

Non. Il n'avait pas envie de mentir. Cassie n'était pas parfaite sur tous les plans, mais en tant que médecin, elle était irréprochable. Et puis, c'était du passé, eux deux. Absolument. Une affaire classée désormais !

Il reprit le formulaire. Elle avait passé six mois au Soudan avant de travailler en Afghanistan… Fin du séjour : trois mois plus tôt… Qu'avait-elle fait depuis ? Vacances prolongées ? Mariage ? Congé maternité ?

À cette idée, il sentit aussitôt une boule se nouer au creux de son ventre.

Mais allait-il cesser de réagir ainsi ! Le cabinet médical avait besoin d'un remplaçant expérimenté pour Fabio. Et puis ce n'était que pour deux mois. Huit semaines – peut-être moins.

Dans ces conditions, pourquoi appréhender cet entretien ? Il allait se prouver à lui-même que Cassie Ross n'était plus rien pour lui.

Le cauchemar la réveilla – toujours le même depuis trois mois.

Le cœur encore battant, Cassie repoussa les couvertures et se leva. Ce n'était pas le moment de flancher ! Elle alla ouvrir les rideaux et cligna les yeux quand la lumière vive du soleil pénétra dans la pièce. Décidément, la petite vague de chaleur qui frappait Londres depuis plusieurs jours, ne semblait pas faiblir.

Elle prit une douche rapide et s'habilla. Essuyant ensuite la buée sur le miroir de la salle de bains, elle étudia un instant son reflet, et émit un soupir à la vue de ce visage pâle, et de ces yeux tristes. Comme elle avait changé…

Une application de fond de teint et de fard à joues lui rendit un visage tout de même plus pimpant. Passable. Professionnel, au moins.

Elle allait revoir Leith ! Cette pensée la rendit aussitôt nerveuse. Serait-il marié ? Dix-huit mois, c'était long, et un homme comme lui ne pouvait pas vivre comme un moine. Et où en était-il avec son fils ? Avait-il obtenu un droit de visite ?

Elle appliqua son mascara d'une main qui tremblait légèrement. Se porter candidate pour un remplacement dans le cabinet médical où il était associé, était une folie, mais elle ne supportait plus de rester enfermée dans son appartement.

Elle passa dans le minuscule salon presque vide. La plupart des affaires de Martha avaient été emballées et données à des organisations caritatives. Seuls demeuraient les quelques meubles dont Cassie n'avait pas supporté de se défaire – et le collier, le seul qu'elle se rappelait avoir vu au cou de son ancienne nourrice. Elle prit le rang de perles, fit tourner entre ses doigts les petits globes froids, et ce simple geste l'apaisa.

— Souhaite-moi bonne chance, Nounou, murmura-t-elle en mettant le collier autour de son cou. Je vais en avoir besoin.

Dans le bureau, Cassie s'efforçait de faire bonne figure, malgré l'angoisse qui la taraudait. Mais c'était presque impossible avec Leith qui, assis en face d'elle, l'observait avec perplexité. Du bout des doigts, elle toucha le collier de Martha pour se donner du courage.

Cela faisait à peine plus d'un an et demi qu'elle n'avait pas revu Leith Ballantyne, mais il lui semblait que cela faisait beaucoup plus longtemps. Il s'était passé tant de choses... Physiquement, il n'avait pas changé, pourtant, avec sa tenue stricte – costume gris anthracite, chemise blanche, cravate marron – et son accueil distant, il était presque devenu un étranger.

Il devait sûrement s'interroger sur les raisons de sa candidature. En fait, quand elle avait lu l'annonce dans une revue médicale, elle s'était immédiatement demandé s'il s'agissait de l'endroit où il exerçait. Une recherche sur internet avait bien vite fait apparaître le nom du Dr Ballantyne dans la liste des associés. Cassie avait hésité, mais à bout, après une nouvelle journée de solitude, elle avait appelé. Il travaillait là ? Quelle importance ? Ce qu'il y avait eu entre eux appartenait désormais au passé.

Elle fut consternée en comprenant son erreur : comme électrisé, tout son corps était en alerte maximale. La présence de Leith faisait surgir des souvenirs si forts… Des images d'eux sur le rivage, ou au lit, enlacés… Au supplice, elle ferma les yeux un instant.

— Est-ce que ça va ? demanda Rose. Voulez-vous un verre d'eau ?

Pour retrouver son calme, Cassie se concentra sur le visage aimable de Rose Cavendish, la directrice du cabinet médical assise à côté de Leith, puis elle croisa les mains sur ses genoux pour les empêcher de trembler.

— Oui, oui, tout va bien, et non, je vous remercie, répondit-elle avec un sourire crispé.

Leith se tourna vers Rose.

— Le Dr Ross et moi, nous avons travaillé ensemble assez brièvement, il y a quelque temps de cela.

Les yeux de la quadragénaire s'arrondirent.

— Tu ne me l'as pas dit !

— Oui… J'aurais dû lire sa demande plus tôt. Mais peu importe. Ses références confirment mon impression personnelle : sa compétence ne fait aucun doute.

Cassie leva les yeux vers lui. Mon Dieu ! Il ignorait qu'il s'agissait d'elle ! S'il l'avait su, est-ce qu'on l'aurait convoquée ? Non, évidemment ! Elle en fut atterrée. Cet entretien virait au cauchemar.

Et ce regard vert sombre qui la fixait droit dans les yeux sans dévier un instant…

— Le Dr Ross, d'après mes souvenirs, devait travailler pour les Nations unies, mais je vois sur votre C.V. que vous avez quitté ce poste depuis – combien de temps ? Trois mois, c'est cela ? demanda-t-il.

La question qu'elle redoutait ! Cassie afficha un pauvre sourire.

— J'ai dû revenir à Londres pour quelque temps. D'après l'annonce, le remplacement ici, est prévu pour une durée de deux mois, ce qui correspond à mes projets actuels.

Elle inspira profondément. Il n'était pas question de dire qu'elle avait passé les trois derniers mois à l'hôpital, puis en convalescence, à réfléchir à ce qu'elle allait faire de sa vie.

Comme il fallait s'y attendre, Leith avait l'air sceptique, car elle lui avait dit et répété que son avenir était toujours planifié. Eh bien, tant pis s'il s'interrogeait. Elle aurait pu poser sa candidature ailleurs, mais il s'agissait de postes à l'extérieur de Londres, ou d'emplois permanents. Or, elle avait juste besoin de retravailler quelque temps, en attendant de décider si elle allait ou non reprendre son poste aux Nations unies. Encore quelques jours d'inaction totale à ressasser ses idées noires, et elle deviendrait folle. Il lui fallait obtenir ce job…

— Si nous vous engageons, vous recevrez les jeunes patients, expliqua Rose. En ce moment, c'est Fabio – le Dr Lineham – qui les suit, mais son épouse est enceinte, et il souhaite prendre un congé pour rester avec elle et le bébé. Par conséquent, vous auriez en charge tout le secteur pédiatrique. Qu'en pensez-vous ?

— Ce serait parfait.

— Mais est-ce que cela vous conviendra de travailler dans un cabinet de médecine générale ? intervint Leith. À part un ou deux enfants atteints de maladies chroniques ou complexes – et ceux-là, le Dr Lineham continuera de les suivre –, vous traiterez surtout des affections bénignes chez des enfants de parents trop inquiets.

Cassie laissa échapper un petit soupir. Apparemment, il n'allait pas se contenter d'explications tronquées. Et comment l'en blâmer ? À sa place, elle poserait les mêmes questions. Mais il ne pouvait pas savoir à quel point elle détestait évoquer les raisons de son départ d'Afghanistan. Des raisons qui l'empêchaient de dormir la nuit…

— Comme je l'ai dit, je dois rester à Londres pendant quelques mois, et ce cabinet médical jouit d'une excellente réputation.

Malgré son cœur qui battait trop vite, elle soutint le regard de Leith. Il devait forcément se demander si elle n'avait pas de motivations cachées : utiliser leurs relations passées pour entrer dans un cabinet médical respecté et lucratif, ou bien – et cette pensée la fit rougir – chercher à le revoir.

Toutes raisons qui se trouvaient à des années-lumière de la vérité ! Simplement, par un hasard malheureux, ce poste était le seul vacant pour la durée qui l'intéressait. Leith découvrirait très vite qu'elle n'avait aucune intention de reprendre leur relation là où ils l'avaient laissée.

Si seulement il cessait de la scruter de cette manière qu'elle ne connaissait que trop bien – comme si ces yeux vert émeraude, à la fois insondables et perspicaces, pouvaient lire en elle. Comme avant… Apparemment, sa première explication ne l'avait pas satisfait. Nerveuse, Cassie faillit toucher la cicatrice sur son bras, et retint son geste juste à temps.

— Une amie est morte récemment, et elle m'a légué son appartement à Londres. Il me faut un peu de temps pour tout régler avant de le revendre.

Cassie s'étonna de la facilité avec laquelle l'explication était sortie de ses lèvres. Martha avait effectivement été une amie. Plus que cela, même : elle lui avait procuré la seule attention maternelle qu'on lui ait jamais prodiguée. Cet appartement était son unique véritable foyer, et la mort de Martha, un an plus tôt, avait représenté un déchirement insupportable.

Leith demeura muet, et son silence agaça Cassie. Elle était hautement qualifiée pour ce poste, alors que voulait-il savoir de plus ? L'idée de travailler avec elle le rebutait-il à ce point-là ?

Elle se leva.

— Je regrette. Je ne corresponds pas au profil. Vous recherchez sûrement quelqu'un avec plus d'expérience en médecine générale. Merci de m'avoir reçue.

— Asseyez-vous, je vous en prie, docteur, répondit Leith, l'air ennuyé. Il est important que nous cernions les compétences des candidats. Mais vos références sont toutes excellentes, et je me souviens de votre travail irréprochable sur le navire-hôpital.

Cassie inspira profondément et se rassit. Elle réagissait

peut-être d'une manière excessive. Le choc de revoir Leith avait été si fort…

— J'ai lu que votre dernier poste était en Afghanistan, dit Rose. Pouvez-vous nous en dire quelques mots ?

De nouveau, le rythme cardiaque de Cassie s'affola.

— Il s'agissait de ma seconde mission pour l'ONU. Je soignais des enfants afghans ; cela faisait partie de la campagne pour nous faire admettre par la population. Les services médicaux pour les civils se trouvent dans une situation critique, et ce sont les enfants qui souffrent le plus. J'étais là-bas pour neuf mois.

Elle avait choisi ses mots avec soin, s'obligeant à regarder Leith dans les yeux. Mais cela, c'était la partie facile du récit.

— Sur beaucoup de points, ce n'était pas très différent du travail sur le navire, ou au Soudan. Nous organisions des consultations où nous le pouvions, et nous allions même dans les hôpitaux pour examiner des patients quand on nous le demandait. Quand un enfant avait besoin d'une intervention qui dépassait nos moyens locaux – l'équipement était très basique… quand il existait –, nous l'envoyions au Royaume-Uni ou aux États-Unis. Malheureusement, les besoins dépassaient de loin l'offre thérapeutique.

Rose se tourna vers Leith.

— Nous pourrions sûrement faire quelque chose.

Elle avait dû remarquer l'air sceptique de Cassie, car elle sourit.

— Nous avons tous une conscience aiguë de la chance que nous avons de vivre comme nous le faisons, et par conséquence, c'est la particularité des associés ici, d'effectuer chacun deux ou trois semaines de bénévolat chaque année, localement ou à l'étranger. Et nous pourrions peut-être trouver des chirurgiens ici en Grande-Bretagne, qui seraient disposés à aider les enfants dont vous nous parlez. Mon mari a des contacts.

Cassie lui sourit : elle aimait déjà Rose.

— Ce serait fantastique !

— Il faut que vous le sachiez, nous demandons à nos

médecins de voyager de temps en temps. Est-ce que cela vous posera un problème ?

— Pas du tout. Je n'ai aucune attache à Londres, répondit Cassie.

De Leith, elle n'obtint pour toute réaction qu'un silence pesant. Rose, elle, semblait visiblement soulagée.

— À la bonne heure. Nous essayons tous d'effectuer notre part de déplacements à l'étranger, mais ceux d'entre nous qui ont des enfants…

Elle jeta un bref coup d'œil en direction de Leith avant de poursuivre.

— … préfèrent rester ici dans la mesure du possible.

Cassie regarda Leith à son tour. Donc, il avait obtenu la garde de son enfant. Elle n'en fut nullement étonnée.

— À partir du moment où je travaille, peu importe ce que je fais et où je vais.

Rose et Leith échangèrent un regard étonné.

— J'aime travailler, précisa très vite Cassie.

— Et comment occupez-vous votre temps libre ? demanda Rose.

Leith se pencha légèrement en avant pour mieux l'écouter, et elle remua sur sa chaise.

— Je cours, je… j'aime aller au théâtre, au restaurant, ce genre de chose.

C'étaient des choses qu'elle aimait faire – avant.

— Notre cabinet se développe presque trop vite par rapport à nos capacités, déclara Rose. Au début, quand je suis arrivée, il n'y avait que mon mari et deux infirmières. Mais ces deux dernières années, nous avons acheté l'immeuble voisin pour y installer une unité de chirurgie pour petites interventions et du matériel de radiologie. Nous sommes passés à trois médecins, et nous continuons de nous développer. Nous restons quand même une structure à taille humaine, où nous sommes contents de travailler et nous voulons le rester. Il faut que nous nous entendions bien, d'où nos questions un peu… poussées. L'autre raison de cet interrogatoire, c'est notre clientèle, qui va de la famille royale en passant par les politiciens, aux gens des médias ou aux sportifs en vue. Ils comptent tous sur notre complète discrétion. Donc, nous devons nous entourer de précautions. Je suis sûre que vous comprenez.

Cassie émit un discret soupir de soulagement. Elle ne s'était pas rendu compte qu'elle était tendue à ce point-là. La fatigue, sans doute. Ses deux interlocuteurs faisaient seulement ce que ferait n'importe qui, lors d'un entretien de recrutement. Ils ne pouvaient pas deviner qu'elle détestait répondre à des questions personnelles. Et en plus, elle avait besoin de ce travail.

— Le Dr Ballantyne ici présent et les autres médecins exercent aussi à l'hôpital local, ajouta Rose. En cas de besoin, vous auriez accès à l'équipement dont dispose l'établissement.

— Tout ça m'a l'air parfait, répondit Cassie.

Parfait, oui – mis à part le fait qu'elle devrait travailler avec Leith.

Rose se leva, et elles échangèrent une poignée de main.

— Nous avons deux autres candidatures, et naturellement, avant de prendre une décision, nous devrons en discuter avec le reste de l'équipe.

— Quand serai-je fixée ?

— Demain soir au plus tard.

— Alors, qu'en dis-tu ? demanda Rose après le départ de Cassie.

Leith ne sut pas très bien que répondre. Cassie était presque trop qualifiée pour le poste. Quelle était la vraie raison de sa candidature ? Ses explications ne l'avaient pas complètement convaincu.

Mais quel choc de la revoir ! Lui qui pensait s'être complètement remis de leur relation inachevée…

Pourtant, elle avait changé. Toujours belle – peut-être plus que dans son souvenir – mais distante, comme en retrait. Ses cheveux plus longs cachaient parfois son visage, et elle était mince – un peu trop. Et ce n'était pas seulement son aspect physique qui avait changé. Il n'y avait plus cette flamme dans son regard. Elle semblait presque… perdue.

Qu'est-ce qui l'avait métamorphosée ainsi ? La mort d'un proche pouvait expliquer sa tristesse, mais Cassie semblait affectée au-delà d'un deuil ordinaire. Était-il arrivé quelque chose en Afghanistan ? Y avait-elle vécu des événements qui l'avaient marquée ?

Peut-être était-elle simplement mal à l'aise de se retrouver en face de lui. Dans ce cas, elle n'avait pas à s'inquiéter : il n'avait aucune intention de reparler de leur liaison – une aventure qui, de toute évidence, n'avait pas signifié grand-chose pour elle.

Mais bon sang, malgré tout, il avait beau se raisonner, elle éveillait en lui l'envie de la prendre dans ses bras. Il ne pouvait s'empêcher de penser à son corps nu sous le sien ; à ses cris de plaisir pendant l'amour. Et il voulait chasser la tristesse de ses yeux – revoir son beau sourire éclairer son visage, l'entendre rire de nouveau.

Mais il devenait fou ! Il perdait la tête ! Il s'était trompé sur son compte une fois déjà, et maintenant sa vie était trop compliquée pour qu'il la laisse y entrer de nouveau.

Soudain, il s'aperçut que Rose attendait sa réponse.

— Je… m'interroge. Cet emploi ne correspond pas à ce que je sais d'elle : peu de choses, en fait…

En fait, il ne l'avait jamais vraiment connue. Jamais il n'aurait imaginé qu'elle le quitterait avec cette désinvolture stupéfiante.

— Eh bien, elle m'a plu, à moi. Je la vois très bien chez nous et elle sera parfaite pour ce poste, déclara Rose.

Leith soupira. Il avait tort d'hésiter. Cassie était effectivement très qualifiée, bien plus que les autres candidats qu'ils avaient reçus, et de plus, il avait une entière confiance dans le jugement de Rose.

— Si elle te plaît, elle plaira aussi à Jonathan, répondit-il enfin. Et nous avons besoin d'un pédiatre. Attendons quand même l'avis des autres. Sans compter qu'il y a aussi les autres candidats à prendre en compte.

— Oui, mais aucun de nous n'a vraiment été conquis… Je

pense que nous devrions lui proposer la place. Elle m'a fait une excellente impression.

— Je suis d'accord, si Jonathan l'est aussi.

Rose eut un regard malicieux.

— Tu sais qu'il me fait confiance. Et tu es satisfait des qualifications du Dr Ross, non ?

Leith jeta un regard en coin à Rose. Si elle avait connu la nature exacte de ses relations avec Cassie, elle aurait peut-être compris ses réticences. Mais évidemment, la décision devait rester purement professionnelle.

— O.K., tu as gagné, lança-t-il enfin d'un ton aussi détaché que possible. D'accord pour le Dr Ross.

— J'ai une bonne idée, dit Rose en rassemblant ses papiers. Si je l'invitais à Cavendish Hall ce week-end ? Ce serait tellement plus décontracté pour elle de faire connaissance avec tout le monde en dehors du travail. Et cela nous permettrait de mieux la connaître. Qu'en penses-tu ?

Devant son air enthousiaste, Leith n'eut pas le cœur d'avouer ses doutes : Cassie ne trouverait sûrement guère « décontracté » d'être jaugée en un week-end, et à Cavendish Hall. Malgré tout, l'idée était judicieuse.

— Mais oui, pourquoi pas ?

Il eut un sourire un peu amer. Apparemment, qu'il le veuille ou non, Cassie était de retour dans sa vie.

4.

Cassie se réveilla en sursaut. Elle avait crié ! Les voisins. Pourvu que le bruit n'ait pas franchi les murs de son appartement… Dans l'obscurité, elle attendit que son cœur et sa respiration aient repris un rythme normal.

Doucement, elle recouvra ses esprits. Chaque nuit, le même cauchemar. Elle marchait, et soudain, une explosion se produisait. Cassie tombait et entendait les appels au secours, et quand elle voulait bouger, elle n'y arrivait pas. Ensuite, elle s'apercevait qu'une partie de son corps était en flammes. C'était horrible. Encore plus, d'une certaine façon, que la réalité…

Il était à peine plus de 6 heures du matin, mais dehors, il faisait déjà jour. Elle enfila un pantalon de jogging et un T-shirt, quitta son appartement et s'élança en direction de Hyde Park.

Le cabinet médical allait-il l'appeler aujourd'hui pour lui proposer le poste ? Et si oui, allait-elle vraiment accepter ? Le simple fait de revoir Leith l'avait bouleversée, alors comment pourrait-elle travailler avec lui ? Mais d'un autre côté, sa réaction était peut-être un bon signe – le signe qu'en elle, tout n'était pas mort.

En revanche, Leith n'avait manifesté aucun trouble en la revoyant ! Avait-il rencontré quelqu'un d'autre ? Il ne portait pas d'anneau, mais cela ne prouvait rien. L'idée qu'il soit marié l'agaça, et elle accéléra sa foulée, pressée aussi de vider son esprit. En vain. Les questions continuaient de tourner :

Et le fils de Leith ? Vivait-il avec lui ?

Mais pourquoi penser à ça ? Leith et son enfant. C'était bien la dernière chose dont elle devait se préoccuper. Il était déjà assez difficile d'affronter chaque nouvelle journée.

Sa respiration devint douloureuse. Elle avait perdu l'habitude de ce genre d'effort. Des semaines d'inactivité, après son séjour à l'hôpital, avaient engourdi ses muscles et rétréci ses poumons !

Et de fait, elle était à bout de souffle quand elle regagna son appartement. Après avoir ôté son T-shirt et son pantalon de jogging, puis les avoir jetés dans le panier à linge, elle se dirigeait vers la salle de bains quand le voyant rouge de son répondeur clignota. Elle n'avait plus écouté ses messages depuis la veille au soir. Elle décrocha donc, appuya sur la touche « Messages », et reconnut immédiatement la voix. C'était Rose Cavendish qui l'invitait, et lui demandait de la rappeler rapidement.

Cavendish Hall se trouvait à une heure et demie de Londres, aussi Cassie fixa-t-elle l'heure de son arrivée aussi tard que possible, car elle envisageait avec appréhension la réunion à venir.

Rose n'avait pas été précise sur les tenues à apporter – ses vêtements habituels, avait-elle dit. En prévision du dîner, Cassie avait donc glissé dans sa valise, la seule robe du soir qu'elle possédait, un vêtement pourvu de manches suffisamment longues pour cacher les cicatrices sur ses bras. Tant pis si ce n'était pas assez chic ; elle n'avait ni le temps ni l'envie d'aller faire du shopping.

Arrivée en voiture, elle tourna dans une longue allée majestueuse, et Cavendish Hall apparut devant elle. La demeure à un étage, construite en pierres couleur miel, était immense : une douzaine de fenêtres donnaient sur une vaste pelouse entretenue avec soin.

Rose attendait au pied des marches du perron, tout en surveillant, avec une attention toute maternelle, une petite fille qui arrosait des fleurs avec un arrosoir presque aussi grand qu'elle. Cassie, mélancolique, observa la petite. Une image éternelle…

Quand elle arrêta sa voiture, Rose afficha un large sourire, et à peine Cassie avait-elle pris sa petite valise dans le coffre qu'elle s'avança dans sa direction. Parvenue à sa hauteur, elle lui donna une chaleureuse accolade, avant de l'embrasser sur les deux joues. La petite fille l'avait suivie, et elle s'arrêta près de sa mère, fixant la nouvelle venue avec de grands yeux.

— Bienvenue à Cavendish Hall ! dit Rose. Je suis tellement contente que vous ayez pu venir après mon appel très tardif. Les autres sont tous arrivés, et ils ont hâte de faire votre connaissance. Je vous ai fait venir jusqu'ici pour rencontrer tout le monde. J'espère que cela ne vous dérange pas trop !

— Bien sûr que non.

— Il faut que je vous dise : on ne fait pas de chichis ici. Ça a bien changé depuis l'époque du père de Jonathan. Le pauvre homme est mort depuis deux ans. Excusez-moi, je parle toujours trop.

Elle se pencha pour murmurer à l'oreille de Cassie.

— Après toutes ces années, je suis toujours nerveuse quand je dois jouer les hôtesses.

Pour la première fois depuis longtemps, Cassie s'esclaffa. La maîtresse des lieux avait des manières simples et directes qu'elle trouvait très sympathiques.

— Katie, notre kiné du cabinet, est là, et elle meurt d'envie de vous rencontrer. La pauvre. Elle est énorme. Elle est enceinte de trente-six semaines. Un premier enfant, vous savez…

Tout en parlant, Rose avait pris Cassie par le bras et l'entraînait vers le perron.

— Jonathan, Fabio – c'est le médecin que vous allez remplacer et le mari de Katie –, et Leith, se trouvent quelque part dans le domaine en train de regarder des haies ou je ne sais trop quoi. Ils vont rentrer bientôt, pour prendre du thé et un gâteau maison, confectionné par Mary, notre cuisinière.

Rose se tourna en souriant vers la fillette qui tirait sur sa robe pour attirer son attention.

— Et cette petite coquine, c'est Daisy.

L'enfant tendit une main potelée que Cassie serra d'un geste solennel.

— Et voici Benton, sans qui Cavendish Hall s'écroulerait probablement.

Un homme d'un certain âge venait d'apparaître sur le perron. Il eut un geste de modestie.

— Benton, voudriez-vous essayer de trouver Jonathan pour l'informer que le Dr Ross est arrivé ? demanda Rose.

« Benton » avait déjà pris le sac de l'invitée, et il gravit sans difficulté apparente l'escalier derrière Rose et Cassie, avec Daisy juchée sur ses épaules. Puis Cassie, charmée par la douceur des lieux, entra dans le salon où on la présenta à Katie – une belle femme aux épais cheveux blonds et aux grands yeux gris.

Celle-ci tenta de s'extraire du fauteuil profond dans lequel elle était installée.

— Ne vous levez pas surtout, dit Cassie.

— Merci. Je vais rester assise puisque vous me le proposez si gentiment ! Rose, pourrais-tu me trouver un fauteuil qui ne me demanderait pas dix minutes pour me lever ? demanda Katie, adressant un sourire affectueux à leur hôtesse.

La tension qui habitait Cassie baissa d'un cran supplémentaire.

— Rose m'a appris que vous en étiez à trente-six semaines, dit-elle. Vous devez être tout excitée.

Katie écarquilla des yeux malicieux.

— Tout excitée ? Je dirais plutôt : excédée et morte de peur. Personne ne m'avait prévenue : j'ai l'impression d'être une baleine échouée, et j'en ai aussi l'aspect, hélas. Avec ce ventre énorme…

— Mais ma chérie, tu es aussi belle qu'avant. Encore plus belle, même, si c'est possible.

Un homme séduisant, au teint mat venait d'entrer dans la pièce, et il vint déposer un baiser sur la joue de Katie. Devant un geste si plein d'amour et d'affection, Cassie sentit sa gorge se nouer. Qu'est-ce que cela faisait d'être aimée à ce point-là ? Son regard se posa sur la porte et soudain, son cœur s'emballa. Leith la regardait, appuyé contre le montant. Comme il était sexy dans son jean noir et son T-shirt vert qui épousait parfaitement les lignes de son torse musclé ! Elle soupira. Malgré toutes les histoires qu'elle s'était racontées, son désir, à l'évidence, demeurait intact. Très vite, elle reporta son regard sur Katie, qui, taquine, donnait une petite tape à son mari.

— Cassie, je vous présente Fabio, mon époux.

À côté de celui-ci se trouvait un autre homme brun. À en juger par sa ressemblance avec la petite Daisy, il s'agissait de Jonathan.

Et Leith ? Était-il seul ? Sans amie ? Et où était son petit garçon ? Peut-être n'avait-il pas réussi à en obtenir la garde. Ou bien il avait renoncé à l'obtenir…

— Bienvenue à Cavendish Hall, dit Jonathan. J'espère qu'il ne vous manque rien.

— Je ne lui ai pas encore montré sa chambre, chéri, intervint Rose. Nous allons prendre le thé avant. Cassie, je vous ai installée dans l'aile ouest, à côté de Leith, et loin de Daisy, qui fait parfois beaucoup de bruit quand elle joue. J'espère que cela vous conviendra ?

Cassie ne put s'empêcher de jeter un coup d'œil en direction de Leith, et un instant, leurs regards se mêlèrent. Il sourit. Cassie en oublia de respirer. Maudit désir, qui avait choisi ce moment pour refaire surface !

— Cela ira très bien. Je voudrais bien me rafraîchir si c'est possible…

Quand Rose l'eut conduite à la salle de bains du rez-de-chaussée, Cassie s'appuya contre la porte fermée et inspira profondément avant de se diriger vers le lavabo pour s'asperger le cou d'eau fraîche. Elle était très troublée. Il fallait absolument qu'elle se ressaisisse.

Quand elle regagna le salon, on servait le thé, et le bruit des conversations remplissait la pièce. Le seuil franchi, elle s'arrêta en proie à un sentiment de solitude. Si seulement elle pouvait rire et bavarder en ne pensant qu'à l'instant présent, et se sentir à l'aise avec des gens qui l'accepteraient pour ce qu'elle était, sans la juger…

— Est-ce que ça va ?

Elle sursauta. Leith ! Elle ne l'avait pas vu s'approcher.

— Bien sûr. Pourquoi est-ce que ça n'irait pas ?

— Je n'en sais rien, mais quelque chose me dit que tu n'es pas à l'aise. Évidemment, nous formons un groupe un peu compact au premier abord, j'imagine.

— Je ne me sens pas très bien au milieu du monde, tu t'en souviens peut-être.

Le visage de Leith prit une expression que Cassie trouva étrange.

— Je me souviens de tout, jusqu'au moindre détail. Comment est-ce que j'aurais pu oublier ? Si nous sortions un peu ?

Du menton, il désigna les futurs collègues de travail de Cassie. Rose et Jonathan lisaient une histoire à Daisy, Katie et Fabio, joue contre joue, riaient de bon cœur d'une plaisanterie.

— Ça ne va pas les déranger, murmura Leith avec un fin sourire. Ils ne remarqueront même pas notre absence. Et en plus… il faut que nous parlions.

Cassie répondit sur le même ton.

— Je ne vois pas de quoi nous pourrions parler. Nous avons travaillé ensemble, il y a quelques mois de cela, et nous avons eu une brève aventure sur le bateau. Il n'y a pas grand-chose à dire.

Un haussement d'épaules ponctua ses propos.

Elle le défia du regard. Pendant quelques instants, Leith la scruta avec intensité, puis il la prit par le bras et l'entraîna sur la terrasse par la porte-fenêtre. La moindre résistance de sa part aurait attiré l'attention générale. De toute façon, tôt ou tard, il faudrait bien qu'ils parlent… Et puis, elle avait envie de savoir où Leith en était avec son fils.

Dès qu'ils furent dehors, elle dégagea son bras. Ils marchèrent en silence dans une allée qui menait à un petit bosquet. Il régnait entre eux une tension presque palpable…

— Pourquoi es-tu revenue à Londres ? demanda soudain Leith. Si ma mémoire est bonne, tu devais travailler pour l'ONU. Tu ne m'as même pas laissé ton numéro de téléphone ! Un message, c'est tout. On ne peut plus laconique, en plus.

— J'ai estimé que ce serait mieux ainsi.

— Je croyais que nous comptions davantage l'un pour

l'autre. Je n'ai pas compris que tu t'en ailles sans la moindre explication.

— Comme je te l'ai écrit, je déteste les « au revoir ». Nous savions tous les deux que notre relation n'avait aucun avenir. Tu avais ton fils, et moi… j'avais mon poste à l'ONU.

— Oui, mais ce poste, tu l'as quitté, et nous avions convenu de rester en contact. Qu'est-ce qui a changé ?

Cassie rougit légèrement et feignit d'avoir mal compris la question.

— Je l'ai dit lors de l'entretien. Une personne proche de moi est morte, et m'a laissé son appartement. Il a fallu que je trie ses affaires avant de vendre.

— Ce n'est pas cela que je te demande.

— Écoute, cela n'aurait servi à rien de rester en contact. Tu peux comprendre ça… Nous avons passé peu de temps ensemble. Tu avais ta vie, j'avais la mienne, et je… n'ai pas voulu être liée par de vagues promesses difficiles à tenir. Je préférais partir pour le Soudan sans aucune attache. Vivre plusieurs mois séparés… Ça n'aurait pas marché.

— Nous aurions au moins pu essayer ! Mais bien sûr, maintenant, je comprends que tu avais raison. C'était bien, mais apparemment, chacun de nous s'est trompé sur l'autre. Et de toute façon, comme tu l'as dit, notre histoire en Afrique, c'est du passé. En revanche, abandonner ta carrière aux Nations unies… Un congé t'aurait suffi pour régler la question de l'appartement ! Ou bien tu aurais pu en charger quelqu'un. À moins que tu ne sois partie pour une autre raison… ou pour quelqu'un d'autre ?

— Non, il n'y avait, il n'y a personne… Simplement, il était temps que je m'en aille. Quant à l'idée de laisser quelqu'un vider l'appartement de Martha…

Elle dut inspirer profondément avant de poursuivre.

— C'était une personne qui comptait beaucoup pour moi. Je lui devais de faire ce dernier geste pour elle.

— Pardonne-moi. Je ne savais pas… C'était une amie proche ?

— En quelque sorte. Elle était âgée. Sa mort a été soudaine, mais au moins elle n'a pas souffert. Elle aurait détesté devenir dépendante. Mais… et toi ? Es-tu avec quelqu'un – marié, peut-être ? Et où en es-tu avec Peter ?

Cassie se tut, attendant la réponse avec appréhension.

— Non, je ne suis pas marié.

Un profond soulagement l'envahit. Elle supportait mal l'idée qu'il vive avec quelqu'un d'autre…

— En ce qui concerne Peter, les choses ne se sont pas bien passées. D'abord, j'ai dû prouver que j'étais son père biologique. Ensuite, il a fallu que j'alerte les services sociaux. Pour être franc, ça a été un beau gâchis. J'ai vu mon fils une ou deux fois chez sa grand-mère, et il avait l'air de me détester !

Elle secoua la tête, navrée. Pauvre Peter. Même s'il avait une mauvaise mère, il avait dû souffrir terriblement de lui être enlevé. Et pour Leith, l'hostilité de son fils avait dû représenter un coup terrible.

Elle effleura son bras.

— Il lui faut juste un peu de temps pour apprendre à te connaître.

— La mère et la sœur de Jude restent en contact avec moi ; c'est le seul moyen que j'ai de savoir comment il va. Je m'inquiète pour lui. J'ai appris que le comportement de Jude devenait de plus en plus instable. C'est sa mère qui garde Peter, et Jude a un droit de visite. Les choses resteront ainsi jusqu'à la décision concernant la garde. Ce système est épouvantable, qui met une éternité à décider de l'avenir d'un enfant !

— C'est bien que ton fils ait des gens qui l'aiment et veillent sur lui. On pourra peut-être convaincre Jude de suivre une cure de désintoxication…

— Elle l'a déjà fait – ça n'a pas marché. Je tente de convaincre sa mère et sa sœur de signaler à la Justice son problème de toxicomanie, mais elles craignent, si elles le font, que Jude perde tout contact avec Peter et rompe le lien avec elles deux. Personnellement, je me moque bien de tout ça. Tout ce que je veux, c'est que mon fils vive avec moi.

— Ne vaudrait-il pas mieux qu'il garde un contact avec sa

mère, avec un regard attentif de sa grand-mère et de sa tante ? Ce conflit autour de ton fils, ce n'est pas bon pour lui.

— Je veux la garde exclusive. Je n'empêcherai pas Peter de voir sa mère ! Je veux seulement m'assurer qu'il soit en sécurité, et qu'il ne voie sa mère que sous surveillance. Par son comportement, Jude a perdu le droit de s'occuper de lui. En tant que pédiatre, tu sais bien que ce serait son intérêt de vivre avec moi !

Elle hocha lentement la tête. Oui – d'un point de vue professionnel –, mais elle répugnait à émettre une opinion personnelle. Elle avait trop souffert pour prendre le risque de se mêler de la vie de quelqu'un d'autre – et surtout de celle de Leith.

— Si ça ne te dérange pas, je vais aller défaire ma valise.

Elle se tournait pour partir, mais il la saisit par le bras.

— Pourquoi t'es-tu portée candidate pour ce poste ? Avec tes références, tu aurais pu travailler ailleurs.

— Ça n'avait aucun rapport avec toi, si tu veux le savoir. Comme je l'ai déjà dit, ce poste me convient.

Elle eut un petit sourire.

— Je te promets que si je suis choisie, je ne m'enfuirai pas.

Cassie se sentit soulagée quand elle referma la porte de sa chambre derrière elle. Leith était beaucoup trop perspicace à son goût. Il avait deviné qu'elle ne lui avait pas dit toute la vérité, mais Dieu merci, elle avait réussi à faire diversion. Pourtant, elle soupçonnait que, d'une manière ou d'une autre, il ne serait pas satisfait avant de tout savoir.

Mais de quel droit s'immisçait-il dans sa vie ? Ce qui s'était passé entre eux était terminé !

Enfin… Au moins, ils avaient parlé – comme deux simples connaissances, mais c'était une bonne chose, car cela replaçait leurs relations sur une base strictement professionnelle.

Cassie sortit de sa valise les quelques affaires qu'elle avait apportées, et suspendit ses vêtements dans l'armoire sculptée en acajou. Ensuite, elle ôta sa robe et enfila son peignoir, puis se dirigea vers la salle de bains. Rose lui avait indiqué qu'elle se trouvait au bout du couloir.

Quelques instants plus tard, elle se plongeait dans l'énorme baignoire sur pieds et fermait les yeux. Tout cela représentait un énorme effort, comme si les mois précédents elle avait vécu dans sa coquille. Il s'agissait sûrement d'un stress post-traumatique – une forme légère, mais néanmoins pénible. Elle avait envisagé de consulter un psychologue, mais l'idée de raconter ce qui lui était arrivé – et toute sa vie – lui était insupportable. Non. Elle règlerait cela toute seule. Il lui suffirait de vivre un jour à la fois. S'activer, travailler et s'occuper des autres : le remède idéal. Cela l'empêcherait de ruminer son passé…

Vêtue de son seul peignoir, elle regagnait sa chambre, quand elle aperçut Leith qui se dirigeait dans sa direction, torse nu, une serviette-éponge négligemment enroulée autour des hanches. Immédiatement, le souvenir de sa large poitrine sous ses doigts lui revint, et troublée, elle détourna le regard, mais trop tard : les yeux verts pétillaient d'amusement.

— La salle de bains est au bout du couloir, dit-elle.

— Merci, mais je connais déjà.

Dans l'étroit couloir, elle dut se faufiler pour passer devant lui, frôlant le mur. Dans ce mouvement, elle leva la main et cela fit glisser la manche de son peignoir sur son avant-bras.

Leith lui saisit le poignet et l'orienta vers la lumière.

— Qu'est-ce que c'est ?

— Rien. Un accident.

Cassie voulut s'esquiver, mais il la retint et passa le pouce sur les cicatrices.

— Un sacré accident alors ! Ça a dû mettre des mois à guérir.

D'une torsion, Cassie libéra son bras.

— S'il te plaît. Je ne veux pas en parler. Laisse-moi passer.

— Bon sang, qu'est-ce que tu me caches ?… Écoute, tu sais que tu peux me faire confiance. Je suis toujours ton ami.

— Je n'ai rien à dire.

Leith marqua une imperceptible hésitation.

— Tu sais où me trouver quand tu seras prête à m'en parler, dit-il doucement.

Et il s'écarta pour la laisser passer.

Quand Cassie redescendit, tout le monde était réuni dans le salon. Elle portait sa robe de soirée bleue à manches longues et se sentit rougir lorsque les regards convergèrent dans sa direction.

Rose se hâta de la rejoindre et la prit par les mains.

— Vous êtes très belle. Mon Dieu, vous êtes transie et nous n'avons même pas un feu dans la cheminée.

— Nous sommes en plein été ! répondit Cassie d'un ton léger.

Et de fait, le soleil du soir inondait la pièce, faisant danser dans sa lumière des particules de poussière dorées.

Leith se tenait debout à l'autre extrémité du salon, un verre à la main. Un instant, leurs regards se croisèrent. Très vite, elle détourna les yeux pour concentrer son attention sur le verre de champagne que Jonathan serrait dans sa main.

Katie était enfoncée dans un gros fauteuil avec Fabio assis près d'elle sur l'accoudoir. La petite Daisy, elle, n'était pas là – couchée, sans doute.

Jonathan s'adressa à Rose.

— Quels sont tes projets pour demain, ma chérie ? J'ai pensé que je pourrais peut-être emmener Leith et Fabio faire un peu de tir au pigeon d'argile. Si vous vous joigniez à nous, Cassie ? Katie n'a pas envie de marcher et Rose voudra rester avec Daisy, mais cela vous tenterait peut-être de venir.

— Moi aussi je compte venir, protesta Rose. Vicki et Julie, nos infirmières, se joindront à nous, et aussi Jenny, notre secrétaire. Malheureusement, aucune d'elles ne pouvait être là ce soir. Nous pourrons tous pique-niquer au bord du lac.

— La chose est réglée, conclut Jonathan.

— Je regrette, intervint Cassie. J'aurais dû vous le dire plus tôt, mais je devrai partir demain matin de bonne heure. Une obligation à Londres que j'ai oublié de mentionner.

En réalité, elle se sentait incapable de passer une journée

complète en compagnie de Leith. Ce serait déjà assez difficile de travailler avec lui…

— C'est dommage, dit Rose, mais nous sommes tous très contents que vous ayez pu venir pour la soirée.

Dans les profondeurs de la maison, un gong résonna.

— C'est Mme Hammond, notre gouvernante, qui nous informe que le repas est prêt. Allons dîner, voulez-vous ? Leith, veux-tu être le cavalier de Cassie ?

Le cœur de Cassie s'affola quand il lui prit le bras.

Elle se sentit comme transportée dans une autre époque en pénétrant dans l'immense salle à manger. Sur la table éclairée par des chandelles, le couvert était mis avec du cristal étincelant et de la porcelaine fine.

Rose surprit son regard, et elle eut un sourire contraint.

— Le père de Jonathan aimait dîner comme de son temps. Après sa mort, nous avons maintenu la tradition.

Tout le monde prit place autour de l'immense table et la conversation roula sur les origines de Rose.

Celle-ci se tourna vers Cassie, qui à sa grande consternation, avait été placée en face de Leith : elle n'échapperait pas à son regard…

— J'ai été élevée dans la banlieue de Londres par des parents aimants, mais dans un milieu très simple, alors je n'ai jamais vraiment réalisé que j'étais devenue lady Cavendish. Et vous, Cassie ? D'où venez-vous ?

— Mon père travaille dans une banque et ma mère est dans les médias.

— Journaliste ? demanda Fabio.

— Pas exactement. Elle est… elle était correspondant de guerre.

— Et comment s'appelle-t-elle ?

— Lily. Elle utilise son nom de jeune fille : Savage.

— Vous êtes la fille de Lily Savage ? demanda Rose, les yeux écarquillés. J'ignorais même qu'elle avait des enfants.

Cassie retint un soupir. Il n'y avait là rien de surprenant.

— Maintenant, elle ne couvre plus les zones de conflits. Elle fait surtout des documentaires.

— Quelle coïncidence, dit Katie. La mère de Fabio aussi travaille dans les médias. Il sait ce que c'est d'être l'enfant de parents célèbres. N'est-ce pas, Fab ?

— Je sais que ce n'est pas toujours facile, répondit Fabio avec un coup d'œil de sympathie en direction de Cassie.

Ces connaissances de fraîche date la traitaient déjà comme si elle comptait pour eux ! Elle en éprouva aussitôt de l'angoisse. Elle ne voulait surtout pas s'attacher.

— Et toi, Leith ? Comment sont tes parents ? demanda Katie.

— J'ai eu une enfance ordinaire, dans une petite ferme sur l'île de Skye, avec des parents aimants mais plutôt fauchés.

— Tu n'as pas été tenté de rester là-bas, apparemment, répliqua Katie avec un sourire.

— Au contraire. Pour mes parents, on peut devenir ce qu'on souhaite être, à partir du moment où on croit en soi-même. Et ils m'ont transmis leur conviction.

— Je lève mon verre à cette belle idée, déclara Rose, joignant le geste à la parole. Moi aussi je dois beaucoup à mes parents.

Cassie sentit son cœur se serrer. Comme elle enviait Rose et Leith.

— Et vous, Katie ? reprit Rose.

— C'est tout le contraire de Fabio. Pas de parents célèbres… Et j'avais un frère qui était médecin dans l'armée. Il est mort en Irak.

Un voile de tristesse avait assombri le visage de la jeune femme, Cassie sentit une nausée monter en elle. Dans sa tête, elle entendit les explosions, avec la poussière qui volait, juste avant ce silence irréel qui était presque encore pire.

— Cassie ? Ça va ? fit, très loin, la voix de Leith.

Il ne fallait pas s'écrouler ! Pas ici !

— Oui, ça va… Comme c'est triste, Katie, dit-elle.

Et elle se força à prendre une bouchée de ce qu'elle avait dans son assiette.

— Parlons d'autre chose, suggéra Leith.

La conversation s'orienta vers les patients. Soulagée, Cassie acquiesça plusieurs fois de la tête souriant de son mieux, mais sans vraiment suivre la conversation.

Enfin, le dîner prit fin et on se leva.

— Je regrette vraiment, mais si cela ne vous dérange pas je vais aller me coucher, dit-elle. J'ai une légère migraine.

Aussitôt, cinq paires d'yeux pleins de gentillesse convergèrent dans sa direction… Très vite, elle adressa un vague sourire à l'ensemble des convives et s'enfuit.

— Qu'en pensez-vous ? demanda Rose. Avons-nous bien fait de lui proposer le poste ? Voyons, arrête de marcher comme ça de long en large, Leith, et viens t'asseoir.

Il obéit distraitement. Cassie se comportait d'une manière étrange. Il avait bien vu sa réaction quand Katie avait évoqué la mort de son frère. Et ces cicatrices sur son bras…

— Je pense que nous avons bien fait, dit Jonathan. Elle est très qualifiée.

— Moi, je suis content de savoir qu'à mon départ en congé, dans une semaine ou deux, j'aurai une remplaçante compétente et expérimentée en pédiatrie, déclara Fabio.

— Pas de regrets, Leith ? demanda Rose. C'est toi qui la connais le mieux.

— Comme je l'ai déjà dit, c'était un des meilleurs médecins quand je l'ai connue sur le navire-hôpital. Tout le monde disait le plus grand bien d'elle, répondit-il avec franchise.

Il s'interrompit, tentant de refouler les doutes qui l'envahissaient. Et puis le remplacement de Fabio ne durerait que quelques semaines…

— J'ai voté oui et je m'y tiens, reprit-il.

Jonathan se leva.

— Dans ce cas, l'affaire est entendue. Elle peut commencer lundi pour déjà faire connaissance avec quelques patients.

Tout le monde quitta la pièce pour aller se coucher, mais Leith resta debout devant la fenêtre. Il faudrait qu'il s'y fasse :

Cassie était de retour dans sa vie. Il doutait néanmoins que ce soit une bonne chose…

Encore un rêve. Cette fois, elle était debout dans un champ – seule. L'endroit était miné, ce qui lui interdisait de se déplacer. Puis elle entendit des sanglots sur sa gauche. Ils s'élevaient de ce qui semblait être un tas de chiffons, sauf que… ce n'étaient pas des chiffons… Linda ! Elle était blessée ! Il fallait que Cassie aille la secourir, mais ses jambes refusaient de lui obéir.

Linda se releva et vacilla. Cassie voulut l'appeler – lui dire de rester où elle était pour attendre les secours ! Mais les mots ne venaient pas non plus. Comme dans un film au ralenti, Linda se retourna. Un sourire de soulagement flotta sur ses lèvres, elle fit un pas en direction de Cassie.

— Non, Linda ! No-on !

Leith se leva d'un bond. Qu'avait-il entendu ? Le cri d'un renard ou d'un oiseau de nuit ? Il se dirigea vers sa fenêtre et scruta le paysage.

Les vastes jardins de Cavendish Hall étaient plongés dans la pénombre. À cette période de l'année, il ne faisait vraiment nuit que beaucoup plus tard, et pendant quelques heures seulement.

Pensif, il laissa errer son regard au-dehors. Quelle soirée ! Se retrouver en compagnie de Cassie après tout ce temps, c'était étrange et troublant. Par une curieuse coïncidence, c'est précisément à cet instant qu'il la vit – apparaissant, un peu floue, dans la clarté de la lune. Puis elle bougea…

Que faisait-elle dehors à cette heure ?

Leith cligna les yeux pour mieux voir. Le dos appuyé contre le tronc d'un arbre, elle avait les épaules affaissées et la tête baissée, son attitude alerta Leith.

En hâte, il enfila son jean et un chandail léger. Les pieds nus, il descendit l'escalier, prit une lampe torche sur la console et ouvrit la lourde porte d'entrée.

Il traversa sans bruit la pelouse, il avait presque rejoint Cassie quand elle leva les yeux. Son regard exprima la surprise, le soulagement et quelque chose d'autre qu'il ne put définir. Elle se redressa, cligna les yeux, il se dit qu'il avait dû s'inquiéter sans raison.

— C'est toi ! dit-elle. Que fais-tu dehors à cette heure-ci ?

— J'allais te poser la même question, murmura-t-il.

— Je n'arrivais pas à dormir, alors je me suis dit qu'une petite promenade me ferait du bien.

Il agita sa lampe torche.

— Bonne idée. Il y a une allée qui mène au pavillon d'été, au fond du parc.

Cassie esquissa un faible sourire.

— Décidément, nous sommes voués tous les deux, aux promenades nocturnes. Pas d'attaques d'araignées géantes ces derniers temps ?

Sa voix vibrait de malice, Leith entrevit la Cassie qu'il avait connue – ou cru connaître.

— Non, mais je te serais reconnaissant de ne pas raconter aux autres cette histoire lamentable.

— Promis, répondit-elle d'un ton enjoué.

Ils empruntèrent l'étroite allée.

— J'espère que cette soirée n'a pas été trop pénible pour tes nerfs, dit Leith.

— Non. N'importe qui rêverait de travailler avec des gens aussi gentils.

Il lui jeta un regard en coin. Alors où était le problème ? Quelque chose l'avait bouleversée pendant le dîner. Il l'avait sentie très mal à l'aise durant toute la soirée, et elle avait pâli quand Katie avait parlé de son frère. Et ces cicatrices… Il s'était passé quelque chose en Afghanistan. Quelque chose de terrible. Dont elle ne souhaitait manifestement pas parler. Pas encore du moins. Pour poser les questions qui lui brûlaient les lèvres, il devrait attendre le moment propice.

— Nous aimerions que tu commences dès lundi. Ce n'est

pas trop tôt pour toi ?... À moins que tu ne souhaites plus intégrer notre équipe.

Il y eut un silence.

— Lundi, ça me va. Je n'aurais pas posé ma candidature et ne serais sûrement pas venue ici si j'avais eu l'intention de changer d'avis.

— Ça te pose un problème que nous travaillions ensemble...

— Quelle idée ! Nous n'allons quand même pas nous éviter à cause d'une petite... aventure qui remonte à plusieurs mois ! C'était vraiment bien, mais aucun de nous deux ne recherchait une relation stable, alors...

Sous le ton enjoué, Leith perçut une note de tristesse dans les derniers mots. Que répondre à cela ? Il avait pensé qu'ils pourraient construire quelque chose, et il aurait juré qu'elle éprouvait la même chose. Il s'était trompé, voilà tout, et c'était elle qui avait raison : à quoi cela servirait-il de revenir sur cette vieille histoire ?

Frissonnante, elle s'arrêta.

— Je ferais mieux de remonter dans ma chambre.

Leith ôta son chandail et, ignorant les protestations de Cassie, il l'en enveloppa, touché de la voir dans ce vêtement bien trop grand pour elle.

C'est alors qu'elle leva les yeux. Ils brillaient d'une lueur particulière, Leith sut que ce qu'ils avaient éprouvé l'un pour l'autre n'était pas mort.

5.

En ce début de matinée, l'équipe au complet était réunie sous le haut plafond de l'élégante salle du personnel.

— Maintenant que vous connaissez tout le monde, Cassie, voyons ce que nous avons, dit Jonathan. Rose ?

— Il y a six patients prévus pour Vicki, le même nombre pour Julie, une douzaine dans la journée pour toi, Jonathan, et Leith. Pour vous, Cassie, j'ai deux nouveaux patients et les imprévus habituels.

— Plus je verrai de patients et mieux ce sera.

— Ne vous inquiétez pas, nous vous ferons très vite travailler à temps complet. Simplement, nos patients réguliers aiment bien consulter leurs médecins habituels quand c'est possible… À ce propos, Leith, la duchesse de Fotheringham vient incognito pour son suivi de grossesse. Je l'ai placée en fin de liste par souci de discrétion. Dans un autre domaine, elle et son mari vous invitent, toi et un autre médecin, dans son île des Caraïbes, le mois prochain. Ce serait pour une semaine. Ils voulaient Fabio, mais comme il ne sera pas disponible, j'ai pensé à vous, Cassie.

Cassie réprima une moue de contrariété. Leith la regardait, la tête légèrement penchée, un petit sourire aux lèvres. Elle n'était pas vraiment disposée à le voir en dehors du travail, mais elle ne pouvait guère refuser ce séjour.

— Bien sûr, dit-elle. Ce serait bien. Mais a-t-elle vraiment besoin d'un pédiatre ?

— La duchesse est née prématurée, sa mère a fait deux fausses couches avant de la mettre au monde, alors elle est un peu inquiète, c'est sa première grossesse, cela peut se comprendre, expliqua Leith. Au moment de ce voyage, elle en sera à trente semaines, et comme leur maison là-bas se trouve assez loin du grand hôpital de la région, elle a souhaité la présence d'un pédiatre et d'un obstétricien. Ce ne sera que pour quelques jours, et bien sûr, si j'avais des grossesses à risque arrivant à terme vers cette date, je serais dans l'obligation de dire non. Mais comme je n'en ai pas…

De nouveau, Cassie se demanda si elle n'avait pas eu tort d'accepter ce poste. Tout y était si différent du travail en Afghanistan et au Soudan… Arriverait-elle à s'occuper de patients plus exigeants que vraiment malades ?

Mais elle comprit vite que tous les patients ne venaient pas la voir pour des rhumes ou de vagues douleurs. Sa deuxième patiente fut une adolescente avec des ganglions enflés, Cassie pensa qu'il pouvait s'agir d'une mononucléose infectieuse. Ne connaissant pas bien la procédure londonienne pour ordonner des tests, elle alla demander conseil, et par malchance, la première personne qu'elle trouva fut Leith, qui parlait avec Jenny d'une urgence à insérer dans le planning.

Il indiqua à Cassie la personne à appeler pour obtenir plus vite les résultats, mais malgré sa politesse habituelle, il répondit d'une manière distraite – presque cavalière.

Cassie faillit lui demander s'il y avait quelque chose qui n'allait pas, mais elle n'en fit rien et regagna son bureau. Elle s'était promis de ne plus se mêler de sa vie. Leurs relations devaient rester strictement professionnelles.

Après avoir effectué un prélèvement sanguin sur l'adolescente, elle lui conseilla le repos à la maison, et retourna à l'accueil en quête d'une occupation quelconque. L'inaction lui était insupportable.

La salle d'attente était à demi pleine, mais quand elle consulta l'agenda, aucun des patients présents ne lui était destiné.

Jenny était au téléphone, l'air tout excité, et Cassie allait retourner dans son bureau quand elle lui fit signe d'attendre, avant de raccrocher.

— C'était Fabio. Katie a des contractions, alors il a demandé si vous voudriez bien le remplacer. Si vous avez des questions, vous pourrez l'appeler ou demander à Leith.

Assis derrière le comptoir, celui-ci établissait des ordonnances de tests sanguins. Il leva brièvement la tête.

— N'hésite pas à le faire, renchérit-il.

— Entendu, répondit Cassie.

— Est-ce que tu pourrais prendre Mme Muhammad – la dame avec la petite fille ? Ça m'arrangerait.

Dans la salle d'attente, une femme visiblement inquiète tenait sur ses genoux une fillette d'environ trois ans. L'enfant se blottit contre sa mère, jetant des regards apeurés en direction de Cassie.

— Je suis le Dr Ross. Voulez-vous me suivre jusqu'à mon bureau ?

— Non ! cria la petite fille. Veux pas y aller ! On va à la maison, maman ?

— Allons, ma chérie, le docteur ne va pas te faire mal. Elle veut te soigner.

Mais l'enfant s'accrocha désespérément à son cou.

— Tu t'appelles Jasmine, c'est bien ça ? demanda Cassie. C'est un joli prénom.

Les bras de la fillette retombèrent et elle fixa sur Cassie son regard brun.

— Ma maman, elle s'appelle Imani. C'est joli aussi.

— Oui, très joli. Et moi, je m'appelle Cassie.

— Tu es docteur ?

— Oui, et il ne faut pas avoir peur de moi.

— J'aime pas les docteurs.

— D'accord, dit doucement Cassie. Je ne vais pas te faire mal, mais il faut que je regarde dans ta gorge et que j'écoute ta poitrine.

Jasmine secoua négativement la tête enfouissant son visage dans la poitrine de sa mère.

— Pour commencer, je vais écouter le cœur de Nounours.

Cassie tira un ours en peluche de la pile de jouets placée à côté de la chaise.

— Lui non plus ne va pas très bien, j'ai besoin que tu m'aides à trouver ce qui ne va pas.

Lentement, l'enfant se tourna vers l'ours, dont Cassie entreprit d'ausculter la poitrine avec des hochements de tête entendus.

— Mmm… Rien de grave. Une journée au lit suffira, peut-être un peu de crème glacée aussi s'il a mal à la gorge. Veux-tu écouter avec mon appareil spécial ?

Jasmine acquiesça. Equipée du stéthoscope, elle écouta la poitrine de l'ours, puis celle de sa mère.

— Et maintenant, est-ce que je peux écouter ta poitrine ? demanda Cassie. Et tu prends Nounours avec toi, d'accord ?

Après un instant de réflexion, la petite fille descendit des genoux de sa mère et, tenant toujours la peluche, elle glissa sa main dans celle tendue de Cassie.

Quand elles passèrent devant le comptoir de la réception, Leith eut un sourire discret.

— Bien joué, murmura-t-il.

Jasmine se laissa examiner après que l'ours eut subi le même traitement. Dans deux jours, elle serait rétablie.

Mme Muhammad se levait pour partir quand soudain, elle laissa échapper un cri de douleur et porta les mains à son ventre.

— Qu'avez-vous ? demanda Cassie.

— Maman a mal au ventre, expliqua Jasmine. Beaucoup mal.

— C'est vrai, madame Muhammad ?

Elle eut un haussement d'épaules évasif.

— Ce n'est rien. Ça va ça vient. Ce n'est pas très fort.

— Jasmine, tu voudrais bien attendre dehors avec une des infirmières pendant que je parle avec ta maman ?

La fillette fit non de la tête et fourra son pouce dans sa bouche : de toute évidence, on ne pourrait pas séparer l'enfant de sa mère.

— Alors, tu pourrais aller à la fenêtre pour montrer le jardin à ton petit ours, proposa Cassie.

Cette fois, la petite fille obéit, ainsi elle fut occupée et Cassie en profita pour effectuer un rapide interrogatoire médical. À part cette douleur, qui s'était déclarée quelques mois plus tôt, Mme Muhammad ne prenait aucun traitement et ne présentait aucun autre symptôme.

— Est-ce que cela vous dérange si Jasmine reste pendant que je vous examinerai ? Je voudrais juste palper votre ventre, demanda-t-elle.

La patiente acquiesça.

L'abdomen présentait une sérieuse anomalie.

— Il faudrait vraiment que le Dr Ballantyne vous voie. Il est gynécologue-obstétricien ici et il aurait sûrement une idée plus précise que moi des causes de cette douleur.

Mme Muhammad secoua la tête.

— Je ne veux pas voir un docteur homme.

— Dans ce cas, je devrai vous envoyer à l'hôpital où vous pourrez consulter une obstétricienne.

— Vraiment, non, merci. Ce n'est rien. C'est trop d'histoires pour rien du tout.

Mais Cassie savait que c'était faux.

— Si cela ne vous dérange pas, je voudrais dire un mot au Dr Ballantyne. Pouvez-vous attendre un instant ?

— S'il le faut…

Cassie sortit de son bureau et se dirigea vers celui de Leith. Après s'être assurée qu'il était seul, elle frappa à sa porte entrouverte. Quand il vit que c'était elle, il afficha un sourire sans chaleur. Ses yeux verts qui la fixaient firent palpiter son cœur et elle dut faire un effort pour ne pas détourner le regard.

— Un problème ?

— J'ai besoin de ton avis.

Elle entra et exposa tout ce que lui avait dit Imani.

— À la palpation j'ai senti quelque chose, conclut-elle,

mais j'hésite sur le diagnostic, j'ai l'intention de demander un bilan sanguin complet.

Leith s'était déjà levé.

— Tu veux que je la voie ?

— Ce serait l'idéal, mais elle ne veut pas en entendre parler.

— Pourquoi ?

— Elle ne veut pas être examinée par un homme.

Leith, silencieux, se rassit, l'air visiblement absorbé.

— Aucune évolution grave ne devrait se produire dans les vingt-quatre heures à venir, reprit Cassie. En plus des tests sanguins, je te suggère un scan du bassin, si elle est d'accord pour que Vicki te donne un coup de main. Une fois que nous aurons les résultats, nous referons le point.

Faisant pivoter son fauteuil, il lui tourna le dos et se mit à tambouriner sur sa cuisse avec le stylo. Quelque chose dans la raideur de ses épaules alerta Cassie.

— Est-ce que tout va bien ? demanda-t-elle.

Il demeura longtemps silencieux. L'avait-il entendue ?

Enfin, il se retourna, le visage sombre.

— J'attends une réponse de mon avocat cet après-midi – pour Peter. Je saurai si on élargit mon droit de visite ou, encore mieux, si on m'accorde une garde alternée. La décision sera prise dans la journée.

Sans réfléchir, Cassie franchit l'espace qui les séparait et lui prit la main.

— J'espère que tout va s'arranger. Tu feras un très bon père.

Il lui serra brièvement les doigts avant de retirer sa main.

— Je ferai tout ce que je pourrai pour mon fils. Il le mérite.

Après le départ Mme Muhammad, qui avait promis avec réticence de revenir deux jours plus tard chercher les résultats des tests, Cassie fut occupée pendant tout le reste de l'après-midi par des malades venus sans rendez-vous.

Sa dernière consultation terminée, elle gagna la salle du personnel pour se préparer une tasse de café. Rose s'y trouvait déjà.

— Comment ça se passe ? demanda-t-elle. Vous prenez vos marques ?

— Il y a plus de travail que je ne l'imaginais, mais ça me plaît.

— Nous essayons de garder les après-midi libres pour les imprévus ou les visites à domicile, répondit Rose, tout en remplissant leurs mugs d'eau bouillante. Quelquefois, c'est compliqué d'organiser le planning, surtout quand on nous demande d'accompagner des patients à l'étranger.

— J'imagine. Honnêtement, je ne pensais pas partir déjà en voyage – mais je ne m'en plains pas ! Qui ne rêve pas des Caraïbes !

— Jonathan et moi, nous ne pouvons plus partir à cause de Daisy, ou du moins, moi, je ne peux pas. Jonathan, lui, est bien obligé de le faire quand personne d'autre n'est disponible ou quand un patient le réclame spécialement. Bien sûr, Fabio n'a aucune envie de voyager en ce moment, alors j'ai bien peur qu'il ne reste que vous et Leith, si nous recevons d'autres demandes. Évidemment, si Leith obtient la garde alternée de son fils, il sera moins libre lui aussi… Nous avons vraiment besoin de plus de médecins et d'infirmières permanents. Le cabinet se développe très vite et nous avons du mal à faire face. Jonathan préférerait que les choses restent telles quelles, sans davantage de personnel, mais à moins qu'il refuse des patients, nous n'aurons pas d'autre choix que d'embaucher… Dites-moi, aimez-vous Londres ? Vous n'envisageriez pas de vous réinstaller ici ?

— J'aime beaucoup Londres, mais je ne pense pas que je me fixerai quelque part un jour, répondit Cassie, en prenant la tasse que lui tendait Rose.

— J'en conclus que vous n'avez personne ? J'aurais cru qu'une femme comme vous aurait une file d'attente devant sa porte.

— J'aime trop mon indépendance pour y renoncer.

Cette fois, Rose ouvrit des yeux étonnés.

— Le mariage n'implique pas nécessairement l'abandon de toute indépendance !

Cassie fit une petite grimace. Elle était plus que sceptique sur la question. Dans son esprit, rien ne plaidait en faveur du mariage. Son père biologique avait abandonné sa mère dès qu'il avait appris qu'elle était enceinte. Ses parents adoptifs n'étaient restés ensemble que pour sauver les apparences – et pour la même raison ils avaient adopté une enfant qu'ils n'avaient jamais su aimer…

La voix de Rose la ramena au présent.

— Tout va bien ?

— Oui, répondit-elle avec un sourire forcé.

— Vous en êtes sûre ? Vous aviez l'air si triste…

— Je ne vois pas pourquoi je serais triste ! répondit Cassie, d'un ton qu'elle voulut enjoué. J'ai tout ce qu'on peut souhaiter.

Leith laissa tomber son stylo sur le bureau, et s'affaissa dans son fauteuil. Il aurait peut-être dû rentrer chez lui pour attendre l'appel, mais sans rien pour lui changer les idées, il deviendrait fou. De plus, avec Fabio en alerte, au cas où les contractions de Katie deviendraient sérieuses, le cabinet manquait encore plus de personnel que d'habitude.

La bataille juridique avait été une insupportable alternance de brèves périodes d'action, et de longues attentes.

Parfois, il s'était demandé s'il avait eu raison de s'obstiner. Et si Cassie avait raison ? Était-ce une bonne chose de déraciner un enfant ?

Ce doute se dissipa rapidement. Peut-être, si Jude avait été une bonne mère, aurait-il laissé les choses en l'état, mais de toute façon Peter avait le droit de connaître son père – de savoir qu'il y avait quelqu'un dans sa vie, qui remuerait ciel et terre pour vivre avec lui.

À l'instant où il soupirait d'exaspération pour la énième fois, n'en pouvant plus de subir ce suspense, le téléphone sonna. Il décrocha précipitamment, écouta, puis se renversa dans son fauteuil. C'était fini. Ou presque.

6.

Quelques jours plus tard, Cassie venait d'arriver au cabinet médical quand Jonathan lui remit les résultats des examens de Mme Muhammad.

— Il faudrait que Leith les voie, je pense, ajouta-t-il.

Cassie consulta rapidement les comptes rendus. Les résultats du bilan sanguin étaient normaux, mais il en allait tout autrement pour le scanner du bassin : un des ovaires offrait un aspect anormal.

— Leith ? C'est ennuyeux, il n'est pas là, répondit-elle.

— Zut. J'avais oublié qu'il ne vient pas aujourd'hui. Il reçoit son fils pour la première fois.

Tout le monde en avait parlé au cabinet médical : finalement, il n'avait pas obtenu la garde exclusive, mais on lui avait accordé un droit de visite, plus les week-ends et les vacances scolaires. Ce jour-là était la première fois où le père et le fils pourraient se voir, sans que la mère ou la sœur de Jude soient présentes.

— Vous devriez passer chez lui pour lui montrer ça, suggéra Jonathan en lui rendant les documents.

— Je vais le déranger !

— Je suis sûr que non. Son appartement se trouve à deux pas d'ici. Attendez, je vais voir s'il est chez lui.

Jonathan avait déjà décroché et composait le numéro.

— Est-ce que vous avez des patients qui attendent ? demanda-t-il.

— Non, répondit Cassie.

Elle regarda Jonathan, anxieuse. Elle n'avait aucune envie d'aller voir Leith – surtout quand il était avec Peter ! C'était déjà assez difficile de travailler avec lui... Mais apparemment, on ne lui laissait pas le choix.

— Il est chez lui, reprit Jonathan après avoir raccroché. Peter aurait refusé d'aller au parc et Leith a semblé soulagé à l'annonce de votre visite. Je crois que ça va lui faire une petite pause !

Un quart d'heure plus tard, Cassie se retrouva devant la porte d'entrée d'un immeuble élégant.

Comme Jonathan l'avait prévu, Leith parut content de la voir.

— Entre.

— Je ne vais pas rester. Jonathan a pensé que je devrais t'apporter les résultats de Mme Muhammad, afin d'y jeter un coup d'œil, dit-elle en lui remettant la grande enveloppe.

— Viens au moins dire bonjour à Peter pendant que je regarderai ça.

Cassie emprunta derrière lui un long couloir au parquet ciré, qui débouchait sur une pièce ouverte – à la fois salon, salle à manger et cuisine –, meublée de bois massif sombre et de cuir, et réchauffée par des tapis aux tons vifs, des coussins et des étagères pleines de livres. Des tableaux abstraits côtoyaient des masques et autres objets africains. Ce n'était pas tout à fait l'appartement de célibataire qu'elle avait imaginé, mais une vraie maison.

Le petit garçon, assis sur le canapé en cuir, devant un grand écran de télévision, fixait le parquet. Son teint mat lui venait probablement de sa mère, mais il avait les yeux du même vert particulier que son père et les mêmes cheveux châtain clair. L'ensemble formait un mélange harmonieux.

— Peter, je te présente Cassie, une de mes collègues de travail.

Le garçon coula un regard dans leur direction avant de baisser de nouveau la tête. Mais dans ce bref regard, Cassie avait eu le temps de percevoir la même lueur de tristesse et de solitude que sur la photo, et bouleversée, elle alla s'asseoir à côté de lui.

— Bonjour, Peter. Tu peux m'appeler Cassie si tu veux.

Elle n'obtint aucune réaction.

Leith, l'air fatigué, se passa nerveusement la main sur le front.

— Dis bonjour, Peter... Il n'a pas dit un mot depuis son arrivée, à part « non ». J'ai essayé de lui donner quelque chose à grignoter, mais il a refusé de le prendre. Et il ne veut aller ni au parc ni à la bibliothèque.

Cassie se mordit la lèvre pour ne pas sourire. La bibliothèque ! Ce n'était pas le premier endroit où elle aurait imaginé emmener un petit garçon de six ans. Elle remarqua que Peter serrait une petite peluche entre ses mains.

— Comment s'appelle ton animal ? demanda-t-elle.

— Mister Mouse.

L'enfant avait parlé doucement, mais sans la regarder.

— Et il va bien ?

— Ça lui plaît pas ici.

— Pourquoi ? Il a peut-être un peu peur parce que tout est différent... Ou bien alors, sa maman lui manque, tu ne crois pas ?

— Ma maman à moi, elle aime pas être seule.

Leith ouvrit des yeux stupéfaits.

— Mais... elle ne va pas rester longtemps toute seule. Elle a ta tatie et ta grand-mère pour lui tenir compagnie, dit-il.

— Maman, elle aime bien quand c'est moi qui lui tiens compagnie, répliqua l'enfant, renfrogné.

— Je comprends pourquoi ta maman aime t'avoir près d'elle, dit doucement Cassie.

Enfin, le petit garçon leva les yeux.

— Je lui fais son thé. Elle dit que je suis l'homme de la maison.

Il décocha un regard en direction de Leith.

— Lui, maman dit qu'il veut me prendre.

Sur le visage de Leith, la perplexité céda la place à la colère et Cassie lui adressa du regard un signe d'avertissement. Ce n'était pas le moment de critiquer l'évidente manipulation qu'exerçait Jude sur son fils.

— Je suis sûre que ta maman t'aime beaucoup, mais ton papa t'aime aussi. C'est pour ça qu'il veut passer du temps avec toi. Il ne veut pas t'enlever à ta maman, il veut juste te partager avec elle.

Peter serra Mister Mouse contre lui.

— Je veux pas.

Cassie lui tendit la main.

— Je vois que tu n'as pas envie de regarder la télé. Si nous allions, toi, moi et ton papa passer un petit moment au parc ? Je l'ai vu en venant ici, il y a toutes sortes de jeux là-bas. Et après, nous pourrions tous manger un hamburger… Qu'en dis-tu ?

Peter la fixa longuement.

— Tu viendras, toi ?

Cassie lui sourit.

— Évidemment ! Je viens de te le dire, il me semble. Écoute, j'ai besoin de parler de quelque chose avec ton papa pendant deux minutes, ensuite nous irons au parc, d'accord ?

D'un geste, Leith l'invita à le suivre dans la cuisine.

La pièce semblait avoir subi une tornade. Il y avait de la vaisselle empilée dans l'évier, du lait teinté de rose maculait le comptoir de granit noir.

— Qu'est-ce qui s'est passé ici ? demanda Cassie.

— J'ai voulu préparer un milk-shake, mais j'ai oublié de mettre le couvercle sur le mixeur. Il m'a fallu une demi-heure pour le retrouver. À la fin, j'ai juste réussi à remplir la moitié d'un verre et Peter n'a même pas voulu en goûter une gorgée !

Cassie réprima un sourire.

— Laisse-lui du temps. Mets-toi à sa place ! Il te connaît à peine. En plus, d'après ce que tu m'as dit sur le bateau – et ce qu'il dit lui-même – sa mère le perturbe beaucoup.

Leith tressaillit imperceptiblement.

— Comment ose-t-elle dire que je veux le lui prendre ?

— Elle a peut-être peur de le perdre, qu'il se mette à t'aimer exclusivement. Mais Peter l'adore. Elle ne doit pas avoir faux sur toute la ligne !

— Pour mon fils, je ne veux pas d'une bonne éducation à temps partiel.

Leith apparemment désireux de changer de conversation prit les comptes rendus des mains de Cassie. Il parcourut rapidement ces derniers.

— Dis-moi. Cette Mme Muhammad, c'est bien la personne qui souffre depuis peu de douleurs abdominales, et chez laquelle tu as décelé une grosseur ?

— C'est bien ça. Et tu as suggéré un scan abdominal. Tous les tests sanguins sont normaux, mais le scan révèle une anomalie. Pour l'interpréter, je ne suis pas bien sûre, alors Jonathan a suggéré que je te l'apporte afin que tu y jettes un coup d'œil.

Leith étudia les clichés avec attention, cette fois.

— Il y a un kyste dermoïde.

— Le pronostic ?

— Pas bon en général, mais il se peut que nous ayons pris la maladie au début. Il faudra commencer par enlever le kyste ; avec un peu de chance, on n'aura pas à retirer l'ovaire en même temps.

Pauvre Mme Muhammad. Cassie n'avait aucune intention d'avoir des enfants, mais elle savait que la plupart des femmes étaient désespérées, quand ce choix leur était ôté.

— Même avec un seul ovaire, elle pourra avoir d'autres enfants.

— Mais si nous ne trouvons pas la cause première, cela risque de mal tourner. As-tu son numéro de portable ?

— Il doit figurer sur sa fiche. Je vais l'appeler tout de suite.

Cassie composa le numéro de sa patiente depuis son téléphone portable, et convainquit celle-ci de venir le lendemain matin. Quand elle raccrocha, Peter attendait devant la porte.

— C'est l'heure ? Je rentre à la maison, maintenant ? demanda-t-il, plein d'espoir.

— Non, mon ange. Nous allons au parc d'abord, tu te rappelles ? Ensuite, ton papa te ramènera chez ta mamie.

Peter glissa sa main dans celle de Cassie.

— Tu pars pas alors ?

Le regard de Leith exprimait un profond désarroi, et soudain, elle comprit : que cela lui plaise ou non, il était trop tard pour reculer, maintenant. Elle faisait partie de sa vie et de celle de son fils.

7.

Cassie rédigea ses notes et, pensive, se renversa dans son fauteuil. Leith avait fait le bon diagnostic. L'opération avait eu lieu rapidement et s'était déroulée dans les meilleures conditions. Il avait ôté le kyste, Mme Muhammad était rentrée chez elle et se rétablissait.

On frappa à la porte et sans attendre la réponse, Leith entra.

Depuis sa visite à l'appartement, deux semaines auparavant, Cassie avait accompagné Leith et Peter au cinéma et sur le London Eye les deux samedis suivants – jours de visite. Le petit garçon avait toujours du mal à accepter son père. Avec Cassie, il commençait à se détendre, mais dès qu'elle essayait de le laisser seul avec Leith, il paniquait et s'accrochait à elle.

— Il faut que je te parle.

Elle l'observa discrètement. Toujours calme d'habitude, Leith semblait à bout de nerfs.

— Bien sûr… Un café ?

— Non merci. Écoute, il faudrait que tu viennes à Skye quelques jours avec moi. Tu crois que ce serait possible ?

— Pour voir un malade ?

— Non, pas du tout. Je vais avoir Peter pendant tout ce long week-end et je veux qu'il fasse connaissance avec ses grands-parents. J'aimerais que tu viennes avec nous.

— Pourquoi moi ? demanda Cassie après un long silence.

— Je ne crois pas que mon fils serait ravi de passer quatre jours avec moi, si toi tu n'es pas là… Écoute, tu as vu comment il se comporte.

— Il finira par s'attacher à toi. Laisse-lui le temps.

— Peut-être, mais là je n'en peux plus. Pour l'instant, c'est avec toi qu'il se sent à l'aise et il te fait confiance. Tu sais t'y prendre avec les enfants. Ils se sentent attirés par toi, ici comme en Afrique. Tu te souviens du petit garçon de Maria ? Tu ne parlais même pas sa langue !

Dès que Leith avait prononcé le mot Afrique, Cassie s'y était senti transportée par la pensée. Elle croyait entendre les insectes, respirer l'odeur de la mer, sentir autour d'elle les bras de Leith et ses baisers sur ses lèvres.

Elle se ressaisit aussitôt. À quoi bon repenser à cela ? De quoi parlaient-ils, déjà ? Ah oui – de cette suggestion folle : qu'elle aille à Skye avec lui et Peter !… Partir avec Leith ? Chez ses parents ? Alors qu'elle s'était promis de garder ses distances le plus possible ? Impossible.

Elle avait déjà passé deux samedis – quelques heures – avec eux et voilà le résultat : cette fois, il était question de plusieurs jours !

Elle secoua la tête, partagée. Pourtant, le petit garçon était si timide et si attendrissant… Non. Il ne fallait pas y penser.

— Tu penses que c'est une bonne idée, à ce stade, de l'emmener si loin ?

Le visage de Leith s'assombrit.

— Tu ne te rends pas compte. Je me suis battu pour ça pendant une éternité. Enfin, j'ai le droit, moral et légal, de passer du temps avec lui, et j'éprouve le besoin, le désir de le faire. Je veux qu'il fasse connaissance avec mes parents. Une fois là-bas, il va adorer, c'est sûr. Skye est un endroit merveilleux pour les enfants.

— Une fois de plus, mets-toi à sa place, répondit doucement Cassie. Il ne te connaît pas bien encore. Skye va lui paraître un endroit très bizarre, totalement étranger, et en plus, tu vas le présenter à des inconnus !

— J'en suis conscient. Mais c'est la première fois que j'ai le droit de garde pour tout le week-end, et si je ne l'emmène pas là-bas, je ne sais pas ce que nous allons faire tous les deux en tête à tête… Bon sang, Cassie, tu n'imagines pas ce que ça fait d'avoir un enfant qui vous regarde comme si vous étiez une espèce de monstre.

— Oui, c'est vrai, ce doit être difficile, mais tu l'adores. C'est tout ce qui compte en définitive. Il finira par le comprendre.

— En attendant, je ne renoncerai pas. Alors, est-ce que tu viendras ? J'ai besoin de toi comme médiatrice, en attendant qu'il me fasse confiance.

Elle eut soudain de la peine pour lui. Lui, si compétent dans tous les autres domaines de sa vie, était mis en échec par un enfant de six ans !… Et il semblait tellement abattu… Comment le laisser tomber ?

— Il n'y aurait pas quelqu'un d'autre à qui tu pourrais demander ça ?

— C'est toi que je veux. Tu es la seule personne qu'il connaisse, et comme tu viens de le dire, il n'a pas besoin de voir arriver d'autres étrangers dans sa vie.

Cassie accorda silencieusement un point à Leith. Zut ! Elle s'était piégée elle-même !

— Mais tout le week-end, quand même… Est-ce que le cabinet médical pourra fonctionner sans nous deux ?

— Nous partirons samedi matin. Lundi et mardi prochains sont fériés, tu as oublié ? De toute façon, il n'y a jamais qu'un seul médecin de garde et c'est le tour de Jonathan. Nous prendrons un avion pour Glasgow ou Inverness, ensuite nous louerons une voiture. Nous serons de retour mardi soir.

Elle acquiesça, songeuse. La perspective de passer du temps avec Leith et d'entrer davantage dans sa vie n'avait rien d'engageant, mais comment refuser ? De plus, elle n'avait rien de prévu pour le week-end. De toute façon, ce n'était pas pour Leith qu'elle le faisait, mais pour Peter.

— O.K. Tu as gagné. C'est d'accord pour cette fois, mais ensuite, tu te débrouilleras tout seul. Entendu ?

Leith eut un sourire radieux, Cassie sentit un frisson délicieux la traverser.

— Merci. Je te revaudrai ça.

Le lendemain, Cassie se rendit en visite à domicile, à Kensington pour examiner une enfant.

La maison était une élégante demeure edwardienne.

La richesse et un titre n'empêchaient pas d'avoir un enfant malade, songea-t-elle en gravissant les marches du perron. Et riches ou pauvres, les mères – et les pères – d'un enfant malade étaient tous les mêmes. Effrayés et inquiets.

D'après le dossier, la petite fille qu'elle allait examiner n'était probablement pas malade – du moins, pas physiquement. Elle se développait lentement, mais Cassie avait connu assez de familles inquiètes, pour savoir que les parents accordaient souvent trop d'importance aux normes établies.

Ce fut une gouvernante qui ouvrit la porte.

— Madame va descendre, dit-elle, désignant un fauteuil dans le vaste hall. Si vous voulez bien l'attendre quelques instants…

Après dix minutes d'attente, Cassie sentit l'agacement la gagner. Même si elle était payée pour ses services, c'était vraiment très impoli de la part de Mme Forsythe de la faire attendre comme cela. Mais peut-être se trouvait-elle au chevet de sa fille ? Dans ce cas, il était normal qu'elle prenne son temps.

D'autres longues minutes s'écoulèrent encore cependant. N'y tenant plus, Cassie se leva. Pour s'occuper, elle détailla tous les portraits et peintures diverses qui ornaient les murs.

Avant de s'en aller, elle décida de jeter un coup d'œil dans les pièces qui donnaient sur le hall. Peut-être trouverait-elle la mère absente…

La première, sur la gauche, était une immense salle à manger où la table avait été mise avec raffinement, comme si Mme Forsythe attendait d'une minute à l'autre des invités pour dîner.

Juste à côté, il y avait une pièce tout aussi superbe avec son haut plafond et ses sièges couverts de lin blanc – élégants mais froids.

En ouvrant la dernière porte, Cassie demeura choquée. Tout d'abord, elle pensa qu'il s'agissait d'une réserve, mais elle aperçut un parc pour enfants à l'autre bout de la salle.

C'était probablement là que Mme Forsythe rangeait les jouets et l'équipement de sa fille à l'abri de la vue, quand elle attendait des invités.

Cassie s'apprêtait à tourner les talons lorsqu'un bruit l'arrêta net. Debout dans le parc, se tenait une fillette d'environ trois ans. Les mains agrippées au bord du parc, elle la regardait avec de grands yeux tristes. C'était probablement Laetitia… Que faisait-elle là toute seule ? Peut-être sa mère l'avait-elle isolée pour qu'elle dorme ? Sans doute, y avait-il un système de surveillance dans un recoin de la pièce…

Néanmoins, c'était choquant : une enfant de cet âge-là ne devait pas être laissée seule dans un parc.

— Bonjour, dit posément Cassie.

Elle n'obtint pas de réponse, mais essaya de nouveau.

— Comment t'appelles-tu ?

L'enfant continua de la regarder avec des yeux inexpressifs. Ensuite, elle s'assit, le pouce dans la bouche, ouvrit un livre et commença à en tourner les pages. Cassie la suivait du regard. Au moins, cela lui procurait un peu de stimulation…

— Pardonnez-moi de vous avoir fait attendre.

Cassie se retourna. Une femme très maigre se tenait sur le seuil.

— Est-ce que Laetitia vous a tenu compagnie ?

Elle regarda la femme, interloquée. Quelle drôle de question…

— Est-ce cette enfant que vous vouliez que je voie ?

— Oui.

Mme Forsythe demeurait loin de sa fille, ne regardait même pas dans sa direction. C'était vraiment bizarre.

— Et quel est le problème ?

— Comme vous pouvez le voir, elle n'a pas l'air de vraiment s'intéresser à ce qui se passe autour d'elle.

— Pourriez-vous la sortir du parc pour que je la voie mieux ?

Mme Forsythe s'approcha et fit, avec maladresse, ce que lui demandait Cassie.

— J'avais une nourrice qui m'aidait au début, jusqu'aux six mois de la petite. Mais elle est partie et mon mari ne souhaite pas vraiment que j'engage quelqu'un d'autre. Il dit que je devrais m'occuper de Laetitia moi-même. Il a été élevé par des nurses et il a détesté. Mais franchement, je ne vois pas comment je pourrais passer toutes mes journées avec elle. C'est un problème ! Je ne peux quand même pas l'emmener au restaurant ou à la gym.

Cassie sentit la nausée la gagner. Cette femme parlait de sa fille comme s'il s'agissait d'un cadeau de Noël qui n'était pas à son goût ! Ignorant délibérément les coups d'œil impatients de Mme Forsythe en direction de sa montre, elle examina la petite fille.

— J'aimerais que vous l'emmeniez au cabinet médical pour une série de tests, dit-elle enfin, luttant pour garder un ton détaché.

À l'évidence, tout ce qui manquait à Laetitia était de la stimulation et de l'attention de la part de ses parents. Pourquoi certaines femmes avaient-elles des enfants alors que clairement, elles n'étaient pas faites pour la maternité ? La stigmatisation des femmes sans enfants, était-elle encore si puissante ? C'était probablement pour cette seule raison que Lily Savage l'avait adoptée, mais les temps avaient changé, quand même !

— Pourriez-vous m'amener Laetitia demain ? reprit-elle.

Il fallait soumettre le cas aux autres médecins – peut-être même Fabio accepterait-il de venir évaluer la situation. Cassie voulait être sûre que son vécu personnel n'obscurcissait pas son jugement.

— Demain, je ne suis pas sûre de pouvoir, répondit Mme Forsythe. Est-ce vraiment urgent ?

— La vie de Laetitia n'est pas en danger, mais j'aimerais la voir dès que possible pour effectuer des examens.

— Voyons… Je pense que je pourrai l'emmener la semaine prochaine, mais il faudra d'abord que je consulte mon agenda.

— Tout de même ! explosa Cassie au comble de l'indignation. Rien n'est plus important que la santé de votre fille ! Pourquoi l'avez-vous mise au monde si vous ne vous intéressez pas à elle ?

Mme Forsythe pâlit.

— Je ne pense pas qu'il soit utile…, balbutia-t-elle.

Mais Cassie refermait déjà sa trousse médicale d'un geste sec, et sans laisser à l'autre femme le temps de prononcer un mot de plus, elle quitta la maison.

Quand elle rentra à Harley Street, elle bouillait encore d'indignation. Tout ce qu'elle voulait, c'était se réfugier dans son bureau pour que personne ne remarque son humeur.

Mais à sa grande contrariété, la première personne qu'elle rencontra fut Leith.

— Cassie. Il faut que je te parle.

Il la prit par le bras et l'entraîna dans son propre bureau.

— Mme Forsythe a appelé. Qu'est-ce que tu as bien pu dire pour la mettre dans un état pareil ? Elle refuse d'amener sa fille à ton rendez-vous. Elle dit que tu t'es montrée grossière et pas du tout professionnelle, que c'est inadmissible.

— Moi ? Grossière ?

— Si tu me racontais ?

— Cette femme est un monstre ! Elle garde son enfant, isolée dans un parc pour bébé, parce qu'elle ne veut pas que Laetitia la gêne. Et elle se demande pourquoi sa petite fille est plus lente que les enfants de ses amis ! Elle n'a pas l'air de comprendre que cela est, à l'évidence, en lien direct avec le manque de stimulation et d'amour maternel.

Tout en parlant, Cassie marchait de long en large, en proie à une tension intérieure impossible à calmer.

— Je ne comprendrai jamais pourquoi certaines femmes ont des enfants. Mme Forsythe a tout ce qui peut s'acheter, et elle peut obtenir toute l'aide dont elle a besoin, mais en tant que mère, elle n'arrive pas à la cheville des mamans africaines !

— As-tu envisagé l'hypothèse d'une dépression ?

— Elle n'est pas plus déprimée que moi !

— En es-tu bien sûre ?

Leith s'assit et croisa les mains sur sa nuque.

— Enfin, qu'est-ce qui se passe ? Tu as déjà dû rencontrer des mères comme celle-là !

Soudain, la colère de Cassie se dissipa, la laissant horrifiée.

Il avait raison : elle avait déjà rencontré des femmes comme Mme Forsythe ! Où était passée cette objectivité professionnelle dont elle était si fière ?

Elle se laissa tomber dans le fauteuil en face de lui.

— Mon Dieu, murmura-t-elle. Je n'ai jamais réagi comme ça.

— Ça nous arrive à tous, à un moment ou à un autre… Heureusement, c'est moi qui ai pris l'appel, et je pense avoir persuadé Mme Forsythe de venir voir Fabio. Mais il se peut qu'elle se plaigne quand même auprès de Jonathan. Il n'est pas sûr qu'il croie tout ce qu'elle lui dira, mais ici, on prend très au sérieux les plaintes de patients.

Cassie ferma les yeux. Jamais personne ne s'était plaint d'elle, et voilà qu'après moins de trois semaines dans ce poste, elle avait mécontenté une patiente !

— Le pire, dit-elle, c'est que Laetitia risque de souffrir de ma conduite, si sa mère décide de ne plus consulter.

— Je pense que tu devrais voir Jonathan pour lui raconter ce qui s'est passé.

Les joues en feu, Cassie quitta son fauteuil.

— Bien sûr. J'y vais tout de suite.

À sa grande surprise, Jonathan ne fut pas choqué.

— Je me demande si j'aurais réagi autrement, mais nous ne pouvons pas laisser nos sentiments personnels nous empêcher de faire ce qu'il faut pour nos patients. Et la patiente, c'est Laetitia, pas sa mère.

Les épaules de Cassie s'affaissèrent. Jonathan méritait de plus amples explications.

— Je sais. Je regrette vraiment. Je ne sais pas ce qui m'a pris… J'ai été élevée par une mère adoptive qui ne supportait même pas ma vue, et devant la petite Laetitia, tout est remonté. En plus, je ne suis plus la même depuis…

Jonathan la scrutait avec intensité.

— Depuis ?

Mais elle ne put poursuivre. Elle avait trop peur de s'écrouler, et c'était déjà bien trop humiliant. Elle se leva.

— J'ai laissé mon histoire personnelle influencer mon jugement, je le regrette. Ça n'arrivera plus.

Et sous le regard perplexe de Jonathan, elle sortit aussi dignement qu'elle le put.

Plus tard dans l'après-midi, on frappa doucement à la porte, Rose apparut dans l'entrebâillement.

— Vous êtes libre pour boire un café ?

Sans attendre la réponse, elle acheva d'ouvrir la porte avec le coude et posa un mug fumant sur le bureau.

— Noir, c'est bien ça ?

Cassie acquiesça d'un simple hochement de tête. Elle avait une petite idée de ce qui amenait Rose dans son bureau, cela l'embarrassait et l'inquiétait à la fois. Elle avait présenté des excuses, Jonathan avait eu l'air de les accepter de bonne grâce. Mais… s'ils décidaient malgré tout qu'elle n'avait pas sa place dans leur cabinet médical ?

Elle prit une gorgée de café, puis reposa son mug sur la table.

— Si vous voulez que je démissionne je le comprendrai parfaitement.

Rose ouvrit des yeux étonnés.

— Comment cela ?

— Si vous et Jonathan avez décidé que je ne conviens pas dû à cette histoire avec Mme Forsythe…

Rose s'esclaffa.

— Bonté divine ! Pour qui nous prenez-vous ? Il n'en est pas un seul parmi nous qui n'ait jamais eu de problème avec un patient, et qui n'ait pas eu recours à un autre membre de l'équipe pour calmer le jeu. De toute façon, je n'ai jamais aimé Mme Forsythe. Elle fait partie de ces femmes qui pensent que nous devrions tout laisser tomber sur-le-champ pour aller les voir chaque fois qu'elles ont le moindre petit problème. Nos autres patients, même les plus riches ou les plus influents, n'ont pas ces exigences-là, à part peut-être l'émir. Si ce n'était pas pour Laetitia, nous aurions rayé Mme Forsythe de nos listes depuis longtemps… Non, en fait, c'est pour vous que Jonathan s'inquiète.

Rose posa son propre mug.

— Lui aussi a connu une enfance sans tendresse, poursuivit-elle. S'il m'a fait part de votre conversation, c'est uniquement parce qu'il voulait s'assurer que vous alliez bien.

Elle prit la main de Cassie.

— Nous aimons considérer chaque personne de cette équipe comme un membre de notre famille – et cela implique d'accepter qu'il y ait des différences d'opinion, avec leurs éventuelles retombées. Nous faisons tous des erreurs, mais nous devons nous soutenir mutuellement, vous comprenez ?

Incapable de parler, Cassie hocha la tête. L'émotion nouait sa gorge.

— Si vous avez envie de parler… Je sais bien garder les secrets.

La voix de Rose vibrait d'une inquiétude sincère, Cassie sourit en se souvenant que Leith avait prononcé la même phrase.

— Non, vraiment. Ça va maintenant, mais merci.

— Je n'insiste pas, dit encore Rose, en se levant. Mais si un jour vous avez besoin de bavarder un peu, je suis l'oreille idéale. Avec moi, vos secrets seront à l'abri, vous pouvez en être certaine.

Quand la porte se referma derrière Rose, Cassie eut l'impression qu'un peu de sa tension intérieure s'en allait. Pour une fois, elle n'avait pas été parfaite, et personne ne lui avait tourné le dos.

8.

Tout en préparant sa valise, pour le week-end à Skye avec Leith, Cassie se sentait inquiète. Il trouvait qu'elle savait s'y prendre avec les enfants, mais c'étaient ses patients ! Comment pouvait-on ne pas être gentil avec un enfant malade ? Avec Peter, c'était différent. Il était le fils de Leith, et elle avait quitté ce dernier précisément parce qu'elle ne se sentait pas capable d'élever cet enfant à ses côtés. Voilà qu'elle faisait exactement tout le contraire !

Mais maintenant, il était trop tard pour reculer. À ce stade, elle ne pouvait guère envoyer un mail pour dire qu'elle avait changé d'avis ! Qu'est-ce qui lui avait pris d'accepter ?

Elle connaissait la réponse. La raison, c'était paradoxalement un petit garçon avec des yeux tristes.

Avec un soupir d'impatience, elle plia une robe dans son petit sac, puis y glissa une paire de sandales, et, après réflexion, une paire de bottes en caoutchouc.

Un long week-end. Quatre jours. Et ensuite, Leith se débrouillerait tout seul.

Ils atterrirent comme prévu à Glasgow. Pour effectuer le reste du trajet, Leith avait loué une voiture. Assis à l'arrière, Peter jouait avec sa console de jeux ou regardait des DVD sur le lecteur portable que son père lui avait acheté.

Il ne parlait toujours pas beaucoup, mais quand il le faisait, il se montrait poli. Si les choses continuaient d'évoluer ainsi, il finirait par faire confiance à Leith.

Au Loch Lomond, celui-ci s'arrêta afin de lui montrer les bateaux.

Le petit garçon sortit de la voiture, regarda le lac avec une attention appuyée, puis il se retourna vers Cassie.

— On peut partir maintenant ?

Cassie vit l'air découragé de Leith, mais il se reprit promptement, se contentant d'ouvrir la portière arrière pour son fils, avant de le sangler dans sa ceinture de sécurité.

Les choses se passèrent de la même façon à Glencoe, où Peter regarda à peine les montagnes majestueuses, préférant bien vite reporter son attention sur sa console de jeux.

— Sais-tu qu'il y a eu une célèbre bataille ici, entre deux grands clans écossais, les Campbell et les MacDonald ? demanda Cassie, se retournant vers lui.

Pour la première fois, l'enfant manifesta de l'intérêt.

— Il y a eu des morts ?

Réprimant un sourire, Cassie coula un regard en direction de Leith.

— Quelques-uns, répondit-elle. Voilà ce qui s'est passé.

Et au petit garçon de six ans, elle raconta une version très édulcorée de la perfidie des Campbell.

— Tu sais, conclut-elle, même maintenant, certains MacDonald refusent de parler à un Campbell.

— C'est un peu ce qui s'est passé entre Maman et Papa avant ta naissance, intervint Leith. Mais c'est comme ça. Il ne faut pas que tu sois fâché.

Agacée, Cassie se mordit la lèvre pour ne rien dire. Juste au moment où elle croyait qu'ils touchaient au but, Leith venait tout gâcher !

Et de fait, Peter fit la moue et braqua sur son père un regard courroucé.

— Quand nous arriverons à Skye, dit-elle, je te raconterai des histoires sur les fées qui vivent là-bas. Certaines personnes y croient.

— Je ne savais pas que tu étais déjà allée à Skye ! dit Leith, étonné.

— Je n'y suis jamais allée. Mais quand j'ai su que je t'accompagnerais, j'ai lu deux livres. J'aime bien me renseigner sur un pays avant d'y aller.

— Un pays ! Tu fais partie de ces nombreux Anglais qui pensent que l'Écosse est un pays étranger !

— Ce n'est pas ce que j'ai voulu dire, répondit Cassie.

Elle sourit.

— Enfin, ce que j'ai lu sur Skye est assez dépaysant. J'ai hâte de découvrir cette île.

Se retournant, elle s'aperçut que Peter suivait avec attention leur conversation, mais il baissa très vite les yeux sur son jeu.

— Là-bas, reprit-elle, il y a un château avec un horrible donjon. Moi, j'aimerais voir ça, mais j'aurai besoin d'un garçon courageux pour m'empêcher d'avoir peur. Sais-tu où je pourrais trouver un garçon comme ça, Peter ?

L'enfant la scruta un instant puis il hocha la tête.

— Moi, je m'occuperai de toi. J'ai peur de rien.

— Tu dois être très courageux parce que moi, j'ai peur de beaucoup de choses, et ton papa aussi.

Peter ouvrit des yeux incrédules.

— Il a très peur des araignées, reprit Cassie. Une fois, une araignée a sauté sur son épaule, il a failli s'évanouir.

— Eh ! protesta Leith. Tu avais promis de n'en parler à personne !

Elle sourit. Son fils, lui, semblait plutôt content.

— On pourra aller voir le donjon ?

— Oui. Peut-être demain. Toi, moi et ton papa.

— Non. Que toi.

Leith allait intervenir mais Cassie ne lui en laissa pas le temps.

— Moi, je suis d'accord, si c'est ce que tu veux. Mais nous verrons demain, entendu ?

Quand ils arrivèrent à Staffin, Peter dormait profondément.

Devant le paysage de vallées profondes et de hautes montagnes, Cassie songea aux générations qui avaient vécu là.

Leith semblait avoir deviné ses pensées.

— On se sent en même temps petit et immortel, tu ne trouves pas ?

— Oui. On en croirait presque à la magie et aux contes de fées.

Elle se renfonça dans son siège. C'était la première fois depuis longtemps qu'elle le voyait si détendu. Peut-être était-il heureux d'avoir son fils avec lui, ou de revenir à l'endroit où il avait grandi.

Cela devait être merveilleux d'éprouver ce sentiment d'enracinement. De pouvoir partir à l'autre bout du monde en se sachant attendu, espéré, avec toujours des personnes présentes pour vous quelque part.

Les parents de Leith – Maggie et Robbie – les attendaient sous le porche de leur maison. Cassie remarqua immédiatement un air de famille. M. Ballantyne, légèrement voûté à présent, avait dû être aussi grand que Leith, et il possédait les mêmes yeux d'un vert profond. Et quand Mme Ballantyne s'avança pour faire les présentations, elle afficha un sourire qui ressemblait en tout point à celui de son fils.

Celui-ci échangea une poignée de main avec Robbie, puis il souleva Maggie et la fit tourbillonner, pour le plaisir évident de celle-ci.

— Ah mon fils, dit-elle, si tu savais comme nous sommes heureux de te voir ici avec nous ! Mais dis-moi, où est le petit garçon dont nous avons tellement entendu parler ?

— Il dort dans la voiture depuis Kyle of Lochalsh. Je pense qu'il est parti pour la nuit.

— Il vaudrait mieux le porter dans sa chambre sans le réveiller, suggéra Cassie. Ça le perturberait un peu de voir maintenant de nouveaux visages.

— Bonne idée, répondit Maggie, d'un ton affable. J'ai préparé un lit pour lui dans la chambre voisine de la tienne, Leith. Et vous, Cassie, vous serez en face, si cela vous convient.

À moins que vous ne préfériez partager la même chambre ? Si c'est le cas, ça ne pose aucun problème.

Voyant Leith sourire, Cassie lui adressa un regard de reproche. Il laissait penser à ses parents qu'ils étaient en couple ! Heureusement, Maggie et Robbie étaient occupés à regarder Peter à travers la vitre de la voiture.

Le sourire de Leith s'élargit.

— Non, maman. Nous sommes seulement collègues de travail… et amis ?

C'était plus une question qu'une affirmation, et Cassie hocha la tête pour acquiescer. Ils étaient amis. Du moins, dans la mesure où elle acceptait l'idée d'avoir des amis.

Leith ouvrit la portière, et avec précaution sortit Peter de la voiture.

— Je vais l'installer en haut, et ensuite, nous rattraperons le temps perdu.

Cassie gravit l'escalier derrière lui, admirant la vue que l'on avait depuis chaque fenêtre sur les falaises et la mer, argentées par le clair de lune.

— À cette période de l'année, la nuit n'est pas très sombre, mais nous avons des rideaux occultant dans la plupart des chambres.

Cassie ne tirerait pas les siens. Elle détestait se réveiller dans le noir après l'un de ses cauchemars.

— Il vaudra mieux laisser les rideaux ouverts pour Peter, dit-elle… Et je crois que je devrais rester avec lui, cette nuit au moins. Il risque d'avoir peur s'il se réveille : il ne saura plus où il est.

— Il n'aura qu'à appeler et je l'entendrai ! Je suis juste à côté.

Mais Cassie secoua la tête.

— Franchement, je préférerais rester avec lui.

Ils entrèrent dans une des chambres, et Leith déposa son fils sur le lit.

— Tu l'aimes bien, on dirait, dit-il.

Elle tira le duvet sur l'enfant et se pencha pour déposer un baiser sur sa tempe.

— Aucun enfant ne devrait avoir peur, murmura-t-elle.
— Cassie…, chuchota Leith.
Mais elle ne se retourna pas.
— Bonne nuit, Leith. À demain.

9.

Quand Cassie se réveilla, il était encore très tôt – à peine 6 heures. Pourtant, le soleil entrait à flots car les rideaux étaient ouverts, la lumière baignant le lit de Peter.

L'enfant ne dormait plus et fixait le plafond, l'air inquiet, tenant Mister Mouse serré au creux de son épaule.

— Bonjour, chéri, murmura-t-elle. Tu es prêt à te lever ?

Peter lui tendit les bras et elle l'installa sur ses genoux. Son petit corps tout chaud dégageait un parfum sucré. Elle le berça contre son épaule, et il s'y blottit.

— C'est la maison de ton papa. Nous te l'avons dit, tu te rappelles ?

Il hocha la tête pour acquiescer.

— Et nous t'avons dit aussi que le papa et la maman de ton papa – tes grands-parents – vivent ici. Ils ont hâte de te voir. Tu es d'accord ?

Nouvelle réponse affirmative.

— Maintenant, nous allons t'habiller, ensuite nous partirons à la découverte de la maison. Depuis le jardin on voit la mer. Tu ne voudrais pas aller jeter un coup d'œil ?

Un autre oui, plus vigoureux cette fois.

— Où il est papa ?

Cassie sourit, heureuse qu'enfin, Peter réclame son père. Maintenant, si elle pouvait persuader Leith de ne pas attendre trop de son fils, ils noueraient peut-être un lien au cours de ce long week-end.

Elle aida le petit garçon à s'habiller rapidement, puis elle l'emmena dans sa propre chambre pour en faire autant. Il grimpa sur le banc devant la fenêtre et s'assit, le menton appuyé sur ses poings, pour regarder par la fenêtre.

Dès que Cassie eut enfilé un jean et un T-shirt, elle le rejoignit. Les jardins s'étendaient loin, et la mer brillait, bleu saphir sous le soleil matinal.

Elle prit Peter par la main.

— Tu es prêt ? Et si nous demandions à papa de venir avec nous ?

Il la regarda longuement avant de hocher la tête.

Ils descendirent sur la pointe des pieds et sortirent par la porte d'entrée qui n'était pas verrouillée. Dehors, Cassie huma l'air salé, fermant les yeux. C'était fabuleux après la chaleur et les gaz d'échappement de Londres. Peter ouvrait de grands yeux, et soudain, il sourit. En cet instant, il ressemblait tellement à Leith, que Cassie en fut bouleversée.

— Viens, dit-elle. Allons voir ce que nous pouvons trouver d'intéressant avant le petit déjeuner.

Debout devant la fenêtre de sa chambre, Leith vit son fils regarder Cassie et sourire. Il y avait très peu de chances qu'un jour, Peter se sente aussi à l'aise avec lui qu'avec sa grande amie. Dès l'instant de leur rencontre, ces deux-là avaient semblé se reconnaître.

Comme lui, à l'instant où il avait rencontré Cassie. Et ce sentiment-là n'avait pas changé.

Il l'aimait. Il l'avait toujours aimée.

Mon Dieu.

Se tenant par la main, Cassie et Peter couraient vers la mer En quelques instants, Leith fut dehors. Il aurait dû mettre Cassie en garde dès la veille. Quel idiot il faisait !

Quand ils furent tout près de l'endroit où le sol sembla disparaître, Cassie cessa de courir.

— Il faut que nous fassions très attention, dit-elle. Il do

y avoir une falaise très haute par là. Il ne faudra jamais venir ici tout seul. D'accord ?

— D'ac', répondit l'enfant.

Mais comme un oiseau sautillait dans l'herbe à la recherche de vers, Peter lâcha la main de Cassie et s'élança dans sa direction.

— Arrête-toi !

L'appel venait de derrière eux et Cassie, se retournant, aperçut Leith qui courait dans leur direction. Peter cessa de poursuivre l'oiseau et regarda son père, puis il entreprit de revenir vers Cassie.

— Non ! Reste où tu es ! cria son père. Ne bouge plus !

Cassie ressentit un vertige, et soudain, elle se revit à des milliers de kilomètres de là, sur une route poussiéreuse d'Afghanistan. En plein cauchemar.

Leith avançait tout doucement. Cassie s'était immobilisée, et au lieu de le rejoindre, elle fixait un point invisible derrière lui.

À quelques pas d'elle, Peter s'était arrêté et il la regardait, comme s'il attendait ses consignes. Et elle ne réagissait pas. Pourquoi ? Leith ne pouvait rien faire. S'il s'approchait d'elle, ce poids supplémentaire pourrait provoquer l'effondrement du surplomb rocheux sur lequel elle se trouvait.

Les deux personnes qu'il aimait le plus au monde risquaient de mourir ! Il écarta aussitôt cette pensée. Il ne devait pas laisser voir sa panique, car cela précipiterait Peter dans les bras de Cassie. Et si lui-même courait vers son fils pour l'intercepter, Peter allait peut-être prendre peur, faire demi-tour et courir vers le bord de la falaise !

Il s'agenouilla et tendit la main.

— Tu pourrais venir ? dit-il, contrôlant sa voix.

Peter fit non avec la tête.

— S'il te plaît, viens avec moi. J'ai quelque chose à te montrer.

Un instant, il crut que sa ruse avait marché, que la curiosité naturelle de son fils l'emporterait, mais la seconde d'après il sut qu'il avait échoué, car Peter se mit à courir en direction de Cassie.

Leith se rua alors vers eux.

Cassie se sentit soulevée, transportée et projetée sans ménagement sur le sol. Terrifiée, elle hurla, et entendit vaguement un autre cri qui semblait venir de très loin.

Pris sous elle Peter pleurait, et Leith, allongé sur le sol à côté d'eux, reprenait son souffle, le visage très pâle.

Elle ne se trouvait pas en Afghanistan, mais à Skye. Saine et sauve.

— Qu'est-ce qui s'est passé ? demanda-t-elle, retrouvant sa voix.

Elle se dressa sur son séant et tendit les bras à Peter, qui s'y réfugia.

— Chut. Tout va bien… Enfin, Leith, tu nous as fait une peur terrible !

Ils se trouvaient à une bonne distance de l'endroit où elle se tenait la minute d'avant – près de cinquante mètres ! Il avait dû les porter jusque-là !

Leith se releva.

— Vous vous teniez sur une corniche en surplomb qu risque de s'effondrer dans la mer à n'importe quel moment J'aurais dû vous prévenir. Si je ne vous avais pas vus… Je t'a appelée. Pourquoi ne m'as pas-tu répondu ?

Tenant toujours Peter dans ses bras, Cassie se remit mala droitement debout.

— Je ne sais pas de quoi tu parles.

— Tu étais blanche comme un linge. Qu'est-ce que tu avais J'ai cru que Peter allait te rejoindre. Son poids, joint au tien aurait pu faire tomber le morceau de falaise.

Elle ferma les yeux, la gorge serrée. Elle aurait dû stoppe Peter en s'avançant vers lui. Et elle ne l'avait pas fait. Parc qu'elle avait revécu l'Afghanistan, cela l'avait figée sur place Une fois de plus.

— Je… j'ignorais que nous étions en danger, protesta-t-elle faiblement.

Il lui semblait que ses jambes allaient se dérober sous elle…

— Il va falloir condamner l'accès à cette partie de la ferme. Moi, j'ai grandi avec ce danger, alors il ne m'est même pas venu à l'idée de te mettre en garde.

Leith semblait si consterné que Cassie en fut émue.

— Tu ne pouvais pas prévoir que j'emmènerais Peter en promenade, dit-elle doucement.

— Mais j'aurais quand même dû te prévenir. La prochaine fois, renseigne-toi auprès de nous avant de partir en balade. L'île est pleine de falaises abruptes qui s'écroulent sans prévenir.

Cassie n'écouta pas les dernières paroles de Leith. Elle éprouvait un besoin impérieux d'être seule. Elle déposa Peter, prit la main de l'enfant, celle de Leith, et les réunit.

— Il est peut-être temps que tu apprennes. Je vais marcher. Ramène Peter.

Sans laisser à Leith le temps de protester, elle pivota sur ses talons, et s'éloigna rapidement dans la lande.

Leith ramena Peter à la maison, il trottina sans protester à côté de lui. C'était curieux que son fils ait choisi ce moment pour lui faire confiance !

— Cassie, elle est fâchée contre moi ?

Leith s'arrêta et s'accroupit à côté de l'enfant.

— Non, pas du tout. Simplement, elle a eu très peur.

— Tu m'as sauvé… et Cassie aussi.

Il fut tenté de mentir, d'affirmer qu'il n'y avait pas eu de réel danger, mais il opta pour la franchise, la jugeant nécessaire entre un père et son enfant.

— Je ne voulais pas qu'il t'arrive quelque chose. Je t'aime, et j'ai promis qu'il ne t'arriverait rien. En plus, c'est mon métier. Tu comprends ?

— Oui. Toi, moi et Cassie, on se surveille tous pour qu'il nous arrive rien.

Bouleversé, Leith résista à grand-peine à l'envie de serrer son enfant contre sa poitrine.

— Oui, mon fils. Maintenant, tu vas faire connaissance avec ta grand-mère. Et ensuite, j'irai voir si Cassie va bien.

— Je suis grand. Tu peux me laisser. Maman, elle m'a laissé seul des fois. J'ai pas peur, même quand il fait noir.

Leith regarda Peter, interloqué. Comment Jude pouvait-elle laisser seul un enfant de six ans ? Furieux, il se força néanmoins à sourire.

— Tu sais quoi ? Même si tu es un grand garçon courageux, je ne te laisserai jamais seul – en tout cas, pas avant que tu sois aussi grand que moi.

Peter lui prit la main.

— Je grandis vite ! J'arrive presque en haut de ton ventre.

— C'est vrai. Mais ne grandis pas trop vite quand même...

À la maison, Maggie s'activait dans la cuisine.

— Vous vous êtes levés tôt, tous les deux ! Bonjour, Peter. Je suis la maman de ton papa. Je sais que tu as une autre grand-mère, alors si tu veux, tu peux m'appeler Mamie Skye.

Peter la considéra longuement.

— Tu as les cheveux blancs.

— C'est vrai. Es-tu prêt pour le petit déjeuner ?

Peter hocha la tête.

— Tu vas t'asseoir à la table, et quand tu auras fini de manger, nous irons chercher d'autres œufs pour faire la cuisine, tu veux bien ?

Au grand soulagement de Leith, Peter obéit aussitôt. Il allait donc pouvoir se lancer à la recherche de Cassie. Il y avait quelque chose qui n'allait pas, sinon, elle n'aurait jamais laissé Peter après ce qui s'était passé.

— Où est Cassie ? demanda sa mère. Toujours au lit ?

— Non, elle est sortie.

— Elle a eu peur, déclara Peter.

Puis il s'adressa à Leith.

— Tu devrais la chercher parce qu'elle va peut-être se perdre

— Est-ce que tu veux bien rester ici avec Mamie Skye ?

Peter hésita, son regard effectua un aller-retour entre sa grand-mère et son père.

— Oui, dit-il au bout d'un instant.

Cassie regardait les vagues se briser sur les rochers. La marche lui avait permis d'évacuer sa terreur, mais elle n'était pas encore prête à rentrer.

Elle aurait dû retourner à la maison avec Leith et Peter. Le petit garçon venait d'avoir très peur. Il avait besoin d'elle. Et pourtant, elle n'avait pas pu s'occuper de lui. Son irrésistible besoin de solitude l'avait emporté.

S'il lui fallait une preuve qu'elle n'était pas apte au métier de mère, elle venait de l'obtenir.

Soudain, elle entendit des pas derrière elle et sut que c'était Leith, comme si son corps réagissait à des ondes particulières émanant de lui. À regret, elle se retourna.

— Ça va ? demanda-t-il.

— Pourquoi me demandes-tu ça tout le temps ?

— Parce qu'il est évident que ça ne va pas. Il y a quelque chose qui ne tourne pas rond. Je te trouve différente de la Cassie que j'ai connue sur le bateau.

— Tout le monde change.

— Bien sûr, mais c'est autre chose. Quelquefois, tu as l'air si triste… perdue, même !

Elle détourna la tête, furieuse. Triste ? Perdue ? Si c'était ainsi qu'il la voyait, c'était vraiment insupportable.

— Je ne te comprends pas, Cassie.

Il lui toucha l'épaule, et ses mains glissèrent vers son cou.

— Tu trembles encore.

Elle dut mobiliser toute sa volonté pour ne pas s'écarter sous ce contact intime. Mais étrangement, elle éprouvait en même temps l'envie de se jeter dans les bras de Leith pour se reposer un moment au creux de son épaule.

— Le fait d'être ici me rappelle des souvenirs, et pas des souvenirs agréables.

— Je ne suis pas sûr de comprendre. Tu n'es jamais venue ici !

— Oh ! Ce n'est pas le lieu. C'est ta famille. Tout le monde s'aime et souhaite ardemment que Peter se sente aimé. Vous iriez jusqu'au bout de la terre, si vous pensiez que cela peut le rendre heureux.

Son équipe au moins, en Afghanistan, avait été comme sa famille.

— Tes parents ne t'aiment pas ?

Cassie émit un rire sans chaleur.

— Toutes les familles ne sont pas comme la tienne, tu sais.

— Parle-moi d'eux. Nous sommes amis, non ?

Elle fut prise d'un tremblement involontaire. Amis ! Avait-il complètement oublié ce qu'elle éprouvait pour lui ?

Il insista.

— Je ne partirai pas avant que tu m'aies parlé.

— Je n'ai rien à te raconter. Vraiment. J'ai été adoptée, je ne me suis jamais bien entendue avec mes parents adoptifs, ils passent six mois de l'année en Afrique du Sud, ce qui fait que je ne les vois pas beaucoup…

En fait, elle ne les voyait jamais…

— C'est tout ce qu'il y a à dire. Au moins, toi, tu veux être un bon père pour Peter. Tu veux qu'il soit heureux.

— Bien sûr. Mais vouloir le rendre heureux, ne signifie pas que je sache comment y parvenir. La paternité, c'est beaucoup plus difficile que cela n'en a l'air, quand on regarde mon père. Tu devrais peut-être pardonner à tes parents adoptifs ?

Le regard de Leith se fit scrutateur, et elle lui tourna le dos.

— Écoute, on ne pourrait pas changer de sujet ?

D'une pression sur ses épaules, il l'obligea à se retourner, puis ses paumes épousèrent les joues de Cassie.

— Parle-moi.

Pour toute réponse, elle secoua la tête.

L'instant d'après, il posait ses lèvres sur les siennes, elle s'accrocha à lui, emportée malgré elle par l'ardeur de ce baiser qui lui procurait l'oubli.

Quand elle s'écarta, il avait les yeux qui pétillaient.

— Sur le bateau, je savais que je ne me trompais pas, comme maintenant. Entre nous, il y avait quelque chose qui est toujours là. Tu le sais toi aussi. Pour l'amour du ciel, Cassie, arrête de me repousser.

Elle eut l'impression qu'on lui perçait le cœur. Si Leith avait pu savoir avec quelle intensité elle désirait retrouver leurs relations d'avant – du temps où elle pensait qu'ils avaient peut-être un avenir à deux. Avant Peter.

Elle s'écarta, affichant un pâle sourire.

— Nous sommes collègues de travail. C'est tout. Je n'aurais pas dû t'embrasser... Je vais aller m'allonger dans ma chambre.

L'air sombre, Leith regarda Cassie disparaître derrière les arbres qui dissimulaient la maison depuis la route. Elle s'était écartée, mais il avait lu dans ses yeux un désir aussi fort que bien des mois plus tôt. Il était sûr qu'elle avait des sentiments pour lui. Seulement, il avait cru la même chose dix-huit mois plus tôt et il s'était trompé.

Il avait vu du désir dans son regard, mais aussi de la tristesse. Qu'est-ce qui lui était arrivé depuis la dernière fois où ils s'étaient vus ? Il l'avait toujours connue réservée, maintenant, elle était fermée. Quelque chose – ou quelqu'un – lui avait fait du mal, beaucoup de mal.

D'une manière ou d'une autre, il découvrirait ce qui l'avait blessée.

Le petit déjeuner se déroula dans un climat décontracté que Cassie trouva réconfortant, d'autant plus que Peter ne semblait nullement affecté par ce qui s'était passé. À son retour à la maison, il s'était précipité dans sa direction et s'était blotti contre ses jambes. Ensuite, tout naturellement, il était retourné aider sa grand-mère à mettre le couvert.

Après le repas, Maggie proposa à son petit-fils d'aller chercher des œufs avec elle. À peine hésitant, le petit garçon lui donna docilement la main et ils sortirent.

Les choses se passaient mieux que Cassie ne l'avait espéré. Peter semblait déjà assez à l'aise avec les femmes, ce qui n'était pas étonnant et il commençait visiblement à se détendre avec ses grands-parents. C'était dommage que Leith ne puisse pas encore séjourner tout seul avec lui à Skye, mais quand l'enfant accepterait pleinement son père, il ne serait plus nécessaire qu'elle les accompagne.

Curieusement, cette perspective ne réjouit pas Cassie autant qu'elle l'aurait cru.

Quand Peter revint avec trois œufs dans son panier, il arborait un sourire plein de fierté. Solennel, il prit un œuf et le tendit à Cassie, puis en offrit un autre à sa grand-mère. Enfin, il se tourna vers son père, et tous les adultes présents retinrent leur souffle.

Quand il sortit du panier le dernier œuf, pour le tendre à Leith, Cassie se remit à respirer.

— C'est pour moi ?

Un instant, le petit garçon parut réfléchir. Allait-il se raviser ? Mais il acquiesça de la tête, et Leith accepta l'œuf avec la gravité qu'il affichait quand ses patients lui décrivaient leurs symptômes.

— Veux-tu que je le garde, Peter, ou que je le mange au petit déjeuner ?

— Garde-le jusqu'à ce que le poussin sorte.

Cassie fixa Leith. Avant même qu'il n'ouvre la bouche pour répondre, elle savait déjà qu'il allait commettre une erreur.

— Je ne crois pas qu'il y aura un poussin. Tu vois, un œuf a besoin d'être couvé par sa mère avant de donner un petit poulet.

Elle laissa échapper un soupir. Exactement ce qu'il ne fallait pas dire ! En voyant trembler la lèvre inférieure de Peter, elle adressa à Leith un regard d'avertissement et se hâta d'intervenir.

— Nous trouverons une boîte pour le garder dedans – pendant quelques jours.

— Mais quand nous partirons, il vaudra peut-être mieux

le laisser à la mère poule, sinon, ils risquent de se manquer l'un à l'autre, renchérit Leith, adressant à Cassie un sourire de triomphe.

Peter jeta un regard plein d'angoisse en direction de Cassie avant de quitter la pièce en courant. Maggie se précipita à sa suite, et Cassie, se levant aussi, adressa à Leith un petit signe de reproche.

— Ce n'est pas très élégant de ta part de lui rappeler qu'il est loin de sa mère, lança-t-elle.

Et laissant un Leith décontenancé seul avec son père, elle partit à la recherche de Peter et de Maggie.

Et cela recommença. Encore. Cette nuit-là, elle marchait, riant d'une plaisanterie de la personne qui l'accompagnait. Cette fois, c'était Angela.

Ensuite, il y eut comme toujours cette lueur aveuglante, suivie d'un souffle brûlant, et elle fut projetée dans les airs.

Quand elle revint à elle, tout ce qu'elle entendit ce fut un calme irréel, succédant aux rires d'enfants et aux voix grondeuses de mères afghanes qu'on entendait quelques instants plus tôt.

Elle essaya de bouger, mais c'était impossible, et quand elle voulut parler, sa bouche était comme plâtrée par la poussière.

Elle regarda vers l'endroit où Angela devait se trouver, aperçut une forme recroquevillée et immobile, elle essaya encore de bouger. Au prix d'un immense effort, elle bascula sur le ventre, puis rampa sur les coudes, centimètre par centimètre, vers sa collègue blessée.

Et c'est alors que…

— Cassie, que se passe-t-il ?

Elle ouvrit les yeux avec difficulté. Où était-elle ?

Des bras solides l'empêchèrent de se lever.

— Il faut que je l'aide…, cria-t-elle, essayant de se libérer.

Son cœur battait si fort qu'elle avait l'impression de l'entendre.

— Tu es en train de rêver, voyons ! Tu es à Skye. Réveille-toi. C'est Leith.

— Leith ?

— Tu vas bien. Ce n'était qu'un mauvais rêve.

Malgré son rythme cardiaque encore trop rapide, Cassie sentit le cauchemar se dissiper peu à peu. Elle n'était plus en Afghanistan. Personne ne l'appelait, elle n'avait aucune raison d'avoir peur.

Mais Linda était morte.

Elle laissa échapper une plainte, et les bras de Leith se refermèrent autour d'elle. Se blottissant contre sa large poitrine, elle se mit brusquement à sangloter. Ces pleurs, déchirants, venaient d'un endroit, au fond d'elle-même, dont elle avait jusqu'alors ignoré l'existence. Des larmes brûlantes inondèrent ses joues et déposèrent sur ses lèvres un goût salé. Elle n'aurait jamais cru qu'il était possible de pleurer de cette façon ; elle n'arrivait pas à s'arrêter.

Immobile et silencieux, Leith lui caressait les cheveux.

Enfin, Cassie s'apaisa un peu. Elle s'écarta, prit une poignée de mouchoirs en papier sur la table de nuit et y enfouit son visage.

Qu'est-ce qui lui prenait ? Jamais elle ne s'était laissée aller comme cela, surtout devant quelqu'un ! Et le fait qu'il s'agisse de Leith aggravait encore la situation.

— Veux-tu me dire ce qui s'est passé ? demanda-t-il.

Elle renifla, contente qu'il fasse sombre dans la pièce car cela dissimulait son visage.

— J'ai crié dans mon sommeil, c'est ça ? Je suis vraiment désolée de t'avoir réveillé.

— J'ai le sommeil léger… Il est temps que tu me parles.

Cassie secoua la tête en signe de refus, mais prise de frissons, elle ramena ses genoux contre sa poitrine.

— Je ne m'en irai pas avant de savoir ce qui s'est passé déclara posément, Leith.

Cassie sentit le matelas fléchir sous son poids quand il s'étendit près d'elle, et la présence de son grand corps lui sembla familière – comme si le temps n'avait pas passé.

— Le fait d'en parler t'aidera peut-être à chasser tes démons.

Cassie en doutait, pourtant, était-ce l'obscurité seulement

traversée d'un rayon de lune, ou la chaleur du corps de Leith tout près du sien, mais sans même s'en rendre compte, elle commença son récit.

— C'était un jour ordinaire, très chaud – mais il faisait toujours une chaleur terrible en Afghanistan. Nous vivions dans un camp où l'armée a une antenne médicale. Nous ne soignions pas de soldats – nous utilisions juste l'endroit comme base.

— Et ?

— Nous étions cinq – moi, un chirurgien en pédiatrie, deux infirmières et un interprète. Notre tâche consistait à effectuer consultations et interventions à l'hôpital local. Nous ne pensions pas que c'était dangereux. Nous étions des civils, une équipe médicale, en plus. Et l'hôpital était bien protégé, par précaution. Donc, je n'avais pas peur du tout. J'étais même contente.

— J'ignorais complètement que tu devais aller là-bas ! La dernière fois que nous avons parlé, tu m'as dit que les Nations unies devaient t'envoyer au Soudan.

— J'y suis allée. Mais quand j'ai eu l'occasion de partir en Afghanistan, je n'ai pas hésité une seconde… Une envie inconsciente de prouver que j'étais aussi courageuse que ma mère adoptive, je suppose.

Elle tenta de plaisanter.

— La trentaine, et toujours une envie d'impressionner des parents que je n'ai jamais vus beaucoup !

Elle sentit Leith lui prendre la main et la serrer doucement.

— Mais il n'y avait pas que cela. J'avais lu que les civils manquaient cruellement de soins médicaux. Donc, nous sommes sortis du camp. Nous avions reçu un entraînement – que faire en cas d'attaque ou d'enlèvement, ce genre de chose. Mais on nous a bien dit que nous n'aurions l'autorisation de nous rendre à l'hôpital, que si on était sûr qu'il n'y avait aucun risque… Les premières semaines se sont bien passées. Nous formions une bonne équipe, tous les cinq. Presque… une famille. Et un jour, à deux semaines seulement de la fin de notre mission… les choses ont mal tourné.

Comme d'habitude, nous avions quitté l'enceinte de l'hôpital dans un véhicule blindé. Ce véhicule nous déposait, et une patrouille nous prenait en charge jusqu'à ce que nous soyons prêts à repartir pour la base. Une de nos escortes régulières était Linda, un jeune capitaine. C'était sa dernière sortie. Elle allait rentrer pour se marier. Elle était très amoureuse.

Cassie ferma les yeux. Comme elle avait envié Linda d'avoir trouvé l'homme de sa vie, et d'être sûre qu'ils vivraient ensemble jusqu'à la fin de leurs jours…

— Angela, l'une des infirmières, détestait voir les chiens affamés traînant autour de l'hôpital. Elle a dû apercevoir un de ceux auxquels elle voulait donner une friandise – du moins, je pense que c'est ce qui s'est passé. J'ai entendu Linda l'appeler, lui dire de revenir, et ensuite, il y a eu une explosion terrible. J'ai cru que le monde s'arrêtait de tourner. Pendant quelques secondes qui m'ont paru interminables, il y a eu un silence de mort. Sur le coup, je n'ai rien senti. La douleur n'a commencé que beaucoup plus tard. Quelques petits éclats d'obus s'étaient logés dans mes côtes. Tout ce que je voyais, c'était une espèce de tas de chiffons. Il en est sorti un gémissement, j'ai compris qu'Angela avait été gravement touchée.

Elle tenta de ravaler la boule douloureuse qui s'était formée dans sa gorge.

— Je voulais la rejoindre, mais Linda m'a crié de rester où j'étais. Et ensuite…

Un instant, elle crut qu'elle ne pourrait pas continuer.

— Et ensuite, reprit-elle avec difficulté, Linda a fait un pas en direction d'Angela, et il y a eu une autre explosion. C'est tout ce dont je me souviens. Quand je me suis réveillée, j'étais revenue à l'hôpital.

— Et l'infirmière, est-ce qu'elle s'en est sortie ? murmura Leith.

— Oui, Dieu merci. C'est le chien qu'elle avait appelé qui avait déclenché la première mine. Mais il y en avait une autre, et Linda… Linda n'a rien pu faire.

Cette fois, elle laissa Leith la prendre dans ses bras, et

quand les larmes montèrent de nouveau, elle se laissa aller contre sa poitrine.

— Pourquoi elle ? Pauvre Linda qui attendait tellement de l'avenir.

Leith lui caressait les cheveux en chuchotant des mots de réconfort, mais Cassie s'écarta.

— Tu ne comprends pas ? Ça aurait dû être moi.

— C'est ridicule, voyons ! Ce n'était pas ta faute !

— Je me sens coupable, je n'y peux rien. Si j'avais réagi la première, Linda n'aurait pas sauté sur cette mine.

— C'est absurde, enfin ! Il aurait pu y avoir d'autres mines ! Linda était militaire ; elle avait reçu une formation. Elle connaissait les risques. Toi, en tant que civil, tu as fait ce qu'il fallait en écoutant ses instructions.

— Elle n'était là que pour nous protéger, répondit Cassie avec amertume. Pourquoi a-t-il fallu qu'elle meure et que nous survivions ?

Il y eut un silence.

— Je n'aurais jamais pensé entendre Cassie Ross pleurer sur son sort.

Cette phrase fit sur Cassie l'effet d'une gifle. Pourquoi lui disait-il cela alors qu'elle lui exposait seulement sa vision des choses ?

— Je ne réclame pas de pitié !

— Tant mieux, parce que tu ne l'auras pas, ou au moins, pas pour les raisons que tu penses. Tu mérites toute la compassion du monde pour ce qui est arrivé. C'était une expérience horrible – elle l'aurait été pour n'importe qui – et je n'arrive pas à imaginer ce que ça a dû être pour toi. Mais de là à te considérer comme responsable… Non. Je ne suis pas d'accord. Là, tu t'apitoies sur ton sort, et je pense que Linda mérite mieux que ça.

— Mais elle l'a fait pour nous… Je n'aurais jamais dû l'écouter. Si j'avais rejoint l'infirmière, elle ne se serait pas sentie obligée d'intervenir. Et elle ne serait pas morte !

— Moi, je la vois comme une femme très courageuse qui accomplissait la mission pour laquelle elle s'était engagée. Je ne trouve pas que tu honores sa mémoire en réécrivant toute l'histoire de ton point de vue.

— Selon toi, c'est ce que je fais ? s'exclama Cassie, furieuse. Sais-tu ce que c'est de revivre quelque chose dans sa tête tous les jours, sachant que si on pouvait en changer soixante secondes, tout pourrait être différent ? Sais-tu ce que c'est que d'en rêver toutes les nuits ? Et de se réveiller en hurlant de terreur ?

— Non, évidemment, mais ça passera. Fais-moi confiance.

Il remonta la couverture jusqu'à son menton, comme elle l'avait vu faire avec Peter, puis la reprit dans ses bras.

— Rendors-toi, dit-il doucement.

— Tu n'es pas obligé de rester.

— Inutile de discuter. Je ne m'en irai pas.

Elle ne protesta pas davantage, se sentant totalement épuisée. Et en sombrant dans le sommeil, elle crut l'entendre ajouter : « Plus jamais. »

Quand Leith fut sorti – il était resté jusqu'au matin, craignant sans doute qu'elle ne se réveille de nouveau –, Cassie s'habilla, remplie d'une énergie qu'elle n'avait plus ressentie depuis longtemps. Elle se sentait calme et reposée. Elle prit conscience qu'il avait raison : parler de ces événements terribles lui avait fait le plus grand bien.

Elle choisit des fruits dans une coupe, sortit de la maison et marcha jusqu'à en avoir mal aux jambes, gravissant les pentes raides des collines depuis lesquelles on pouvait contempler l'océan, puis descendant dans des vallons cachés où elle découvrit de petits cottages blancs nichés à flanc de colline. Pendant tout ce temps, Leith occupait ses pensées. Elle s'imaginait vivant là avec lui, dans l'une de ces petites fermes. Ils faisaient de longues promenades le long du rivage, avant de retourner vers leur lit pour faire l'amour...

Évidemment, ce n'était qu'un fantasme ! Elle était toujours amoureuse de Leith, il était temps qu'elle se l'avoue. Elle n'avait en fait jamais cessé de l'aimer, mais le problème de Peter n'était pas réglé. Elle ne se voyait toujours pas comme une mère – pas davantage comme une belle-mère. Leith… Ils ne s'étaient pas rencontrés au bon moment, et aujourd'hui, les conditions ne lui semblaient pas plus propices, même si elle savait qu'elle n'aimerait jamais personne autant que lui.

Pourtant, quand elle regagna la maison, elle se sentait heureuse comme elle ne l'avait pas été depuis… Depuis le séjour sur le bateau.

Un délicieux arôme flottait dans l'air ; il provenait de la cuisine. Là, Cassie trouva Leith installé dans le fauteuil à côté de la cuisinière Aga. Il lisait un livre à Peter, assis en équilibre instable sur le bras du fauteuil. Robbie, lui, faisait des mots croisés pendant que Maggie pétrissait de la pâte dans un grand saladier.

— Je regrette de ne pas savoir faire la pâtisserie, dit Cassie.

— Vraiment ?

— Non. Je n'ai jamais appris et il est trop tard maintenant.

— Il n'est jamais trop tard ! Je m'apprêtais à préparer une fournée de scones. Si vous m'aidiez ? Je vous montrerais que ce n'est pas aussi difficile que vous le pensez.

Maggie décrocha un tablier de la patère et le tendit en souriant à Cassie.

— Est-ce que tu veux nous aider, Peter ? proposa-t-elle.

Mais bien installé sur les genoux de Leith, l'enfant secoua la tête, se blottissant contre l'épaule de son père.

Celui-ci leva les yeux, et Cassie eut un mouvement de joie en lisant le plaisir dans son regard. Entre lui et son fils, les choses s'arrangeaient…

Maggie montra à Cassie comment confectionner un « clootie dumpling », et quand Leith eut fini de lire l'histoire, Peter descendit de ses genoux pour s'approcher de la table. Là, il s'assit et posa son menton sur ses mains, fasciné par Cassie qui incorporait les fruits secs à la pâte.

La première fournée de scones étant prête Maggie la sortit du four.

— Et toi, Peter ? Veux-tu essayer ? proposa Cassie.

Il acquiesça, et elle lui donna une cuillère de bois. Debout dans l'espace entre ses bras et la table, il entreprit de mélanger les ingrédients. Quand Cassie leva la tête, elle vit que Leith la regardait, et l'amour dans ses yeux lui fit battre le cœur.

Mais c'était sûrement Peter qu'il regardait ainsi…

L'après-midi, ils emmenèrent le petit garçon au château pour lui montrer le donjon. Ensuite, ils allèrent se promener sur la plage de corail, et le lendemain, se rendirent à pied au Fairy Glen. Comme le temps était beau et clair, Maggie leur avait préparé un pique-nique.

Après la promenade, Cassie ouvrit le panier pendant que Leith montait une canne à pêche.

— Moi, je crois pas aux fées, déclara soudain Peter. Je suis grand.

— Et courageux, ajouta Cassie.

Il se rapprocha d'elle et posa la tête contre son bras.

— Avant, quand j'étais petit, je croyais au Père Noël.

Cassie réprima un sourire.

— Tu n'y crois plus ?

— L'année dernière, il est pas venu à ma maison.

— Ah bon ? Pourquoi ?

— Parce que j'étais pas assez sage pour avoir des jouets. Mais le lendemain, maman m'en a acheté tout un tas. Alors j'ai compris que c'est pas le Père Noël qui apporte les cadeaux

Cassie en eut le cœur serré. Elle-même n'avait que trop rencontré, enfant, l'incohérence du comportement des adultes qui l'entouraient.

L'air désapprobateur, Leith laissa échapper un juron indistinct

— Tu sais, Peter, dit doucement Cassie, moi je pense qu'il n'y a pas de meilleur garçon que toi au monde.

Il se blottit plus étroitement contre elle.

— Tu crois au Père Noël, toi ?

— Je crois que parfois, quelque chose de magique peut se produire, murmura-t-elle, émue.

Elle cueillit dans l'herbe une aigrette de pissenlit.

— Sais-tu que si tu fermes les yeux et si tu souffles, tu peux faire un vœu ? Certaines personnes croient que les graines sont de petites fées qui se dispersent pour réaliser tes souhaits.

— Je suis grand, je t'ai dit. Je crois plus aux fées.

Cassie adressa un sourire au petit garçon.

— Dans ce cas, tu n'as rien à perdre. On essaie ?

Après un temps d'hésitation, Peter prit le pissenlit, puis il ferma les yeux un instant, et souffla de toutes ses forces. Les graines dansèrent dans le soleil avant de se disperser dans toutes les directions.

Il baissa la tête.

— Tu sais ce que c'est mon vœu ?

Bouleversée, Cassie évita de regarder Leith, et dit :

— Écoute, Peter... Si un jour tu as besoin de moi, ferme les yeux et pense à moi. De cette façon, si... je ne suis plus près de toi en vrai, je serai quand même dans tes pensées.

Cette nuit-là, Cassie eut du mal à trouver le sommeil.

Quel vœu Peter avait-il fait ? Cela la tracassait.

En tout cas, un lien de confiance était en train de se créer entre le petit garçon et son père. Les choses évoluaient dans le bon sens.

Elle-même ne serait qu'une figure temporaire dans la vie de Peter... Cette pensée lui fit chavirer le cœur. Elle allait lui faire ce qu'on lui avait fait tant de fois : rentrer dans sa vie, puis en sortir sans prévenir, alors qu'elle avait tant besoin de stabilité. Il s'attachait déjà à elle. Mais c'était une chose de s'occuper d'un enfant pendant quelques jours, et une tout autre, que de rester présente dans sa vie jour après jour, année après année.

Bientôt, elle allait partir – déjà. Comment supporterait-elle de quitter Leith encore une fois ? Le seul fait de l'apercevoir la faisait frissonner de désir ! Et ses cauchemars s'espaçaient, remplacés par un rêve digne d'un conte de fées – tous les deux dans un cottage, dans un endroit qui ressemblait beaucoup à celui-là, à des kilomètres du premier village.

Mais pourquoi rêver ? Ils allaient rentrer à Londres le lendemain et Leith ramènerait Peter chez sa grand-mère maternelle. Puis, dans quelques semaines, son remplacement au cabinet médical prendrait fin.

Cette pensée lui déchira le cœur.

10.

Deux semaines après leur retour de Skye, Cassie se trouvait un matin dans son bureau, en train d'étudier les résultats des tests sanguins d'un patient, quand on frappa à sa porte. Sans attendre de réponse, Leith entra aussitôt.

Cassie en voulait à son cœur de palpiter chaque fois qu'elle le voyait. Elle se répétait mentalement qu'elle apprendrait à vivre sans lui, malgré une agaçante petite voix intérieure, qui lui soufflait exactement le contraire. À la vérité, elle n'était pas sûre de pouvoir tourner la page. Elle avait déjà eu dix-huit mois pour le faire, et pour quel résultat…

— Je viens juste te dire que pour vendredi, tout est réglé. La secrétaire de la duchesse nous a envoyé un mail avec l'itinéraire. Nous partons sur un vol régulier.

— Bon. Et comment va Peter ?

Leith eut un sourire.

— Très bien. Sa grand-mère et sa tante trouvent qu'il a changé : il se comporte moins en adulte miniature, mais beaucoup plus comme un petit garçon de six ans. Et Jude a accepté d'entreprendre une cure de désintoxication. Sa mère et sa sœur ont l'impression qu'elle a vraiment envie d'arrêter la drogue. Jude leur a dit qu'il était temps qu'elle change de vie, pour devenir une mère digne de ce nom.

— C'est super !

— Cassie… Est-ce que je t'ai remerciée ?

— De quoi ?

— De m'avoir aidé avec Peter. Tu lui as fait comprendre qu'il était en sécurité avec moi. Tu ferais une mère formidable.

Elle tressaillit. Voilà bien une chose dont elle doutait ! Et de toute façon, elle n'aurait jamais l'occasion de le vérifier. Embarrassée, elle détourna les yeux.

— Alors, quel est le programme du voyage ?

L'île était très belle, avec ses maisons blanches sur les pentes des collines. Une odeur d'épices flottait dans l'air du soir.

La duchesse – « Appelez-moi Veronica », avait-elle tout de suite demandé – était décontractée, espiègle, et pleine d'humour.

— J'espère que vous ne vous ennuierez pas, poursuivit-elle. Je ne vous aurais jamais infligé ce long voyage, sans la furieuse insistance de ma mère ! Elle me surprotège. Mais les mères sont toujours comme ça, non ?

Elle se tourna vers Cassie.

— Écoutez, je ne veux pas que vous vous sentiez liée. Il suffira que je puisse vous joindre à toute heure par téléphone. Vu la taille de l'île, de toute façon, vous ne serez jamais très loin d'ici. Et vous êtes les bienvenus tous les deux à la maison avec mes amis – ce sont quelques amis proches. Maman est là pour quarante-huit heures mais ensuite, elle devra rentrer en Angleterre.

— Je ne veux pas vous déranger, murmura Cassie. Et pour être franche, j'ai de la lecture en retard, sans compter que j'aimerais bien explorer les environs.

— Je m'y attendais un peu, alors j'ai réservé au Captain's Lookout – c'est proche du bâtiment principal mais vous y aurez une vue extraordinaire, tout le confort, et quelqu'un pour la cuisine et le ménage. Venez déjeuner ou dîner à l'heure que vous voudrez. C'est sans façon ici.

— Ça me tente, répondit Leith. Et toi, Cassie ?

Elle vit un pétillement dans ses yeux. Savait-il à quel point il la mettait mal à l'aise ?

Elle affecta l'indifférence.

— Ne vous mettez pas en peine, Veronica, répondit-elle. Nous nous débrouillerons.

— Très bien, mais vous viendrez au moins dîner le dernier soir ! Tout le monde sera là ; nous devrions passer un excellent moment.

— Je viendrai vous voir deux fois par jour pour contrôler votre état de santé, dit Leith. Mais pour être franc, je n'ai aucune inquiétude pour le bébé.

— Vous avez raison, j'exagère, vraiment. Ceci dit, j'avoue que ça me rassure de vous avoir ici et ma mère aussi.

Cassie esquissa un sourire. Il y avait une chance sur mille pour qu'on ait besoin de ses compétences pédiatriques. Mais elle était là, alors elle allait en profiter au mieux.

Le Captain's Lookout l'enchanta. Le bâtiment était construit un peu comme la lanterne d'un phare, avec une vue à trois cent soixante degrés sur l'île – plages d'un côté, forêts de l'autre. Et la demeure de Veronica se trouvait à cinquante mètres en contrebas, donc très facile à rejoindre en cas de besoin.

Juste derrière leur résidence temporaire, il y avait une petite maison.

— C'est là qu'habitent Josie, ma femme, et Tess, ma fille, expliqua le chauffeur. Ma femme est la cuisinière et la gouvernante de la duchesse. Et moi, chaque fois que vous voudrez aller quelque part, je serai très content de vous y emmener. Il n'y a pas grand-chose à voir à part les plages, mais nous avons un bar et un bon restaurant en bas près de la jetée.

— Notre séjour s'annonce merveilleusement bien, observa Cassie.

— Combien de temps restez-vous ?

— Quelques nuits seulement.

— Quel dommage. Il faudrait au moins deux semaines ! Vous, les touristes, vous avez besoin de temps pour vous détendre et adopter notre rythme. Vous, vous courez, vous courez tout le temps !

Cassie et Leith échangèrent un sourire. Le chauffeur avait sûrement raison…

Le Captain's Outlook était encore plus extraordinaire dedans que dehors. On avait conçu un intérieur très simple, avec des cloisons de bois, des sièges en cuir, et quelques touches de couleurs vives apportées par des tapis disposés sur le parquet.

Quant à la vue depuis la chambre, elle était à couper le souffle. La bâtisse se trouvait en léger surplomb sur un petit promontoire, face à la mer, et des baies vitrées couvraient presque les deux tiers des murs de la chambre, encadrant le panorama. Seulement piquée de quelques bateaux qui dansaient sur l'eau, la baie, sous la pleine lune, formait une masse bleu marine ourlée de crêtes blanches. On pouvait imaginer sans peine un capitaine à l'affût, guettant depuis cet endroit d'éventuels pirates. Cassie sourit. Que lui arrivait-il ? Avant de rencontrer Leith, elle n'était pas encline aux distractions et autres pensées romantiques, et voilà qu'elle rêvassait encore.

— Prends cette chambre si tu veux, lui dit Leith. Moi, je dormirai dans l'alcôve de l'autre côté du couloir.

Cassie se retourna vivement.

— Zut. Je croyais que toutes les chambres étaient comme celle-ci. Jouons à pile ou face…

— Non ! Elle te plaît tellement… Moi, je dors n'importe où. Ça m'est égal.

En un instant, l'atmosphère entre eux se chargea d'électricité, et le pouls de Cassie se mit à battre follement. Leith repensait peut-être aux nuits qu'ils avaient partagées, serrés l'un contre l'autre dans une de leurs étroites couchettes. Peu leur importait l'inconfort ; ils ne pensaient qu'à faire l'amour…

— Que dirais-tu d'une promenade jusqu'à la plage avant le dîner ? proposa-t-il.

Cassie fut aussitôt sur la défensive, le refus au bout des lèvres. Mais cette réponse-là serait au mieux puérile et au pire, grossière.

— Laisse-moi un moment pour défaire mes valises et me rafraîchir un peu. Je te retrouve dans le salon, disons, dans dix minutes ?

En fait, cinq minutes plus tard, elle était prête, et Leith l'attendait déjà.

Ils longèrent le rivage, foulant le sable blanc et fin.

Leith ramassa un galet plat, le fit ricocher sur l'eau.

— Ça ne te rappelle rien ? demanda-t-il.

— Si, murmura-t-elle. L'Afrique.

— Est-ce que ça te manque ?

— Oui.

— Envisages-tu d'y retourner ? Tu n'as pas parlé de tes projets après ton remplacement.

— Les Nations unies gardent le poste à ma disposition. Ils m'ont donné six mois pour prendre une décision.

Leith lança un dernier caillou et se retourna vers Cassie.

— Et qu'est-ce que tu comptes faire ?

— Je ne sais pas. Je ne suis pas sûre d'avoir le courage de reprendre ce poste.

Il vint tout près d'elle et plaça ses paumes sur ses joues.

— Je ne veux pas que tu y retournes.

Le souffle court, elle ferma les yeux, anticipant son baiser, mais il laissa ses mains retomber.

— Tu ne vas pas partir pour un endroit où la sécurité pose problème ! Personne ne te reprochera de rompre un contrat pareil.

Une bouffée de déception envahit Cassie. Qu'est-ce qu'elle avait cru ? Qu'il l'embrasserait comme si elle ne l'avait jamais quitté auparavant ?

Alors qu'elle allait fuir encore une fois ?

Quand ils rentrèrent, Josie avait préparé une table pour deux sur la terrasse donnant sur la mer. Cassie se sentait terriblement triste. Si elle était différente, si elle n'avait pas si peur d'être abandonnée, ou si peur de décevoir Leith, peut-être alors aurait-elle un avenir avec lui. Mais rien ne lui permettait de croire qu'il tenait toujours à elle. Pourtant, la manière dont il l'avait regardée sur la plage – ce n'était pas ainsi qu'un homme regardait une amie…

Prise de panique, elle faillit se réfugier dans sa chambre. Comment allait-elle réussir à passer encore plusieurs jours avec Leith en lui cachant qu'elle se consumait littéralement pour lui ?

Il tira sa chaise pour elle avec un grand geste de la main.

— Votre table vous attend, madame.

Elle détourna la tête. À en juger par ses manières détachées, il semblait ne plus rien ressentir pour elle.

Cassie n'eut pas la moindre idée de ce qu'elle mangeait. Le bruit des vagues sur les rochers, faisait écho aux battements de son cœur. Il lui semblait que le reste du monde s'était effacé et qu'il ne restait qu'eux deux. Leith et elle. Ce qui devrait exister, et ne pourrait jamais exister.

Pourtant, pendant quelques nuits, elle allait refuser de penser au futur. Après tout, ce qu'elle voulait, ce n'était pas se projeter dans l'avenir, mais oublier le passé, et simplement goûter ce court et précieux moment passé avec lui.

Le lendemain, ils se levèrent tôt.

Josie avait préparé des fruits frais et des pâtisseries, il flottait dans la cuisine un délicieux parfum de café.

Ils s'assirent à la table pour déjeuner. Cassie mourait de faim. L'air de la mer sans doute. Mais il y avait aussi ce merveilleux sentiment de paix. Elle n'avait jamais eu l'intention de parler à Leith de l'Afghanistan, seulement, maintenant qu'elle l'avait fait elle se sentait beaucoup mieux.

Et comme il avait vu ses cicatrices et qu'elle n'avait plus besoin de lui cacher ses bras, elle était ravie de pouvoir porter sur son Bikini une petite robe bain de soleil sans se sentir gênée.

— Quels sont tes projets ? demanda Leith en épluchant une orange.

— Je vais me baigner, répondit-elle. Et toi ?

— Je crois que je te rejoindrai, une fois que j'aurai vu Veronica.

— Tu n'en auras pas pour longtemps, j'imagine. Je vais t'attendre ici, si tu veux.

Leith était parti depuis une demi-heure, quand Cassie entendit des cris à l'extérieur.

Elle sortit en hâte, et trouva Josie penchée sur le corps inerte d'une petite fille.

— Mon bébé. Tess ! Oh, mon Dieu. À l'aide ! criait-elle.

Inquiète, Cassie se pencha sur l'enfant et chercha un pouls. En vain.

— Que s'est-il passé ? Elle est tombée ? Est-ce qu'elle s'est plainte de quelque chose ?

— Elle a crié qu'une abeille l'avait piquée. J'enlevais l'aiguillon quand elle a dit qu'elle avait des démangeaisons partout.

L'éruption n'était pas visible sur la peau sombre de la petite fille… Concentrée, Cassie remarqua à peine que Leith l'avait rejointe, et pris place à ses côtés.

— Que se passe-t-il ici ? demanda-t-il.

— Piqûre d'abeille. Plus de pouls. Choc anaphylactique, je suppose. Peux-tu aller chercher ma trousse dans la chambre ?

Leith s'était déjà remis debout. Il rentra dans la maison, pour revenir quelques instants plus tard avec le sac. Il le posa par terre, l'ouvrit, et prépara une perfusion de solution saline.

Elle le regarda faire, soulagée. Dieu merci, elle avait apporté son kit d'urgence pédiatrique. Elle essaya de trouver une veine, mais s'aperçut qu'un collapsus vasculaire s'était produit. Les veines s'étaient aplaties. Cela arrivait quelquefois. C'était déjà très ennuyeux dans un hôpital, mais ici, sans l'équipement adapté, cela pouvait être fatal.

Leith avait déjà compris le problème et il cherchait aussi une veine, mais si Cassie, avec toute son expérience des enfants, n'y arrivait pas, il ne ferait sûrement pas mieux.

Josie les regardait dans un silence terrifiant, la tête de sa petite fille posée sur ses genoux.

Soudain, tout se ralentit de nouveau. Exactement comme ce jour-là en Afghanistan, Cassie entendit les stridulations assourdissantes des insectes, elle sentit la morsure du soleil sur ses bras et tous ses gestes ainsi que ceux de Leith semblèrent se dérouler au ralenti.

L'anxiété lui serra la gorge et elle inspira profondément. Il fallait faire quelque chose. Elle refusait de laisser quelqu'un mourir à cause d'un manque de réactivité.

C'est alors qu'une idée lui vint. Il existait un autre moyen d'injecter la solution saline.

Elle en avait glissé deux dans sa trousse… Pendant que Leith contrôlait les signes vitaux de Tess, elle fouilla dans son sac et trouva ce qu'elle cherchait.

— Je vais utiliser une aiguille intra-osseuse pour faire passer le sérum directement dans sa circulation.

— J'ai entendu parler de cette technique, mais je ne l'ai jamais pratiquée.

— Il vaudrait peut-être mieux que la maman ne reste pas, murmura Cassie.

— Je ne laisserai pas ma fille, protesta Josie.

— O.K. Tenez-la fermement, alors. Il va falloir que j'enfonce ceci très fort. Ça paraîtra douloureux, mais elle ne sentira rien. Empêchez-la de bouger.

Josie acquiesça.

Cassie prit l'aiguille et l'enfonça de toutes ses forces dans la moelle osseuse. Elle entendit l'enfant gémir, et, vaguement, la voix de Leith qui la rassurait. La procédure semblait douloureuse mais Tess, inconsciente, ne souffrait pas. Après s'être assurée que l'aiguille était bien en place, Cassie commença d'injecter la solution saline, et quelques instants plus tard la petite fille remua.

Sous l'effet d'un immense soulagement, Cassie ressentit un léger vertige. Elle n'avait pas perdu ses moyens ! C'était la chose qu'elle redoutait le plus depuis l'Afghanistan – se retrouver incapable d'agir dans les moments de grand stress. Mais elle avait agi d'instinct et gardait des pensées aussi claires qu'auparavant dans les cas d'urgence !

Leith l'observait.

— Bon travail, dit-il.

— Merci.

Elle tenta d'afficher un air détaché, mais ne put s'empêcher de sourire. Seul un autre médecin pouvait comprendre la satisfaction qu'on éprouvait en sauvant une vie.

— Tess va s'en sortir, Josie. Elle devra faire très attention aux abeilles à l'avenir. Pendant tout le reste de sa vie, elle devra probablement transporter avec elle un Épipen d'adrénaline, mais au moins, vous saurez que faire la prochaine fois.

Encore pâle, Josie acquiesça. Au même instant, sa petite fille ouvrit les yeux, battit des paupières, et quand elle s'aperçut que sa mère pleurait, elle se mit à pleurer elle aussi. Cassie sourit plus largement. C'était le plus rassurant des bruits. Dans une heure ou deux, elle gambaderait !

— Par mesure de précaution, nous devrions l'envoyer à l'hôpital pour un examen complet, dit Leith d'un ton ferme. On pourra aussi vous donner des auto-injecteurs Épipen, et vous montrer comment on les utilise.

— Il y a un hôpital sur l'île voisine. Il faudra prendre le bateau… Mon mari est en bas dans la grande maison.

Leith s'était remis debout.

— Je vais organiser le transport.

— Je vais à l'hôpital avec vous, Josie, proposa Cassie.

— Voulez-vous que je vous accompagne ? demanda Leith.

— Non merci. Je pourrai gérer ça, répondit Cassie.

Leurs regards se croisèrent. Chaleureux, celui de Leith exprimait l'approbation – et aussi quelque chose d'autre que Cassie ne s'autorisa pas à croire, mais qui la bouleversa.

— Josie te doit une fière chandelle, dit-il. Je règle la question du transport et je reviens tout de suite.

Veronica proposa son avion privé pour emmener Cassie, Josie et Tess au petit hôpital de l'île voisine. Là, l'équipe médicale contrôla l'état de la petite fille, le jugea satisfaisant, et remit à Josie plusieurs Épipen d'adrénaline à emporter chez elle.

Au Captain's Outlook, Leith attendait Cassie, et quand elle le vit, elle sentit son cœur s'emballer.

— Tout va bien ?

— Oui, répondit-elle avec un grand sourire.

En fait, tout allait mieux que bien – tout était parfait. Et elle était heureuse. En quelques semaines, le voile sombre et pesant qui l'entourait s'était levé, en grande partie grâce à l'homme qui se tenait devant elle.

En cet instant précis, l'homme en question avait l'air particulièrement satisfait.

— Veronica et le bébé vont bien aussi, dit-il. Elle nous a invités à déjeuner, mais j'ai pris la liberté de décliner l'invitation pour nous deux, alors elle a suggéré que nous prenions un des bateaux pour partir en pique-nique dans une des îles inhabitées. Et elle a demandé à son cuisinier de nous préparer un panier. Qu'en dis-tu ?

— Je dis : « Quand partons-nous ? »

N'avait-elle pas décidé d'oublier toute prudence ? Tant pis s'il n'y avait aucun avenir possible pour elle et Leith, « happy end » dans le genre « ils vécurent heureux jusqu'à la fin de leur vie »… Il leur restait quatre jours. Bientôt, elle quitterait le cabinet médical et Leith sortirait de sa vie pour de bon. Elle allait sûrement en souffrir. Cela faisait partie de la vie, mais pour l'instant, elle voulait ressentir de nouveau des choses fortes, même si cela signifiait ensuite du chagrin.

— Je vais chercher mes affaires, dit-elle.

Le ciel était d'un bleu parfait avec seulement quelques nuages filiformes, et la transparence de l'eau permettait d'admirer des poissons de toutes les couleurs.

— La gouvernante de Veronica m'a prêté des tubas, dit Leith. J'ai pensé que nous pourrions nous en servir avant de déjeuner.

— Comme tu voudras, répondit Cassie, laissant traîner sa main dans l'eau fraîche.

À la dérobée, elle observa Leith. Il avait la poitrine nue et ses muscles saillaient à chaque coup de rame.

— Tu te débrouilles bien.

— Pour une fois, on remarque mes talents de rameur ! J'a

grandi sur une île, où je passais le plus clair de mon temps dans les bateaux. Mon père m'a emmené sur l'eau pour la première fois quand j'avais cinq ans. Avant, ma mère refusait que j'y aille. La mer autour de Skye peut être dangereuse et ma mère trouvait mon père trop casse-cou. Mais quand j'étais avec lui, il était très prudent. C'est lui qui m'a appris à respecter la mer.

— Ici, il n'y a pas un grand danger, à mon avis. Même si nous chavirons, nous pourrons pratiquement rejoindre le bord à pied !

Et c'est exactement ce qu'ils firent, quelques minutes plus tard. Leith fit avancer le bateau aussi près que possible de la plage, puis remonta son pantalon de coton jusqu'aux genoux, avant de sauter à l'eau. Ensuite, il tendit les mains à Cassie, qui, sans avoir eu le temps de dire un mot, se retrouva soulevée hors du bateau.

Pendant qu'il la portait, elle respira avec délice le parfum léger de son après-rasage.

Une fois arrivé sur la plage, il la laissa se remettre debout, et dans ce mouvement, leurs corps se frôlèrent. Cassie eut l'impression que la moindre parcelle de son corps était en éveil...

Elle émit un rire nerveux et se recula. Elle savait ce qui allait se passer, mais elle voulait prolonger ces instants délicieux, afin qu'il la désire jusqu'à en perdre la tête. Prenant le visage de Leith entre ses mains, elle le regarda droit dans les yeux. Ils brillaient de désir, et cela la remplit de joie. C'était son jour. Rien ni personne ne pourrait l'en priver.

— Et le déjeuner ? proposa-t-elle, enjouée.

— Le... déjeuner ?

L'air stupéfait de Leith l'amusa secrètement, et quand il voulut la prendre dans ses bras, elle se déroba.

— Nous devrions manger avant de nager avec les tubas.

— Tu as... faim ? demanda Leith, l'air incrédule.

— Pas tellement, avoua-t-elle.

Mais ignorant le désir qui l'envahissait, elle étendit la nappe sur le sable blanc.

Cette île était encore plus belle que celle d'où ils venaient.

Derrière eux, un taillis les dissimulait à la vue des autres îles, et sous leurs yeux, du sable blanc s'étendait à perte de vue.

Cassie ouvrit le panier, pendant que Leith s'étendait sur le plaid. Elle se souvenait de chaque détail de son corps : tous les reliefs, les muscles, la légère toison brune au bas de son ventre – la ligne de ses hanches. Le désir en elle devint difficilement supportable, quand elle se souvint de ses mains sur son corps. Elle en voulait plus. Elle voulait qu'il reste toujours avec elle. Et si elle ne pouvait pas avoir cela, il fallait au moins qu'ils vivent ensemble une journée parfaite.

Sous le regard de Leith qui la scrutait, elle sortit d'abord les fruits – raisins, oranges, mangues. Il y avait du pain frais, de la salade et une bouteille de vin. Elle la tendit à Leith en l'interrogeant du regard, mais il secoua négativement la tête.

Elle détacha d'une grappe quelques grains de raisin et, se penchant vers lui, les approcha de ses lèvres. Il en prit un avec les dents, puis tenta de saisir le poignet de Cassie, mais elle esquiva avec un petit rire.

Sans le quitter des yeux, elle releva ses cheveux sur la tête en un chignon improvisé et commença à défaire les boutons de son bain de soleil, sous lequel elle portait un Bikini.

Les yeux de Leith étincelèrent au soleil, et il sourit.

— Sais-tu ce que tu me fais, là ?

Cassie ouvrit des yeux innocents.

— Ce que je te fais ? Rien ! Je me prépare à aller me baigner.

Elle voulait le faire souffrir encore un peu. Jamais auparavant elle ne s'était considérée comme une séductrice, mais là, en cet instant, elle aimait le jeu auquel elle était en train de se livrer. Elle se leva et, passant les mains derrière sa nuque, dénoua les attaches de son dos nu. Sa robe tomba sur le sable, et elle s'étira, consciente que son deux-pièces révélait plus qu'il ne cachait. Le bas brésilien très sexy, qui au début lui avait déplu, lui paraissait à présent parfaitement adapté à la situation. Quand elle se pencha pour ramasser sa crème solaire une protestation mal réprimée de Leith confirma qu'elle faisai monter la tension d'un cran supplémentaire. Cela lui procura la délectable impression qu'elle menait la danse…

Elle tendit à Leith le flacon de lait solaire.

— Tu veux bien m'en mettre sur les épaules ?

— Viens t'asseoir, alors.

Il se remit sur son séant et elle se plaça entre ses jambes, assise et le dos tourné. Au début, les larges mains enduites de crème étaient fraîches, et elle frissonna, mais cela n'était peut-être pas dû à la température du produit. Ensuite, Leith fit glisser une bretelle, puis l'autre, pour passer de la crème sur ses épaules, et Cassie en oublia de respirer. Elle ignorait combien de temps elle pourrait continuer de jouer à ce jeu-là. Le besoin de sentir les caresses de Leith sur tout son corps devenait d'une intensité insoutenable.

— C'est bien comme ça ? demanda-t-il.

Incapable de parler, elle se contenta d'un hochement de tête. Les mains descendirent le long de son dos et un frisson presque violent la parcourut.

— Il faut que je défasse l'agrafe du dos si je veux faire les choses correctement.

La voix de Leith était plus grave que d'habitude, et tremblait d'un rire contenu. Il avait senti son frisson de désir, et maintenant, il la prenait à son propre jeu.

Elle répondit par un nouveau hochement de tête. Immédiatement, l'agrafe du soutien-gorge sauta, et le petit morceau d'étoffe quitta ses épaules pour tomber sur le sable.

Les pouces de Leith remontèrent le long de son dos, suivirent ses épaules, descendirent le long de ses bras, et s'arrêtèrent sur ses cicatrices. Un instant, elle éprouva une envie de les dissimuler sous ses mains, mais il effleura chaque marque avec ses lèvres.

Une chaleur délicieuse envahissait le corps de Cassie, mais aucun son ne devait franchir ses lèvres ! Pas encore. Le moment n'était pas tout à fait venu.

Les mains de Leith revinrent à ses épaules, et d'une pression, il l'obligea à appuyer son dos contre sa large poitrine nue.

Il lui caressa le cou, et elle dut mordre très fort sa lèvre pour ne pas le supplier de mettre fin à ce supplice. Elle mourait d'envie de se retourner pour se placer à califourchon sur ses cuisses afin qu'il puisse entrer en elle, mais elle mobilisa toute sa volonté pour rester immobile. Elle ne voulait pas être celle qui interromprait le jeu. Leith avait décidé de l'amener tout près du point de rupture – le délicieux supplice qu'elle avait cherché à lui infliger. Elle savait à présent qu'elle ne gagnerait pas à ce jeu-là, mais elle allait résister le plus longtemps possible.

Maintenant, les mains de Leith lui caressaient le ventre. Du bout des doigts, il explora et effleura, puis avec plus de vigueur, il descendit jusqu'au bord de son maillot et remonta ensuite juste au-dessous de ses seins. Elle s'appuya contre lui, creusant le dos pour s'offrir davantage. Peu lui importait à présent de savoir qui gagnerait la partie. Elle voulait qu'il la caresse. Partout. Et qu'il la prenne avant qu'elle n'explose.

Il posa les mains sur ses seins, excitant doucement les pointes entre le pouce et l'index. Mais ce n'était pas la peine : elle n'y tenait plus. Il lui tardait de se retourner pour défaire la ceinture du pantalon de Leith.

Il la prit de vitesse. Quittant ses seins, ses mains glissèrent vers le bas de son maillot, l'effleurèrent, et se dirigèrent vers ses cuisses. Instinctivement, elle écarta les jambes et des doigts experts s'attardèrent sur l'endroit le plus sensible de son corps, le caressant doucement au début, puis d'une manière rythmée. Incapable de résister plus longtemps, Cassie pivota sur elle-même, puis, plongeant son regard dans celui de Leith, elle défit son pantalon et le fit glisser sur ses hanches.

Ensuite, elle guida son sexe en elle, jusqu'à ce qu'il comble son violent désir.

Cassie regarda le ciel clair. Jamais elle ne s'était sentie aussi en paix – même si elle savait que bientôt, ils se sépareraient de nouveau.

En surface, rien n'avait vraiment changé – chacun d'eux avait sa vie. Mais à l'intérieur, tout était différent. La souffrance d'aimer Leith était le prix qu'elle acceptait de payer – et pour l'instant, elle refusait d'y penser.

Il leur restait trois jours à passer ensemble, elle allait les vivre comme s'ils ne devaient jamais prendre fin.

Elle se souleva sur un coude, effleurant du bout des doigts la poitrine de Leith. Il ouvrit les yeux, lui sourit, mais quand il voulut l'emprisonner entre ses bras, elle secoua la tête.

— Non, murmura-t-elle. Cette fois, c'est moi qui décide, et je vais te rendre ce que tu m'as fait subir – t'exciter jusqu'à ce que tu me supplies.

Elle se plaça à califourchon sur sa poitrine, lui immobilisant les bras avec les genoux, et elle lui sourit.

— Pas un geste. Laisse-moi faire.

Ils avaient passé les trois jours précédents à faire l'amour et à explorer l'île. Chaque nuit, dans la chambre de Cassie, ils s'enlaçaient sous les draps. Ils avaient toujours faim l'un de l'autre. Cassie connaissait le corps de Leith presque aussi bien que le sien. Elle adorait sentir sa peau sous ses doigts, caresser son corps musclé et le sentir réagir à ses caresses.

Leur dernière soirée sur l'île arriva bien trop tôt, alors que Cassie voulait profiter au maximum de leurs dernières heures ensemble, ils durent – un refus eut été grossier – dîner avec Veronica et ses amis.

Pendant tout le repas, elle n'eut pas besoin de regarder Leith pour sentir des ondes invisibles vibrer entre eux. Parfois, tout en bavardant avec l'un des convives, elle surprenait son regard posé sur elle et ils échangeaient un sourire d'anticipation avant de reporter leur attention sur leurs hôtes.

À la première occasion, ils s'excusèrent, mais à la grande surprise de Cassie – et à sa grande déception –, au lieu de gravir la colline en direction du Captain's Outlook, Leith suggéra qu'ils prennent un verre près de la jetée.

Ils s'assirent dans un tout petit bar perché au-dessus des rouleaux de l'océan qui se brisaient sur le rivage. Le serveur leur donna leurs boissons et ils allèrent s'installer à une table isolée au bord de la jetée.

Cassie se renversa sur son siège et sourit, heureuse de sentir les embruns sur ses jambes nues.

Leith se pencha en avant et lui prit les mains.

— Sais-tu que tu es superbe ?

— Tu n'es pas mal non plus, répondit-elle.

En quelques jours à peine, sa peau avait bronzé, mettant en valeur ses yeux verts et ses dents très blanches.

Il la fixa avec intensité.

— Nous devrions nous marier.

Cassie demeura interloquée. C'était si inattendu…

— Nous marier ?

— Oui.

Il lui souleva doucement le menton.

— Je suis sûr que nous serions bien ensemble. Et en plus, Peter t'aime beaucoup. Nous formerions une famille.

Un sourire naquit sur ses lèvres.

— Je n'aurais jamais cru que je dirais ça un jour ! ajouta-t-il.

— Tu penses que nous devrions nous marier parce que Peter m'aime bien ?

— Oui, mais il y a aussi un petit détail non négligeable : je t'aime, et je crois que tu m'aimes aussi.

Envahie par le bonheur, Cassie ferma les yeux. Il l'aimait ? Vraiment ?

La petite Cassie de six ans était toujours là, quelque part dans sa tête. Pas aimable. Pas sage. Rejetée… Qu'est-ce que Leith connaissait vraiment d'elle ? Presque rien. Pourtant, quand il lui disait qu'il l'aimait, elle le croyait. Jamais il ne mentirait sur ses sentiments réels.

— Nous pourrions avoir d'autres enfants – des frères et des sœurs pour Peter.

Cassie eut l'impression qu'une chape de plomb lui tombait sur les épaules.

— Mais je ne veux pas d'enfants ! Je ne me vois même pas devenir la belle-mère de Peter.

Elle sentit sa gorge se nouer. Rien n'avait changé. Le mot « enfants » signifiait « chagrin » et « sacrifices ». Le risque, c'était de ne pas aimer assez un enfant, ou au contraire, de l'aimer trop. Elle avait enfin trouvé un équilibre personnel, mais pour autant, elle n'était pas prête à se marier et à avoir des enfants – le serait-elle un jour ?

Le visage de Leith s'était assombri.

— Je croyais que tu l'aimais bien.

— Je l'aime beaucoup ! C'est un petit garçon étonnant, attachant. Passer du temps avec un enfant, c'est presque assumer un rôle de mère, et je ne crois pas que je pourrais y arriver.

— Personne ne ferait une meilleure mère que toi. Je t'ai brusquée. Tu changeras peut-être d'avis sur la question des enfants. Nous avons tout le temps.

— Pas tant que cela. J'ai bientôt trente-cinq ans. Tu es bien placé pour savoir ce que ça implique en termes de fertilité.

Leith contourna la table, obligeant Cassie à se lever pour a prendre dans ses bras.

— Je me moque de ta fertilité. À partir du moment où tu aimeras Peter… Tu as peut-être des craintes sur tes capacités le mère, mais moi je n'en ai aucune. Je veux que nous passions ensemble tout le reste de notre vie. C'est simple !

— Non, pas si simple. Pourquoi ne pas rester comme nous ommes ? Nous n'avons pas besoin de nous marier.

— J'en ai besoin, moi, Cassie, murmura Leith contre ses heveux. J'ai besoin de savoir que tu m'aimes, que tu me fais onfiance, et que tu ne peux pas vivre sans moi. À moins que ı ne m'aimes pas vraiment… Mais ça, je ne le crois pas.

Elle se dégagea pour le regarder droit dans les yeux.

— Oui, je t'aime. Je n'ai jamais imaginé que je dirais ces nots un jour, mais je t'aime de tout mon cœur, de toute mon âme.

— Mais alors, pourquoi ne pas m'épouser ? Dis-moi au moins pourquoi !

Cassie se dégagea, alla jusqu'au bout de la jetée et regarda mer. Leith la rejoignit, la prit de nouveau entre ses bras et serra très fort contre lui.

— Rappelle-toi : je t'ai dit que j'avais été adoptée.

— Oui, mais la seule chose que tu m'aies dite, est que tu ne voyais pas beaucoup tes parents adoptifs.

— Je n'aime pas parler de tout ça. Je ne vois plus mes parents. La femme qui m'a légué l'appartement à Londres était ma nourrice ; elle a joué le rôle de mère de substitution pendant toute mon enfance.

— Comment cela ?

— On m'a enlevée à ma mère biologique quand j'avais cinq ans. Comme Jude avec Peter, ma mère n'était pas capable de s'occuper de moi – elle avait un problème d'addiction.

Avant de poursuivre, Cassie avala sa salive avec difficulté.

— Ça l'a tuée, et on m'a placée en famille d'accueil. Lily, la femme qui m'a finalement adoptée, ressemblait beaucoup à Mme Forsythe – tu te souviens ? La femme dont l'attitude m'a révoltée. Je soupçonne Lily de m'avoir adoptée seulement pour ne pas être différente des autres femmes de son milieu.

» Je ne sais pas très bien comment elle s'y est prise, mais elle a réussi à savoir qui était ma mère biologique, et je pense que cela m'a dévalorisée à ses yeux. À partir de ce moment-là, elle m'a rejetée. Elle a menacé de me rendre aux services sociaux si je ne me conduisais pas bien. Je devais garder ma chambre parfaitement en ordre, ne jamais lui poser de questions, ne jamais ouvrir la bouche si on ne m'avait pas adressé la parole avant...

» À l'âge de huit ans, on m'a entièrement confiée à la nourrice – ce qui fut finalement une chance pour moi. Je l'adorais et c'était réciproque. Elle a tenté de m'expliquer que ce n'était pas ma faute si Lily ne m'aimait pas. Mais les enfants pensent toujours qu'ils sont responsables. Alors j'essayais d'être sage, si sage que Lily ne pourrait pas faire autrement que de m'aimer, ou au moins, assez sage pour qu'elle ne me renvoie pas. Il aurait peut-être mieux valu qu'elle le fasse ! Enfin, il en est quand même sorti un point positif : j'ai étudié avec acharnement – au début comme un moyen de contenter Lily, et ensuite, mue par le désir d'avoir une bonne image de moi-même. Je crois que la seule et unique fois où ma mère adoptive a été fière de moi c'était quand j'ai obtenu une place pour étudier la médecine à Oxford. Elle était impatiente de me montrer à ses amies. Avant cela, j'avais eu ma chère Nounou – jusqu'à ce qu'on m'envoie en pension quand j'avais onze ans.

D'une pression, Leith voulut obliger Cassie à se retourner, mais elle résista.

— Non. Si tu me regardes maintenant, je n'aurai pas la force d'aller jusqu'au bout. Et je veux que tu saches tout… Un jour, il y a eu une dispute terrible. Je n'étais pas censée l'entendre, mais j'étais une enfant curieuse. Je devais avoir dix ans, je pense. Ma nurse et Lily étaient dans le salon. Lily disait que je devais aller au pensionnat et qu'on n'aurait plus besoin des services d'une nurse. Nounou a répliqué : elle n'approuvait pas le pensionnat, mais dans mon cas, ce serait peut-être la meilleure solution, car ainsi, je ne serais plus élevée par une mère qui me regardait à peine et un père qui savait tout juste que j'existais. Naturellement, ça ne s'est pas très bien passé et Martha a été renvoyée.

— Et ton père – le mari de Lily ?

— Il était sûrement plus faible que méchant. Je pense qu'il avait accepté mon adoption pour ne pas contrarier sa femme. Il ne s'est jamais montré dur avec moi – mais il n'est jamais intervenu quand Lily me traitait mal.

— C'est donc pour cette raison que tu les vois peu…

— Oui. Apparemment, ça ne les gêne pas ! Ils trouvaient toujours un prétexte pour ne pas me recevoir à la maison pendant les vacances scolaires. Ma chère Martha a fini par m'héberger, ce qui bien sûr me convenait tout à fait.

» À l'université, j'ai passé mes étés à l'étranger pour des remplacements ou divers emplois bénévoles. En matière d'argent, Lily n'était pas avare. Quand j'étais en Angleterre, j'habitais chez Martha. Quelquefois, Lily ne savait même pas que j'étais Londres ! Ensuite, dès que j'ai obtenu mon indépendance financière, j'ai coupé tout contact avec mes parents adoptifs.

Cette fois, Leith obligea Cassie à lui faire face.

— Je n'ai jamais rencontré personne plus digne d'être aimée que toi.

— Avec toi, je… me sens bien. Mais je crains encore de ne pas être utile comme mère. J'ai peur de ne pas savoir aimer assez mes enfants, ou de trop les aimer et de les étouffer. Je suis consciente que c'est difficile à comprendre – je ne sais pas si je le comprends moi-même.

Les yeux de Leith s'agrandirent.

— C'est pour cette raison que tu es partie, en Afrique, en me laissant seulement ce message ? Tout allait bien entre nous, jusqu'à ce que tu découvres que j'avais un enfant !

— Oui. Je n'allais pas te laisser croire qu'il pouvait y avoir un avenir pour nous, alors que tu avais Peter dans ta vie.

— Mais c'est absurde ! Il t'adore. Et tu l'aimes aussi. Tu n'es pas Lily. Tu ne pourras jamais être comme elle !

— C'est irrationnel, je sais, mais je n'arrive pas à me persuader du contraire.

— Alors, qu'est-ce que je dois comprendre ? Ne me demande pas de choisir entre Peter et toi, parce que je refuserai. Même si je t'aime, je n'abandonnerai pas mon fils.

— Je sais. Si tu faisais ça, tu ne serais pas l'homme que j'aime.

Leith prit dans ses mains le visage de Cassie et esquiss une moue un peu amère.

— Il m'a fallu du temps pour trouver la femme avec laquell je veux passer le reste de ma vie, alors je peux sûrement attendr encore un peu. Mais, ma chérie, je t'en prie, ne me fais pa languir trop longtemps.

À son réveil, le lendemain matin, Cassie trouva la plac vide dans le lit à côté d'elle. Leith était probablement descend voir Veronica…

Elle sortit dans le jardin pour y cueillir quelques orange à presser. Elle s'y trouvait depuis quelques instants à pein quand Josie la rejoignit.

— Le Dr Leith vous demande à la maison.

Cassie comprit immédiatement qu'il y avait un problèm

Elle prit son sac et emprunta au pas de course l'allée étroite en direction de la résidence.

Un Leith à l'air préoccupé l'attendait dans le hall.

— J'ai ausculté le cœur du bébé – simple routine. Jusqu'à aujourd'hui tout allait bien, mais je pense que tu devrais contrôler ça toi aussi. Il bat très lentement – à soixante. J'ai pris aussi le pouls de Veronica. Il est un peu rapide – l'anxiété, j'imagine.

Cassie révisa mentalement les raisons qui pouvaient avoir ralenti le cœur du bébé. Aucune de ces raisons n'était rassurante.

— J'ai mis le pilote en alerte, dit Leith, et l'ai fait transporter à l'hôpital, au cas où je devrais provoquer l'accouchement.

— À trente-deux semaines ?

— C'est tôt, je le sais, mais pour l'instant, ce n'est qu'une mesure de précaution.

Veronica les attendait sur son lit d'hôpital, pâle et inquiète. Leith et Cassie s'étaient concertés avec les médecins locaux, et grâce à plusieurs scanners et tests, un diagnostic avait été établi. On en avait confié l'annonce aux deux médecins personnels de la patiente.

Cassie s'assit à côté de Veronica et lui prit la main tandis que Leith demeurait debout au pied du lit.

— Avant toute autre chose, sachez que votre bébé a toutes les chances de s'en sortir, dit-elle. Donc, vous ne devrez pas paniquer quand vous entendrez ce que nous avons à vous dire.

— Il y a… quelque chose qui ne va pas, c'est ça ?

— Oui. Le rythme cardiaque de votre petite fille a ralenti rusquement. Cela peut être dû à différentes causes, et c'est la aison pour laquelle nous vous avons fait hospitaliser.

— Est-ce qu'elle va s'en sortir ?

— Nous pensons qu'elle a un problème cardiaque, d'où ous ces scanners que nous avons demandés. Mais d'après es résultats, le cœur de votre bébé a l'air normal, sans aucun rou ou malformation. Nous nous sommes donc demandé si e problème ne serait pas un bloc cardiaque – les signaux lectriques à travers le cœur ne sont pas conduits normalement, bligeant le cœur à battre plus lentement que d'habitude.

Nous avons aussi demandé d'autres tests sanguins au cas où des anticorps dans votre organisme provoqueraient un bloc cardiaque chez le bébé.

— Qu'est-ce que tout cela signifie ? Je ne comprends pas.

— Nous devrons probablement extraire votre fille par césarienne. Nous ferons en sorte que les meilleurs cardiologues s'occupent de vous. Par des scanners réguliers, on vérifiera que le bébé continue de se développer et vous accoucherez dans un hôpital où il y a des chirurgiens cardiaques spécialisés en pédiatrie. À la naissance, nous vérifierons que la petite fille va bien, et elle restera sous monitoring jusqu'à ce que nous sachions si un pacemaker est nécessaire… Je suis consciente que cela fait beaucoup de choses à assimiler, mais nous en reparlerons autant de fois que vous le souhaiterez. En attendant, même si c'est difficile, essayez de ne pas vous faire de souci.

— Pourquoi n'a-t-on pas détecté ça plus tôt ? C'est vous qui avez effectué mon dernier scanner, Leith, et vous avez dit que tout était normal !

— Ça l'était. Ces choses-là n'apparaissent souvent qu'à un stade plus avancé de la grossesse.

— Mais alors, que va-t-on faire maintenant ?

— Il n'y a pas grand-chose à faire jusqu'à ce que votre bébé soit assez grand pour voir le jour sans danger.

— Je veux rentrer chez moi en Angleterre. Je veux ma mère. J'ai besoin de sa présence près de moi. S'il vous plaît, laissez-moi la rejoindre.

Leith et Cassie se consultèrent du regard, et Cassie acquiesça de la tête. En temps normal, elle ne recommandait pas les voyages, mais celui-là ne ferait aucun mal au bébé et ne pourrait qu'aider leur patiente.

— Je vais organiser un transfert par ambulance aérienne proposa-t-elle.

Visiblement soulagée, Veronica s'affaissa contre les oreillers

— Ce ne sera pas la peine. Mon mari utilisera notre je privé.

Sa lèvre trembla.

— En attendant mon départ, vous resterez tous les deux avec moi ?

— Bien sûr. Nous ne vous quitterons pas.

11.

Debout près de Leith, Cassie regardait le minuscule nouveau-né. Pâle d'inquiétude, Veronica était assise à côté de la couveuse.

— Elle est si petite pour subir une opération, même si je sais que c'est nécessaire, murmura-t-elle.

— Le personnel est excellent ici, répondit Cassie. Elle ne peut pas être en de meilleures mains.

Comme ils le craignaient, la fille de Veronica avait effectivement besoin d'un pacemaker. Toutefois, les chirurgiens cardiaques étaient optimistes.

Pourtant, en regardant le corps minuscule, Cassie se dit une fois de plus qu'elle ne supporterait pas d'avoir des enfants. L'amour n'apportait que chagrins et angoisses.

Ils laissèrent la jeune maman avec son bébé, et sortirent. L'été tirait à sa fin. Bientôt, Cassie quitterait le cabinet médical.

Leith semblait avoir deviné ses pensées.

— Quand tu auras terminé ici, viendras-tu à Skye avec Peter et moi ? demanda-t-il.

— Je ne suis pas sûre que ce soit une bonne idée.

Leith lui souleva le menton avec douceur.

— Dis oui. S'il te plaît.

Soudain glacée, elle secoua la tête. Rien n'avait changé. Elle aimait Leith, mais elle ne pourrait pas être la femme qu'il voulait – et qu'il méritait, ainsi que le petit Peter.

— Pour l'amour du ciel, que dois-je faire pour te convaincre que je t'aime, que tu seras en sécurité avec moi et que je n'arrêterai jamais de t'aimer ?

Leith prit entre ses mains le visage de Cassie, et sponta

nément, elle embrassa une paume tiède. La gorge serrée, elle sentait des larmes lui monter aux yeux.

— Tu n'y peux rien… Oublie-moi.

Elle se tourna pour s'en aller, mais il la retint par le bras. Son regard était d'une douceur bouleversante.

— Ça n'arrivera pas. Et je sais que tu m'aimes.

Du bout des doigts, il lui effleura les lèvres.

— Fais-moi confiance. Aie confiance en mon amour. Nous pouvons former une famille, tous les trois.

Il lui déposa un baiser sur le front.

— Et quand tu finiras par le croire, je serai là. J'attendrai le temps qu'il faudra.

Durant les jours qui suivirent, Cassie ne put s'empêcher de repenser à Leith et à sa proposition. Pourquoi n'arrivait-elle pas à lui faire suffisamment confiance pour croire qu'il n'arrêterait jamais de l'aimer ? Que pour lui, elle et Peter suffiraient à son bonheur ? Et pourquoi elle-même ne pourrait-elle devenir une bonne épouse et une bonne mère ! Ses parents adoptifs s'étaient mal conduits, mais des centaines d'enfants qui avaient grandi sans amour, devenaient ensuite des parents aimants ! L'idée contraire, dont elle s'était convaincue, ne l'aidait pas. De cette façon, elle demeurait l'enfant rejetée par ses parents.

Elle y pensait encore ce matin-là, juste après sa consultation. Il n'y avait rien eu de trop inquiétant, juste les habituels maux de gorges et vaccinations diverses. L'après-midi, elle effectuerait une visite à domicile chez un petit garçon qui, selon sa mère, ne se développait pas normalement. Cassie avait souhaité le voir dans son environnement familial.

En attendant, elle avait besoin d'un café et un sandwich.

Elle se dirigeait vers le salon des médecins quand elle aperçut Katie, rayonnante, à la réception. Elle présentait à Rose aux infirmières, Marcus, son bébé né deux semaines plus t, pendant le séjour de Cassie et de Leith dans les Caraïbes.

Par politesse, Cassie se joignit au petit cercle pour présenter ses félicitations.

Il fallait le reconnaître : c'était vraiment un bébé adorable, avec son petit nez rond et sa houppette de cheveux noirs.

— Est-ce que vous pourriez le tenir ? lui demanda Katie après le départ de Rose et des infirmières. Il faut que j'aille aux toilettes.

Avant que Cassie ait pu dire le moindre mot, elle lui déposa dans les bras le bébé enveloppé dans sa couverture et s'éloigna.

Deux petits yeux bruns la dévisagèrent.

— Bonjour, murmura-t-elle.

Marcus leva la main, et ses petits doigts lui saisirent l'index avec une vigueur surprenante.

Quelque chose d'étrange s'éveilla soudain en elle.

Qu'éprouvait-on à être responsable d'un enfant pendant tout le reste de sa propre vie ? Que ressentait-on à l'idée que quoi qu'il arrive, notre vie était indissolublement liée à celle d'un petit être ? Et à celle de vivre au quotidien la peur de ne pas être une assez bonne mère ? C'était une écrasante responsabilité.

Le petit Marcus bâilla et hoqueta, une chaleur nouvelle la traversa, une envie si intense qu'elle en fut bouleversée.

Katie sortit du vestiaire.

— Je vais le reprendre, dit-elle.

Et en lui tendant Marcus, Cassie ressentit un manque.

Elle trembla. Mon Dieu, que lui arrivait-il ?

12.

Leith et Peter partirent pour Skye le lendemain. Leur départ peina Cassie au-delà de ce qu'elle aurait pu imaginer. Quand ils reviendraient, elle ne serait plus là…

L'au revoir de Leith avait été froid, comme s'il prenait congé d'une étrangère. Et qui pouvait l'en blâmer ?

Avant de partir, il lui avait glissé une enveloppe dans la main. Elle ne l'avait pas encore ouverte. À quoi bon ?

Jamais, elle n'aurait cru que l'idée de ne plus jamais revoir Peter lui briserait le cœur. C'était presque aussi douloureux que de savoir qu'elle ne reverrait plus Leith. Comme sa vie serait sombre sans lui – sans eux…

Elle regarda par la fenêtre de l'appartement. L'été était terminé, et les nouveaux propriétaires emménageraient à la fin du mois. Retournant l'enveloppe dans sa main, elle remarqua pour la première fois que l'écriture n'était pas celle de Leith. De grandes lettres détachées, une erreur d'orthographe sur son nom. Il ne pouvait s'agir que d'une seule personne…

Elle déchira l'enveloppe, déplia la petite feuille qui se trouvait à l'intérieur et lut.

« Cher Casi,

» S'il te plé vien à Skai. Tu me manque. J'ai fé un veu. Tu ma promi. Peter. »

La lettre lui tomba des mains. Quelle idiote. Comme Leith avait dit, Peter s'était pris d'affection pour elle. Comment pourrait-elle le décevoir maintenant ?

Elle aimait cet enfant et elle ne cesserait jamais de l'aimer, pas plus qu'elle ne cesserait d'aimer son père. Elle ne serait peut-être pas une mère parfaite, mais ne devait-elle pas à Leith, à Peter – et à elle-même – d'essayer ?

Si elle trébuchait, Leith la rattraperait, les rattraperait, elle et Peter. Il était prêt à leur procurer une sécurité. À les aimer.

Cassie arriva à Staffin le samedi matin. La veille, le cabinet médical avait organisé pour elle une petite fête, et cette attention l'avait infiniment touchée. Ces gens étaient devenus sa famille. Ils la connaissaient telle qu'elle était, et l'aimaient quand même !

Maintenant, il était temps de rejoindre Leith et Peter. Dire qu'elle avait failli passer à côté du bonheur…

Quand elle arrêta sa voiture devant la maison des Ballantyne, elle vit Leith en train de bêcher dans le jardin. Près de lui, une petite silhouette imitait tous ses gestes. Ils portaient tous les deux un jean et une chemise. On voyait tout de suite de qui Peter était le fils !

Derrière eux, Maggie jetait du grain aux poules.

Quand Leith leva les yeux, il eut un sourire qui fit battre le cœur de Cassie à tout rompre. Peter laissa tomber sa bêche, se précipita dans sa direction et se jeta contre ses jambes, les entourant de ses bras avec une telle force qu'il faillit la faire tomber.

— Tu es venue ! Mon vœu s'est réalisé !

Elle s'agenouilla près de lui.

— Peter ! Comme je suis contente de te voir.

Elle l'aimait autant qu'elle aimait Leith lui-même. Et avec ce dernier à ses côtés, comment pourrait-elle échouer ? Que de temps il lui avait fallu pour réaliser qu'elle n'était pas Lily ! Et de toute façon, si elle commettait des erreurs, ces deux êtres-là ne cesseraient pas de l'aimer pour autant.

Peter la prit par la main.

— Viens voir mes poulets. Papa m'a dit qu'ils sont à moi. Rien qu'à moi.

Radieux, il n'avait plus rien du petit garçon pâle et inquiet du jour de leur première rencontre. Leith les regardait et son sourire s'était élargi…

Prenant Peter par la main, elle se laissa entraîner en direction d'une caisse remplie de paille dans laquelle cinq minuscules poussins jaunes étaient serrés les uns contre les autres. Peter les montra de l'index en les désignant par leurs noms. Comment pouvait-il les distinguer ? Ils étaient identiques !

— Je voulais les emmener avec moi à la maison à Londres, mais Papa, il a dit : « C'est cruel de les prendre à leur maman, ils sont tout petits ». Moi, on m'a pris à ma maman, mais elle va aller mieux et après, elle pourra s'occuper de moi. Papa m'a dit ça. Et si je veux, bientôt, je pourrai habiter avec elle des fois.

Cassie adressa à Leith un regard étonné, et le rejoignit, laissant Peter qui veillait avec fierté sur les poussins.

— Apparemment, Jude va bien, expliqua-t-il. D'après Bella, elle va bientôt sortir de la clinique pour vivre avec elle et Peter. Je n'ai pas d'objection, à condition que la santé de Jude se maintienne, évidemment… Elle est bien décidée à rester en forme pour notre fils, et je la crois. Seul le temps dira si cela marche, mais je suis optimiste.

Il regarda Cassie dans les yeux, et elle sentit son cœur palpiter follement dans sa poitrine.

— Écoute…

Il n'eut pas le temps d'en dire davantage. Peter s'était précipité dans leur direction pour se jeter dans ses bras.

— Maintenant que Cassie est là, on pourrait aller au Fairy Glen, papa ? Je veux voir s'il y a des fées là-bas.

— Elles n'aiment pas qu'on les voie, mais bien sûr, nous pouvons y aller. Enfin… si Cassie est d'accord pour…

À voir son regard, Cassie soupçonna qu'il demandait tout autre chose. Elle retint sa respiration. Comment avait-elle pu penser qu'elle pourrait vivre sans cet homme pendant tout le reste de sa vie ? Un homme qui avait attendu, avec la patience d'un saint, qu'elle lui fasse confiance.

— Où que vous alliez, toi et ton père, Peter, j'irai avec vous.

Six mois plus tard, Cassie se tenait aux côtés de Leith devant Dinvegan Castle. L'endroit avait paru tout naturellement idéal pour leur mariage. Peter courait partout dans son élégant costume tout neuf, confectionné spécialement pour lui. Il allait l'abîmer, c'était sûr, mais Cassie s'en moquait. Elle adorait son beau-fils, qui, dans sept mois, aurait un petit frère ou une petite sœur. Cassie avait hâte que son bébé naisse. Son amour pour Peter n'en serait pas diminué : maintenant, il était autant son enfant que celui de Leith.

Il lui arrivait encore quelquefois de se réveiller angoissée en pleine nuit, mais Leith était toujours là pour la tenir dans ses bras jusqu'à ce qu'elle se rendorme. Ces peurs et ces inquiétudes faisaient partie d'elle, et il avait promis de faire en sorte qu'elle se sente aimée pendant tout le reste de sa vie.

Elle regarda dans les yeux cet homme merveilleux – son mari. Elle avait failli le perdre deux fois, mais elle en était certaine désormais, il n'y aurait pas de troisième fois.

Quoi qu'il arrive, ils ne se quitteraient plus jamais. Comme dans les contes de fées, finalement.

BLANCHE

Retrouvez prochainement, dans votre collection

BLANCHE

Nuits volées avec un médecin, d'Alison Roberts - N°1581

Le Dr Andrew Mitchell connaît ses priorités. Seul compte le bonheur de son petit garçon, pour lequel il est de retour dans le village paisible de son enfance. Mais, alors qu'il se rend en ville pour une formation aux gestes d'urgence, il fait une rencontre bouleversante – celle de Jenna Armstrong. Un regard, une étreinte, et voilà que la belle occupe toutes ses pensées… Au point d'envisager de renouer avec l'amour ?

Les amoureux du Mississippi, de Susan Carlisle

Shay consacre toute son énergie au cabinet médical qu'elle a fondé à Lewisville, sa ville natale, dans l'État du Mississippi. Si elle est heureuse de recevoir l'aide du Dr Matt Chapman, un brillant chirurgien qu'on lui envoie pour un remplacement, elle sait qu'elle ne doit pas s'attacher à lui. Certes, leur entente professionnelle est évidente et leur attirance irrésistible, mais Matt repartira bientôt pour Chicago. Loin d'elle…

Pompier et papa, de Sue MacKay - N°1582

Appelé en renfort sur une avalanche, le capitaine des pompiers Jamie Gordon secourt une victime bloquée par la neige. Jamais il n'oubliera la façon dont la délicate Kayla agrippe aussitôt sa main, comme s'il était le seul lien qui la rattachait encore à la vie. Quelques jours plus tard, hanté par celle qu'il a sauvée, Jamie lui rend visite à l'hôpital. Une erreur, il en est certain : papa de deux garçons, il n'a pas le temps de tomber amoureux…

La passion en mémoire, d'Annie Claydon

Ravie, Clemmie arrive à l'hôpital St Barnabas où, durant six semaines, elle intégrera la meilleure équipe de neurologie du pays ! Hélas, le directeur du service se révèle être Gil Alexander, l'homme dont elle est tombée amoureuse sept ans plus tôt, avant qu'il disparaisse du jour au lendemain. Encore furieuse contre lui, elle découvre avec stupeur que, frappé d'amnésie, Gil a tout oublié de leur liaison passée…

mission : sauver des vies.
destin : trouver l'amour.

BLANCHE

HARLEQUIN

Les secrets d'un urgentiste, de Carol Marinelli - N°1583

Sitôt qu'elle croise le Dr Garth Hughes, Lina sent les battements de son cœur redoubler. Cet homme est différent des autres, elle en est sûre. Peut-être en raison de la tristesse dans son regard ? Ou de ce secret qu'il paraît dissimuler à tous ? Une chose est certaine, travailler à ses côtés à l'hôpital pourrait conduire Lina à enfreindre la règle qu'elle s'est fixée : ne pas tomber amoureuse d'un confrère !

Lady ou docteure, de Charlotte Hawkes

Dr Oti. Cela fait quatre ans que Lady Octavia a troqué son titre de noblesse pour ce sobriquet. Au sein de l'organisation humanitaire où elle officie, elle est un médecin comme les autres. Hélas, la voilà aujourd'hui contrainte de renouer avec la vie mondaine qu'elle a fuie avec tant d'empressement. D'ici peu, elle convolera avec Sir Lukas Woods, un magnat des affaires. Saura-t-elle convaincre son époux de convenance de partir en mission avec elle ?

Une tendresse désarmante, de Tina Beckett - N°1584

SÉRIE : UN HIVER À LA MATERNITÉ - 3/4

Jessica se sent terriblement seule. Aussi, lorsque son chef de service, le Dr Dean Edwards, se rapproche d'elle en lui témoignant une affection inattendue, Jessica voit-elle son moral remonter en flèche. Elle doit pourtant se méfier, car la réputation de play-boy de Dean n'est plus à faire, et il a déjà brisé le cœur de nombreuses femmes… Alors est-il vraiment judicieux pour elle de côtoyer ce grand séducteur ?

Sous le charme du Dr Sean Anderson, de Louisa George

SÉRIE : UN HIVER À LA MATERNITÉ - 4/4

Le Dr Sean Anderson va travailler dans son service ? Déroutée, Isabel ne sait comment réagir. Car Sean n'est autre que l'homme qu'elle a passionnément aimé autrefois, et qu'elle a quitté à la suite du terrible accident qui leur a fait frôler la mort à tous deux… Mais, si Isabel appréhende de revoir Sean aujourd'hui, c'est aussi parce qu'elle sait qu'elle devra résister à l'implacable attraction qu'il a toujours exercée sur elle…

Leur mission : sauver des vies.
Leur destin : trouver l'amour.

BLANCHE

Une maman pour Maddie, de Dianne Drake - N°1585

L'amour ? Entre son métier de médecin et Maddie, sa fille de trois ans dont il s'occupe seul depuis la mort de sa femme, Daniel n'a pas le temps pour ça ! Néanmoins, quand il rencontre Zoey Evans, il est troublé. La personnalité joyeuse de l'infirmière agit comme un baume sur son cœur meurtri, et Daniel se surprend à vouloir passer du temps avec elle. Mais peut-il se permettre d'aimer de nouveau ?

Le tumulte du désir, de Scarlet Wilson

En voyant Gabrielle s'approcher de lui, le sourire aux lèvres, Sullivan est gagné par la colère. Comment cette femme dont il était amoureux, et qui a disparu sans lui donner la moindre explication trois semaines plus tôt, ose-t-elle se comporter avec lui comme si de rien n'était ? Exaspéré, Sullivan refuse d'écouter ses explications. Hélas, le pouvoir de séduction que Gabrielle exerce sur lui est toujours aussi puissant…

mission : sauver des vies.
destin : trouver l'amour.